KB166159

을 유 세 계 문 학 전 집 5 8

이력서들

이력서들

Lebensläufe

알렉산더 클루게 지음 · 이호성 옮김

을유문화사

옮긴이 **이호성**

서울대학교 법학과를 졸업하고 독어독문학을 부전공으로 공부하였다. 동 대학 독어독문학과에서 「알렉산더 클루게의 『이력서들』에 나타난 '대안적' 서사의 양상」으로 석사 학위를 받았다. 현재 베를린 자유대학에서 DAAD(독일 학술 교류처)의 장학생으로 알렉산더 클루게에 관한 박사 논문 「권위와 협동—알렉산더 클루게의 매체 작업의 원칙에 대하여」를 준비 중이다.

을유세계문학전집 58
이력서들

발행일·2012년 12월 20일 초판 1쇄 | 2018년 12월 20일 초판 2쇄
지은이·알렉산더 클루게 | 옮긴이·이호성
펴낸이·정무영 | 펴낸곳·(주)을유문화사
창립일·1945년 12월 1일 | 주소·서울시 마포구 월드컵로16길 52-7
전화·02-733-8153 | FAX·02-732-9154 | 홈페이지·www.eulyoo.co.kr
ISBN 978-89-324-0390-8 04850 978-89-324-0330-4(세트)

차례

이 책에 실린 이야기는 매우 다양한 방면에서 전통에 대해 질문을 던지고 있습니다. 일부는 지어내고, 일부는 지어내지 않은 인생사(Lebensläufe)에 관한 이야기이며, 이들이 모여 함께 슬픈 역사를 이룹니다. 때로는 기록물과 같은 짧은 문구나 이질적인 텍스트가 들어가 있다는 사실도 첨언해 두어야겠습니다.

— 알렉산더 클루게

중위 불랑제

1

1942년 2월 슈트라스부르크 제국대학* 해부학과 정교수 A. 히르트 교수는 제국 최고 관료 중 한 사람에게 다음과 같은 공식 서한을 보냈다.

　슈트라스부르크 제국대학 과학 실험을 위한 유태계 공산주의 정치위원의 두개골 확보에 관한 건의.

　거의 모든 인종과 민족의 두개골 샘플을 폭넓게 확보하고 있습니다. 다만 유태인 두개골은 과학적 연구를 하기에는 그 수량이 부족하여 작업을 해도 확실한 결과를 얻기 힘든 상황입니다. 지금 동부전선 전투는 이 부족함을 해결할 기회입니다. 역겹지만, 특징적인 열등 인간형을 체현하고 있는 '유태계 공산주의 정치위원' 두개골을 우리가 확보하기만 한다면 구체적인 과학적 증거 기록을 얻을 수 있을 것입니다.

　이 두개골 자료를 실제로 손쉽게 조달하고 확보하려면 가장 좋은 방법은 앞으로 유태계 공산주의 정치위원은 모두 생포하여 곧바로 헌병에게 이송하도록 국방군에 지시하는 것입니다. 다시 특정 부서에 포로들의 존재와 체류지를 지속적으로 보고하고 헌병에게는 특별 대리인이 도착할 때까지 포로들을 잘 지키고 있도록 특별 지시를 내립니다. 자료 확보를 맡을 자는(국방군이나 헌병에 소속된 젊은 군의관, 의과 대학생 중에서 뽑아 차량과 기사를 제공함) 미리 규정된 일련의 절차에 따라 사진 촬영과 인류학적 측정을 하고, 가능하면 고향, 생년월일, 기타 신상 정보까지 확인해야 합니다. 그다음에 머리를 손상시키지 않은 상태로 유태인을 사살하고 머리를 몸통에서 분리하여, 이 용도를 위해 제작한 보존 용액이 담긴 밀폐된 양철 용기에 머리를 넣어 규정된 장소로 보냅니다. 그곳에서 머리와 두개골의 사진과 측정값, 기타 정보를 토대로 비교해부학적 연구, 즉 두개골에 따른 인종 분류 연구, 두개골의 형태에 따른 병리학적 현상 연구, 두뇌 형태와 크기, 기타 다양한 사항에 대한 연구를 더 많이 시작할 수 있을 것입니다.

새로 생긴 슈트라스부르크 제국대학은 그렇게 확보된 두개골 자료를 보관하고 연구하기에 규정이나 목표 면에서 가장 적합한 장소일 것입니다.

A. 히르트

군 인사부는 플뢰어스하임(마인 강변)* 출신 중위 루돌프 불랑제에게 특별 작업 관리를 제안했다. 불랑제는 의학을 공부했다. 특별 파견을 받아들이는 것은 불랑제에게 실질적으로 승진으로 가는 지름길이라는 뜻이었다. 경우에 따라서 연구직으로 편입될 가능성도 예상할 수 있었다. 불랑제는 기회를 붙잡았다.

2

루돌프 불랑제는 1942년 당시 34세였다. 그는 중간 정도 키에 얼굴은 올리브 색깔이었으며 눈꺼풀은 털이 없이 매끈했다. 조상 중에 로마인이나 프랑스인(18세기에 건너온)이 있을지도 모를 일이었다. 불랑제는 공병대에 지원했다. 사람들의 눈에 띄어서, 유리한 기회를 포착하고, 빠른 결판을 볼 심산이었다. 그러나 몇 년이 지나도 성공할 기회가 없었다. 의사국가고시도 통과하지 못했고, 기술적인 지식도 습득하지 못했다. 다만 좋은 의지*만 가지고 기회를 기다렸는데, 1942년에 드디어 기회가 왔다.

좋은 의지

망설이거나 약해지지 말고 앞에 제시된 길을 따라 곧장 가야 한다는 과제가 주어지면 불랑제는 아마 이 과제를 최대한 완수했을지도 모른다. 이런 경우에는 추진력과 이성이, 세네카 말대로 인간을 행진하는 군대로 이해하자면, 최단거리 돌파 작전을 펼쳤다. 하지만 실제로 불랑제가 하는 일 중에 쭉 뻗은 길대로 진행되는 것은 하나도 없었다. 그러자 미심쩍은 질문들이 고개를 들었는데 이 의심들을 해소하는 데 확고한 의지 하나만으로는 충분치 않았다. 이렇게 되면 좋은 의지란 없다. 왜냐하면 이건 의지에 달린 문제가 아니기 때문이다. 불랑제는 이렇게 의심스러운 경우에는 가능한 최대한의 효과를 낼 수 있는 쪽으로 결정했다.

원래 되고 싶었던 것

아이 때부터 불랑제는 수리 시설 엔지니어가 되고 싶었다. 그러나 플뢰어스하임(마인 강변) 근처에는 수리 관개를 배울 학교가 없었다. 그래서 불랑제는 고교 졸업 시험을 마치고 프랑크푸르트(마인 강변)에서 의학을 공부하기로 했다. 의사국가고시에 몇 번 떨어지고 의학 공부는 실패로 끝나고 말았다. 불랑제는 군대에 들어갔다.

새로운 지위의 이점

특별 위임 업무를 맡고 나서 불랑제는 전선에 나가는 날마다 추가 수당 2.65제국마르크를 받을 수 있었다. 업무 분배, 특히 근무 시간을 정하는 문제는 불랑제 중위가 마음대로 결정할 수 있었다. 그는 훗날 러시아에서 볼거리가 많은 곳으로 여기저기 예정 외 행선지를 돌아다니느라 이 권리를 남용하곤 하였다. 이외에도 여러 참모부에서 초대를 받거나 평생 지속될 교우관계를 맺을 기회도 생겼다. 또 세 번째로, 정해진 것보다 더 많은 담요나 물품과 전투 식량을 여러 병참부에서 제공받을 수도 있었다. 특별 명령을 수행하는 불랑제가 속한 이동 부대로서는 비교적 간단한 일이었다. 마지막으로 불랑제 소속이 연구 이론부*로 되어 있어서 — 그저 중간 배달책일 뿐이라고는 해도 — 명예롭다는 장점도 빼놓을 수 없었다.

연구 이론부의 탁월함

연구 이론부 소속이라는 말은 평생 보장이 된다는 뜻이다. 연구와 이론은 자유롭다. 연구 이론부 사람들은 직접 바로 당 휘하에 있었고 사회 조직에서 친위대(SS)보다는 뒤에 놓였지만 독일령 동아프리카 담당부*보다는 앞이었다.

지휘명령 계통

불랑제의 이 새로운 자리는 군 규율법상 인사부 관할 하에 있었는데 인사부는 육군 집단군(Heeresgruppe) 군단장 휘하였고, 군단장들은 다시 홀수 번 군단에서 차례로 온 최고참 사령관 지휘 하에 있었다. 불랑제는 관할 최고 지도부들 중 그 누구와도 관계가 없었다. 실질적인 차원에서 그에게 지시를 내릴 수 있는 상관이란 오직 연구 이론부에만 있었다. 또 공식적으로 불랑제는 본인이 가게 되는 전선 지역 사단장의 명령을 받았다. 만일의 경우에는 그들을 피해서 다른 사단 지역으로 벗어날 수도 있었다. 그러나 갈등 상황은 생기지 않았다.

장교의 명예에 관한 문제

1942년 이래로 불랑제는 이따금 자신이 하는 이 인간 백정 일이 ― 다른 장교들은 단두대 형리 일과 비교했다 ― 구역질이 난다고 생각했다. 다른 장교들이 이 임무를 맡았다면 아마도 술을 마시기 시작했을 것이다. 불랑제는 첫 번째 샘플을 작업할 때부터 이미 심리적 망설임을 극복해야 했다. 이날 머리를 자를 때 조수가 실수를 저지를 위험을 뒤로하고 불랑제는 자리를 떠났다. 불랑제 생각은 이랬다. 이제 와서 술꾼이 되어서는 안 된다.

그러나 다른 한 인간을 죽인다는 게 자기 죽음과는 상관없다는 사실을 충분히 똑바로 알기만 하면 진짜 망설임 같은 건 없다. 수많은 처분 과정에서 불랑제가 불안감을 느낀 것은 무엇보다 교우관계를 맺은 여러 장교들이 이 작업을 비난했기 때문이다. 그러나 이러한 비난의 논거가 대단한 것은 아니었다. 나중에 부대에서 보낸 이런저런 포로들을 불랑제가 퇴짜를 놓고 돌려보내면 불랑제의 특별 임무를 비난하던 바로 그 장교는 사격반을 시켜 포로를 (대부분은 머리를 훼손시키면서) 총살해야 했으니 말이다.

여자들과의 관계
훌륭했다.

감옥 생활
동유럽의 정복은 많은 사람들에게 오랜 세월 동안 비좁아진 상황에 적응한 끝에 다시 자유롭게 다닐 수 있게 되었음을 의미했다.* 그렇다면 동유럽을 점령하고 나면 강간과 약탈 같은 것이 벌어지거나, 적어도 매춘굴이 범람해야 마땅했다. 그러나 점령지 일은 오히려 감옥 행정에나 쓰였을 법한 규정들에 따라 처리됐다. 이러한 관점에서 1941년부터 이루어진 동유럽의 위대한 해방이란 불랑제에게는 가장 큰 실망이라는 말과 동의어였다.

히르트 교수에 대한 인사 방문
히르트 교수 집에서는 네 가지 코스 요리 메뉴를 대접받았다. 여왕식 수프, 생선 요리, 알렉산드라 방식으로 익힌 노루 등심, 과일 절임이었다. 커피 테이블에는 교수의 조카딸들도 나왔다. 저녁 쯤 되어서야 불랑제는 교수의 집을 나왔다. 그는 조카딸들 중 한 명에게 거의 반할 뻔했다. 이튿날 아침 불랑제는 동부로 가는 기차에 올랐다.

첫 번째 공격이 오렐 지방*에서 성공했다. 불랑제에게 보고된 모두가 정치위원*인 것은 아니었다. 정치위원의 수가 과장되었으며, 많은 정치위원이 '유태계 공산주의자'라고 자의적으로 분류된 사실이 밝혀졌다. 정치위원이라고 분류된 이들 대부분은 사실 파르티잔 지도자일 뿐이었다. 부대에서는 전선에서 잡힌 장교들을 잡아놓고 잘 넘겨주지 않았는데, 이와 반대로 파르티잔들은 기꺼이 내주었다. 정치위원이 마땅히 장교 중에 있다는 사실을 경험상 알면서도 말이다. 그렇더라도 요구를 하면 부대장들이 파르티잔들을 다시 되찾아 갔고(파르티잔들을 직접 쏘아 죽이기 위해) 그제야 잡은 전선 정치위원을 헌병에게 넘겨주었다.

잡힌 포로들을 '정치위원'으로 올바르게 분류하고 추가적으로 '유태계 공산주의자'라고 판단하는 게 무엇보다 문제였다. 유태계 러시아 장교라고 해서 다 정치위원에 해당되지는 않았고 공산주의자라도 마찬가지였다. 불랑제는 이 문제를 해결하기 위해 자료를 수집했다. 당내 계급에서 어떤 지위에 있는 사람부터 정치위원 장교인가? 여러 장성급 고위 장교들에게 문의했지만 얻은 자료가 해명에 불충분했으므로, 추출 방식이 자의적이라는 확신만 점점 더 들었다. 특별 임무를 수행하며 임무의 전제 조건을 해명하기 위해 추가적인 연구 조사에 세심한 노력을 쏟아부었다. 이런 세심함은 군대에서라면 기껏해야 높은 훈장을 수여받을 사람을 따져볼 때나 기울였을 법한 세심함이었다. 그래서 불랑제의 임무는 몇

몇 군 간부들로부터 '훈장 수여 임무'라는 별명을 얻었다. 아무리 부정적으로 평가받는 직무라 해도 — 그리고 바로 그렇기 때문에 — 힘과 머리를 최대한 사용하여 처리해야만 한다. 임무를 부여받을 때 충분히 검토되지 못했거나 허가받지 못한 부분들은 임무를 수행하면서 조정되어야 하는 것이다. 불랑제는 노심초사했지만 자신이 수많은 오류들을 피할 수 없다는 사실을 알고 있었다. 보다 정확히 말하면 포로들에게 유리한 오류도 있었고 불리한 오류도 있었다. 러시아인 쪽에 유리한 오류들에 대해서는(예를 들면 유태인이면서도 유태인으로 분류되지 않는 경우) 안전 할당제를 통해 대처할 수 있었다. 그러나 실수로 무고한 이들을 포함시키는 경우(예를 들면 유태인이 사실 정치위원이 아닌 경우라든지 정치위원이 유태인이 아닌 경우)에 대비하기 위해서까지 이 절차를 적용하는 것은 금지되었다. 왜냐하면 안전 할당제는 오류 가능성을 제한하기는 했지만 동시에 업무의 효율성도 위협했기 때문이다. 실제로는 인종을 분류하고, 확인하는 데 외모, 이름, 성(姓), 기껏해야 두개골 측정과 같은 거친 기준만 남았다. 오류가 발생할 확률이 높다는 사실은 이러한 활동이 전적으로 중단되어야 한다는 논리적 귀결로 향하고 있었다. 그러나 오히려 그렇기 때문에 반대로 오류를 계속 계산에 잘 넣고 오차를 인정해야 한다는 결론만 도출했다. 계속 의심이 쌓였지만 이런 의심이 임무를 주의 깊게 잘 수행하는 데 방해가 되어서는 안 되었다. 그래서 불랑제는 임무 수행에 해가 되지 않는 선까지만 생각과 좋은 의지를 품고 있기로 마음먹었다. 기회가 되면 나중에 (예전에 포기했던) 학업을 철학 분야에까지 넓히고 싶어서 그는 이 시기에 철학 작품들을 읽었다.

3

1942년 여름과 겨울, 불랑제는 중부와 남부 집단군 관할 지역(나중엔 남쪽의 두 집단군이 있던 지역)에서 전쟁에서 붙잡힌 정치위원에게 절망적인 죽음을 선사하는 그 엄밀한 업무를 완벽히 수행했다. 1943년 2월엔 불랑제 업무 관할 지역이 중부 집단군 영역으로 축소되었다.* 이 시기에 불랑제는 포로를 죽이기 전에 더 이상 피상적인 인류학적 조사와 개인 심문을 하는 데만 그치지 않았다. 그는 정치위원들의 외형뿐만 아니라 생각도 보존시켜 놓기 위해서 대화도 했던 것이다. 불랑제는 포로가 죽기 전에 직접 글로 써서 종이에 옮겨 놓은 이 수많은 생각 더미들을 스스로의 판단에 따라 연구에 추가적으로 이용했다. 이 질적 측면에 대한 느낌이 자신 앞에 부여된 이 임무의 존중감을 높여 주었다. 직접 죽여야 하는 적에게(아직 살아 있을 때 보았다는 점에서) 어느 정도 감정이입을 하는 일은 항상 있는 일이다. 불랑제는 연구 대상의 정신적 성과물과 스스로를 이렇게 어느 정도 동일시했다. 이런 느낌을 받았을 경우 어떻게 처신해야 할지 몰랐다. 어쩌면 불랑제는 포로들에게 서면 진술을 위해 허용된 기한을 조금씩 연장시켜 줌으로써 주어진 명령의 한계 안에서 자신의 업무를 당시의 감정에 맞게 조정할 수도 있었을 것이다. 그러나 그의 감정은 지금까지 수행해 온 업무에 필적할 정도의 명확성에 이르지 못했기 때문에, 그는 지금까지 하던 대로 업무를 수행해 갔다. 한층 더 곤란하게도 1943년 여름에 수많은 문제들이 닥쳐왔다. 처음엔 중부 집단군이 오렐 지역에서 철수했다. 전선 후방에 있던 포로수용소에서는 포로들을 서둘러서 비워 낼 수밖에 없었다. 이는 다시 불랑제가 수용소에서 색출 작업을 가속화해야 한다는 뜻이었다. 유태계 공산주의 정치위원인지 아닌지 여부는 당분간 다른 부서에 위임될 수밖에 없었다. 이 때문에 잘못 처리된 것이 명백한 머리와 보고서들이 수집 보관소에 일부 들어왔다. 이제까지 해 온 절차를 변경했다면 이 혼란은 아마 더 가중되었을 것이다.

1943년 늦여름에 러시아군은 독일군 중부와 남부 전선 사이 틈새를 철저히 이용했다. 지도부는 이 지점을 막으려고 전력을 모두 집중했는데, 그사이 러시아군은 완전히 다른 지역을 공격했다. 이 공격을 받은 날, 제2야전군이 위험에 처했다. 퇴각 와중에 후방 부대와 포로수용소는 함께 포위당했다. 구원병으로 오던 33기갑사단도 아직 선로를 달리던 중에 러시아군 공격을 받았다. 자포자기한 참모들이 예전 사령부를 지키려고 탈출을 막았다. 이 당시 러시아 장교 여섯 명을 끌고 가던 불랑제 부대의 이동 행렬은 스몰렌스크에 슐리히타라는 교차점 근처에 있었다. 숲 지대와 멀지 않은 곳에서 불랑제 동료들이 파르티잔의 습격을 받았다. 불랑제 자신은 간부 차량들을 타고 부상당한 채 빠져나왔다. 나중에 러시아군에서는 '훈장 수여 임무'를 관장하는 이가 파르티잔 손에 당했을 거라고 추정했다.

불랑제는 이런 체험을 하고 충격을 받았다. 승승장구하는 독일 부대와 참모들에게 둘러싸여 있고 아무도 이론을 제기하지 않는 상황에서 연구를 계속할 때는 죄의식이 전혀 피어나지 않았는데, 갑자기 상황이 바뀌었다. 틈새로 드는 바람처럼 죄의식이 돌연히 파고들었다. 초봄에 열어 놓은 문으로 들어와서 감기나 폐렴만 부르는 이런 바람 앞에서 인간은 몸을 감싸기 마련이다.

4

불랑제는 1943년 말과 1944년 초, 그리고 그해 일부를 비스바덴 주립 야전병원에서 보냈다. 1944년 8월에 중부 집단군이 완전히 무너져서 승진에 대한 희망도 꺾였다. 연구 부서로의 편입도 고려 대상 밖이었다. 히르트 교수의 추천을 받으면 민간 연구 기관에 들어갈 수도 있었겠지만 건강을 완전히 회복하지 못했기 때문에 불가능했다. 군 연구 부서는 이 시기에 벌써 특정 문제들*만 제한적으로 다루었는데 불랑제가 겪은 동부전선 경험으로는 이에 아무런 보탬도 될 수 없었다. 연구소로 못 가는 대신, 회복 후 '오스트마르크* 포로수용소를 위한 중앙 행정부'에 파견되었다.

불랑제는 전쟁이 끝나기 전에 다시 한 번 빈에서 전심전력으로 헌신할 기회를 얻었다. 1945년 1월에는 죽음에 바쳐진 이 도시의 장벽 안으로 ─ 방어할 궁전, 운하, 언덕이라고 하기보다 그냥 장벽이라고 하는 게 맞을 텐데 ─ 이곳이 마치 성지라도 되는 듯 군부대들, 특히 장교들이 들어왔다. 1월 14일에는 상급대장 렌둘릭이 도시 방어를 넘겨받았고, 병사들 천 명의 목을 매달았다.* 더 커져버린 지역 정당 지도부의 젊은 당원들은 ─ 이 안에는 불랑제도 있었다 ─ 1월 18일에 '로엔그린'*을 듣는다(24시간 후에는 공습으로 오페라 하우스가 파괴된다). 1월 21일에서 22일로 넘어가는 밤에 이틀간 잠잠하던 러시아군이 빈으로 대규모 공격을 해 왔다. 몇 시간 후엔 여기서 죽을 기회마저 고갈되었다. 러시아군 전차가 북쪽 운하에 들어섰다. 도시가 실질적으로 러시아군 점령 하에 들어갔다는 뜻이다. 최후의 큰 기회는 사라지고 오직 생존 본능만이 남았다. 불랑제는 겨우 미군 전선 쪽에 가 닿았다. 거기서 투항했다.

5

오늘날 불랑제 같은 사람들은 어떻게 사는가?

불랑제는 쾰른 근처 제지(製紙) 공장에서 포장 일을 하다가 1961년 여름에 언론의 조명을 받았다.* 불랑제가 저지른 범죄는 이미 공소시효가 지나 소멸되었다. 「뤼마니떼」 지* 특파원이 인터뷰를 요청해 왔다. 불랑제는 관리 감독 사무실로 안내되어, 거기서 인터뷰에 응했다. 현재 신념은 무엇이냐는 질문에 그는 자신이 마르크스주의자라고 말했다. 그가 뭘 하느냐고? 무엇도 하면 안 된다고 했다.

적한테 전염됨

그는 어느 정도 적에게 전염되었다고 했다. 포로들 몇 명과 이야기를 나누었던 것이다. 그러면 서독에 있는 제국주의자들은 특히 공산주의자가 될 위험이 있다는 것인가? 물론 그렇지 않다고. 사람은 적에게 더 가까이 다가가야 하는 법이라고 했다. 그래서 적의 머리를 자르려는 것인가? 어떤 의미에서는 그렇다고. 「뤼마니떼」 지 특파원은 그건 너무 지나치게 기독교적인 생각이라고 했다.

연구와 이론에 재참여

전쟁이 끝난 후 대학이 다시 문을 열자마자, 학업을 재개할 기회가 그에게 주어졌다.

그는 전쟁 전에 들었던 4학기를 인정받았다.

속죄와 대속물

질문 : 이마를 보니 흉터가 있는데 어디 학생 결투 클럽에라도 가입하셨나요?

대답 : 이것도 역시 타협이지요.

실문 : 그런데 그 후에 어떻게 감옥에 갔습니까?

대답 : 1953년에 마르부르크에서 연구소 지도부와 말썽이 나서 독립을 해 상업 회사를 하나 차리려고 했어요. 정확히 말하자면 섬유 사업이었습니다. 새로운 결심은 재앙으로 끝났지요. 사업이 부도가 났다는 말입니다. 그다음에 투옥된 거지요.

질문 : 다른 죄수들도 같이 있었습니까?

대답 : 거기에서는 차이를 두지 않았어요.

질문 : 몇 년이었지요?

대답 : 3년이었습니다. 교도소 목사는 이 감옥 생활이 전쟁 동안 저지른 제 과오에 대한 속죄라고 생각하더군요.

질문 : 선생이 죽인 자들이 공산당 정치위원들이었기 때문에 목사가 선생을 용서해 준 걸까요?

대답 : 감옥에서 벌을 받았으니 목사에겐 모두 다 제대로 된 것이었지요. 내가 어쩌면 에티오피아에서 나병 환자들을 돌봐 줄 수도 있을 거라더군요.

질문 : 그건 무슨 일을 하는 겁니까?

대답 : 나병에 똑같이 걸리고, 그렇게 해서 환자 한 명 혹은 몇 명을 구할 수 있는 겁니다.

질문 : 불평등한 교환이군요. 에티오피아 나병 환자 대여섯 명을 살리려고 60명에서 100명 정도 잘 배운 최고 기능인을 맞바꾼다면 말입니다. 물론 인간은 모두 평등하다는 전제가

여기 먼저 있어야겠지요.

대답: 전적으로 동감입니다. 당연히 이성적인 교환은 아니지요.

질문: 제가 제대로 이해한 거라면, 지금 선생은 살해된 희생자들의 존재를 계속 지고 간다는 말인데요?

대답: 아니요.

질문: 구체적으로 무슨 일을 합니까?

대답: 벌써 말했잖아요. 아무것도 하면 안 된다고. 또 아무것도 할 수가 없어요. 신념만 가지고 있을 뿐이지요.

질문: 그것 참 그렇네요!

대답: 그렇지만 제 변화는 속죄나 대속물로 의도한 것도 아닙니다.

'훈장 수여' 체계에 대한 상세 보고

우리는 대부분 저녁쯤에 도착했습니다. 오전 중에는 다른 장소에서 해부 작업들을 하고 나서 또 매일 먼 길을 이동해야 했기 때문이지요. 일과는 새벽 5시에 시작해서, 밤 12시 전에는 끝나지 않았어요. 우리는 저녁쯤에야 장비와 연구 문서를 실은 트레일러가 연결된 보존 수송차를 타고 수집 보관소에 도착했습니다. 때로는 간부가 가까이에 있어서, 거기서 먹을 것이나 마실 술을 조금 제공받았습니다. 우리는 자주 따로 움직이기도 했는데 원래 우리 업무 범위에 속하지 않는 북부 집단군 접경 사단에 처음 들어설 때 특히 그랬습니다. 북부군 부대에서 남부군 부대로 갈수록 우리 임무를 받아들일 자세가 더 잘되어 있었다고 할 수 있었지요. 마치 거기에 기후가 영향을 미치기라도 하듯이 말입니다. 그러니까 남부에선 더 잘 받아들였고, 북부에선 덜 받아들였다는 뜻입니다. 그러나 완전히 기후와는 상관없는 다른 이유가 거기 있었습니다. 1941년 겨울 이후 실질적으로 전선이 고착되어 버린 북부 집단군에서는 지도부의 평화 유지 지침이 가장 우선이어서, 북쪽 부대들은 보수적이었던 겁니다. 이와는 달리 남부와 중부에서는 대체 부대들이 계속 투입되어 항상 새로운 분위기가 흘러들곤 했어요. 그래서 거기는 우리를 북부에서 그랬던 것처럼 의심하면서 맞서지 않았습니다. 하지만 보수적인 부대들이라고 해도 우리 작업을 철저히 거부하지는 못했지요. 다만 우리 처분 방법과 수단에 반대하는 생각은 명확했어요. 머리를 보존하라고 우리가 준 주사기로 정치위원들이 죽어 가는 걸 보는 것보다, 즉결 재판으로 그들이 총살당하는 걸 아마 더 보고 싶었을 겁니다. 그러나 즉결 재판으로 총살형에 처했다면 우리에게 대단히 중요한 그 머리들을 박살내 놓았겠지요.

얘기가 주제에서 벗어나고 있습니다. 절차는 어떻게 진행됐습니까?

우리는 우선 당일 할당된 일을 확인했습니다. 정치위원이라고 보고된 대부분은 정치위원이 아니었습니다. 어떤 경우엔 부사관이었고, 다른 경우엔 고사포 장교였어요. 수용소에서 너무 단호하게 걸으면서 사람들을 질책하던 사람을 보고 저런 것이 정치위원다운 자세라고 생각한 겁니다. 여기서 또 '프리메이슨 같은' 정치위원이라는 개념이 등장하기도 한 것이지요. 계속 저는 우리 앞에 제공된 포로들과 대화를 반복했습니다. 제가 내린 지시 사항과도 아마 어긋나는 것이었을 테고, 나중엔 매우 개인적인 감정이 들어서 작업하기가 더 힘들어졌지만, 그래도 경험에 따르면 이게 가장 나은 변별 방법이었기 때문입니다. 정치위원인지 여부가 문제될 때는 교양과 학교 교육 수준을 고려하면 아주 빨리 판별할 수 있었습니다. 정치위원인지를 판단할 때 정신적으로 충분히 심사숙고를 하면 여러 요소들을 발견할 수 있습니다.

변별 과정이 얼마나 정교했는지를 늘어놓으며 너무 지루하게 얘기하고 싶지는 않군요. 변별을 거치고 난 후에는 유태계 공산주의 정치위원들의 신체 비례를 차례로 측정했습니다. 보통 변별 과정이 있던 밤에는 측정하지 않았고, 다음 날 아침부터 계속하였습니다. 지루한 변별 심리 과정을 거친 후에, 죽은 듯이 우리는 숙소로 가 버렸기 때문입니다. 종종 경비 인력을 줄이기 위해서 정치위원들을 우리 숙소로 직접 데리고 갔습니다. 이 때문에 우리가 그들을 동성애 상대로 악용했을지도 모른다고 비난을 받았던 겁니다. 저는 그런 경우는 한 번도 보지 못했습니다. 정확히 얘기하자면 이런 식의 애정 관계가 이 진행 단계에서 어떤 정치위원도 살려 주지는 못했을 것이란 뜻입니다. 잘라 내고 남은 몸에 대한 것은 현지 부대가 처리할 문제였습니다.

조심

그는 앞으로 비슷하거나 유사한 임무가 있으면 맡지 않겠다고 했다. 극도로 조심할 거라고. 다른 사람이 이런 일을 해도 그는 구경만 하게 될까? 조심성은 그런 경우에까지 미친다고 했다. 아마도 자기는 아무것도 하지 않고 기다리고만 있을 거라고.

능동성과 수동성

훈장 수여 임무는 불랑제의 인생에 있어서 능동적인 경험이었는데 이제는 수동적인 삶이 인생을 막아서고 있다고 했다. 그러니까 '나는 마르크스주의자다'라고 말하는 것까진 허용되지만, 아무것도 하면 안 된다고 했다.

동쪽으로 봉쇄된 길

질문: 왜 동독으로는 안 가십니까?

대답: 거기에는 공소시효 만료가 없습니다.

A. 히르트 교수는 어떻게 되었나요?

저도 히르트 교수 행방에 관심이 있었어요. 히르트 교수는 1944년에 빈에 있던 저에게 카드를 보냈습니다. 그리고 연합군이 슈트라스부르크에서 히르트가 완전히 없애지 못했던 두개골 샘플 나머지를 찾아낸 겁니다. 스위스 신문들이 강하게 비난을 퍼붓자 외무부에서 그에게 공식적인 해명을 요구했습니다. 히르트는 1945년 4월 6일에 빠른 시일 내에 답변하겠다고 약속했지요. 이후에 그는 사라져 버렸습니다.*

1943년 부상으로 후유증이 더 남지는 않았는지?

오른쪽 팔꿈치에 통증과 주기적으로 돌아오는 디스크 염증이 남았다. 불랑제는 지압 요법을 받으러 다닌다고 했다.

커피 한 모금도 못 마시고

인터뷰를 하는 동안에 불랑제와 「뤼마니떼」 지 특파원 사이에는 인간적인 관계가 생겼다. 인터뷰가 끝나고 같이 커피 한잔 마시러 갈 수도 있었겠지만 이것은 불가능했다. 매점에서는 공장 노동자에게 작업에서 떠날 시간을 주지 않기 위해 이 시간대엔 커피 한 잔도 팔지 않았다. 매점에 앉지도 못하게 되어 있었다. 그래서 불랑제와 인터뷰 기자는 커피 한 잔도 마시지 못하고 헤어졌다.

어떤 태도의 소멸 ― 검찰관 셸리하

1

　1945년 1월 제국 중앙 형사성* 검찰관* 셸리하는 엘빙 지방*으로 임무를 맡아 출장을 떠났다. 사건은 이랬다. 1944년 11월부터 지방 경찰은 지역 영주 Z를 살인 사건 용의자로 수사했다. 그러나 어떤 이유에서인지 기소는 이루어지지 않았다. 전쟁 막바지 기간이라 당국은 신분상 심히 비호받는 이 개인에게 철저한 조치를 취하는 데 아예 관심이 없었다. 지역 경찰과 엘빙에 있는 상위 관청에서는 차라리 피의자를 전방으로 보내 버리려고 하는 것 같았다. 그러나 이런 형식으로 절차를 끝내 버리기 전에 서류들이 베를린에 있는 제국 중앙 형사성에 도착했다. 검찰관 셸리하는 이 사건을 현장에 가서 밝히기로 했다.

　셸리하 검찰관은 형사 두 명과 보좌관 두 명, 타자를 칠 서기 한 명에 작은 호송 경찰 팀 하나를 인도받았다. 이들에게 밤에 차를 타고 퓌르스텐-슈비부스* 도로를 지나 미리 가 있도록 했다. 셸리하는 이번 사건을 해명하면서 동시에 서프로이센이 혹시 러시아군에 넘어가기 전에 이 지방을 마지막으로 순시하려는 의도도 있었다. 셸리하 자신은 낮 기차를 타고 미리 보내 놓은 차를 쫓아 엘빙으로 향했다. 바로 이날 호스바흐 장군이 이끄는 부대는 뢰첸* 방어를 포기하고 이미 이 부대 후방에서 동프로이센 지방을 점령하기 시작한 러시아 군대를, 포위되어 고립된 상태로 서쪽 방향으로 돌파했다.

왜 지역 당원과 공무원들이 피의자 Z에게 정당한 죗값을 치르게 하지 않는지는 이해할 수 없는 일이었다.

2

셸리하는 도시이자 요새인 엘빙에 머물지 않고 — 당시 그곳에서는 감옥을 비우며 반역자와 탈주자들을 즉결 처형시키고 있었다 — 그 대신 거기에는 형사 한 명만 남겨 놓아 살인 사건 배경과 전방에서 일어나는 일에 대해 널리 퍼지고 있는 소문들을 보고하도록 하였다. 엘빙 외곽에 있는 지방 감옥에서 셸리하에게 보고가 올라왔는데, 이 지역에 국지적으로 외국인 노동자* 폭동이 일어나서 이 바람에 수감자들이 탈옥해 버렸다고 했다. 수감자들 중에는 미결수로 구류 중이던 Z가 있었다. 셸리하는 이날 조금 늦은 시간에 수행원과 차를 타고 엘빙 주변지에 있는 Z의 영지로 출발했다. 그는 왜 사람들이 이 남자를 더 잘 감시하지 못했는지 이해할 수 없었다.

당연히 영지에서는 용의자를 찾을 수 없었다. 셸리하는 영지에서 일하던 몇몇 하인들과 인접 지역 성직자와 지역 정당 지도자를 조사해 보도록 했다. 알아본 결과, 용의자는 영지에 나타나서 몇 시간 후 말 여섯 마리를 끌고(각각 두 마리씩 교체용으로) 사냥용 마차를 이용해 더 멀리 도망쳤다. 셀리하는 용의자가 포메른이나 니더슐레지엔 방향, 그러니까 분명한 서쪽 방향은 피했을 것 같았다. 서쪽으로 가는 경우 지름길을 이용하는 이점보다 그쪽에서 군대 검문에 걸려 탈주자로 몰릴 위험이 더 커 보였다. 그러니까 차라리 용의자는 전선 남동쪽 방향으로 호를 그리며 도망쳐서, 폴란드 총독부 관구*로 들어가려고 마음먹었을 것 같았다. 바익셀 전선*이 무너지며 러시아 군대가 빠르게 치고 들어왔기 때문에 거기는 통제 불능이었다. 그래서 용의자가 제국 국경 이편에서 감히 접근을 시도해 볼 법했다.

그건 그렇다 치고 범행 당시에 영지 주변에는 외국인 노동자 숙소도 없었고, 이 범행을 저지를 만한 어떤 외국인 노동자나 주변을 배회하던 자 혹은 탈주자도 없었다. 외국인들이 배회했다는 증거도, 혐의를 부인하는 용의자 진술에 따른 것이다. 셀리하는 이런 식의 변명을 원칙적으로 의심스럽게 보았다. 그러나 셀리하는 용의자가 아닌 다른 사람이 범죄를 저질렀을 가능성도 조사했다. 하인들은 규정된 건물에 수용되어 있었다. 그리고 일하는 시간에는 감시를 받았다. 하인들은 살인이 벌어진 주인집에 접근할 수도 없었다. 엘빙에 남겨 둔 조사관이 전화로 Z 살인 사건을 둘러싼 분위기를 보고하였다. Z를 특별히 비호하지는 않지만 이 시점에 이 살인 사건이 불거져 나온 것에 불쾌감이 만연하다는 것이다. 당 기관은 이 살인 사건에 개의치 않았다. 사법부로부터는 특히 다음과 같은 의견이 개진되었다. 현재 진짜 위험은 Z 씨 같은 사람들이 아니고 반항적이고 무모한 수없이 많은 무리들인데, 이 인간들은 지금 전쟁이 끝나가면서 바익셀 전선이 무너지기 때문에 반역할 기회만 엿보고 있다는 것이었다. 마찬가지로 검찰부 태도도 그랬다. 위험스레 긴장되는 상황에서 소위 자기편 사람들을 죽여서는 안 된다는 것이었다. 이 사건의 경우 벌어질 결과를 놓고 생각을 해 봐야 한다는 주장이었다. 이런 관점들은 모두 셸리하 검찰관 견해에는 맞지 않았다.

3

셸리하는 영주가 범행을 저질렀다고 확신하는 데 한 시간도 걸리지 않았다. 그는 죽은 자가 발견된 장소로 가서 땅바닥에 백묵으로 상황을 다시 구성해 보도록 하고 보좌관들과 함께 이 아주 원시적인 범죄를 철저히 조사했다. 어떤 하인한테서 Z의 옷 조각을 찾아냈는데 여기에서 기대하고 있던 핏자국을 발견했고, 그것이 범행을 증명해 주고 있었다. 이것과 다른 증거물들을 수레에 실어 엘빙으로 보냈다. 아주 잔인하게 벌어진 살인이라서, 잘 교육받고 좋은 가문에서 자란 사람이 저질렀다고 보기엔 어렵다는 것 또한 문제였는데(외국인 노동자가 아마도 범인이지 않을까 하는 생각으로 이어졌다) 이 문제는 용의자의 성격 묘사에 대한 보고를 듣고서 만족스럽게 해결됐다. 조사받은 사람들 모두가 동의하는 바대로 이 용의자는 원래 높은 도덕성을 가진 사람이었지만, 특수한 이번 경우로 인해 처음으로 그러한 도덕성이 무너질 수밖에 없었던 것이다. 이 영주가 보편적으로 자기 양심에 정한 특별한 요구가 있었기 때문에 손님 머리를 훼손했다는 것이 자명했다. 말하자면 어느 정도는 이러한 양심의 강력한 폭발로 인한 사건인 셈이었다. 그의 양심은 주어진 상황에서 살인 행위를 막을 수 없었고, 오히려 손님의 머리를 훼손시키는 것으로 자기를 드러내려 했던 것이다.

셸리하는 두 번째 형사에게 기사령(騎士領) 영지에 남아서 거기서 러시아군이 다가올 때까지 필요한 심문을 수행하고, 위험이 닥치면 엘빙 요새를 지나 베를린으로 가라고 지시를 내렸다. 스스로는 보좌관 둘과 서기와 함께 ─ 서기에게는 차를 타고 가는 동안 이제까지 수사 결과를 자세히 받아 적게 하면서 ─ 슈밀라우 철도 분기점까지 차를 타고 갔다. 셀리하는 거기서부터 기차나 소형 궤도차를 타고 빨리 남쪽으로 가려고 했다. 그래서 남쪽으로 가는 길 위에서 살인자를 막아서려고 했던 것이다. 슈밀라우까지 약 30킬로미터 남은 시골길 위에는 군용 차량들이 세 줄로 이들을 향해 마주 오고 있었다. 비교적 좁은 지방 국도를 화물차가 세 대씩 나란히 달렸고 나중에는 전차도 두 대씩 오고 있었다. 전차 측면과 화물차에는 군인들이 매달려 있었다. 엘빙 요새로 가려고 하는 이 대열은 반대로 오고 있는 사람들을 ─ 검찰관 차량들도 마찬가지로 ─ 길 밖으로 몰아냈다. 오토바이를 탄 전령 몇 명이 군대가 지나가도록 자리를 만들어 주었는데, 그렇지 않으면 군대가 직접 자리를 만들고 지나갈 기세였다. 전령은 거리 위에 있는 것을 다 치워 버리라고 명령을 내렸다. 그들은 검찰관에게는 바로 다음에 오는 장교에게 가라고 했다. 그렇지만 지도부 장교가 현장에 오기까지 꽤 오랜 시간이 걸렸다. 빠르게 달리고 있는 대열에서 장교를 불러내 거기서 내리게 한다는 게 쉽지 않았기 때문이다. 장교가 차에서 내려왔다가는 부대를 잃어버릴 위험이 있었다. 만약 뛰어내렸다가 자기 부대를 잃어버리면 즉결 처분이 뒤따를 수 있으므로 이는 목숨을 내놓는 짓이었다. 이런 이유에서 장교는 검찰관과 몇 마디 나누기도 전에 바로 뒤따르는 짐차 중 하나에 다시 올라탔다. 셀리하는 여러 시간을 아무것도 못 하고 그저 행렬이 끝나기만 기다렸다. 아무리 선로가 잘 연결되어 있다고 해도 살인자가 폴란드 총독부 관구로 들어가기 전에 체포하기는 힘들 것 같았다.

4

셀리하 검찰관은 대략 인구 15,000명 정도의 위수도시이자, 철도 분기점이고 요새인 슈밀라우 방어사령부에서 온전한 전신기 한 대를 발견했다. 용의자 영지에 남겨 둔 조사관한테서 전화로 마지막 수사 결과를 보고받았다. 살인 무기를 저택 지하실에서 발견하여 엘빙으로 이송했으며 거기서 감식작업이 이루어졌다고 했다. 덧붙여 하인들과 거주민들 증언도 보고했다.

전신기를 통해 셀리하는 동프로이센과 서프로이센, 그리고 폴란드 총독부 관구(러시아에 다시 점령당해 이제는 벌써 구(舊)폴란드 총독부 관구라고 불러야 할)의 몇몇 장소와 기지에 연락을 취할 수 있었다. 셀리하는 숲과 목초지 안, 여기 어디에선가 도망치려 하고 있을 살인자를 포위하려 했다. 다른 말로 하자면 즉흥적으로 수색대를 만들려고 한 것이다. 비록 이 수색 시스템 역시 커다란 빈틈을 내보인다고 해도 말이다. 그러나 셀리하가 전신기를 통해 연락이 닿는 여러 장소에 요청을 하니 관청들은 태만함을, 그러니까 반대 의사를 내비쳤다. 하급 관청들은 이런 상황 하에서 단 한 사람을 쫓는 수색 조치가 불가능하며 결과를 두고 볼 때 용납될 수 없다고 했다. 소총으로 저지른 이 살인을 마치 무슨 기사(騎士) 범죄*라도 되는 양 취급하다니! 셀리하는 크라카우*에 있는 경찰청장에게 다음과 같은 내용의 전신을 보냈다.

—셀리하: 살인 사건(서류 번호와 상세 정보)에서 저는 다음 관청(관청명)의 직무 유기적인 태도에 부딪혔습니다. 이 관청에 대한 명령을 부탁드립니다. 검찰관 셀리하.

셀리하는 알렉산더 광장 시절* 자기 제자였던 고급 행정관 슐체 박사로부터 답변을 얻었다.

—대답: 다음 관청(관청명)에 명령을 내림. 지목한 다른 관청들은 더 이상 연락 불가. 러시아군이 플록 시 근처에 있음. 여기서 추가적인 수색대를 파견했음. 모셔올 차를 보내 드릴까요? 답변 부탁드립니다. 행정관, 슐체.

—셀리하: 대단히 감사합니다. 안녕히 계십시오.

—대답: 안녕히 계십시오.

셀리하는 폰 Z가 슈밀라우, 클롭파우, 미엘칙* 국도 중 한 곳을 통해 제국 국경으로 오고 있을 것 같았다. 이렇게 넓은 곳은 효과적으로 감시하는 것이 어려워 보이기 때문이다. 저편으로 넘어가기 위해서는 클롭파우-미엘칙 구간 길로 와야 한다. 셀리하는 서프로이센 지방으로 추격해서 체포하려는 생각은 접었다. 그는 보좌관 두 명과 서기 한 명 그리고 경관 두 명과 차량 두 대에 나눠 타고 클롭파우 방향으로 움직였다.

5

이 도주로를 따라가면서 잔인한 사살 장면들을 여럿 지나쳤지만* 검찰관 차는 자신들이 지닌 힘을 별로 행사하지도 못했다. 한편으로는 다소 모두가 뒤죽박죽인 이 상황에서 살인 하나에 집중할 수도 없었지만, 여러 방향으로 흩어지는 수도 없는 사람들 중에서 살인자를 찾아내기도 역시 어렵고 거의 불가능했다. 그러나 다른 한편으로 셀리하는 이 단계에서 추적을 그만둘 마땅한 이유도 찾을 수 없었다. 형사부는 ― 비록 제국 중앙 형사부 최고 조직이며 가장 새로운 조직이었지만 ― 이런 재난 상황을 형사법적으로 처리하거나 규명할 수도 없었고 그럴 자격도 없다는 사실을 셸리하는 통찰하고 있었다. 어쩌면 그렇기 때문에 이들로서는 권력을 잡고 기존 독재자 옆에서, 이를테면 형사법적 독재를 휘두르는 편이 나았을지도 모른다. 그러나 형사 전문가라면 자신이 속해 있는 기관이 실패라고 느껴지는 순간일수록 더 엄밀하게 임무 수행을 위해 매진하며 가능한 더 강한 형사법 실효를 위해 항상 최선을 다하고 이미 손상된 법의 회복을 정말로 이끌어 내지는 못하더라도 그런 방향을 추구하는 자세를 가져야 한다.

이날 동프로이센에서는 포위된 부대를 지휘하던 호스바흐와 라인하르트 장군이 물러나고 슈빗헬름과 폰 뮐러 장군이 그 자리를 대신했다. 이 두 장군은 여러 소재지에서 달아나는 독일 부대들을 폴란드 총독부 관구에 모으려고 애썼다. 참모총장 렌둘릭은 빈을 방어하다가 이쪽으로 소환되어 저택 하나를 넘겨받았고 이 사령부 주변에 나무 울타리를 쳤다. 셸리하 검찰관은 용의자를 추적하다가 클롭파우 근처까지 가게 되었다.

6

다음 날 플록 시 서쪽 상황은 더 악화되었다. 러시아 군대는 북쪽에서 남쪽으로 대략 바익셀 강*과 평행하게 뻗은 여러 길들을 휩쓸었다. 셸리하는 차량 하나에 보좌관 한 명과 서기를 태워 제국 국경 쪽으로 보내기로 했다. 여성을 전방 근처에서 위험할지도 모르는 상황에 쓸데없이 빠뜨리지 않게 하기 위해서였다. 그 스스로는 남쪽 방향으로 추적을 계속해 나갔다. 용의자의 사냥용 마차가 클롭파우에서 멀지 않은 어떤 영지에 머물 때 체포할 수 있으리라는 근거 있는 추측에서 그런 것이다. 셸리하는 어떤 씩씩한 소위가 지휘하는 군대 수송 편에 붙어서 클롭파우를 지나갔는데, 잠시 후엔 러시아 부대가 이 도시를 에워쌌다.

셸리하는 이튿날 클롭파우에서 멀지 않은 곳에서 몇 킬로미터에 걸쳐 교통이 꽉 막힌 곳에 갇혀서 러시아 선발 부대에게 붙잡혔다. 그는 동행하던 보좌관과 경관들로부터 떨어져서 다른 많은 포로들과 함께 며칠을 보내고 철도 화물칸에 실렸다. 포로로 잡히기 전에 벌어진 작은 교전에서 검찰관 차가 더 이상 밝힐 수 없는 이유로 불타 버리면서 Z 사건에 관한 서류들은 모두 사라져 버렸다.

살인자 Z는 바로 클롭파우 시 뒤에서 ─ 친지의 영지를 서둘러 방문하고 나서 ─ 러시아군이 다가온다는 뚜렷한 신호를 보고서 서쪽 방향으로 뻗은 비포장도로로 말을 달렸다. 여기서 사냥용 마차가 유용하게 쓰였다. Z는 이 길을 지나서 며칠 후에는 슐레지엔 주 그륀베르크 시 옆 제국 국경에 도달했는데 여기엔 검문이 없었다. 글로가우, 코트부스, 구벤을 지나서 ─ 나중엔 사냥용 마차를 버리고 ─ 슐레스비히-홀슈타인을 향해 나갔다. 거기서 Z는 어떤 기사 영지에서 대접을 받았다. 훗날 그는 라인란트로 이주했다.

그동안 셸리하는 반대 방향으로 달리고 있었다.

칸트 인용문[*]

"만약 어떤 시민 사회가 구성원 모두의 동의로 스스로 해산하기로 했다고 쳐도(예를 들면 어느 섬에서 사는 민족이 헤어져서 세상 각지로 뿔뿔이 흩어지기로 했다고 치자) 해산하기 전에 감옥에 있는 마지막 살인자 한 명까지 사형을 집행해야 한다. 이는 사람들이 모두 자기 행위의 가치대로 운명을 짊어지고, 피를 뿌린 범죄를 단지 처벌하지 않았다는 이유로 이 민족이 살인 범죄를 계속 짊어지고 있도록 하지 않기 위해서이다. 그렇게 하지 않으면 이 민족은 공공 정의를 훼손한 공범자로 볼 수 있기 때문이다. 한 사람이 죽는 것이 전체 민족이 타락하는 것보다 낫다. 정의가 무너지면 인간이 이 세상에서 살아갈 가치가 더 이상 없기 때문이다."

7

셀리하가 1953년에 포로수용소에서 되돌아오니 독일 상황은 달라져 있었다. 셀리하는 라인란트에서 높은 관직에 임명된 Z를 더 이상 추적하는 일은 삼갔다. 1961년 6월 12일에 법률고문으로 임명된 셀리하는 S에 있는 로터리 클럽에서 '정의와 범죄'라는 주제로 강연을 했다.

강연 후 토론은 다음과 같다.

(박수)

로터리 클럽 회장: 강연을 마친 셀리하 박사에게 감사드린다. 그러나 로터리 클럽 분들도 결단코 정의와 불의에 대한 어떤 느낌은 모두 갖고 계시다는 것도 강조하고 싶다. 몇 가지 일에 관해서는 역시 너무 많이 생각하면 안 되는 법이다. **벵어―리바나**: 강연자는 헝가리 군복 상의를 '아틸라'라고 불렀다. 그러나 그건 '돌만'이라고 불러야 한다.* 강연자에게 이 외에도 어휘력 부족이 느껴졌다. 특히 극복되지 않은 역사에 관한 문제라면 부족한 어휘로 표현된 생각은 올바른 생각이 아닐 수 있다. **플렛케**: 정의에 관한 문제는

항상 작은 개인 영역에서 일어나는 일이다. **바라바스**: 나는 형을 집행하는 법률가이기 때문에 강연자의 비관주의를 이해하지 못하겠다. 나는 낙관적으로 본다.

(박수)

셸리하는 본질적인 점을 충분히 생각하지 못했다. 그것은 자비다. 정의가 있는 곳에 자비도 있다. 물론 오늘날에는 사면권에 아주 엄격한 잣대를 대야 하겠지만 그렇다고 자비를 통해 풍부해지지 않는 정의는 상상할 수 없다.

(더 강한 박수)

원칙 논쟁

가이벨: 강연자가 말한 것처럼 1953년에 독일 민족이 '무가치하게' 되었다고는 생각할 수 없다. 독일 국가에도 나오듯이 독일적 양식과 독일적 가치는 1945년에도 역시 몰락하지 않았다. **필스**: 확실하진 않지만 피를 뿌린 범죄가 민족에 달라붙어 있을 것 같진 않다. 범죄는 서프로이센 영역에서 저질러졌기 때문이다. 그러니까 지금 폴란드에 붙어 있다. **발러**: 사회는 구성원이 모두 동의한다고 해도 스스로 해산하지는 못한다. 이런 점에서 칸트의 예는 유토피아적이다. **헨**: 국회 실무에 비추어 말씀드린다. 반란이 벌어질 때는 이를 진지하게 철학적으로 숙고해 봐야 한다는 점이 실무에서 반복적으로 드러난다. 경험에 비춰 볼 때 칸트가 의미한 안이한 처벌이야말로 바로 민족에 대한, 또는 민족 안으로의 타락을

부르기 때문이다.[*] **글라스**: 민족은 그 당시에 처벌을 요구했다. 다만 기관이 실패한 것이다. 그렇지만 셀리하 박사 스스로도 완화가 필요하다고 했다. 셀리하는 그저 달라진 자기 태도 때문에 이 예를 들었을 것이다. **발렌틴**: 이해할 수 없는 것은 Z가 정당방위에 해당하지 않았는가를 조사해 보지 않았다는 사실이다. **메르텐스**: 아는 바로는 71보병연대가 당시 클롭파우 주변에 있었다. 어쩌면 이들이 살인자를 찾아낼 수도 있었다.

격화된 논쟁

회장: 시간상 발언 시간을 한 사람당 각 1분으로 제한해야겠다. 그러므로 발언을 짧게 해 주길 바란다. 계속해 달라. **람브레히트**: '사람들이 모두 자기 행위의 가치대로 운명을 짊어진다'는 말은 무슨 뜻인가. 철학적으로 말해서 실제(Praxis)의 문제라고 보아야 한다. **비숍**: 당연히 그것은 행위의 문제다. **에릅**: 의사로서 실습(Praxis)이 중요하다는 말에 동감한다. **카트린**: 그렇지만 한 사람이 죽는 것이 전체 민족이 타락하는 것보다 낫다는 말은 완전히 옳다고 할 수 있다. **의장**: 옳다. 로터리 클럽은 원칙적으로 사회 문제들에 열려 있다. 그러나 이 경우는 원래부터 사회 문제가 아니다. **카트린**: 그렇지만 다른 경우라고 인간이 죽음에 대해 얘기하는 게 가치가 없는 일인지는 의문이다. **야코비**: 문제 자체에만 집중하자. **슈미테너**: 그것은 교육 문제다. **글라우베**: 실무자로서 말씀드리겠다. 이미 프리드리히 2세가, 그러니까 신성로마제국 황제 프리드리히 2세 말고, 프로이센 왕 프리드리히 2세가 이렇게 말했다. 공무원과 철학자는 자신의 능력을 사물의 낯선 면에서 끌어낸다고. 오늘날엔 아마 공무원이나 철학자보다 실무가라고 말했을 것이다. 실무란

사물 가까이에 있다는 뜻이다. 누가 아직도 자기 인생이나 자유를 특별한 정의의 문제로 생각하겠나? **슈프랭엘**: 칸트가 던진 속죄 문제는 너무 특별한 경우이고 어쩌면 주변적인 문제다. 경찰의 예방 조치가 어쩌면 사후적인 속죄보다 효과적인지도 모른다. **마인츠**: 법치소송국가가 아니라 범죄를 미리 예방하는 법치국가가 필요하다. 예방적 법치국가는 경찰에서 시작된다. 살라자르*는 이것을 제대로 본 것이다. **파차크**: 칸트로 다시 돌아가자. 전쟁 포로가 되었다가 돌아와 보니 칸트적인 의미에서 속죄와 '가치' 없이도 발전이 계속되는 것을 확인할 수 있었다. 전쟁 막바지 무렵 독특한 몰락의 분위기를 (기껏해야 연말에 한 해가 가는 분위기 정도에 비교할 수 있을 정도로) 다시 재구성하기가 아주 어렵더라.

정의를 향한 사랑

셸리하 박사: 형벌은 분위기 문제다. 수사와 범죄 자체도 그렇게 시공간 일치가 지켜져야 존재한다. 특별한 분위기 없이는 범죄도, 수사도 성공할 수 없다. **회장**: 강연에 대한 논평에 감사한다. **파이케르트**: 정의를 항상 말도 안 되는 이상 중 하나라고 생각했었다. **발롱가**: 어떻게 사법이 범죄가 되며, 어떻게 범죄가 사법 감시를 벗어나는가에 항상 관심이 있었다. 이런 의문들도 역시 문제 삼아야 한다. **필스**: 정의는 전체주의적인 원칙이다. **발러**: 그러나 정의 없이는 아무것도 안 된다. 형사는 법을 지키는 개가 되고, 판사는 사법부 왕이 된다. **회장**: 짧게 말해 달라. 알찬 토론을 위해 시간이 촉박하다. **베르크만**: 정의를 향한 사랑이 너무 크면 성적 도착이 연상된다. 고대인들은 어린 남자에 대한 사랑을 놓고 근거를 대며 논했다. **에버**: 정의라는 낱말이 고대 텍스트에 자주 등장하는 것도

독특하다. **퓌어브링어**: 정의는 있어야 한다! 사람은 정의 없이는 살 수 없다. **슘페터**: 그러나 어떻게 그것을 증명하나? **회장**: 뒤죽박죽 발언하면 안 된다. 퓌어브링어가 발언권이 있다.

종결

렙지우스: 오늘 논의된 문제는 흥미로웠다. 아주 생산적인 방식으로 법질서에 대한 문제가 전개되었다. **피효타**: 들려준 강연에서 결말이 특히 인상적이었다. **아른트**: 마침내 좀 트인 말들이 나왔다.

(열광적인 박수)

회장: 토론으로 흥미로운 생각이 많이 나왔으니까 강연자에게 끝맺는 말을 부탁한다. **법률고문 셸리하 박사**: 토론에 감사한다. **회장**: 시간이 다 됐다. 참석자 모두를 대표해서 말한다. 유익하고 교훈적인 내용의 강연을 해 준 셸리하 박사에게 감사한다.

(따뜻한 박수갈채)

포자 양(孃)

1

영지의 젊은 여주인 포자 양은 사람들이 저택 안뜰로 들어오는 것을 막으려고 길 쪽으로 난 울타리 문을 잠그게 했다. 그녀는 나중에 생각을 바꿔서 울타리 문을 다시 열었다. 안뜰로 밀려들어오는 사람들에게 식사를 대접하라고 부엌에 지시를 내렸다. 시가지 위로 연기가 피어오르다가 고공에서 바람에 툭 꺾였다.

포자 박사는 살롱에서 커피를 기다리고 있었다. 라디오 룩셈부르크에서 썩 괜찮은 오페라 콘서트를 방송해 주었다. 포자 양은 시내에 있는 성당 원로 신부와 연락할 방법을 찾았지만 이미 불가능한 일이었다. 가까이 있는 적들이 시가지로 가는 전화 시설을 끊어 버렸기 때문이다. 그녀는 안뜰 문을 닫아 버리려 했던 것이 못내 죄스러웠다. 서쪽에서 동쪽으로 하루 종일 비행기들이 지나갔다. 저공 비행기가 저택에 가까이 접근하자, 포자 양은 곳간 뒤에 가족들을 위해 마련된 방공호 쪽으로 뛰어갔다. 달리는 동안 그녀는 반쯤 정신이 나갔다. 작은 은신처를 꽉 채우고 있는 야전용 침대 위에 그 폴란드인과 글로리아가 있었다. 포자는 침대 *끄트*

머리에 둘을 보고 앉으며 당황해서 일어나 앉으려는 이들을 제지했다. 그녀는 오히려 여기저기 흩어져 있는 옷들을 모아 그들에게 주었다. 젊은 폴란드인이 두 여자 사이에 앉았다. 글로리아는 다소 뻔뻔하게 언니 앞에서 옷을 입기 시작했다. 포자 양은 안뜰과 곳간에 앉아서 양식을 받아먹는 사람들을 하루 종일 돌봤다. 나중에 지역 농민 위원장이 자기 사람들 몇을 데리고 와서, 도망친 그 폴란드인을 다시 찾기 시작했다. 이번에는 그를 찾아냈다. 이 폴란드인이 부주의하게 처신한 나머지 곳간 뒤에서 어정버정 돌아다녔기 때문이다. 지역 농민 위원장은 그를 묶고 심문했다.

저녁쯤에 미국 탱크들이 도시 가까이 다가왔다. 탱크에서 나오는 긴 사이렌 소리를 들을 수 있었다. 포자 양은 들판에서 작은 무리를 지어 오는 하인들과 외국인 노동자들을 상대했다. 이들은 새로운 일들을 알고 싶어 안달했다. 저녁에 그 젊은 외국인 노동자, 즉 글로리아의 폴란드인이 사라졌다. 밤에 도시에서 신생아 둘이 들어왔다. 포자는 아버지에게 아기들을 맡아 달라고 부탁했다. 아버지에게 아기들을 맡으라고 지시했다는 말이다. 그러나 아버지는 이런 설득에 익숙해져 있었다. 신생아들 때문에 글로리아 역시 바빠졌다. 글로리아가 탯줄을 잘라 냈다. 이 일이 포자 박사에게 달갑지는 않았다. 이날이 바로 해방일이었다.

2

폴란드인이 다시 돌아오지 못할 것이 확실해지면서 포자는 점점 더 조용해졌다. 연합군이 진입한 날 밤에는 잠을 잘 수 없어서 다시 옷을 입고서 집을 청소하기 시작했다. 집에 있는 많은 십자가상과 예수상이 그녀를 불안하게 했기 때문에 한곳에 모아 놓았다. 이 물건들을 원래 있던 장소에서 보게 될까 봐 무서웠다. 그녀는 상황이 다시 좋아지기를 간질히 바랐다. 좋아지는 것이 불가능한 상황, 이미 돌이킬 수 없는 상황이 존재한다는 사실이 믿기지 않았다. 무슨 일이 일어나야 할까? 밤에 그녀에게 위기가 왔다. 그녀는 (소파에서 웅크리고) 기도했다. 그리고 잠이 들 때까지 울었다.

절제심

오직 주인집에서만 안심하고 숨을 수 있다는 핑계로 주인집을 출입할 수 있었던 이 젊은 외국인 노동자를 아마 포자 양은 애인으로 삼을 수도 있었을 것이다. 무슨 이유로 그녀는 그를 받아들이지 않았던 것일까? 포자가 지나치게 절제했기 때문에 남자는 동생 품으로 향했다. 사실 동생을 더 잘 지켜야 했을 텐데.

젊은 외국인 노동자의 행방불명에 대한 반응

그를 찾지 못할 것이 확실해지니 포자를 최근 며칠간 옥죄던 느낌이 약간 사라졌다. 어두울 때까지 그를 찾으러 다니긴 했지만. 여러 외국인 노동자 숙소로 차를 타고 가서 그의 행방을 수소문해 보았다. 거기서는 자유의 축제가 천천히 진행 중이었다. 그는 어디에도 나타난 적이 없었다.

흡혈귀 아버지

화창하게 빛나는 봄날이 오자 어떤 방향으로든 돌릴 수 있을 법한 모호한 정열적 충동이 그녀에게도 싹텄지만 이 좋은 의지를 살 사람은 오직 아버지뿐이었다. 아버지는 자신이 얻을 수 있는 것은 모두 제 것으로 만드는 사람이었다. 그는 의료 실무로 그녀를 착취했다. 그녀는 의료 기구들을 소독했다. 때로 그는 이웃한 영지나 시내로 그녀를 보내 식민지 잡화상에서 진미를 좀 사다 달라고 보채기도 했다.

포자 박사

1886년생인 에른스트는 아버지와 마찬가지로 의사로 교육받았다. 모두들 에른스트 폰 포자는 대단히 출세할 거라고 말했다. 그는 1914년 렘베르크에 있는 제3야전병원 대리 병원장으로 재임했는데, 기병대 장군이었던 폰 부르더만이 퇴각하는 바람에 물밀듯이 몰려드는 제3야전군 부상자들을 그곳에 수용하게 되었다. 포자는 렘베르크 야전병원 일부를 프세미스우*에 보내 구하려 했지만 그곳은 곧 포위되고 말았다. 포위된 프세미스우 요새는 며칠 지나지 않아 벌써 패전지에 속했다. 포자는 러시아 포로수용소에 수용되었다가 포로로 잡힌 러시아 의사와 덴마크를 통해 교환되면서 돌아왔다. 1916년에 그는 1914년 9월 16일에 있었던 오이제 강변 전투 지역을 둘러보았다. 그곳은 포자 형제들 중 두 명이 묻힌 곳이다. 아랍계 프랑스 병사들*이 그들 눈을 파 버렸을까?

세계대전이 끝나고 나자 '살면서 즐길 아름다운 것들'에 대한 갈망만이 남았다. 1921년 마요르카, 이비자로 여행, 1923년 튀니지와 그리스, 1928년 포르투갈과 스페인 여행, 브리기테 폰 D와

1920년 결혼, 6년 후 이혼. 1932년, 1935년, 1936년, 1937년, 1939년 (연초)에 특히 코르푸를 비롯한, 여러 번의 지중해 여행. 포자 영지에서는 지방 의료 시설과 조산원을 열었다. 추위에 극도로 민감해졌다. 프세미스우에서 나온 뒤부터는 배고픔을 참을 수 없었다. 그 때문에 일정이 잦은 식사 시간으로 조금씩 끊어졌다. 환자들을 불쾌하게 여겼다. 바이올린을 켰다.

전환점

2월부터 이미 포자 양은 인간관계와 앞으로의 계획에 변화가 왔으면 하고 바랐다. 그녀는 스스로 무언가 할 마음가짐이 된 걸 알았다. 이러한 조짐은 예전에도 이미 본 적이 있어서, 지난 몇 년간 겪어 온 영점(Nullpunkt)을 지나면 틀림없이 다시 상승할 거라는 것도 계산할 수 있었다.

사체 발굴단

포자가 주지 않았더라도 어디 다른 곳에서 얻어먹을 수 있는 사람들에게 음식을 나눠 주었던 걸 제외하면, 포자 양에겐 무언가 할 수 있는 기회가 오랫동안 오지 않았다. 나중에야 그녀는 사체 발굴단을 이끌어 달라는 부탁을 받았다. 그녀는 이 임무를 넘겨받고 사람들(일부는 영지 하인들, 일부는 시에서 제공받은 일꾼들)과 함께 시체를 찾아 파괴된 도시를 샅샅이 돌아다녔다. 그녀는 냄새를 참으려고 독한 술을 가지고 다녔다. 셋째 날에 60명이 파묻혀 죽은 지하실을 발견했다. 그 밖에 따로 묻힌 시체들이나, 팔 크기만 하게 숯덩이가 되어 버린 몸통들, 파묻혀 있을 때만 온

전해 보이던 시체들을 상당수 발견해서, 시 행정부가 비용을 부담한 집단 매장지로 이송했다. 포자 양은 어느 교회에 쌓인 폐허를 치우고 싶어서 일주일 동안 팀원들을 위해 휴가를 내달라고 신청했었다. 그러나 보건 당국의 재촉으로 이 신청은 받아들여지지 않았다. 이 시간 동안 포자 양은 자주 그 젊은 폴란드인을 생각했다.

좋은 일을 찾아서

사체 발굴단은 시립 극장 바닥까지 치워 내고 난 후에야 해산했는데, 포자 양이 제안했던 교회 재건에는 투입되지 못했다. 그래서 포자 양은 자신이 할 수 있는 무언가 좋은 일을 찾아서 거리를 샅샅이 살피며 돌아다녔다. 그러나 군정(軍政)에 참여하려던 시도는 그녀가 해명할 수 없는 오해만 낳았다. 그 일에 경험이 없었기 때문이다. 포자가 계획한 것을 내다 팔 시장이 없었다. 한 달 동안 몸에서 임신 징후를 관찰했다. 그러나 임신을 했을 리 없었다. 글로리아가 자신이 그 폴란드인과 부주의하게 일을 저질렀다고 털어놓았다. 포자 양은 글로리아와 함께 폴란드인에 대해 이야기를 나누고, 여동생이 폴란드인에 관해 이것저것을 말해 줄 때 키스해 주었다. 대화를 하고 나자 더욱더 강하게 무언가 좋은 일을 하고 싶은 욕구가 생겼다.

3

포자 가문*은 17세기에 네덜란드에서 윌리히-클레브*로 이주해 왔다. 가문이 이주한 이 지역은 곧 프로이센 땅이 되었다. 폰 포자 대위는 마인츠 시를 첫 번째로 포위 공격하던 당시, 자신의 제후가 보는 앞에서 브레첸하임 마을의 민간인 하나가 학살당하는 걸 막았다. 폰 포자 가문으로 포메른 지역계의 한 인물은 1793년 탈주해 프랑스 혁명 군대로 넘어갔는데, 1815년 파리 점령 후* 총살형에 처해졌다. 1836년에서 1851년까지 라티보 지역 고등법원 부원장이었던 J. H. 폰 키르히하임(그의 어머니가 포자가家)은 1848년*에 라이헨바흐 백작에 대한 구금 명령을 폐기했다. 프로이센 왕이 그에게 편지를 썼다. 그대의 의도를 이해할 수 없으며 그대에게 불만을 표하네. 폰 키르히하임은 5년간 정직되었다. 프로이센 하원의회 의원인 폰 키르히하임은 이러한 처분에 반대해 재판소의 독립된 재판권을 주장했다. 그는 이 불손한 행위로 인해 아직 집으로 향하고 있는 길에서 강제로 파면되었다. 그 당시 상원의원과 장교로 프로이센에 복무하던 포자가 중 네 명이 관직에서 물러나야 했다. 포자가는 그다음 세대부터는 오로지 의사로만 키웠다. 1871년 의무감(醫務監) 프란츠 폰 포자는 상트 프리밧 전투*에서 육군 중장 폰 포이크트-레츠에게 학살자 슈타인메츠를 천거한 장본인이었다. 슈타인메츠는 다음 날 다른 장교로 대체되었다.

1차 세계대전 중 포자가와 키르히하임가에서 여덟 명이 참전했다. 오스트리아-헝가리 제국 군대가 람베르크 시를 지나 북쪽으로 기이한 진군을 계속하는 동안 여덟 명 중 대부분이 목숨을 잃었다. 그들은 프로이센 연락장교나 위생장교로 브루더만과 당클 부대 그리고 프로이센 뵈르쉬 지원 부대에 배속되어 있다가 전사했다. 다른 포자가 사람 두 명은 제대로 직무도 수행해 보지 못한 채 서부전선에서 전사했다. 세계대전으로 충격을 받은 에른스트 폰 포자만이 북부 헤센 주 포자가 영지에서 살아남았다. 이후 포자가는 위기의 세월을 겪는다. 살아남아 성장한 포자가 후손들은 입 모양이 똑같았고, 입 주위에 그늘이 져 있었으며, 똑같이 호기심 어린 눈초리를 하고 있었다. 그 어두운 황갈색 머리칼은 매우 빨리 세어 버렸고, 흥분하면 어금니를 바득거려서 관자놀이의 핏줄이 섰다. 1700년, 1800년, 1900년경의 포자가 사람들과 똑같이 말이다. 그런데 이제 이들이 위기에 처했다.

4

선(bonum)이란 무엇인가?

조국이 선이 아니라면, 유럽은 어떨까 — 대체 어떤 유럽 말인가? 진통제일 뿐, 불운은 누그러뜨리지 못한다. 부끄러운 행동은 삼가라 — 그게 도대체 무슨 말인가? 포자가 사람은 부끄러운 짓을 저지르지 않는다. 진실이 선이라고? 누구에게 말하는 진실인가? 절제심 — 아니다. 그럼 도대체 무엇이 선함인가? 가족의 재산*? 그렇다. 그러나 그것이 전부일 수는 없다.

폰 학케 대위(포자가의 외손)

에른스트 폰 학케는 브라운슈바이크 근처에 상속받은 재산을 너무 사랑한 나머지 종말을 맞았다. 그는 1차 세계대전이 끝나고 소령으로 귀향했는데 (1919년 마침내 함부르크에서 포병대 말이 처분되면서 국고에 큰 이윤을 주었기에) 펠케르트 주식회사라는 (처가 친척) 은행 기관에 자원 업무를 하면서 이 상속 재산 보존에 필요한 자금을 조달하려고 했다. 뮌헨에 있는 은행 동료가 해 준 조언 때문에 투기도 했는데 오히려 돈만 더 잃고 말았다. 초과 담보가 잡힌 재산은 재산 관리 처분에 들어갔다. 소령 폰 학케는 1928년에서 1930년까지 하노버에서 성악 수업을 받았다. 첫 선생이었던 궁정가수 메르켈 폰 카로닌이 그에게 자리를 주기로 약속했다. 소령 폰 학케는 풍성한 전리품을 약속하는 이 새로운 과업에 뛰어들었다. 다음 해에 학케라는 이름이 코부르크, 할버슈타트, 코트부스, 토르가우, 브란덴부르크, 단치히 공연 명단에 올랐지만 눈에 띄는 역할은 한 번도 못 했다. 폰 학케는 브라운슈바이크 근처는 피했다. 1935년에는 군대에 성공적으로 복귀했다. 1935년 9월 1일 베를린에서 국방부에 들어가 중령급 임무를 맡았다. 전선에서 멀리 떨어진 중앙에 있느라 폴란드 원정과 서부 원정의 기회를 놓쳤다. 이 전쟁에서 공을 쌓기만 하면 영지를 다시 구할 수 있을 것 같았다. 1941년에는 친구들이 당시 군에서 가장 날카로운 무기를 그에게 마련해 주었다. 그것은 니더작센 제2전차연대였다. 이 멋진 부대는 54전차부대와 연합으로 러시아 북부를 달렸다. 잘 무장한 전차 포신과 금발의 중부 독일인의 두상이 밖을 내다보고 있었다. 첨단 무기들을 언제든 종류별로 다 사용할 수 있었다. 이론상으로는 폰 학케가 그 지휘권을 가졌으니 기사십자훈장이나 떡갈나뭇잎훈장까지 탈 법했다. 훈장을 받으면 그는 걱정에서 모두 해방될 터였다. 그렇게 훌륭한 군인을 부채에 허덕이게 놔둘 수는 없을 테니 말이다. 그러나 부대의 전차들은 적에게 닿기도 전에 넓은 수렁 지대에 들어섰다. 총공격 중에 이 부대는 철수할 수밖에 없었다. 일주일 후에는 다른 전방에 투입된 연대가 같이 가던 보병 연대에게 버림받고 남겨졌다. 그들은 레닌그라드로 가는 길목 좌우에서 적에게 측면 포위 당했다. 철군을 시작해야 했다. 폰 학케는 울면서 장교들과 통나무를 깐 길에 서서, 뒤로 굴러가는 전차와 주저앉은 척탄병들을 지휘했다. 그때 측면에서 이 부대에 기회를 만들어 주려고 애쓰던 기관총 부대의 방어도 실패로 끝나고 말았다.

겨울과 그다음 봄에도 성공을 거두지 못했다. 그때까지 자유로이 작전을 펼치던 학케의 전차 연대는 전차 군단 연합으로 재편입되었다. 폰 학케는 오랜 시간 동안 크림반도에서 싸웠으나 헛수고였다. 포자가의 외손인 학케는 1943년과 1944년에는 이런 실패를 이유로 장교 반란 음모에도 참여하지 않았다. 그는 크로아티아에서 지방 헌병대를 얻었지만 거기서도 해결할 수 없는 문제에 직면했다. 이렇게 멀리 떨어진 전쟁 무대에서라면 혹 성공을 하더라도 승진을 하거나 훈장을 타기도 힘들 터였다. 제국 수도에서 휴가를 보내는 동안 그는 연애를 하다가 부채를 새로 늘리고 말았다. 게다가 방향을 잘못 잡은 영국 폭격기가 최후 기반인 헤르포르트에 있는 재산까지 파괴해 버렸다.* 대령으로 승진한 학케는 부다페스트로 원병을 요청하는 친구의 편지를 받았을 때도 그 사실을 숫제 모르고 있었다. 그렇게 그는 군대를 이끌고 부다페스트로 갔다. 남서쪽에서 밀고 올라간 학케의 공격은 도시에 있는 포위자들과 방어자들을 혼란에 빠뜨렸다. 그들은 플라텐 호수*에서 진군해 도시를 구할 수 있을 것 같았다. 사령부 보고에 명확히 언급되었듯이, 이 부대는 이틀 후에 유고슬라비아 국경으로 다시 물러났다.

이 운 좋은 사건은 여러 가지 원인 때문에 너무 늦게 온 것이었다. (이제 통화개혁으로 폰 학케의 채무 부담도 줄었다.) 폰 학케는 쇼지츠 계곡에 있는 사단 지휘권을 넘겨받았다. 그리스에서 와서 이 지휘권을 넘겨받기로 되어 있던 사단이 오지 않았던 것이다. 구(舊) 헤르체고비나 계곡에 있던 사단장들인 학케와 펜, 코베는 그 당시 어떤 결정을 내리려 하고 있었다. 미군 전선을 돌파할 것인가 아니면 파르티잔에 투항할 것인가 고민하며 크르틱-쇼지츠에 있는 파르티잔 지도부와 교섭을 하였다. 자기들 편이 오히려 위험하다고 느낀 파르티잔 지도부는 밤사이에 도망쳤다. 지휘관 펜, 코베 그리고 학케가 탄 중무장한 전차 종대가 클라겐푸르트 부근 미군 전선에 다다랐지만 거기서는 거절당했다. 희극적인 결말이 아니었다. 며칠 후 폰 학케와 펜, 코베는 총살되었기 때문이다.

폰 포자 남작 부인

1945년 1월 2일에서 3일 사이 밤중에 포자 남작 부인은 양심을 빼앗겼다. 그 양심은 단순한 금고 하나로 그 안에는 폰 포자 가족의 보석들이 들어 있었다. 에리카 폰 포자는 사령부에 있는 친구들로부터 러시아 군인들이 포자가 영지에 다다랐다는 소식을 듣자마자, 금고를 동쪽 땅 포자가 영지에서 뉘른베르크로, 제국 우편을 통해 등기로 부쳤다. 금고는 확실히 뉘른베르크에 도착했고, 전쟁 초에 약속한대로 어느 약사 가족이 남작 부인을 위해 '금빛별'(전통 있는 약국 이름이었다)에 잘 보관했다. 남작 부인 자신은 영지에서 너무 오래 버티고 있었다. 그녀는 마차를 타고 독일군 철군 행렬을 따라잡았다. 1920년대에도 하인들과 이 마차들을 타고 슈톨페* 근처 포자가 옛 영지에서 베를린까지 간 적이 있었다. 그리고 베를린에서 독일인민당* 행사를 이끌었다. 이번엔 첫눈 오던 며칠간 하인들과 외국인 노동자들, 그리고 마차를 잃어버렸다. 그녀의 마차는 중무장한 전차들 때문에 비탈길로 굴러 떨어졌다. 마차 바퀴 하나가 넘어진 여인의 정강이를 타고 넘어갔다. 군인들이 그녀를 들것에다 실어 야전병원에 데려갔다. 뉘른베르크에 온 그녀는 기어 다니지 않으면 휠체어에서나 겨우 움직일 수 있는 불구가 된 것처럼 보였다. 1945년 1월 2일에서 3일로 가는 밤중에 뉘른베르크 시는 연합군 폭격기의 공습을 당했다. '금빛 별'도 역시 소이탄과 고폭탄에 맞았다. 폰 포자 남작 부인과 집주인들은 '금빛 별' 지하실 아치에서 공습 시간을 보냈다. 폭파된 지하실의 다섯 개에는 약과 알코올과 붕대 재료들이 보관되어 있었다. 지하실의 피난민들은 연기가 계속 나오는 곳을 알아차렸고, 벽의 터진 곳을 무너뜨렸다. 이 구멍은 뉘른베르크 옛 도시 아래에 위치한 복잡한 지하 터널로 연결되는 통로였다.* 에리카 폰 포자는 자기 양심을 노쇠해 가는 육체에 꼭 껴안은 채, 벽 구멍 쪽으로 기어가려 했다. 이미 집주인들은 그 구멍으로 도망친 뒤였다. 구멍은 50센티미터 높이의 문턱을 통해 '금빛 별' 지하실과 분리되어 있었다. 남작 부인은 이 문턱을 넘다가 높이가 한참 더 낮았던 지하 통로로 추락했다. 잘 아물지 않았던 정강이가 부러졌다. 그녀가 도와 달라고 소리치자 몇 시간 후에 어둠 속에서 약탈자들이 나타나 그녀의 단 하나 남은 소유물, 양심이 든 금고를 빼앗아 갔다.

1945년에서 1948년까지 남작 부인은 스위스 프랑켄 지방에 있는 가르텐슈타트 수용소에서 어려운 시간을 넘겼다. 그곳은 뉘른베르크에서 집을 잃은 사람들을 우선 보내던 곳이었다. 그녀의 조카인 앙드레 폰 테크가 1949년 러시아 포로수용소에서 돌아왔다. 그는 포자 남작 부인을 비스바덴에 있는 집으로 모셨다. 금고가 나중에 어느 보석상에게서 다시 나왔다. 그러나 폰 포자 남작 부인은 그 금고를 거부했다. 정강이는 다시 붙었지만, 포자 남작 부인은 이렇다 할 만큼 움직이는 것은 포기했다.

폰 키르히하임 경관

폰 키르히하임(1900년 출생)의 관찰 방법은 논리적이었다. 논리적 관찰 방법은 내무행정의 관찰 방법이다. 이 관찰 방법에 따르면 국가는 말하자면 기계 같은 것이다. 그러나 이 말은 이 행정 및 경찰 기계가 개개의 불가피한 상황과 현실에 보조를 맞춰야 할 때는 기계처럼 단순한 관찰만 하면 안 되고 융통성을 발휘해야 한다는 말이 된다. 1923년 폰 키르히하임은 프로이센 내무행정 업무를 맡았다. 1929년 그는 경찰 부서로 옮겼다. 1933년은 그를 경악하게 한 해였다. 그는 브레슬라우에서 어느 살인 사건을 조사하고 있었다. 1월 28일 키르히하임은 돌격대(SA) 소속이었던 범죄자들을 체포하도록 했다. 며칠 후에 하이네스 친위대 대령이 브레슬라우 경찰청장이자 슐레지엔 주지사가 되었다. 2월 6일에는 노동조합장들이 각자 집에서 총에 맞아 죽었다. 3월 선거 후에는 재무 담당관 예거라인이 지방 의회 의원 한 명과 같이 총상을 입고 죽은 채 발견되었다. 노동 지도자 두 명이 3월 16일에 죽은 채로 발견되었다. 비서관 린다우 집에 돌격대 사람들이 나타나 총을 쏘았다. 저널리스트인 쾨니히가 저녁에 브라이텐 거리에 있는 집에서 나오는데, 어떤 사람이 그의 얼굴을 면도칼로 갈기갈기 그었다. 폰 키르히하임은 이 사건들을 현장 검증할 때마다 항상 믿을 만한 경찰관들을 동반하고 나갔다. 노동조합장 부인이 여러 노동조합원들을 보호해 달라고 요청했지만 그는 이렇게 대답했다. 우리에게 무엇을 기대하십니까? 우리는 스스로도 제대로 지키지 못하는데요.

부스러지지 않는 것이 제일 중요한 시대에 용감하다는 게 무슨 뜻일까? 폰 키르히하임은 선조들처럼 용기 있게 등장할 적절한 기회를 찾지 못했다. 1941년에 폰 키르히하임은 리투아니아–농프로이센* 국경 지역 감독을 맡았다. 여기에선 국경선 관할 중복이 해결할 문제였다. 폰 키르히하임은 평가서를 작성했는데 이 평가서 때문에 국경 지대의 인적, 물적 수단의 절약에 관한 악명 높은 제안서가 나왔다. 평가서는 이 국경 지대뿐 아니라 다른 경계 중복 지역에도 근본적으로 해당되는 것이었다. 나중에 그는 알렌슈타인에서 자신이 감독을 하는 동안 국경 지대에서 사건들이 벌어졌다고 들었다. 그러나 그 자신은 이런 이야기를 들은 바가 없었다. '추려 내기' 과정에서 가르스덴에서 201명이 죽고 크로팅엔에선 277명, 폴랑엔 191명, 타우로겐 255명, 게오르겐부르크 322명, 블라디슬라바 192명, 마리암폴 68명, 빌라발렌 230명, 칼바리아 150명, 빌코비셴 300명, 셰벡즈비와 베비르제비아이에선 확인할 수 없는 많은 사람들이 죽었다는 것이다. 그것은 학살이었다. 폰 키르히하임은 베를린으로 가서 내무부에 항의했다. 그리고 그는 당분간 더 이상 업무를 맡지 못했다. 나중에 그는 코카서스에서 경찰 연대를 맡아서 그 공로로 기사십자훈장을 받았다. 내무부로 쳐들어갔던 불쾌한 일은 잊혀 가는 것 같았다. 그러나 그 후 1944년 가을, 폰 키르히하임은 총살당했다.* 사후적으로 보자면 목숨을 건 입장을 취한 이유를 잘못 골랐기 때문이었다. 왜냐하면 국경 지대에서 있었던 소요는 이미 다른 부서로부터 중지되었기 때문이다. 1933년부터 계속 몰아닥치던 기회 중에서, 키르히하임이 어떤 순간, 어떤 상황에 개입하는 것이 더 적절했을까?

야심 찬 게르다 폰 포자-에제벡

사촌 게르다가 거짓 적십자 간호사라는 사실이 카토비츠에서 형사에게 적발되었다. (사실 그녀는 미성년이었고 적십자 유니폼을 입을 자격이 없었다.) 1942년에 『독일 경찰지』 1044~1046페이지에 이런 이야기가 실린 이후에 그녀는 유명해졌다. 그 후 그녀는 살을 빼고, 16세임에도 22세라고 표기된 서류를 갖추었다. 그녀는 자격도 없이 2급 철십자훈장을 달았다. 공무원들은 그녀가 『독일 경찰지』에 묘사된 그 아이인 것을 알아차렸다. 또 다른 거짓 적십자 간호사가 로텐부르크, 뮌헨, 글라이비츠, 구벤, 라이프치히, 예나, 하노버, 크라이엔젠, 할버슈타트, 고즐라르, 슈트라스부르크, 에센, 프라이부르크, 슈나이데뮐, 단치히, 알렌슈타인, 리츠만슈타트에 나타났다. 사람들은 이 적십자 간호사를 게르다 폰 포자와 혼동했다. 그녀는 여러 차례 범죄를 저지른 혐의로 징역 2년형을 선고받았다.

불행한 육군 중위 폰 포자

저항 정신 때문에 그는 자칫 중위로 승진을 못 할 뻔했다. 참모총장 폰 라이헤나우가 참석한 자리에서 그는 군사 교육 방법을 비판했었다. 참모총장은 웃었다. 참석한 장교들이 이 웃음을 호의로 이해했기 때문에, 그래도 중위가 소위로 강등되지 않을 수 있었다. 몇 주 후에 이 젊은 포자는 흑해 연안 페오도시아 교전에 배치받았다. 그 전투가 어떠했는지는 양편 1200명 중 죽은 군인의 숫자로 가늠될 수 있다. 페오도시아에서 러시아 편은 16명이 죽었는데, 독일 편에서는 240명이 죽었다. 러시아 군인들은 1941년 12월 26일에서 27일로 넘어가는 밤에 육중한 순양함을 타고 페오도시아 내항에 나타났다. 그들은 배 전조등으로 독일 화포들이 있는 곳을 비추었다. 나중에 병사 23,000명이 상륙했고, 폰 슈포넥 장군 목숨과, 제46보병부대의 명예를 앗아간 그 유명한 '케르취 반도의 위기'가 닥쳤다.* 교전에서 살아서 버텼던 폰 포자는 이러한 불행한 맥락 속에 휩쓸렸다. 그의 개혁 이념들은 더 이상 아무도 받아들이지 않았다. 1943년에 그는 러시아 편으로 넘어갔다.

폰 포자 양

포자 가문 영지에서 1921년 3월 28일 의사 에른스트 폰 포자의 딸로서 태어남. 이름은 나타 폰 포자. 여동생 글로리아 폰 포자의 보호자. 해야 할 좋은 일을 찾음. 1945년 새해가 되고 변화가 오고 있다. 큰 기대는 항상 새해에 품게 된다. 교회 건물은 불에 다 타 버리고, 임시 건물을 사용하고 있지만 더 자주 교회에 나간다. '좋다'는 말을 대체 무슨 뜻으로 쓰느냐고 갑자기 질문을 받으면 아마 그녀는 대답할 수 없었을 것이다. 그녀는 방황하는 포자 가문의 작은 일부일 뿐이었다. 그러나 그녀는 언젠가 대답이 떠오르리라고 확신했다. 빠르게 지나가야 한다. 이러한 봄도 여전히 지나가야만 한다. 그녀는 열렬히 기도했다.

5

나타 폰 포자는 1945년에서 1946년으로 넘어가는 가을에 수화물 배달 회사의 헤센 주 지역 영업 대표직을 맡았다. 좋은 일을 하는 것과는 거리가 있었지만 이를테면 적어도 도움을 주는 행위였다. 그녀는 대가로 적절한 연봉을 받았다. 이 때문에 그녀는 오래 기다려 왔던 변화를 희생했다. 이런 희생 과정은 그녀에게 익숙한 일이었다. 이전에도 종종 그래 왔듯 다시 한 번 항복하고 말았다는 뜻이다. 기회를 거부하는 것이 현명한 처사는 아닐 것 같다는 식으로.

E. 싱케

1

48세인 에버하르트 슝케는 1933년부터 몇 년간 히틀러에게 속았다. 『위험에 처한 독일 정신』*을 읽기는 했지만 이 책 저자가 보지 못했던 이상적인 핵심 같은 것이 국가사회주의 운동에 있다고 여겼다. 슝케는 정신을 추구하는 삶이 귀족주의로 흘러가면 안 된다고 생각했다. 그는 교장으로 재직하며 작은 도시 S의 교회 부속 고등학교를 지도하고 있었다. 동료이자 하급 교사 레에, 모르첸, 노이만은 국가사회주의에서 우파 쪽에 서 있었다. 다른 동료들은 국가당*을 뽑았다. 슝케는 본능적으로 동료들 입장보다는 더 국가사회주의 쪽으로 기울었다. 그는 니체가 우리에게 가르쳐 준 대로 머리뿐 아니라 감각을 모두 사용하여 생각했다. 우리가 마치 단어 하나를 수많은 감각으로 느끼거나 남자가 품에 안고 있는 여자를 추상적인 개념으로 느끼지 않듯이 그런 감각으로 생각했다. 물론 슝케는 바로 이 섬세한 취향 때문에 거리에서 행진하는 사람들의 행렬을 소란스럽다고 느꼈다. 그것은 본질이 아니라 겉으로 드러난 운동일 뿐이었다. 그러나 슝케 역시 살이 쪄서 코끼리 같은 모습인데다가 앉아 있으면 무언가 축 늘어지고 어깨가 처졌기 때문에 돌격대원들 눈에 거슬렸을 것이 틀림없다. 이렇게 표준 체형에서 벗어나는 것이 바로 게르만적인 유전 형질에 기인하는 것인데도 말이다. 가장 오래된 게르만 속담에 정말 강한 남자는 게으르다는 말도 있지 않은가. 갈색 셔츠를 입은 자*들이 어느 날 밤 그를 염탐할 때는 정말 위험하기도 했다. 그러나 분명 오해 때문에 벌어진 일이었고 이튿날로 해명될 수 있었다. 슁케는 이런 운동에서 무언가 막연한 것을 기대했다. 그것은 교양 있는 소수 계층에 제한되지 않고, 대중들이 그 행운의 부를 함께 나눌 두 번째 낭만주의의 발현이었다. 대중이 이런 자질을 펼치기엔 그다지 적합지 못한 것 같다고 느꼈지만 1933년 말 교회 입구 앞에서 열린 '명가수'* 야외무대에서 그는 벌써 대중과 다시 화해하고 희망에 찬 전율을 느꼈다. (대거 참여한 마을 사람들은 오페라 막간에 소시지를 구워 댔다.) 말하자면 이제는 오페라가 세상 속으로 내려오고, 무대 위에만 존재하던 의미를 현실의 삶이 획득한 것이다. 이런 낭만적 기분으로 그는 1934년 결혼했다. 그러나 사실 그가 그동안 본 것은, 지방이 아무리 커진다고 해도 지방은 지방일 뿐이라는 사실이었다. 그는 희망에 가득 찼지만 동시에 의심도 했다. 처음에는 운동이 일어나지만 실제로는 결국 편협한 기존 상태를 고정시키는 것은 아닌가 하는 의심이 들었다. 그러나 지금 당장 자신을 직접 괴롭히지 않는 일을 파헤치는 것은 그의 방식이 아니었다. 자기를 둘러싼, 그리고 자신이 결국 그것 덕에 살고 있는 이 보호막 모두에 대항해서 — 게다가 헤겔의 철학 개념처럼 제3제국은 모든 것을 에워싸고 있었는데 — 자기 자신과 무거운 육체를 움직이게 하려면 강한 자극이 필요했다. 위대한 근대 민주주의자들처럼, 또는 19세기 여러 위대한 학자들처럼 분노하며, 무언가에 대항해서 반감을 품는 것은 쉽지 않은 일이었다. 노이만이라는 동료는 언제나 화를 잘 냈다. 대학에서 국가사회주의자들에게 분노하는 교수들은 국가사회주의자들보다도 더 불쾌했다. 쉥케는 이성과 감각이라는 거대한 섬들이 있는 조용한 강에서 이 섬들을 향해 노를 저으며 옆으로 지나가는 풍경들을 계속 호의적으로 넘겼다. 직접 위협하지는 않고 다만 주변에서만 귀찮게 구는 일에 반응해서 방향을 바꾸고 싶은 생각은 1934년에는 도무지 들지 않았다. 많은 국가사회주의자들과 가까운 친분관계를 맺었는데 그들한테서 미래를 좌우할 이상들을 보았다. 역시 인문학자였던 루스트 장관*의 새로운 문화 정책은 쉥케와 학교에 유리하게 작용했다. 행정 구역 전체를 위해 세운 역사 연구회 고전 연구 분과는 아주 많은 연구비를 얻어서 이제 학문을 그저 얼치기로 하는 일은 하지 않을 수 있게 되었다. 그 분과장은 쉥케가 맡았다. 쉥케는 몇 해 동안 카를 대제가 한 교육 개혁을 연구했다. 그가 이렇게 멀리 떨어진 소재를 다룬다고 단순히 방향감각 상실이라고 할 수는 없다. 카를 대제*, 알쿠인*, 테오둘프*, 아른*이라는 이 네 별자리 같은 인물들한테서 어떻게 교육 기관이 생겨나고, 또 어떻게 불과 삼십 년 만에 교육(Bildung)이 굳어 버린 화석만 남게 되었는지 그는 분명히 보았다고 생각했다. 교육이라는 이 귀중한 식물이 지닌 짧은 삶을 문학적으로 포착해서 이 삶의 법칙을 묘사하고 싶었다. 삼십 년 만에 교육이 몰락한 역사를 고대의 도덕적 역사 서술이라는 형태로 어떻게 묘사할 수 있을 것인가. 그러나 교육은 원래 무(無)에서부터 생겨난 것이다. 이전에 야만적인 프랑켄 왕국에서 교육이라 부를 만한 것이 대체 무엇이 있었겠는가? 그는 이에 관한 에세이를 쓰고 싶었다. 물론 이런 생각을 현재의 소재들을 가지고 발전시킬 수도 있겠지만 자신은 그런 쪽으로는 교육을 받지 못했다고 생각했다. 그런 자신의 생각 때문에 아직 살아 있는 교육을 망칠지도 모른다는 걱정도 있었다. 이런 점에서 더 이상 아무것도 망가뜨릴 수 없는 예를 가지고 생각을 발전시키는 편이 더 좋았다. 또 오랜 세월 연구를 하다 보니 유행적인 연구에 대한 반감도 생겨서, 의무라고는 생각하지 않지만 그럼에도 엄수하는 금기 같은 것이 있었다. 이제 쉥케는 연구에 조교 한 명을 배정받았고, 학교에는 이따금 음악홀로도 이용할 수 있는 체육관이 새로 생겼다. 물론 나중에 저 조교 자리는 다시 없어졌다. 고전 인문학과 중세 연구에 대한 우호적인 정부 입장은 구태의연한 학자 달래기 정책의 일환으로 판명 났다. 즉, 지식인들이 고대나 중세 역사를 다루어야만 한다는 말이다. 그것이 현대 문제에 대해 접근하는 것보다는 덜 위험하기 때문이다. 1935년에서 1936년으로 넘어가는 시기쯤 되자 쉥케는 운동에 더 이상 속지 않았고 유혹을 느끼지도 않았다. 그러나 그가 무엇을 해야 할까? 그는 보통 그렇게 평정심을 유지하니까 반대로 제대로 한번 자극받기만 하면 정말 위험한 인물이 될 수도 있었다. 그렇지만 날카로운 무기도 없는 이런 위험성이 무슨 소용이 있을까? 그는 마침내 도발을 받더라도 싸우지 않고 넘어가게 되었다. 그리고 그가 일기에 쓰는 것은 아무도 읽을 수 없었다. 1936년 부활절 휴가에는 예비군 대위로 마지막 규정 복무를 마쳤다. 몹시 추위를 타며 위장 장애와 싸우면서 이 시간을 이겨 냈다. 훈련에 참가했던 연대가 Qu 시 광장에서 고별 행진을 하고 있었을 때 그는 폰 비츠레벤 장군 옆에 서 있었다. 행진을 하던 연대장들은 뒤에 따라오는 종대 앞에서 차례차례 자리를 떠나 반호를 그리며 말을 달려서 사령관 앞에 가서 보고를 했다. F 대령은 나머지 장교들의 말 보폭과 맞추었던 자신의 말을 바로 출발시키지 못했다. 그가 보고를 할 때 사령관은 냉랭하게 받아쳐 버렸다. 쉥케는 바람이 그 위를 거침없이 몰아치는 넓은 연병장에서 이런 일들이 벌어지는 동안 꽁꽁 얼어붙어 있었다. 다른 사람들 모두와 마찬가지로 커다란 말 위에 앉아서 그는 겨우겨우 간신히 버티고 있었다. 끔찍한 이날을 다시는 잊을 수 없을 것 같았다. 이 훈련을 보고 그는 국가사회주의당의 승리를 더 이상 믿지 않았다. 남은 4월과 5월에는 교장 위원회와 지방 정부 위원 자격으로 참가한 여행과 연수가 있었다. 6월에는 차세대 교사들을 위한 세미나 교육의 재조직을 맡았다. 7월에는 교사단의 여러 회원들 사이에 일어난 복잡한 모욕죄 소송 하나를 막아야 했다. 새 시대에 필요한 적응 과정이 교사단에겐 무리였기 때문에 생긴 교사단 내부의 위기였다. 8월에 쉥케는 연구로 바빴다. 9월에 이웃 대학교에서 교수 자리를 얻었다. 새로 생긴 후진 양성 훈련소를 재조직하는 일까지 덤으로 맡았다. 그가 도대체 무슨 일을 할 수 있었을까? 그는 제3제국과 같은 기정사실(fait accompli)을 적으로 돌리는 법을 배우지 못했다. 그해에 차례차례 일이 끊임없이 생기는 동안 — 만약 학생에게 이렇게 일을 많이 시켰다면 '작업 요법'*을 쓴다고 했을 것이다 — 계속해서 쉥케의 생각은 조용한 강 밑에서 움직였다. 그러나 이 강 아래에서 쌓였던 작은 불편한 감정들과 관찰들이 이제까지 신뢰했던 국가사회주의 운동에 대한 반감으로 갑작스럽게 터져 나왔다. 국가사회주의자인 동료들과 대학교수들 중 상당수가 이미 파면된 것으로 드러났다. 그러나 1933년에 있었던 변화가 적절한 수준으로 다시 돌아갈 수 있으리라는 희망이 아직 그에게 있었다. 예를 들자면, 히틀러가 사람들의 주의를 국외 문제로 돌리는 일 같은 것만 그만둔다면 말이다. 그러나 그사이 벌써 그는 새로운 질서 집행자들의 적이 되어 가고 있었다. 그는 스위스에서 보내온 『바이마르의 로테』*의 몇몇 부분들을 읽었다. 체육과 애국자의 나라로 흘러가게 만드는 국가사회주의 혁명이 실패로 끝날 것임을 설명할 합리적인 이유들을 모았고, 니체의 저서에서 많은 것을 읽어 냈다. 이 모두는 당연히 그의 순수한 정신 안에서 진행되는 것이었다. 아무도 성케의 변화된 태도를 조금도 느끼지 못했다. 그는 수다 떨기를 좋아하지 않았다. 어린 아내에게는 이에 대해 말을 했지만, 그녀는 믿을 수 있었기 때문이다. 성케는 이상과 현실의 괴리 속에서 성장했다. 그는 정신적 유보라는 방법을 통해 그럭저럭 오랜 기간 살아갈 수 있었다. 정신적인 인간은 과거와 미래도 현재와 똑같이 살아간다. 그리고 그에게 현재란 현재에 어느 정도 매몰되어 있는 것이라 현재에는 불가능한 것이었다. 그래서 그는 태어나지 않은 현재를 가지고도 살 수 있었다. 그렇지만 이렇게 살려면 사적인 것과 공적인 것 사이의 분리가 유지된다는 전제가 있어야 한다. 그러나 개인의 고유성과 외부의 현실을 따로 흘러가는 운하 체계로 보는 성케의 낡은 방법은 이 체계 안의 삶의 영역 진부가 끊임없이 뒤섞이는 상황에서 제대로 기능하지 못했다. 더욱이 성케는 새로 만들어진 체계가 지닌 특징에 대개 동의했는데, 거짓말은 무겁게, 진실은 가볍게 만들어지는 게 당연히 옳다고 생각했기 때문이다. 그러면서도 실제 일어나는 개별적인 일에는 점점 큰 거부 반응을 보였다. 학술회의와 위원 업무에서 사람들은 성케를 마치 무슨 경이로운 인문학의 거대한 짐승처럼 바라보곤 했는데, 연간 계획대로 흘러가는 이 회의와 업무의 리듬이 성케는 점점 더 마음에 들지 않았다. 게다가 그는 대중과 관련된 문제도 제대로 극복할 수 없었다. 그는 예전에 학교라는 작은 그룹하고만 관계가 있었는데, 이제는 실질적으로 알지 못하니 좋아할 수도 없는 국가사회주의자와 비국가사회주의자 수백 명에 매여 있었다. 아내는 무엇 때문에 그가 자신의 실제 기능과 감정을 계속 고집스럽게 분리시키고 있는지 이해하질 못했다. 그녀는 원래 감정을 점차 업무에 동화시키는 것이 좋다고 ― 그녀는 근본적으로 인간을 통일된 존재라고 보았으니까 ― 생각했을 것이다. 원래 처음에는 한때나마 그랬으니까 말이다. 그녀는 그가 감정을 잘 다스리려고 더 노력해야 한다는 의견이었다. 그녀가 보기에 현실은 바뀔 것 같지 않기에 생각을 현실에 적응시켜야 한다는 쪽을 옹호했다. 그러나 슁케의 생각은 굳게 닻을 내리고 있었다. 많은 텍스트로 담보되어 있고, 정확하고 안정된 취향에 의해 규정되어, 이 닻을 내린 생각에 손을 쓸 도리가 없다고 그는 주장했다. 견지되지도, 청산되지도 않을 내부와 외부 사이의 분열이 그를 육체적으로 괴롭혔다. 그는 몸이 아팠으면 하고 바랐을 것이다. 여러 상황이 그에게 무리였다. 그러나 아프진 않고 대신 게을러졌다. 그는 체계에 적개심을 가진 말 많은 노인네들을 조롱했지만 그도 그들처럼 수다스러워졌다.

1941년 겨울에 슁케는 전쟁의 종결에 대한 정치적인 발언을 했다는 이유로 자리에서 파면되었다. 그는 감옥에 갈 뻔했으나 S 시 밖에서 여기까지 영향력을 행사할 수 있었던 국가사회주의자 친구들이 그를 지켜 주었다. 동료 노이만, 레, 비르트는 파면이 알려지자마자 그를 공공연하게 중상모략했다. 노이만이 그의 후임자가 되었다. 역사 연구회 고전학 분과에서 슁케는 표결로 해임되었다. 이런 시절에 슁케와 아내의 가장 가까운 친구이자 시립극장 무대미술가로 일하던 G가 강제로 징집당했다. G는 도시에서 도망치려다가 실패했고 경찰이 집에 숨어 있던 그를 잡아갔다. 기질이 유별나던* G였기에 거칠고, 평범하고, 또 냄새도 나는 남자들과 계속해서 육체적으로 가까이 붙어사는 건 참을 수 없는 일이었다. 그는 군대에 편입된 뒤 몇 주 지나지도 않았는데 신경쇠약에 걸려 드레스덴 시 야전병원에 눕게 되었다. 의사들은 신경쇠약이 꾀병이라고 진단했다. G는 병원 밖으로 도망치려다 탈영병으로 사형 선고를 받고 총살당했다. 슝케의 아내와는 어릴 적부터 친구였던 G의 아내는 남편을 구하기 위해 서둘러 여행 채비를 하다가 이런 결말을 알게 되자 독약을 마셨다. 친구를 결국 구하지 못한 이 시절에 슝케는 아내와 잠시 이별했다. 아내는 남편이 완전히 무기력하다는 사실을 믿고 싶지 않았다. 아니면 오히려―그녀는 동기 하나로만 움직이지는 않았다―몇 해째 매일매일 두뇌 작업에 어마어마한 에너지 소비를 하면서도 그런 위급한 상황에서는 무엇도 이루지 못하는 남자를 사랑하고 싶지 않은 것이었다. 그녀는 요양차 칼스바트로 여행을 갔는데, 반년 후에 어느 정보부 장교한테서 임신을 해서는 돌아왔다. 부부는 낙태를 하기로 합의했고, 수술 후에 도시 밖에 있는 빌라에서 다시 같이 살았다. 슝케는 전적으로 연금과 나누어 준 배급표로만 먹고 살았다. 전에는 진짜로 가난했던 적이 없었기 때문에 생활 태도상 어느 정도는 돈을 쓰는 경향이 있었다. 학교 선생처럼 궁핍하게는 살 수 없었다. 그는 이제 전방으로 나가볼까 했지만, 그를 좋아하지 않고 또 시 상류층 사람들처럼 그를 중상하고 다니던 담당 육군 중위가 슝케의 육체적 상태가 좋지 않다는 이유를 들어 신청을 각하했다. 산업 쪽에도 그는 인맥이 없었다. 소관구* 지도부는 그를 생필품 배급표 교부나 물자 관리 같은 하급 업무에 투입하며 그에게 과도한 업무를 부과했다. 4주에 한 번씩 그는 생필품 배급표 배분 장소에 앉아 공개적인 웃음거리가 되었다. 그는 가정의에게 진단서를 받아 병가를 내려고 했지만 의사는 어떤 형태의 증명서도 내주지 않았다. 때때로 그는 배가 고프다는 느낌을 받았다. 슝케의 거대한 육체는 많은 양의 영양분을 소모했다. 여러 상황이 그에겐 무리였다. 실직자로서 그가 선호했던 방공호 복무 투입도 그에게 잠을 허락해 주지는 않았다.* 만약에 누군가 그에게 예기치 않게 말을 걸었다면 울기라도 할 것 같은 심정이었다. 이제는 이런 비참한 상황이 언젠가는 끝날 수 있겠지 하는 상상조차 하지 못했다. 그는 태업을 하고 싶은 생각으로 머리가 가득 차서 한 번만 더 자극을 받으면 일을 거부하고 그냥 심판을 받겠다고 다짐했다. 모든 방면에서 느끼는 모멸감 때문에 마음이 약해져서 개인적으로 연구를 할 수도 없었다. 어떤 성공 가능성도 믿지 않았다. 그는 7월 20일 사건*과 이 사건 이후 처해진 총살형들 때문에 경악했다. 감히 그렇게 높은 위치의 반역자들을 죽이려는 시도가 가능하리라고는 생각도 못했던 것이다. 슁케는 1941년부터 항상 조심해 왔으면서도 추적 조치라는 것을 스스로에게 적용했다. 사람들이 자신의 행동을 반항으로 오해할까 봐 두려웠다. 그는 아무런 행동도 하지 않기 위해 온 힘을 기울였다. 아내는 슁케의 이런 점을 참지 못하고 다시 칼스바트로 갔다.

아무것도 할 수 없다는 사실과 점차 늙은 남자로 취급된다는 감정에 지칠 대로 지쳐서, 1945년 3월엔 결국 S시까지 덮친 공습에 그는 마치 자기 앞에 놓인 선로가 파괴된 듯한 쾌감을 느꼈다. 슁케의 빌라 옆에도 폭탄이 떨어졌다. 그 공습이 끝나기도 전에 슁케는 지하실에서 갑자기 밖으로 나왔다. 한 무리의 비행기 편대가 아직 날아가고 있는 것이 보였다. 그는 폭격을 받지 않은 자기 집을 잠깐 돌아보고는 누더기가 된 밤나무 가로수 길을 지나 시내로 달려갔다. 도시 입구에는 정당원들이 도시 밖으로 도망치는 사람들을 붙잡고 있었다. 수비대는 병영에서 나와 돌과 파편들로 가득한, 연기가 피어오르는 사거리를 점령하고 있었다. 거기서는 골목으로 줄줄이 불타고 있는 집들을 일부 조망할 수 있었다. 마치 교통사고가 난 자리처럼 구경꾼들이 모여 있었다. 언제라도 갑자기 무너져 내릴 것 같은, 불타고 있는 건물 전면으로 통조림을 든 주민들이 연기를 뚫고 나와 서둘러 사거리로 갔다. 셍케는 교차로를 몇 개 지나 옛 학교로 갔다. 무너질 거라고는 상상도 못 했던 차갑고 거대한 학교 돌 천장을, 그는 이제는 저 참을 수 없는 열기를 막는 방패로 삼으려고 했다. 학교는 폭격을 맞았지만 일부만 무너졌다. 수업 중 닥친 공습에 놀란 학생들이 학교 마당에서 교사들 지시를 기다리고 있었다. 교무과는 아직도 결단을 내리지 못하고 있었다. 노이만은 행동으로 이 우유부단함을 덮어 버리려 했다. 온전히 남아 있는 전화선도 없어서 감독 기관의 지시도 전달될 수 없었다. 나중에 사환이 와서 학교 전체를 철수시키라는 시장의 명령을 전달했다. 아이들을 시내에 둘 수 없다고 했다. 넓게 퍼진 화염이 중세식 목조 건물로 지어진 구시가에서 성당 광장 쪽으로 다가왔다. 소방관들은 성당 광장을 지나서 학교 방향으로 퇴각하고 있었고 학교에 소방 본부를 마련하려고 했다. 학생들을 철수시키라는 명령을 받고 군인들이 화물차를 몰고 학교 마당으로 왔다. 파울 교회 벙커에 200명이 파묻혀 있다는 소식도 들렸다. 학교 교장인 노이만은 할당된 군인들을 지휘해서 학생들을 수송차로 나눠 태웠다.

셍케는 그저 구경꾼으로, 그리고 옛 학교에 대한 애착 때문에 여기 왔을 뿐인데 수송에 할당되니 행복해졌다. 고난의 귀양 시절을 겪고 난 뒤라 이런 일은 꼭 절체절명에 생기는 민족적 일체감의 순간처럼, 그러니까 마치 1806년*이 다시 온 것처럼 보였다. 더 이상 이 사람들을 위해 일하고 싶지 않던 마음을 순간 잊어버렸다. 노이만은 셍케에게 병장 하나와 운전사 하나를 붙여 화물차로 두 학급 학생들을 지정된 집합 장소로 수송하도록 맡겼다. 셍케는 도시를 정확히 알고 있었기에 차량들을 인도해 강변 모래 길을 통해 마침내 파괴된 도시에서 빠져나올 수 있었다.

그러나 갑자기 어둠이 밀려오자 쉥케는 길을 헤맸다. 그가 맡은 수송 편은 학생들이 모두 모여서 다음 명령을 받기로 되어 있던 약속 장소에 도착하지 못했다. 그는 자신도 모르는 장소에 멈춰 섰다. 바로 어느 곳간 근처였는데 눈길 닿는 곳에 마을 하나 보이지 않았다. 이 곳간 근처로 몇 백 미터 떨어진 곳에 표지판도 없는 국도가 지나고 있었다. 곳간과 국도는 들길로 연결되었다. 학생들과 곳간에서 밤을 보내고 아침이 되자 쉥케는 길을 잘못 들어섰다고 사후 보고할 마음이 들지 않았다. 그는 1941년에서 1944년까지의 삶을 결코 또다시 겪고 싶지는 않았다. 지난 몇 년간 끔찍했던 삶에 손가락 하나도 대고 싶지 않았던 것이다.

2

방금 친구 칼톤이 돌아왔다. 화물차가 곳간 쪽으로 들길을 올라오는 소리를 들었다. 그는 밖에서 소년들과 이야기를 하고 있다. 나는 나가지 않을 것이다. 뭐라고 말해야 할까? 그냥 자네 둘이 서로 가까워져서 기쁘다고 말할 수밖에 없을 테지. 그러면 내가 꼭 자기가 사랑한 사람들을 서로 엮어 줄 때의 내 아내와 같이 행동하고 있다는 생각이 들겠지.

어제 칼톤에게 다 털어놓았다. 그가 머리를 나한테 숙이고 귀를 내밀자 나는 한없이 기뻤다.

사람들은 예비역 장교라면 으레 지도를 읽을 수 있으리라고 여기지만, 나는 일차적으로 항상 교육자였다고. 예비역 장교가 되지 않아도 교육자가 될 수 있었다면 매년 있는 훈련을 분명 하지 않앉을 것이라고. 어찌 되었건 난 지도를 잘 읽을 수가 없었다고. 확실한 것은 우리는 지금 계획과는 완전히 다른 어느 장소에 와 있다는 것이라고. 틀린 말이 아니라면 우리는 잘못 온 덕분에 지금 벌어지는 사건에서 완전히 벗어나 있게 되었다고.

칼톤은 바로 동의했다. 그가 내게 질문을 몇 가지 했는데 나는 그 질문들에 배고픈 사람처럼 달려들었다. 그래도 질문들은 빨리 해결되었다. 나는 내 계획이 현실성이 있는지 확인해 줄 만한 질문을 전부터 기다리고 있었던 것이다. 그렇지만 나는 질문들을 너무 경솔하게 받아들였다(서두르다가 밥그릇을 엎은 셈이다). 그래도 내 계획으로 칼톤을 속일 수 있었는데, 계획이 설득력 있게 들린 것은 단지 그가 주의 깊게 경청했기 때문이었다. 무언가 꼭 필요한 일에 대해서만 사람은 그처럼 확신을 가질 수 있고, 사안 하나를 놓고 그렇게 댈 근거가 많은 사람은 스스로도 역시 확신하고 있음에 틀림없다는 것이 그의 생각이었다.

나는 그런 확신은 한 번도 경험해 본 일이 없다. 그렇지만 며칠간 벌어진 끔찍한 사건들 중 아무것도 놓치고 싶지 않다. 공습(웅크린 자세로 지하실 계단에 납작 엎드려 경험한)이 있었다. 그래도 폭탄 맞은 도시를 지나 옛 학교로 달려가면서 무엇보다 아내에게 이 모두를 이야기해 줄 수 있겠다는 생각이 떠올랐다. 힘든 일이 추가로 일어나도 더 이상 감정이 들지 않는 상황쯤 되어야 불행은 비로소 진짜 끔찍한 일이 된다는 게 내 생각이다. 그러니 역시 직접적인 위험에서 벗어나자마자, 내가 들판으로 차를 달리자마자 다시 그 오랜 지루함, 고단함이라는 옛 노래가 찾아온 것이다. 우리가 교외로 방향을 돌리자마자 이 지루함이 나를 덮쳐 왔다. 땅이 문제가 아니라, 장소를 바꿨다는 점이 문제였다. 익숙한 장소를 떠나니 익숙한 습관도 뒤에 놓고 왔던 것이다. 반쪽짜리 계획들,

고통스럽게 불구처럼 된 생각들, 무기력함 말이다. 다시 일상이 흘러 습관으로 쌓일 때까지는 계속 이럴 것이다. 지난 며칠간 죽을 뻔했던 곤경에서 빠져나오느라 도시인이 시골에 처박히게 될 때 다시 처할 어려움은 생각하지 못했던 것 같다.

무거운 내 몸은 이런 시절에는 적응이 되질 않는다. 체면적이 너무 넓다 보니 밤이면 꽁꽁 얼어 버리고, 그러면 아내가 없어 서러워하고 등등. 시계를 흔들거나 라디오를 두드려 보듯이(손으로 꼭 쥐고) 몸을 부들부들 떨다 보면 어떤 생각이 떠오른다. 모카 커피를 마시거나 기분 좋게 목욕을 해도 그런 생각은 떠오를 것이다. 그렇다고 나는 수도 펌프 밑에 서 있지는 못하겠다. 겨울의 찬물은 감기나 마찬가지다. 겨울에 얼음을 깨고 찬 구멍으로 뛰어들던 동료 노이만처럼 나도 예전부터 그렇게 했어야 했을지도 모르겠다. 그렇지만 그것도 의미가 없다. 이 동료도 단련하다가 힘이 다 빠져서 단련을 하든 안 하든 결국 똑같아졌기 때문이다.

지금 나는 그래도 밖으로 나가서 칼톤이 무엇을 그리 오래 얘기했는지 살펴보았다. 나는 분노를 숨기지 않았다. 칼톤은 소년들을 설득하려 했는데 내가 보기엔 그저 선동이나 해서 아이들을 불안하게 만들 뿐이었기 때문이다. 나는 실망했다. 그가 나하고 얘기하기보다는, 새로운 것을 전혀 이야기해 줄 수 없는 그 소년들과 이야기하고 싶어 했기 때문이다. 그에게 많은 것을 가르쳐 줄 수 있는데! 나는 배신감이 들었고 외로웠다. 이 감정은 연회장에서 아내가 보이지는 않는데 어디선가 웃고 있는 소리가 들려서, 내가 사람들에게 잔을 내던져 버리고 연회장을 떠나며 느끼는 바로 그 파멸의 분노이다. 그 때문에 나는 지금 아내 목소리가 들린다. "왜 그래요? 무슨 생각인지 말해 봐! 당신 너무 웃겨, 그리고……."

잠시 후 나는 밖에서 나는 그의 발소리를 좇았다. 칼톤이 들어왔다. 그리고 내 옆에 유쾌하게 앉았다. 나는 약한 작업대 — 얇은 판자 5개를 못질해 만들었기 때문에 — 위로 몸을 굽히고 일을 하고 있었다. 내가 기대기만 해도 작업대는 아마 무너졌을 것이다. 이 약함 때문에 데스데모나*가 떠올랐다. 작업 책상을 놓고 누구도 이런 식으로 말한 적은 없겠지.

도피

노이만은 화물차가 서 있는 방향을 보여 주고 차가 갈 길과 나머지 학교 학생들과 만날 지점을 알려 주었다. 그렇지만 나는 예기치 않은 만남에, 그리고 대화가 또 똑같이 예기치 않게 중단될지도 모른다는 두려움에 그 정보를 제대로 알아듣지 못했다. 소방관 몇 명이 노이만 뒤에서 명령을 기다리고 있었다. 노이만은 그들을 보고 그쪽으로 가려고 했다. 작별을 고하며 친애하는 쉥케라는 말을 한 번 덧붙였다. 그는 매력적으로 교태를 부린다. 사실 그가 그렇게 우호적인 것은 아니었다. 다정한 형제에게 하듯 따뜻하게 찡긋하는 표정을 지으며 나랑 헤어졌는데, 서두르다 보니 얼굴에 보인 그 강한 표정이 부자연스러웠고 정도가 지나쳤다. 아무런 의미가 없었기 때문에 미소만 완전히 생뚱맞게 거기 있었는데, 마치 어머니의 장례식에 어울리지 않게 쓰고 온 내 여동생의 모자 같았다. 학생들은 벌써 화물차에 올랐다. 나를 아직 알고 있던 고학년생들이 불렀다. "처칠! 처칠!" 내가 파면된 일은 학생들에게 숨길 수 없었고, 학부모들 사이에서도 논쟁거리였는데, 그 이후로 그들은 부끄러움도 잊은 채, 언젠가 학생들한테 얻은 이 별명으로 나를 불렀다. 나는 트럭를 찾아 차량 여러 대 옆을 지나가고 있었다. 그것은 군사용 화물차였고, 병사 두 명이 나와 동행하기로 했다. 한 명은 운전병인데 칼톤과 같은 밝은색 머리를 한 병장으로, 처음 보았을 때 언제 한번 본 적이 있다고 생각했으나 사실은 잘못 본 것이었다. 내가 그에게 물었다. 이상 없는가? 아이들은 내가 보기에 지쳐 보였고 강한 충격을 받은 것처럼 보였는데, 그렇다고 잠을 자기엔 너무 흥분한 것 같았다. 각자 담요 두 장씩을 받았다. 나는 그들과 몇 마디 말을 나누었다. 그들은 끔찍한 일을 겪은 뒤라 얘기를 나누고 싶어서 트럭 칸막이 밖으로 구부정히 나와 있었다. 나는 운전칸에 가서 운전병과 다른 병장 사이에 앉았다. 첫 번째 폭탄이 떨어지고 나는 혼비백산했는데, 이 느낌이 마치 경고하는 빨간 등처럼 나를 가로막았다. 누가 나에게 복종하면 나는 어쩔 줄 모르겠다. 명령할 줄 모르는 어머니 밑에서 자랐기에, 사람들이 내게 바라는 것을 자발적으로 경청하고 그대로 행동하는 데 익숙했기 때문이다. 명령을 내려야만 하는 위치에 있으면 나는 우왕좌왕한다. 나는 운전사가 편한 대로 길을 잘못 가고 있는 게 아닌가 하는 의심이 들었다. 내 느낌에 그는 목표 지점까지 가는 지름길을 찾겠다는 희망에 지도는 보지도 않고 빨리 가고 있었다. 그가 칼톤과 주고받는 말들을 이해할 수 없었지만 그들이 — 아마도 방향을 놓고 — 의견이 일치하지 않는다는 사실은 알 수 있었다. 그래서 나는 운전사가 국도에서 꺾어서 들어가려 하는데 끼어들어서 똑바로 곧장 계속 가라고 명령했다. 나는 우리가 있던 그 국도가 익숙한 줄 알았다. 이 두 군인이 침묵했기 때문에 그들이 길을 모른다는 게 확실해졌다. 나중에 길을 잃었다는 것을 알았다. 그건 내 잘못이었다. 나는 칼톤에게 맡겨도 좋을 거라 생각했다. 그러나 그는 운전칸에서 엔진이 터덜거리는 소리 때문에 내 말소리를 하나도 이해하지 못했다. 그래서 그는 차를 멈추려고 했다. 나는 당황해서 제발 좀 계속 가자고 했다.

배가 고팠고, 낮잠도 못 잤다. 그래서 나는 얼어붙었다. 일이 너무 많이 벌어져, 마비된 것처럼 말도 나오지 않았다. 신경이 날카로워져 거친 쇳소리를 냈는데, 이것은 참을 수 없는 엔진 소음 때문이기도 했다. 오늘 분으로 저장된 생기와 공감각 능력이(사람은 머리로 이해하기 전에 먼저 이 공감각을 통해 사물을 예열시켜 놓는다) 이미 고갈되었다. 무언가 따뜻하게 데워 줄 수 있는 것을 기억해 내려고 애썼다. 그렇지만 기억은 새 나갔다. 짙은 털이 난 운전사의 팔을 무덤덤하게 보았다. 동물의 모피, 그것은 에너지 저장고다. 우리는 머리가 이해하기 전에 먼저 이 에너지로 사물을 예열시켜 놓는다. 그저 끝없이 계속 갈 수는 없었다. 그래서 이렇게 말했다.

"목적지가 달라질 수도 있네. 만약 그러면 알려 주겠네."

"어디로 가는지 아직 모르십니까?"

나는 대답했다. "아니, 알지만 좀 더 살펴봐야 하네."

나중에 우리가 도착한 곳은 결국 곳간인 것으로 드러났다. 운전사가 내 지시대로 따른 것인지 확신할 수는 없었다. 운전사와 동행자는 임시 숙소를 찾아 국도 근처를 살폈다. 그러나 내가 있던 곳은 나에게도 불분명했다. 마치 스스로도 틀리지 않았나 하고 생각하는 어떤 잘못된 생각을 일단 부정확한 발음으로 웅얼대며 바로잡아가듯이, 나는 의도적으로 그렇게 부정확하게 얼버무렸다. 밝은 머리카락과 지루하게 옅은 눈을 한 운전사를 보니 학창 시절 알던 어느 바이올린 연주자가 생각났다. 나는 콘서트에서 제일 앞자리를 차지하고 있었다. 나 말고는 음악을 더 가까이 들으려고 거기에 앉는 사람이 아무도 없는 자리였다. 바이올린 연주자 중에 맨 뒷자리에 있던 그가 외쳤다. 나라면 더 가까이 와서 앉겠네! 그는 내가 뒤쪽 자리로 가서 앉을 때까지 그 말을 반복했다. 나는 잠이 들면 머리가 운전사 편으로 기울어 고꾸라지지나 않을지, 머리가 그 어깨에 기대어 너무 친해 보이는 이상한 그림이 그려지지나 않을지 걱정했다. 그러다가 나는 깊이 잠이 들었다.

3

아침이 되자 곳간이 추워졌다. 나는 선잠에 빠진 채 담요를 다시한 번 끌어당기다가 옆에서 자는 아내의 따뜻한 몸에 부딪쳤다. 나는 그리로 내 몸을 굴리다가 그녀에게 가슴이 없다는 것을 깨닫고 놀랐다. 그리고 이내 나를 경악해서 쳐다보는 아이의 눈을 보았다.

어색함을 깨려고 나는 아무 말이나 했다. 한 단어만 살짝 갖다 대기만 하면 된다. 그러면 저 머리들에 든 생각들은 새로운 형태들로 산산이 부서질 것이다.

나는 심히 놀랐다. 이 아이들에겐 벌써 아주 비인간적인 성인의 특징이 있었기 때문이다. 금지된 지대를 지나갔기 때문에 얼어붙는 이 느낌. 이러한 경악하는 눈빛 아래에서라면 단순히 만진 것이 아니라 더 나쁜 짓을 했다는 죄목이 붙는다.

아침에 흥분한 나머지 소화가 잘 되지 않아서(나는 다른 이들과 다르게 보이지 않으려고 일부러 일정 시간 동안만 따로 나가 앉아 있었다) 다시 매우 우울해졌다. 어떤 대화를 듣고 내가 곳간 구석에다가 칸막이를 쳐 둔 내 세면실이 아이들의 신경에 거슬렸다는 사실을 추측할 수 있었다. 나는 이 최후의 사적인 도피처가 필요했다. 우리는 사적인 습관을 탁 터놓고 공개할 수는 없다. 그렇게 하지 않으면 절대 존속할 수 없기 때문이다. 만약 우리가 예컨대 이렇게 추운 날에는 때맞춰 잘 씻지 않는다는 사실이나, 타인과는 다른 취향을 가져서 그 때문에 열정적으로 다른 일들을 한다는 사실이 공개될 경우, 칼톤이 나에게 보였던 관대함도 아무 쓸모가 없게 될 것이다. 아침부터 육체로 인한 언짢은 일을 겪으며 이렇게 다툰 이유는 사실 어떤 의지가 강하게 개입되었기 때문이다. 이 의지는 복수심에 불타는 군중에게 직접 죽이라고 죄인을 넘겨주는 그런 경찰과 같았다. 졸업반에 있는 한 학생이 학급 동료들의 환호성을 받으며 내 얼굴을 후려갈겼다는 상상을 하면서 나는 혼자 씨름했다. 이 허구적인 사건을 골똘히 생각했지만 노이만이 도착하자 그저 요동치는 바다에 흰 파도 거품과 같은 것일 뿐이었다.

아침 산책길에 노이만을 보았을 때 그는 국도에서 들길로 들어오고 있었다. 나는 그가 우리 숙소로 가지 못하게 하려고 막으려고 했다. 학생들이 우리가 하는 말을 들을 위험이 있었기 때문이다. 그러나 그는 그 곳간을 (여행 처음부터는 아닐지라도 아마 이미 멀리서부터) 목표로 잡았기 때문에 멈출 수가 없었을뿐더러, 옆에서 훨씬 짧은 다리로 달려가는 나에게, 그는 예상했던 것보다 불친절하지는 않지만 짧은 형식적 인사를 건네는 것 말고는 아무 말도 하려고 하지 않았다. 그러나 이런 인상은 여러 가지 이유에서 근거가 없는 것이었다. 무엇보다 노이만은 일단 곳간이라는 '그 목표'에 도달해야 하며 이러한 예정된 계획 밖에 놓여 있는 만남은 그저 우연한 것으로 여긴다는 점에서 그랬다. 침묵하며 성큼성큼 걸어가는 그를 보고 나는 이 사실을 깨달았다. 우리의 은신처를 알아내기 위해 그는 극도의 조직체계가 필요했을 것이다. 그에게는 우리를 찾으려는 목표가 있었고 그 목표를 향해 흰개미처럼 행진했다. 생각 없이 다만 완수할 뿐인 행진이다. 다행히 노이만은 피곤함으로 지쳐 있었다.

그가 근처까지 타고 왔던 기차는 폭격에 맞아 전소했다(마치 사람들이 장군 이야기를 할 때, '장군이 타고 있던 세 마리 말이 모두 총에 맞아 쓰러졌지만'*이라고 말하는 것 같다).

나는 내 의지를 최대한 숨기고 있었다. 처음부터 노이만에게 양보할 준비가 되어 있지 않았다. 그는 약속된 집합 장소에 나타나지 않았다고 나를 비난했다. 그러나 공습이 있던 날, 다시 나와 이야기를 나누며 사람을 대하듯 대한 다음부터, 내가 해직당한 이후 보이던 경멸은 더 이상 내비칠 수 없었다. 노이만은 갈색으로 피부를 태운, 몸매가 마른 남자다. 얼굴과 목 피부에 주름살이 많이 있는 데다, 강하고 진하게 주름이 패여 있었다. 그 말은 피부 밑에 지방이 많다는 뜻이다. 그것이 근육일 리는 없으니 말이다. 그러나 매우 잘 단련된 지방이었다. 그러니까 몽상가의 지방은 아니었다. 나는 항상 내 아내가 어떻게 생각하는지 안다고 단언했다. 그녀는 어깨와 팔과 온몸으로 생각한다. 그런 면은 노이만에게는 없는 것이다. 그는 머리에서 나온 논리를 가지고 제반 상황에 구멍을 뚫어 무너뜨린다. 그러나 제반 상황을 파악조차 하지 못한다. 내가 서툴러서 저지른 일이라고 그가 용서해 주겠다고 했다. 내가 이곳을 다시 떠날 준비가 되어 있지 않다고 한 말을 그는 이해하지 못했다. 나는 오더 강이나 라인 강 전선이 어떻게 될 것인가 하는 대화로 그를 끌어들이면서 주의를 딴 곳으로 돌리려고 해 보았다. 아마 오더 강 전선은 이미 무너졌을 거라고 그도 인정했다. 노이만은 내가 그물처럼 던져 놓은 이 대화에서 벗어나려 했지만 이 주제를 잡은 건 아주 잘한 일이었다. 나의 최고 무기인 마술 같은 단어들이 계속 나왔다. 단어가 가진 매력을 절반밖에 느끼지 못하는 노이만과 같은 사람도 거부할 수 없는 무기였다. 차라리 그는 상징을 이용해 이야기하려 했지만 상징으로는 내가 그를 옭아 맬 수 없었을 것이다. 나는 나중에 다시 한 번 기운을 차려 우리가 한 대피에 대해 이야기를 시작했다. 우리가 여기서는 일단 이제까지는 안전했다고 나를 변호했다. 노이만은 집합 장소에 모여 있는 학생들을 이미 리스트로 파악해서 위치까지 관청에 보고했으며 그들이 요새에 투입될 개연성이 높다고 시인했다.* 나는 결정적인 것은 못 되더라도 내 입장을 위해 훨씬 더 많은 근거들을 댔다. 내가 이제 와서 양보하고 싶어도 노이만 때문에 예전에 혹독한 징계와 고발을 당했다는 이유만으로도 이미 양보할 수 없었다. 발렌슈타인*처럼 나는 이미 너무 멀리 가 버렸다. 4년 동안 나를 괴롭혀 왔지만 이제는 간단한 대화에서조차 무능하다는 것이 드러난 이 남자를 꺾고 승리한다는 일종의 도취감에 빠졌다. 나는 우리 할아버지가 힘이 다 빠지자 양을 사육하기 시작했던 이야기를 해 주었다. 그는 양을 위해 살았고 양을 위해 감자를 직접 으깼고 양에게 먹이를 주기 전에 감자에서 못난 부분들을 떼어 냈다. 나중에 그는 양들을 잡아먹었다. 이야기를 계속했다. 값진 희귀한 식물 묘목처럼 학생들을 길러야 하며 그들을 멸망으로 내몰아서는 안 된다고. 아이들이 대개 똑같아 보이더라도 개개 학생들이 소중하기 때문이다. 똑같아 보인다는 말은 선생들이 무능하다는 뜻일 뿐이라고. 그는 그 말을 믿으려 하지 않았다. 나는 다음과 같이 다른 부분을 공격했다. 루터가 죽은 후 드레스덴에서는 세례를 주면서 하던 전통적인 악마 퇴치 의식을 폐지했다.* 그런데 푸주한이 목사 등 뒤에 서서 자기 작은 아들한테서 악마를 쫓아내지 않으면 도끼로 목사를 쳐 죽이겠다고 위협했다. 노이만은 이 사례가 별로 말해 주는 바가 없다고 생각했다. 이성이 최종적으로 악마 퇴치에 맞서고 있기 때문이라는 것이다. 나는 대답했다. 푸주한이 바로 뒤에 서 있다면 그렇지 않소. 칼톤은 여전히 오고 있지 않았다. 나는 그를 찾으라고 아이들을 보냈다. 최후까지 나는 이 들판에서 논쟁이 결론날 거라고 믿고 있었다. 그러나 노이만에게 이미지가 하나 떠올랐다. 그는 내가 '민족의 폭풍'*에 들어가기 싫어서 그런다고 생각하는 것이었다. 어쨌거나 칼톤에게 시켜 우리한테서 수 킬로미터 떨어진 기차역으로 그를 보냈다. 그리고 노이만에게 코냑을 한 병 찔러 주었다. 물론 나라면 이 술로 노이만보다는 더 많은 일을 시작할 수 있으련만. 그는 기껏해야 선물로 주기나 할 것이다.

나는 이 대화 때문에 불안해져서 오랫동안 돌아다녔다.* 이제 위험하지 않게 일을 해 낼 수 있기 때문에 노이만의 태도가 놀랍게 보인다. 내 생각은 내가 말하고 싶은 것과 좀처럼 꼭 맞아떨어지지 않는다. 조국에서 라인란트까지 긴 여행길을 거치는 동안 식구 수가 늘어나서 전에 마련한 집에서 살 수 없게 된 어느 폴란드 광부 가족처럼, 내 비유는 방금 전까지는 맞았으나 급속히 불어나는 생각에 더 이상 맞지 않는다. 칼톤이나 노이만과 같은 사람들은 인문주의와 학문에 대한 존경 때문에 우리가 그들에게 제공하는 이 뼈대도 몇 개 없는 생각의 건물을 가벼이 무너뜨리지 못한다. 그건 생각의 건물도 아니다. 그냥 헛소리처럼 들리는 암호다. 바로 달리 해석해 본다. 그건 음파 탐지 그래프다. 나는 그걸 보고 비로소 내가 말하고자 하는 바를 연구한다.

사랑하는 당신에게

칼스바트에서 너무 심한 부정을 저지르지 않았으면 좋겠어. 내 아내라 그런 게 아니야. 그런 관점으로 봐도 지금 이 난리통에는 아무 무게감도 없으니까. 절제하면 더 건강해진다든지 피부가 좋아진다든지 따위의 말로 시대에 뒤떨어진 도덕에 생물학의 옷을 입히고 싶지 않아. 아, 이렇게 얘기해 봐야 의미가 없지. 우리 사이에 놓여 있는 거리감을 참을 수가 없어. 내 질투가 만들어 내는, 당신에게 흡사 위협적인 이 위험들이 매머드처럼 거대하네. 왜 또 그 불쾌한 칼스바트로 떠나야만 했는지? 삶의 충동 때문에 틀림없이 또 한 번 불행해질 거라고 경고했잖아? 우리가 살고 있는 이 복잡한 상황에서는 간단히 삶을 시작할 수도, 좋은 결말로 끝낼 거라고 안심할 수도 없어. 자연이 우리 적이라고 말하지는 않겠어. 그러나 내가 나만의 방식대로 갈 길을 못 찾는 것처럼 당신도 당신 방식대로는 길을 못 찾는 것 같아. 당신처럼 그렇게 눈을 크게 뜨고는 행운 쪽으로 달리지 못해. 큰 눈으로 모험을 선택할 때는 조심하라고. 그러나 당신은 어쩌면 진짜 요양만 하고 있는지도 모르지. 비록 상상하긴 어렵지만.

우리가, 그러니까 당신과 내가 기차역으로 나갔을 때 둘 다 이별 앞에 말문이 막혀 아무도 더 말할 수 없었잖아. 거기서 우리 다툼은 벌써 해소되었던 게 아닐까? 얼마나 자주 우리는 그렇게 싸웠다가, 울면서 다시 포옹했을까? 기차역 식당에서 이별의 술잔을 두고 앉으니 모두 다 좋아 보이지 않았어? 그게 우리 결혼의 마지막 말이었다고 생각하진 않아. 아마 당신은 미련하게 또 스스로를 불행의 나락으로 떨어뜨릴 테니까. 지금 칼스바트에 요양차 누워서 인생의 끝이든 뭐든 눈앞에 두고 있는 커다란 짐승들 중에서 하나만 잡으면 되겠지. 당신은 아침에 호텔을 떠나 공원을 지나가겠지. 가벼운 부상자들의 눈이 수많은 호텔 창문에서 당신을 좇을 거야. 저녁엔 유혹하는 말과 암시와 간청을 거절할 수가 없을 테고. 환상은 쉽게 불타오르고 저항을 참아내기에는 너무 활력에 넘치겠지. 확실치 않은 무언가에 대한 희망을 가득 담고서 절망적으로 자신을 헝클어 놓을 거야. 이 전쟁엔 이제 그런 확실치 않은 것을 위한 시간도 분명 얼마 없을 거야. 체코인들도 당신을 그렇게 보고 자기들 복수에 당신을 포함시키겠지. 무엇을 기대하는 거야? 이런 전시에 무엇을 찾는 거지? 이런 모험에서 아무것도 찾을 게 없다는 것을 나만큼이나 잘 알잖아? 이 전쟁이 거대한 엄숙함으로 우리 모두를 덮어 버리고 만 것 같아. 손을 뻗으면 잡힐 거리에 이상을 갖다 놓는 악마 같은 진지함이지. 그러면 전쟁이라는 커다란 비누 거품이 꺼지면 더 커다란 뭔가가 생겨나야 하지 않을까? 왜 내 옆에 머물지 않았어? 여행을 가지 말라고 할 생각은 없었어. 언젠가 넓은 마음으로 이렇게 말해 주길 바랐거든. 나 떠날까요, 말까요? 함께 기차로 떠나요. 이렇게 말해 줄 수도 있었을 텐데. 그러나 당신에겐 내면의 소음, 나에 대한 불신, 내가 아직 자기 이상인지, 아니면 실망은 아닐는지 하는 의심이 있었지. 그래서 당신은 재수 없는 옷을 벗어 버리듯 이 모두를 벗어 버렸지. 아니면 혹시 자기 이상은 지키면서 내가 스스로를 다시 다잡을 수 있는 시간을 주고 싶었던 거야?

내가 부러워하고 미워하는 당신의 모험 본능이 새로 힘을 얻어 당신을 시험할 때마다 당신은 칼스바트로 갔지만 결국은 실망하고 말았지. 그렇지만 그 본능을 벗을 수 있을까? 의무와도 같은 열정으로 당신은 아름다운 관능을 이제 시장에다 매년 내놓지. 당신이 여기 있어서 안을 수 있다면 나는 그렇게 의심하지 않을지도 몰라. 당신은 지나치게 호의적이고 희망에 가득 차서 너무나도 의심을 할 줄 몰라. 나에 대해서만 의심을 하지. 내가 당신을 아는 것만큼 그렇게 당신을 잘 아는 사람이 또 있을 거라고 생각하겠지만 그건 착각이야. 당신이 배울 수 있는 어려운 일을 찾는다면, 그리고 기적을 가져다줄지도 모르는 새로운 일을 찾는다면, 나에게 갑자기 나타나서 나를 어루만진다면…… 당신은 더 많은 기적

을 체험하고 싶어 하니까 말야. 우리는 육체라는 껍질 때문에 열
정적으로 달려들고 속아 넘어가기도 하지만 또 이 껍질 덕분에 어
떤 실망감도 잊지 못해서 유혹에 버틸 수 있는 거라고. 나는 이 거
리감을 견딜 수 없어. 견딜 수 있으면 이렇게 다 쓰진 않게 되겠지.
당신을 만질 수만 있다면 당신이 안전하다는 사실을 알게 될 텐
데. 당신이 관계하는 그 남자들은 당신을 착취하고 다음 차례로
넘길 거야. 그리고 러시아인들이 오면 당신은 눈을 동그랗게 뜨겠
지. 이 남자들에게 생필품이나 자전거를 대가로 자기를 내주어야
할 테니까. 내가 헛소리를 하고 있다는 것을 나도 알지만, 우리 사
이에 놓인 이 거리감, 부자연스러워 보이는 이 거리감을 참을 수가
없어. 왜 내 곁에 머물지 않았지? 당신 스스로가 그렇게 사랑하던
그 관대함으로 딱 한 번만 이렇게 말하면 되는데. 자, 나 이제 여
기 있어도 돼?

  쉥케는 물론 다른 여러 편지들처럼 이 편지도 머물던 곳에서 부
칠 수 없었다. 노이만이 아마 어딘가 우체국에 보낼 수도 있었겠지
만 그는 망설이다가 노이만에게 편지를 주지 못했다. 게다가 노이
만이 나타났을 때 편지는 아직 토르소 같은 상태였다. 어쩌면 부
치는 법을 알지도 모르는 칼톤에게도 편지를 맡길 생각을 못 했
다. 또 칼스바트로 가는 우편 시설이 아직 온전한지도 알 수 없었
다. 쉥케는 아내가 이 편지에 어떻게 반응할지도 확신할 수 없었
다. 그녀를 눈앞에 보면 무슨 생각을 하는지 알았다. 그러나 그녀
를 멀리서만 알고 있을 때에는 무력했다. 그래서 쉥케는 점차 여기
쌓여 가는 종이들 옆에 그 편지를 놔두었다.

4

칼톤으로부터 근처에 영지가 있다는 말을 들었다. 그 영지는 곳간에서 보이는 산속에 있었다. 영지 저택 옆에는 농장 일꾼들을 위한 집과 벽돌로 된 커다란 곁채 두 채가 양쪽으로 있었고 그 옆에는 폴란드 여자 노동자와 러시아 포로들을 위한 오두막들이 있었다. 칼톤은 영지 관리인들과 접선했다. 칼톤의 주장에 따르면 자신이 그 영지 여주인과 사적으로 아는 사이라는 것이었으나, 나는 그것을 그저 나에게 보이기 위한 과장으로 여겼다. 그는 정말 이 여인을 정복했다는 사실을 믿게 하려고 이 부인을 더 이상 좋아하지 않는다고 말했다(그렇지만 이 영지의 여주인을 우리에게 유리하게 이용할 수 있다는 사실을 알아냈으니까 이제 그는 그것으로 보상을 받았다고 했다. 그녀를 사랑할 필요가 없으며 다만 그 사랑에서 무언가를 얻어내야만 한다고 말했다).

빨갛게 무두질한 고급 염소 가죽으로 장정된 몽테뉴 책 두 권을 그가 가져다주었다. 그에게 한번 화장실에서 책을 찾아보라고, 거기에 무언가 읽을 만한 것이 있을지 모른다고 넌지시 알려 주었던 것이다. 그가 이제 데려온 이 짙은 붉은빛의 미녀들, 이 미녀들이 나를 만났다. 점심나절 잠을 자고 일어나서 기운을 차린, 그러니까 하루 중 가장 감수성이 예민한 순간이었다. 나는 그의 입에 입을 맞추려 했지만 그가 나를 떨쳐 버렸기 때문에 하지 못했다. 그는 나에게 신기한 것을 많이 가져왔다. 그 밖에 1904년과 1905년의 제1근위보병 연대원 모두가 실린 명단을 가져왔다. 나는 이 장엄한 이름들을 읽어 내려 갔다.

아이들이 영지에 목욕을 하러 간다. 물론 밤에만 이동해야 한다. 해가 지자 나는 밤에 할 모험을 준비하면서 기운을 차리려고 잠을 잤다. 축제에 가거나 댄스홀이나 술집으로 가는 긴 여정 전에 이렇게 잘 자고 나면 누가 칼이라도 대면 검붉은 피가 높은 호를 그리며 뿜어져 나올 정도로 혈색이 좋은 입술을 하고 깨어나게 된다. 육체는 마치 풍선처럼 이렇게 약동하는 피를 위한 두꺼운 막에 불과한 것 같다. 부푼 닭 벼슬처럼 혈색이 좋은 입술을 하고 나는 칼톤에게 갔다. 그는 벌써 화물차에 시동을 걸고 있었지만 어찌된 일인지 잘 걸리지 않았다. 모험을 할 수 없게 될지도 모르겠다는 걱정이 바로 들기 시작했다. 이건 축제 또는 모험 전에 그 위험한 일을 시도하지 못하게 하는 나의 무조건반사 같은 것이다. 입으면 재수가 좋았던 옷 말고 다른 옷을 입는 것도 그렇고, 전에 보았던 것처럼 발로 차서 시동을 걸지 못하는지 칼톤에게 묻는 것도 그렇다. 이 믿을 만한 짐승, 커다란 조명 기구를 앞에 달았지만 좁은 틈새로만 빛이 새는 이 짐승을 왜 나는 처음부터 사랑하지 않았던지 후회하고 있었다. 언제나 가정주부 같은 눈을 하여 나를 으스스하게 만드는 말보다는 다루기가 훨씬 쉬운데 말이다. 일단 몇 번 고삐질과 발차기로 말을 달리게 하다 보면 이 기계처럼 좋아지지가 않는 것이다. 라이트가 켜졌다. 칼톤이 우연히 클랙슨을 건드리자 차는 주인의 본의 아닌 몸동작을 명령으로 해석한 개처럼 소리를 냈다.

나는 어떤 이유에서인지 영지에서 랜턴을 구할 수 있을 것 같았다. 하지만 그런 식이라면 밤에 출발해야 할 필요도 없었을 것이다. 나는 조심하는 것이 그저 세련되게 즐기는 형태라고 생각하는 경향이 있어서, 밖으로 나가서 아이들에게 이야기를 하려고 했다가, 칼톤이 쉿, 조용히 하라는 신호를 보내자 위험한 실제 상황이라는 걸 알고 깜짝 놀랐다. 농장 노동자들이 사는 곁채에 아직도 불이 켜져 있기 때문에, 우리는 주인집에서 얼마 떨어져서 소음이 큰 차를 멈추고 우리의 화물을* 조용히 내려서 여종이 기다리고 있는 집 뒷문 쪽으로 날랐다.

나는 꼭 프랑스에서 행군하는 것 같았다.* 나무판자로 구획된 영지 내 도서관으로 갔다. 칼톤은 이 도서관에서 나를 끌어내려고 했다. 왜냐하면 불빛이 보이면 위험하기 때문이다. 응당 나는 휘황찬란하게 밝은 불을 켜 놓았다. (여주인 편인 칼톤에게 빛은 틀림없이 아까운 것일 게다.) 그러나 나는 블라인드가 쳐져 있어서 괜찮으며 여주인도 나처럼 무언가 읽고 싶어서 오고 싶은 생각이 들 수도 있을 거라고 말했다. 나는 이 시점에 칼톤이 정말로 영지의 여주인을 알고 있으며, 그런 점에서 낯선 사람들에게는 허용되지 않을 법한 많은 것들이 허용될 거라고 믿었다. 경박한 영혼의 소유자 칼톤은 이 사정을 더 잘 알고 있었지만 나를 포기하고 도서관에 내버려 두었다.

나는 이미 책 몇 권을 선별해서 내 앞에 놓아두었다. 여주인이 들어왔을 때 나는 내 보물들 사이에 앉아 있었다. 신사처럼 일어났지만 방문객에게 인사를 하러 의자에서 일어나는 사람처럼 좀 뻣뻣하게 굴었다. 그녀의 손에 키스를 하고 내 이름과 출신을 소개할 때도 마찬가지였다. 내 친구 칼톤을 넌지시 암시했지만 그녀가 이에 반응하지 않았기 때문에 공허하게 몇 마디 더 말했다. 그러나 내가 알다시피 칼톤이 이런저런 지점까지 벌써 이르렀다는데 나 역시 이 여인의 마음을 사로잡을 수 있을 것 같았다. 그녀는 코냑을 권했다. 나는 또 담배도 받아들였다. 그녀 자신은 코냑을 따르는 동안 아주 매혹적인 움직임으로 약간 거리를 두면서 담배한 개비를 들었다. 우리의 방문을 알고 있었다고 보기엔 여주인이 너무 놀란 것 같았다. 그녀가 우리를 초대한 적이 없다는 사실이 밝혀지고 우리는 다시 코냑을 마셨다.

내게는 비록 민주주의적인 이상이 있지만 ─ 그리고 결국 대중들을 문화유산에 참여시켜야 한다는 생각을 했지만, 또 내가 마음속으로 국가사회주의를 비난하는 이유는 바로 대중의 문제를 풀 수 없는 실패 때문이지만 ─ 우리 같은 작은 범위의 고상한 계층 구성원과 만날 때면 언제나 ─ 이 고독한 시골 환경에서는 더욱 그렇다! ─ 새로운 시대에도 잃고 싶지 않고 구하기 위해 애쓸 만한 (그런 구원이 가능하고 새로운 시대라는 것이 있다면) 저 행복감, 소속감이 나를 엄습한다. 동질감 덕에 모든 것이 허용된다. 그러니까 낡은 위선적 게임, 고도의 교양과 동물적 육체 사이에 요동치는 감정 변화 등이 허용되는 것이다. 그것이 모두 시대착오적이며 나쁜 것임을 알지만 그들은 잠시 나를 다시 매혹시킨다. 이 여인은 남편이 아직 살아 있다면 크로아티아 어딘가에서 부대를 지휘하고 있을 거라고 했다. 내 몸속으로 들어가 안을 따뜻하게 해 줄 코냑을 그녀는 권했고 밖으로는 말로 나를 따뜻하게 해 주었다. 그녀는 내게 책을 선물했다. 적어도 내가 고른 책 중에서 원하는 것은 가져가도 좋다고 말했다. 나 자신이 마치 적지에 들어선 장교처럼 느껴진다고 해도 이상할 것이 없었다. 이러한 대화 분위기는 전쟁 초기에나 적합했을 것이기 때문이다.

5

국도에서 다가오며 부르릉거리는 작은 엔진이 내는 높은 톤의 소리가 마치 피에 굶주린 벌레 소리처럼 들린다. 소리가 갑자기 멈췄기 때문에 나는 위험을 느끼며 보초에게 갔다. 들길을 가다가 바닥에서 갑자기 솟아난 것 같은 물체를 보았다. 농부였다. 작은 사냥 모자, 흙이 잔뜩 묻은 거친 장홧발, 작은 갈색 눈, 완장. 이런 순서로 그의 모습이 내 눈에 들어왔다.

"하일-틀러."

"하일 히틀러." 나는 대답을 하고 나와 함께 가서 코냑을 마시자고 말했다. "일단 코냑 한 잔(einen) 들이켜지 않겠소?" 나는 '안 잔(aanen)' 들이켜자고, 마치 우리 지방 사람이 농부와 대화할 때 하듯이 말하고 '들이켜다(trinken)'의 r 발음을 강하게 굴렸다. 마치 말을 달릴 때 '이랴(Jür)' 또는 '가라(Abfahren)'라는 단어 자체로 하는 것이 아니라 이 단어들에 들어 있는 r 발음을 특정한 방식으로 굴려서 하듯이 말이다. 농부가 내 신분증을 보자고 했다. 나는 그가 바라는 게 무엇인지 바로 알아차리지 못했는데, 그는 내가 무슨 뜻인지 알아차리지 못하는 것을 보고 바로 나를 도주자로 여겼기 때문에 나는 곰곰이 생각해 볼 여유조차 없었다. 나는 가진 것을 다 그에게 주었다. 연금통지서, 사진이 붙은 교통카드. 농부가 그 서류들을 자세히 살펴보는 사이에 잠깐 쉬는 틈이 생겨서, 도시가 공습에 다 파괴되어서 여기로 가라고 명령받았다고 말했다. 나는 이리로 오는 아이들 몇 명을 내보내 칼톤을 불러오라고 했다. 농부는 받아 든 서류들을 보고 놀란 얼굴을 했다.

당신은 증명서도 없구먼. 농부는 이렇게 말하며 나에게 종이들을 돌려주었다. 그리고 몇 가지 질문들을 더 했기 때문에 나는 기뻤다. 오랫동안 충분히 얘기할 수만 있다면 결국 그를 유순하게 만들 수 있을 거라고 생각했기 때문이다. 그에게 모두 보여 주려고 했다. 나는 항상 적당한 어조로 말을 하면서 농부한테서 멀어지지 않았다. 아내는 내가 경찰이나 정말로 위험한 어떤 것에 연루되었을 때 그런 어조를 낸다는 걸 안다. 나는 그의 앞에 소위 지뢰를 놓으려고, 그러니까 우리가 명령으로 불가피하게 여기 온 것이고 계속 여기 있어야 한다는 걸 증명하려고 많은 사항들을 알려 주었다. 이 정보들로 인해 그의 생각이 다시 낡은 선로로 들어서면 지뢰를 밟고 결국 선로에서 내동댕이쳐질 것이다. 우리가 이 농부를 이용할 수 있겠다는 느낌을 받았다. 농부가 말했다. 그러면 당신이 책임지고 이송하는 아이들을 모두 여기 모아 보시오.

"아니 아이들한테 무슨 짓을 하려고 그러시오?"

그는 대답하지 않고 내 작업 책상 옆에 앉았다. 완고한 머리를 한 번 몇 센티미터 흔드는 것 말고는 그는 살아 있는 것 같지도 않았다. 술에 취해 자기 밭에서 길을 잃은 농부 이야기를 들은 적이 있다. 그는 취한 상태로 계속 갈지자로 돌아다니다가 흙을 삼켰고 그래서 죽었다. 나는 칼톤과 아이들을 보았다. 그들이 들어오는 것을 보자 감사한 마음이 들었고 다시금 안정감이 밀려들었다. 그러나 이 안정감은 예전에 느꼈던 것과 마찬가지로 기만적인 감정이었다. 예전에 집 문을 여는데 돌격대원 네 명이 나에게 다가온 적이 있었다. 택시 기사가 차를 돌려 돌아오는 걸 보았다. 그래서 돌격대원들은 더 이상 접근하지 못했다. 그러나 택시 기사가 그 돌격대원들과 소리를 지르며 몇 마디 언사를 주고받기만 하고 나를 결국 지켜 주지 못하자 돌격대원은 발을 문틈에 끼워 넣고 문을 열었다. 돌격대원들이 현관에서 나를 붙잡았던 때처럼 그렇게 칼톤도 여기서 나를 지켜 주지 못했다.

"나는 붙잡혔어, 칼톤." 그에게 말했다. "아이들을 실어 갈 거야!"

농부에겐 이미 생기가 돌아와 있었다. 그는 칼톤에게 다가가서 나에게 했던 것과 똑같이 했다.

신분증을 보여 주시오, 등등.

이제 학생들이 모였다. 농부는 그들에게 세 줄로 서라고 명령했다. 그는 나와 칼톤을 믿지 못했기에 학생 피효타와 하르트만을 명령 담당으로 세웠다. 그들은 즉각 아이들을 세 줄로 나누기 시작했다. 내 손에서 모두 미끄러져 나가는 것 같아 경악스러운 기분이 들었다.

"아이들에게 무슨 짓을 하려는 거요?" 나는 다시 물었다. 아주 맹렬하게 물어보았기 때문에 농부가 돌아다보았다. 칼톤은 아무 것도 하지 않았다. 아이들을 정렬시키는 데는 시간이 많이 걸렸다. 나는 하르트만과 피효타의 시선을 잡으려 했지만 그들은 나한 테서 빠져나갔다. 그들은 이미 이런 명예로운 명령을 맡길 수 있는 사람 편이었다. 더 어린 학생들 중 몇 명만 무엇이 적법하고 올바른 것인지에 대한 자연스러운 느낌을 유지하는 것 같았다. 나는 그들과 신호로 소통하려고 했다. 그들은 불안하게 나를 바라보았고, 신호를 받고도 시작을 하지 못했다. 그러다가 아직 세 줄로 정열되지 않은 아이들 중 몇 명이 정말로 국도 쪽으로 달려 나갔다. 농부는 무슨 일이 일어나는지 몰랐지만 위험을 느끼고 총을 들고 외쳤다. 멈춰! 그래도 그가 총을 쏠 수는 없었다. 우리가 농부 위에 올라탔기 때문이다. 세 줄로 서 있던 아이들이 그를 붙잡았다.

우리가 그를 놓아주니(마치 상대 투견 몸에 이빨을 박아 넣었던 개처럼), 그는 완전히 움푹 들어간 사냥 모자를 들고 상처가 크게 난 얼굴을 들고 일어났다. 그는 한마디 말도 없이 작은 오토바이 쪽으로 돌아갔다. 피가 떨어져서 그의 재킷에 핏자국이 났다. 하지만 우리는 승리를 굳건히 지키기 위해 자리에 머물러 있었다. 그는 자전거에 보조 모터를 달아 만든 오토바이를 끌고서 국도 쪽으로 밀고 나갔는데, 후퇴하지만 자신의 후퇴에는 이유가 없다고 보여 주려는 사람처럼 걸었다. 그가 오토바이를 타고 산으로 올라갈 때 작은 모터가 내는 악의에 찬 소음을 한참 동안 들을 수 있었다.

6

우리가 숨어 있던 곳 근처를 지나는 국도 위로 저녁쯤 포탄을 장전한 장갑차와 군 수송 차량들이 나타나 산악 지대 쪽으로 세 줄을 지어 지나가고 있었다. 불빛을 꺼 버렸기 때문에 낮게 부릉거리는 소리와 쇠사슬이 철컥거리는 소리만 국도 쪽에서 들렸다. 이 행렬은 나중에 길이 막혀 정체되었다. 명령을 내리는 소리가 들렸다. 차량 몇 대가 측면으로 들판을 지나가려 했다. 전투기가 저녁 어스름 시간에 야간 망원경으로 그 차량들을 알아챌까 봐 두려웠던 것일까? 나중에 국도에서 떨어진 곳에 간부진이 장교 주변에 모여들었다. 이 명령 지점에서 전령이 출발했다.

나는 학생들 몇을 데리고 저녁 산책을 나가 차량들이 있는 곳까지 갔다. 어떤 장교 차량에서 음악이 흘러나왔다. 나는 그게 무슨 곡이었는지 곧바로 이름을 댈 수 없었다. 데리고 온 아이들에게 잘 들어 보라고 했지만 곧장 무슨 곡인지 알아차리지 못하자, 궁핍한 시대에 빵 한 조각을 쳐내 버리는 사람을 꾸짖듯 그들을 꾸짖었다. 날카롭지 못한 본능보다 더 화가 나는 것은 없다.

시골 유배 생활(말하자면 흑해로의 유배*)에 음악이 등장하자 나는 행복해졌지만 지속은 잠시뿐이었다. 옆 차 운전사와 대화를 하던 차 운전사가 우리에게 다가왔다. 나는 그가 차에 닿기 전에 막아서서 음악을 꺼 버리기 전에 그에게 음악의 아름다움을 이해시키고 싶었다. 그는 소리 없이 걷다가 놀라서 쳐다보았다. 그는 자기를 막아선 날 보고 내 주위를 이리저리 돌아보았다. 나는 그래서 몇 걸음 차에서 떨어졌다. 그가 차 안으로 들어가는 걸 막을 수 없었다. 나는 말했다. 제발 그 음악을 잠시만 그냥 두시게. 그는 그러나 이미 다른 방송국을 찾았다. 그 군인은 우리 근처에 머물렸지만 우리를 언짢게 바라보지는 않았다.

7

어제 서쪽에서 하루 종일 우레 같은 포격 소리가 들렸다. 차량 몇 대가 산악 지대로 가려다가 국도 위에서 폭격기에게 발각되었던 것이다. 칼톤은 이틀째 행방불명이다. 계획가이면서도 도박꾼처럼 안절부절못하는 바람에 우리한테 위험 요소였던 칼톤. 그러나 나는 국도 쪽으로 그를 찾아다녔다. 내가 그를 찾아다니면 그는 절대 오지 않을 것 같다는 생각이 들 때까지. 그래서 나는 그가 이미 곳간에 있을 것 같다는 생각으로 돌아왔지만 그는 그곳에 없었다.

나는 칼톤을 찾으라고 무리를 보냈다.

칼톤은 목이 매달려 죽어 있었다. 소나무의 굽어진 가지에. 삼림관이 나무에다가 하는 그런 표시가 분필로 그의 신발 바닥에 그려져 있었다.

나는 영지의 여주인한테 갔다. 누군가와 이야기를 해야만 했으니까. 그런데 그녀가 너무 우호적인 태도로 나를 맞아 주는 바람에 나는 실타래 방향이 뒤집힌 것을 알았다. 이 악순환에서 벗어날 길을 찾지 못하고 계속 잡담을 나눴다. 심장이 터질 듯 — 마치 가득 찬 위(胃)처럼 — 가득 차서 나는 서로 친구처럼 말을 놓자고 그녀에게 제안했다. 이 친밀한 형식 때문에 감정이 모두 다시 되살아난 나머지, 나는 칼톤의 검게 변한 혀에 대해 이야기해 줄 수도 있을 것 같았은데, 그러나 그녀가 이 순간 무언가 재치 있는 말을 했기에 — 그것이 무엇이었는지 더 이상 생각나지 않는다 — 그 재치가 순간 정신을 마비시켜서 우리는 다시 어떤 따뜻하고 비현실적인 어조에 빠져들었고, 마치 우리가 이별을 하는 것처럼, 그녀가 어두운 밤에 나를 내보내 줄 때까지 함께 코냑을 마셨다. 그때까지 그녀의 혀 위에 얹혀 있었지만 발설하지 못했던 내 이름. 에버하르트.

8

피비린내 나는 좀벌레 무리 — 하루 종일 그들이 국도를 순찰했다. 그들한테서 빠져나갈 수 있는 차량은 없었다. 나는 돌아가는 상황이 어떤지 알 수가 없었다. 모두 끔찍할 정도로 긴박한 것 같지만 나는 그 위험을 지켜보아야 할 것이다. 위험이 그렇게 나쁘지는 않다고 본다. 원래 내 안전을, 그리고 학생들 안전을 걱정해야 하겠지만 걱정만 하기보다 다시 수업을 시작하고 싶었다.

꿈1
나는 밤새도록 작고 등이 굽은 남자와 춤을 춘다. 그에게 나는 깊이 머리 숙여 인사를 해야 한다. 그는 승마 바지를 입었다. 나는 혐오감이 크지만 거절했다가는 해를 입을까 봐 두렵다.

구두쇠의 지갑처럼 꼭 다문 죽은 자의 입(앙드레 지드). 하루 종일 나는 의미 없어 보이는, 그러나 머릿속에서 사라지지 않는 문장 두 개 사이를 왔다 갔다 한다.

1. *Appropinquante morte animus multo est divinior* — *Cicero*, 『*De Divinatione*』 I (죽음이 다가올 때 영혼은 종말이라는 한계를 넘어 고양된다 — 키케로,『신성에 관하여』1권)

2. 사형을 언도받은 한 사람이 말한다. 빛! 수많은 빛! 신이여, 감사합니다! 다른 사형수는 밥그릇을 뒤집어엎으며 말한다. 가자! 끝까지 헛소리를 지껄여야 해.

꿈2

훈련 경보! 우리는 어느 광장에 끌려갔는데 거기에는 단두대가 설치되어 있었다. 일단 우리 목 높이를 확인하기 위한 실험일 뿐이라고 했다. 사형 집행이 있는 경우에 우리를 널빤지 위에 제대로 고정시켜서 이 전체 과정을 더 빨리 진행시키려고 하는 거라고 했다. 떨어지는 도끼 대신에 타자기 리본이 틀에 팽팽히 당겨져 있었다. 그러나 겉보기에는 전체가 실톱처럼 보였고 톱이 있을 자리에 타자기 리본이 있을 뿐이었다. 아래로 떨어질 때 정확히 내리칠 자리를 표시해 두도록 말이다. 우리는 차례대로 줄을 섰다. 나는 모든 것을 믿을 수 없었고 타자기 리본이 도끼날로 돌연 바뀔 것 같았다. 나는 바로 묶여서 시선을 위로 들었다. 그리고 정말로 도끼날이 번쩍거리는 것을 보았다. 소리를 질렀다. "저기!"

9

농부의 경우에는 적어도 내가 그 악의를 곧바로 알아차릴 수 있다는 장점이 있었다. 나는 그런 이야기들에 적격이 아니다. 만약 상황에 대한 잘못된 평가 때문에 내가 여느 다른 때보다 더 불안해하지 않는 거라면 도대체 무엇을 해야 하는 것일까? 어쩌면 예전에 불가피한 두려움이 있었는데 그것이 현재 삶에까지 영향을 미치는 것이 아닐까? 상황이 위험해진 다음에는 내가 무언가 생각하고 있다고 할 수가 없을 것 같다. 바로 지금 두뇌를 쓸 수 있어야 하겠지만 말이다. 그러나 나는 위험에 적절히 대처할 줄 모른다. 그들이 와서 내 머리를 언제고 뭉개 버릴 수 있다면, 지금 이 머리가 무슨 소용이 있을까? 머리는 더 잘 보존해야 한다. 우리는 실질적으로 정신을 전부 두 가지로 나누어 볼 수 있을 것이다. 하나는 칼톤의 경우 같이 — 비록 그를 돕지는 못했지만 — 잘 돌아가는 두뇌이고, 다른 하나는 이 두뇌 자체에 대한 보호 안전 대책이다. 그렇지만 정신의 힘을 믿는 누군가에게 내가 이것을 어떻게 설명해야 할까? 나무에 매달리다니, 그리고 그 혀라니! 아무것도 할 수 없다. 다리는 마치 두 개의 통나무 같았다. 내가 그 다리를 만져 볼 수도 있었을 텐데. 그가 살아 있을 때는 아마 감히 그렇게 하지 못했겠지. 그가 그렇게 매달려 있는 것을 보고 나서 내가 왜 그렇게 안 했는지 이유를 모르겠다. 어쩌면 우리가 떠나는 편이 더 나았을까?

학생에게 말을 걸고 있는 장교에게 내가 다가가자 그는 크게 놀랐다. 내가 그쪽으로 걸어가자 마치 사랑하는 연인들을 놀라게 한 것처럼 학생과 장교는 침묵했다. 나는 그 장교에게 학생들에게 무슨 짓을 하려고 했던 간에 둘이서만 얘기를 좀 하자고 했다. 그는 도망치려고 했고 곳간으로 나를 따라 들어오려고 하지 않았다. 그러나 이미 짧은 낮잠을 잔 나는 충전된 배터리 같았다. 그가 학생들에게 참호 작업을 시키려 하고 있다고 나는 추측했는데 이는 결국 옳은 것으로 밝혀졌다. 나는 그에게 농부에게서 빼앗은 무기를 보여 주었다. 그 시각 국도에는 차 한 대도 보이지 않았다.

그가 타고 온 자전거를 일으켜 국도까지 끌고 가는 것은 허락해 주었다. 그는 겁쟁이가 아니었다. 그가 국도 위에 올라서서 페달을 밟기 시작하자 나는 한 방을 그의 뒤에서 쐈는데 그것은 가로수에 탕 하고 맞았다.

우리는 수업을 하기 시작하면서 보초를 세웠다. 이 보초는 우리에게 국도의 상황을 계속 알려 주었다. 최후의 며칠이 주는 의미가 '위협받는 생존'이 되어서는 안 된다. 우리가 위험에서 살아남지 못할 가능성이 있기 때문에 더욱 그러면 안 된다. 나는 수업을 멈춘다. 보초가 신호를 보낸다. 국도 쪽에서 모터 소리가 다가오고 있다.

10

Et volat saepius carta caritatis alis pennata implens officium linguae.
(또한 날개 달린 사랑의 편지가 언어의 사명을 완수하며 날고 있습니다.*)

(78:119,25)

이 편지는 *officium linguae*(언어의 사명)*를 수행하고 있다. 그러나 언어라고 다 똑같은 것은 아니다. 말이나 정보 전달이 모두 다 이 *officium*(사명)에 상응하지는 않는다. 원래의 *loqui*(말씀)와 그 부족한 양태, 다시 말해 *loqui*(말씀)와 반대되는 *vaniloquentia*(헛된 소리)를 종종 구분할 수 있다. 테오둘프 폰 오를레앙에게 보내는 어느 편지에서 알쿠인은 이렇게 정의한다. "*memor esto sacerdotalis dignitatis linguam caelestis esse clavem imperii et clarissimam Christi tubam. Quapropter ne sileas, netaceas, ne formides loqui*(하늘의 언어는 천국의 열쇠이며 또한 그리스도의 명료한 나팔입니다. 이 사제의 권위를 기억하십시오. 그러므로 침묵하지 마십시오. 입을 닫지 마시고, 말씀하시길 두려워하지 마십시오)."

(225:368,29)

loqui(말씀)는 또한 성직자의 의무이며 신부의 권위에 상응한다. 말에 대한 존경심은 동시에 성직자의 과제로서 말에 대한 의무인 것이다. 그러므로 계속 반복적으로 변화를 이야기해 주며 무수히 다양한 맥락으로 사람들에게 경종을 울려야 한다. *nolite tacere*(침묵하길 원하지 말라).

(225:413,4)

Siletium in sacerdote pernicies est populi(사제로서 침묵하는 것은 민중을 저주하는 일이다). *loqui*(말씀)는 그 정당성이 임의적인 정보 전달인 자기 자신이 아니라 그 안에 존재하는 목적에 담겨 있다. 다시 말하자면 그것은 *imperium regni caelestis*(하늘나라)로 가는 열쇠인 것이다.

이 텍스트는 *lingua*(언어)를 *clavem caelestis imperii*(천국의 열쇠)로, *officium linguae*(언어의 사명)로, 다시 *loqui*(말씀)로 간주하면서, 그리고 저 천국의 '문을 여는 행위'로 규정하면서 동시에 *loqui*(말씀)의 내용적인 정의를 더 제시하고 있다. 그것은 *erudire*(가르침)이다. '*eruditio ad regnum dei*(신의 왕국으로 가기 위한 교양'이라는 목표가 원래 어떤 방식으로 성직의 과제가 되는지 나중에 이야기할 것이다. 또 *eruditio*(교양)의 충족으로서 동시에 *imperium regni caelestis*(하늘나라)로 가는 길인 *sapientia*(지혜)도 있다. 마찬가지로 어떻게 이 성직의 과제인 교육이 지혜라는 목표 안에서 평안을 찾는지 살펴볼 것이다. 따라서 *eruditio*(교양)란 내용적으로 일단 이런 뜻이다. *fidei rationes (praecepta dei) scire*(믿음의 근거 ─ 신의 명령 ─ 를 아는 것이고), 또 이렇게 *sobria conversatione ostendere(ea implere)*(올바른 삶의 태도를 보여 주는 것이다 ─ 의무 수행). 이 *ductor et doctor gregis*(민중의 영도자이자 선생)은 *docendo et ammonendo*(수업과 훈계를 통해) *salus animarum*(영혼의 치유)를 수행한다. 이는 사람이라면 누구에게나 해당하는 것이다. 그러므로 *docendus est itaque (omnis) homo rationalem habens intelligentiam*(지성을 가진 이성적인 ─ 모든 ─ 인간은 배우는 것이다).

(113:164,32)

rationalis intelligentia(분별하는 지성)이란 *discere*(배움)가 그 안에서 자기 위치를 찾으며 *docere*(가르침)가 바로 대상으로 삼는 우리 몸의 기관이다. 그것은 자연으로부터 생긴 인간의 소유물이다. 이미 알쿠인은 이 능력, 즉 *rationalis*(분별력)를 암시한 바 있다. 여기서 좀 더 정리할 필요가 있다. *rationalis intelligentia*(분별하는 지성)는 인간을 인간으로 위치시키며, 그 자체의 성질상 *gratia dei*(신의 은혜)와 함께 작용함으로 말미암아 ─ *quia otiosa est lingua docentis, si gratis divina cor auditoris non inbuit*(왜냐하면 신의 은혜가 듣는 자의 마음을 감동시키지 못하면 가르치는 자의 혀는 죽은 것이나 다름없기 때문이다) ─ *doctrina salutis*(구원의 가르침)을 받아들이는 것이다.

(113:164,34)

lingua(언어)는 ─ *loqui*(말씀)은 물론 *docere*(가르침)의 본거지로서 ─ *rationalis intelligentia*(분별하는 지성)과 관계가 있다. *cor*(마음)는 그와 반대로 *gratia*(은혜)를 받아들이는 기관이며 *religio*(믿음)의 본거지이다. *cor*(마음)와 *intelligentia*(지성)라는 단어쌍에서 우리는 다시 이 시대의 사료(史料)들에서 자주 볼 수 있는 표현과 생각의 특징인 이원적 통일의 한 예를 보게 된다.

sapientia(지혜)가 말하자면 *intelligentia*(지성)과 *cor*(마음)의 종합을 형성시킨다. *rudis*(악)의 상태를 극복하는 것이 *sapientia*(지혜)이다. 이 악은 아우구스티누스의 책에서 개념적으로(*catechizandus* ─교리문답─형태로) 전해진 것으로 8세기 상황과 조건하에서* 이해된 개념이다.

omnes(모든 사람)에게 해당되며, 그들이 기본적으로 지켜야 하는 것과 관련이 있다는, 소위 카를 대제의 '교양의 성스러운 규칙들'은 이 개념에서 생겨났다. 이 규칙들은 *orbis christiani imperii* (세계 기독교 제국) 사람들 모두에게 최소한의 교양 ─ 상징과 신께 하는 기도, 세례 형식 ─ 을 가르쳐 영혼을 치유하고 미신과의 투쟁을 위한 것이다. 다스리는 자의 명령으로 존재했다는 점에서 이 규칙들은 *rex*(왕)와 *imperator*(황제)가 스스로를 *ductor gregis et populi dei*(신의 군중과 백성을 이끄는 영도자)로 이해했다는 사실을 보여 주며, 왕의 기능을 신학적이고 복음주의적으로 이해했음을 보여 준다. 동시에 여기에는 논리의 이음새가 보인다. 일반적인 *eruditio*(교양)의 보편적 과제로부터 직접 좀 더 특수한 과제의 전제조건이 생겨난 것이다. 우선 '후세대 교육'이 그렇다 ─ *ut digni vestri honoris fiant successores*(영광스러운 후계자들을 양성하는 일) 말이다. 그 후계자는 일반적인 *eruditio*(교양) 과

제를 인식할 수 있어야 한다. 사람들은 *doctores ad eruditionem omnium*(모두를 가르칠 자)이자 *ductores gregis qui populum dei regere valeant*(신의 백성을 다스릴 무리의 영도자)를 교육시키기 위한 *eruditio*(교양)를 추구했다. 카롤링거 왕조의 성스러운 규칙들은 다시금 이 특수 *eruditio*(교양)에 해당한다. 이 특수 교양은 규정된 프로그램을 구성하고 있었다. 즉, 알쿠인의 편지들 자체에서 그 규칙의 형식적 규정들이 고유의 생명력을 얻고 있고 또 이 편지들이 그 규정들을 통해 고유의 권위를 얻었다.

(270:428,40)

sollicitudo(배려)는 *filius*(아이)에 대한 애정과 염려로서 *fides*(신뢰)의 지평과 *caritas*(박애)의 계율로 원칙적으로 삶의 모든 측면을 포함하고 있다. 편지에 드러난 배려의 표현은 *amicitia*(우정)에 아주 가깝다. 먼저 *eruditio*(교양)에 근거한 배려를 넘치는 사례로 가득 보인 다음, 몇 가지 다른 사례에서 얼마나 다양한 측면에서 *sollicitudo*(배려)가 적절한 상황에 영향을 미치는지 보여 주려고 한다. 그다음 예에서 볼 수 있는 바대로 배려는 그 대상이 되는 한 인간에게 일견 대항하는 방식으로 비치기도 한다.

영혼의 진보에 대한 기쁨은 편지에 계속 등장하는 모티브이다. 알쿠인은 명시되지 않은 어느 학생에게―칸디두스나 도도-쿠쿨루스에게 보내는 어조인 듯하다―다음과 같이 편지를 쓴다.

"……*laeto / litteras vestras / legebam animo intellegens in eis vestras vitae properitatem et litteralis exercitii studium ex quo dicatantis eloquentia claruit. hoc mihi maximum esse gaudium constat, ut filios florere videam in conversationis puritate et profectus diligentia*(자네들의 편지를 받고 매우 기뻤네. 자네들의 편지에서 글쓰기 연습에 매진하고 연구하는 자네들

의 생활을 생생하게 읽어 낼 수 있었다네. 아들들이 이렇게 변화하며 발전하고 피어나는 모습을 보는 것이 나의 가장 큰 기쁨일세)."
(34:75,24)

알쿠인은 자기 학생에 대한 염려로 인해 온 힘을 다했다. 아달하르트 폰 코르비에게 보내는 편지에서 그는 코르비가 카를 대제 옆에서 힘을 써서 학생 베르나리우스가 '세계'로부터 레랭 수도원으로 돌아올 수 있도록 해 달라고 부탁한다. "*valde necessarium ei videretur, ut revertatur ad fratres suos; et ea vita vivat, in qua salvatus fuit de periculo mortis, in quo bene periit. quid iterum regreditur, ubi propemodum perditus fuit……*(그가 우리 형제들에게로 다시 돌아오게 하는 것과 그를 거의 파멸에 이르게 했던 죽음의 위협으로부터 구해내 삶을 살게 하는 일은 꼭 필요한 일입니다. 거의 가망이 없는 그곳에서 다시 돌아오게 되는 것은……)."

더 나아가 학생 때문에 사건이 벌어진 예가 있다. 이번에는 '공적인' 배경에다가 심각한 결과까지 낳은 경우다. 이 사례는 알쿠인이 학생을 보호하기 위해 어디까지 행할 마음이 있었는지 보여 준다. 이 사건은 서간집 245~249편(393~404페이지)에 나와 있다. 이 사건 때문에 그는 테오둘프 폰 오를레앙과 잠시 다투는 결과를 빚고 황제에게 강한 질책을 받기까지 한다. 그 시대에 이런 사건은 법적, 교회적, 사회적, 개인적 상황에 시사하는 바가 컸다.

대주교인 테오둘프 폰 오를레앙이 있던 오를레앙에서 한 죄수(*reus*)가 달아났다. 그는 투르의 마틴 교회 안으로 도망쳤다. 테오둘프의 군대가 그를 잡아 오려 했지만 투르 백성들과 수도원 학생들이 저항해서 소동(*tumultus*)이 벌어졌다.

서간집 245편에서 알쿠인은 궁정에 머물러 있던 옛 제자들인

칸디두스와 나타나엘에게 그들이 이 사건을 어떻게 황제에게 객관적이면서도 법적으로 대변해야 할 것인지 가르친다. 246편에서는 어떤 주교에게 편지를 보낸다. 이 두 편지는 비록 강한 사적인 불만을 겸손하게 표현하고 있기는 하지만 '어조상' 강하게 테오둘프를 비난하고 있다. 247편은 테오둘프와 그의 법을 지지하는 황제의 뚜렷하고도 확고한 결정과, 알쿠인과 투르 수도승에 대한 질책을 싣고 있다. 서간집 248과 249 양 편에 알쿠인이 그에 대해 답변하고 있다. 첫 번째 편은 아른 주교에게 전달자를 소개하는 짤막한 메모이다. 내용은 다음과 같다.

"*direxi hoc animal, vitulum enchiridion meum, ut adiuves illi et eripias eum de manibus inimicorum suorum. et adiuva quantus valeas, quia venerabilis episcopus multum ardet super nos. id est Teodulfus. Nisi quoque in ora pueri huius, quamvis vitulus contra naturam rationale sit animal, quod ipse in auribus sanctitatis vestras habet mugire. habeo enim illum ad erudiendum deo mecum in domo mea. et poterit proficere deo donante in lectionis studio seu grammaticae artis disciplina in domo sancti Martini. O Aquila! 'hi in curribus et hi in equis, nos autem in nomine nostri magnificabimur'*(Ps. 19. 8) *valeas vigeas semper in aeternum*(제가 이 짐승, 송아지를 제 품에 숨기었습니다. 이 아이를 도와주셔서 적으로부터 구해 주십시오. 힘닿는대로 도와주시길 바랍니다. 저 존경하는 주교님께서 우리에게 진노하고 계시기 때문입니다. 바로 테오둘프 주교님입니다. 제가 드릴 말씀은 이 소년의 입으로 보내겠습니다. 비록 이 송아지가 이성에 어긋나는 한낱 동물일지언정 당신의 거룩한 귀에 직접 울부짖을 것이 있습니다. 저는 그를 신의 가르침을 받도록 제 집에 데리고

있습니다. 신께서 주신 능력을 통해 그도 읽는 법을 공부하고 문법을 배우며 성 마틴 성당에서 발전해 나갈 수 있을 것입니다. 오, 고귀한 분이여! '어떤 이는 병거, 어떤 이는 말을 의지하나 우리는 우리의 그 높으신 분 이름을 자랑할 것입니다.'—「시편」 19장 8절*—항상 강건하시길 빕니다)."

알쿠인은 그러니까 학생이 받을 처벌을 피하도록 아른에게 보낸 것이다. 이는 테오둘프의 분노가 컸다는 사실을 보여 준다. 147편에 따르면 카를 대제와 테오둘프가 알쿠인을 부당하다고 판단하자, 이제까지 질서에 충실하며 궁정과 서열에 그렇게 의문 없이 순응하던 이 남자는 이제 질서에 대놓고 맞서는 것 같다. 공공연하게 황제와 테오둘프를 거스르며 행동하던 어린 *vitulus*(송아지)를 지키려고 하는 것이다. 개인적인 관계인 *sollicitudo patris erga filium*(자식에 대한 아버지의 배려)가 이런 갈등 속에서 질서에 대한 순응보다 더 강하게 드러난다. 전체는 작은 음모의 연속이다. "*misi in ora pueri······ quod ipse······ habet mugire*(직접······ 울부짖을 것이 있는······ 이 소년의 입으로 보내······)." 대략 아른에게 이 전갈을 보냄과 동시에 알쿠인은 카를 대제에게 제대로 간언하는 편지를 쓰는데 이는 이미 다른 맥락에서 언급했다.

(서간집 249편: 401~404)

그는 사과를 하려고 하면서도 정당화하려고 했고 카를 대제의 비난을 더 많은 예와 논증으로 아주 힘겹게 반박했다. 그는 감옥 간수들에게 일차적으로 이 사태의 책임을 돌리려고 했다. 그리고 죄수를 성 마틴 수도원에서 다시 잡아가려던 무장 군인들이 이 순박한 사람들을 자극한 것에 원인을 돌렸다. 군대가 성지를 무시하고 들어갔기 때문에 사람들의 감정이 상했다는 것이······.

쉥케는 1932년에 계획을 세웠지만 1934년부터 쓰기 시작한 카롤링거 왕조의 교육 개혁에 대한 에세이를 이제 다시 쓰느라 하루 종일 시간을 보내고 있었다. 그는 수업을 다시 시작하는 것과 마찬가지로, 이런 연구가 어쩌면 현재 눈앞에 진행되고 있는 상황에 적절치 못한 반응일지도 모른다는 것을 이미 잘 알고 있었다. 그러나 그에게서 어떤 반응을 기대해야 할까? 그는 위급한 상황에서 당연히 자신이 아는 것에 매달렸다. 그 밖에 무슨 일을 할 수 있을까? 어쩌면 혁명을 획책하거나 할 수 있을까? 쉥케는 1933년부터 기다려 오던 변화가 이제 지나갔고 이번에도 변화는 일어나지 않았다는 걸 느꼈다. 자신에게 남아 있는 좋은 의지의 나머지를 여기 문학 작업에 확실하게 투자할 수 있다는 사실이 기뻤다. 본능적으로 이 기회를 잡으려고 움직였다. 그러니까 믿을 만한 학생들과 처음부터 다시 시작하는 것이다. 이튿날 교장 쉥케는 그에게 부상을 입었던 인접 지역 지방 농민 위원장의 고발로 임시 약식 군법 회의에 체포되었다. 그들은 학생들을 다시 집합시켜 근처에 있는 농민 부락으로 데려갔다. 쉥케 자신은 인접한 법원 소재지로 이송되었다. 거기서 학생들과는 따로 떨어진 채 해방을 맞았다.

아니타 G

좀 즐거운 이야기는 없나요?

1

소녀 아니타 G는 조부모가 잡혀가던 날 계단 밑 빈 공간에 웅 크리고 숨어서 장화를 지켜보았다. 독일이 전쟁에서 항복하자 부모가 테레지엔슈타트*에서 돌아왔다. 믿을 수 없는 일이었다. 그리고 부모는 돌아와서 라이프치히* 근교에 공장을 세웠다. 소녀는 학교에 다니면서, 앞으로는 조용히 성장하게 될 거라고 믿었다. 갑자기 두려움이 생겨서 그녀는 서독으로 달아났다. 긴 여행 중에 으레 몇 번 소매치기를 했다. 진지하게 그녀를 걱정했던 판사는 네 달을 선고했지만 그녀에게 그중 절반만 감옥에서 보내도록 했다. 나머지 절반은 집행유예를 내리고 그동안 보호관찰관을 붙였는데, 관찰관의 보호가 너무 지나친 나머지 그녀는 더 멀리 비스바덴까지 도망쳤다. 편히 쉴 수 있었던 비스바덴에서, 추적을 당했던 칼스루에로, 또 추적을 받았던 풀다로, 추적을 받지 않았던 카셀로, 거기서 다시 프랑크푸르트로 갔다. 그녀는 붙잡혀(집행유예 위반으로 수배가 걸려 있었다) 하노버로 호송되었으나, 마인츠로 도망갔다.

왜 그녀는 여행을 할 때마다 남의 소유권을 침해하는 것일까? 그녀는 다양한 이름으로 수배지에 사진이 올랐다. 이런 영리한 사람이 왜 자기 문제를 만족스럽게 정리하지 못하는 것일까? 그녀는 자주 방을 바꾸었지만 대부분의 경우엔 아예 방이 없었다. 항상 세를 놓는 여주인들과 사이가 나빠졌기 때문이다. 집시처럼 이리저리 돌아다닐 수만은 없는 법이다. 왜 그녀는 적절히 처신하지 못할까? 왜 애써 구애하는 남자 옆에 붙어 있지 않을까? 왜 사실에 기반을 두고 행동하지 않을까? 그렇게 하고 싶지 않은 것일까?

2

그녀는 어제 알게 된 남자를 데리고 방으로 들어갔는데 사실이 방은 이제 자기 방이 아니었다. 그가 어둠 속에서 뒤따라 조심스럽게 더듬어 오는 소리를 들으면서 그녀는 조용히 말했다. 이쪽이야. 그는 소리를 내지 않고 움직일 줄 몰랐다. 도통 재능이 없었다. 그녀는 이렇게 어두운 와중에 그에게 가서 손을 잡고 전 여주인 방들을 지나 자기 방으로 들어갔다. 문을 잠그고 불을 켰다.

남자는 이러한 연극적인 상황에 찬성하지 않았으나 왜 이렇게 요란을 피워야 하는지조차도 몰랐다. 같이 사는 친척을 생각해서 그랬으려니 하고 어림짐작했다. 그는 차라리 이 친척을 뵙고서 아름다운 소녀와 사귀어도 좋다는 허락을 받고 싶었겠지만. 그에겐 비밀스럽게 일을 벌이는 것이 낯설었다. 그는 그렇게 말로도 표현했다. 그러나 소녀는 이 방이 자기 방이 아니라는 것을 지금 설명하고 싶지 않았다. 쉐프 부인이 그녀를 왜 내쫓았는지, 소녀가 자기 쪽에서 계약을 끝냈는데도 불구하고, 그 후 어쩌다 쉐프 부인에게 쫓겨나는 상황에 이르렀는지 등의 이유는 몇 마디로 설명하기 힘들었다. 쉐프 부인—범상치 않은 커다란 모자를 쓰고 다니며, 부리부리한 큰 눈을 한, 허영심으로 가득한 그녀. 그녀가 옆방에서 바쁘게 일을 벌이고 있는 동안, 남편이 3층 발코니에서 길 위로 몸을 던졌다고 적어도 몇몇은 수군거렸다. 혹시 소녀가 몰래 돌아올지도 모른다고 그 쉐프가 예상을 하고 있지나 않았을는지? 소녀는 소리 하나 내지 않고 방 안에서 몸을 움직였는데 그것이 소리를 내는 것보다 그녀에게는 더 쉬운 일이었다. 그녀는 소리를 내는 상상조차도 하지 못하는 사람 중 하나였다. 남자가 철로 된 침대에 부딪쳤다. 그녀는 쉐프 생각에 몸을 떨었다.

아니타는 옆에 누워 있는 육체에서 나오는 따스함과 안전함을 신뢰하지 않았다. 창백하고 모공이 큰 피부, 한 가닥 한 가닥 긴 머리칼로 덮인 작은 젖꼭지들은 그 자체로 보호가 필요한 듯 보였다. 그녀가 보호를 해 줄 수는 없었다. 몇 가지 중요한 점에서 본인과도 상관이 있는 얘기가 아니었다면, 허락없이 들어간다고 걱정하고 겁내는 이 남자를 어쩌면 우스꽝스럽다고까지 생각했을지도 모르겠다. 그녀는 좋아하는 사람을 오래 찾아보는 재능이 없었다. 자신과 교제하려고 하는 남자면 그냥 참을성 없이 받아들였다. 그래야 삶을 다시 질서 있고 안전한 상태로 돌려놓을 수 있었다. 그렇게 하면서 그녀는 자신의 장점을 지켜 나가고 싶었던 것이다.

아니타는 난방이 되지 않는 방에서 꽁꽁 얼어붙어서 감기에 걸릴 것 같았고, 이 감기란 어쩐지 걸리는 게 기쁘면서도 동시에 귀찮아질 것 같아서 싫은, 그러니까 꼭 아이를 가지는 일 같았다. 옆에 누워 있는 몸, 다시 익숙해져야 하는 이 몸에 있는 따스함이 필요했다. 그 앞에서 더 이상 부끄러워하지 않았다. 그가 원하는 부분은 다 내주었다. 단순한 사람들에게도 없는 단순한 태도로 스스로를 내주며, 과거 이야기는 자연스럽게 놔두려고 신경 썼다. 과거를 잘 가공해서 그의 기분을 상하지 않게 할 수 있었다. 자기가 계획을 세우지 않고 그가 다음 날 계획을 제안해 주길 기다렸다. 옆에서 자고 있는 육체를 얇은 이불 위로 더듬어 확인했다. 그가 거기 있다는 것을 확인하자 이불 밖 침대 구석에 모로 누워, 이불 밑에 산처럼 솟아오른 몸에 기대어 다시 잠들었다. 아마 다른 식으로 갔다가는 움직이다가 그를 깨울까 봐 걱정했으리라. 밤에는 몸동작을 통제할 수 없으니까.

새벽에 남자가 깨서 그녀에게 다시 한 번 몸을 돌렸다. 그녀는 그를 잘 돌보고 싶었던 것 같다. 그녀는 남자 자신이 원하는 이상으로 더 해 주길 절대 바라지 않았기 때문이다. 마지막이 될 것 같은 이 밤이 그에게 뻔한 기억으로 남게 되길 바라지 않았다. 그러나 또 단순하고 자연스러운 인물처럼 스스로를 연출하려 했기 때문에 그에게 잘 저항할 수도 없었다. 그녀는 몰입하고 있는 것처럼 보이려고 애썼지만 잘해 내지는 못했다. 그가 무슨 말을 할지도 모른다고 긴장했지만 긴장한 탓에 실제로 그가 말한 것은 놓쳤다. 이 지친 남자를 덮어 주고 스스로가 그한테 쓸모없다고 자책했다. 그가 덮은 이불에 바싹 붙어서 그가 잠이 들 때까지 기다렸다. 무슨 일이 있어도 그를 이용하고 싶지는 않았다. 특히 자신에게 전혀 도움이 안 되는 이런 방식으로 이용하고 싶지는 않았다.

그녀는 소리 하나 내지 않고 움직일 수 있었기에 열쇠도 소리 내지 않고 열었다. 그녀가 밖으로 데리고 나갈 때 남자는 허둥댔지만 이 소리는 그 집에서 나는 아침 소음들에 묻혔다. 추운 방에서 그가 옷을 입을 때 그녀의 가슴이 찢어질 것 같았다. 그러나 이 상황을 바꿀 수는 없었다. 왜냐하면 사실 이 방은 한 번도 그녀에게 쓰라고 허락된 적이 없기 때문이다. 그녀는 이 순간이 그의 기억 속에 각인되지 않게 하기 위해 그를 빨리 밖으로 내몰았다. 그가 멀리 사라지자마자 이 집을 떠났다.

3

멀리 떠나기 전에 그가 다시 한 번 보고 싶었다. 이 도시에 계속 머물면 점점 더 신변이 위험해질 뿐이었지만 그녀는 벌써 몇 주간 하루하루 이 관계를 연장해 왔다. 그를 찾아다니다가 한참 후 성당 옆 카페에 있는 그를 발견했다. 여전히 피곤해 보였다. 기운 없는 입 모양에 입술은 무너진 듯 움푹 들어가 꼭 설탕에 절인 과일 같았다. 아주 형편없는 대화를 하고 있었다. 옆에 있는 남자에게 말하고 있었다. 내가 밤일을 했는데…… 어떤 뜨거운 여자랑 같이 말이야…… 그는 그녀가 옆에 있는 것을 알아채지 못했다.

그녀는 충격을 받았다. 이게 그 사랑이 불러온 전부였다니. 어제 그냥 떠나 버렸으면 좋았을 것을. 이 남자에게 힘을 아무리 쏟아 붓든, 그는 천박한 그대로였다. 그녀는 그와 잘해 보고자 했던 희망을 버렸다. 그 남자와 조금 떨어져서 그가 매일같이 사라지던 공공 기관까지 따라갔다. 시간이 지나자 진정이 되었다. 그와 한 번 더 잘해 보기로 했다.

4

예전 이야기는 다음과 같은 몇 마디 말로 요약된다.

그 사고가 맺어 주지 않았다면 그녀는 이 남자와 한마디 말도 나누지 않았을 것이다. 아니타는 1956년 문제의 그날 마인츠 시를 떠나려고 했다. 역 근처 셋방 몇 군데에 빚을 졌고, 또 몇 가지 다른 이유에서 이 도시가 더 이상 안전하지 못하다고 느꼈기 때문이다. 도시를 떠나기 전에 언덕 위에 있는 대학에 찾아갔다. 대학 라운지와 강의실에서 낮 시간을 보냈다. 그녀는 비스바덴으로 넘어가 거기서 일을 할 수 있었으면 하고 바랐다. 그러나 대학 건물로 차량이 드나드는 출구 근처에서 길을 건너다가 자동차에 부딪혔다(그녀가 차 쪽으로 뛰어들었다고도 할 수 있다). 넘어졌다가 일어나서 몸에 상처는 나지 않았는지 살펴보았다. 운전자가 그녀한테 와서 따귀를 때렸다. 그녀는 어떤 대응을 해야 좋을지 몰랐다. 나중에 이 남자를 좀 더 가까이 알게 되었다. 그 사고가 일어나지 않았더라면, 한마디 말도 나누지 않았을 것이다. 남자는 마인츠에 머물면서 숙소와 일자리를 알아보라고 했다. 그는 그녀가 돈도 제대로 벌고 직업도 가졌으면 하고 바랐다. 그렇지 않고 그녀에게 직업이 없으면 자기에게 부담이 될 테니 성가실 터였다. 그런 부담들은 확실히 거부했지만 정작 자신은 관계가 발전해도 필요한 주의를 기울이지 않았다. 그녀는 이 무신경함이 빛을 결과를 알았지만 발설하고 싶지는 않았는데, 그건 아마도 그가 보일 반응이 무서웠고 그도 결과에 대해 묻지 않아서 그랬을 것이다.

5

변호사를 찾아서

프랑크푸르트에 Sch 박사라는 변호사가 하는 일이 실린 어느 신문 기사를 소녀는 주의깊게 읽었다. 그녀는 프랑크푸르트로 가서 이 변호사와 연락을 취하려 했다. 그러나 오전 내내 사무실로 전화를 걸어도 그와 통화할 수 없었다. 오후에 법원 건물 안에서 멀리 있는 그를 보았다. 변호사 사무실 직원이 그를 거기서 찾아보라고 조언해 주었던 것이다. 수많은 질문자들에게 둘러싸여 재판정을 떠나며 건물 밖 거대한 중앙 계단을 내려가는 모습을 보자 그에게 말을 걸 용기가 나지 않았다. 늦은 오후에도 계속 변호사 사무실로 전화를 걸었지만 그는 연락이 되지 않았다. 다시 며칠 뒤에 약속을 잡아 만나고 싶지는 않았다. 그 유명한 남자한테 접근해서 자기 사례를 가지고 관심을 끌어 보려던 생각은 벌써 포기했다. 변호사 사무실 시보 중 한 사람에게 문의해 볼 수도 있었겠지만, 다른 사람에게는 얘기하고 싶지 않았다. 그녀는 오직 그 변호사만을 신뢰했고 이 변호사에게서만 돈 없이도 조언을 받을 수 있다고 믿었기 때문이다. 그녀가 바로 처음에, 정확히 얘기하자면 전화를 처음 걸었을 때, 너무 소심하게 물어본 것이 잘못이었다. 그래서 사무실 직원들로부터 부정적인 답변만 들었던 것이다.

변호사의 일과: 이 유명한 남자는 오전 내내 집에서 목욕 가운만 걸치고 돌아다니고 있었다. 새로운 날이 흥미롭지도 않았다. 비스바덴과 취리히에 전화를 하고 책상 앞에 앉아 있었다. 손을 책상 위에 놓고, 집게손가락과 새끼손가락으로 손을 지탱하며, 엄지를

조용히 그 옆에 놓고 중지와 약지를 무릎을 꿇리듯 굽혔다. 그가 약지를 천천히 위로 들어 올려 앞으로 밀면 어느 순간에는 굽힌 두 손가락들이 덥석 모두 앞으로 펴져 손바닥이 평평하게 책상에 닿아 버리는 것이었다. 비서가 마침내 재촉을 포기하고 문 앞에서 사라질 때까지 그는 대답하지 않고 기다렸다. 털이 조금 나 있는 앙상한 손등 위로 두껍게 혈관이 튀어나와 있었다. 굽힌 두 손가락을 앞으로 밀어내어 손바닥을 평평하게 만드는 것은 책상 위에서 하는 일치고는 어느 정도 숨 가쁜 일이었다. 그는 그렇게 손을 바라보았다. 그날이 통 흥미롭지가 않았다.

나중에는 동료가 와서 급하게 결정 내려야 하는 사항을 들고 동의를 구했다. 그는 내각의 사면권에 관한 법률 자문에 전화로 참여하고 있었다. 전화 통화가 그에게 약간 생기를 불어넣었다. 그가 이 대화에 흥미가 있는 것처럼 충분히 오랜 시간 꾸며 대자 정말 흥미가 생겼다. 동료들이 차례차례 집으로 전화를 걸고 지시를 구했다. 재미가 없었다. 활기찬 인간은 계몽될 수 없다. 계몽되기 위해서는 얼마나 많은 허약함이 필요한 것일까?

낮 시간대는 시간표 대로 굴러갔다. 그는 어떤 행사나 약속 장소에서 다음 장소로 출발을 그때그때 조금 늦추는 정도 이상으로는 이 시간표를 변경시킬 수 없었다. 만약 그렇게 늦어질 때라도 훌륭한 기사가 오후 교통을 뚫고 일부 시간을 만회해 주었다. 변호사 시보 두 명이 법원 정문 앞에서 그를 기다리고 있었다. 그는 이 끔찍한 홀 안으로 이끌려 들어갔다. 이번엔 긴장하며 점심 식사를 마쳤고 그 모습을 보여 주느라 피곤해졌다. 유머와 영리함, 날카로움과 같이 원래 가지고 있지도 않던 특성들에다가 먹고 마시는 동시에 단호한 모습까지 보여 주어야 했기 때문에 매우 힘든 일이었다. 요리조리 도망치는 것에 아주 능숙한 그의 재능과는 정반대의 일이었다. 그가 인기가 있는 건 일부 이런 꾸며 댄 성격에 기인했다. 그는 애증을 느끼며 피고인석으로 다가가 우선 최대한 많은 사람들과 먼저 이야기를 하고 나서 자기 자리로 가 뒤를 돌아보고 피고인들에게 형식적으로 인사했다. 변호사 시보들은 서류를 넘기며 훑어보았다. 그는 긴 의자의 가장 구석으로 물러나 여기에 바람이 샐 틈은 없는지 점검해 보았다. 피고인은 질문을 받았다. 그는 수임료를 잘 지불하는 뚱뚱한 상인이었는데 성범죄로 기소되었다. 그는 자리에서 기다리며 이의 제기가 필요한지 따져 보았다. 매우 조심스럽게 움직이던 그는 마치 무언가 잡거나 길이를 재려는 것처럼 보였다. 피곤한 나머지, 반은 피고인 쪽으로, 반은 재판석 쪽으로 몸을 돌리고 무언가를 말하다가 실언을 했다. 어떤 생각도 몰아내지 않고, 아무도 모욕하거나 밟거나 깜짝 놀라게 하지 않으려는 듯 왁스로 닦인 바닥 위를 고양이 걸음으로 살금살금 이리저리 걸어 다니고 있던 중이었다. 그는 집중을 하기가 힘들었다. 판사들과 배심원들 사이에 동요가 있었다. 판사들은 그를 좋아하지 않았다. 판사들이 깔보는 것은 그의 이름이었다. 그는 여러 번 실언을 했다. 그의 연기가 썩 그렇게 좋지는 못했다. 판사들은 그가 변호를 하는 사이 서류들을 뒤적거렸다. 하지만 판사들이 그에게 어떻게 해를 끼칠 수 있을까?

판결이 낭독되자 시보들과 직원들이 마치 열렬한 숭배자같이 그를 둘러쌌다. 그래서 쏟아지는 질문들로부터 그를 보호했다. 아마도 그를 당황시키기에 충분한 질문들이었을 것이다. 피고인은 감사를 표했다. 변호사에게 말을 걸려는 사람들 한 무리가 회랑으로 줄줄이 들어왔다. 그는 이 회랑에서 부는 틈새바람을 두려워했기 때문에 어깨를 구부렸지만 그래도 그에게 말을 거는 이런저런 사람들과 얘기를 나누었다. 그는 이 오후에 원래 검사장과 주립 정신병원으로 가야 했다. 검사장이나 자기가 고발할 사례 하나를 거기서 찾았다고 보았기 때문이다.* 그러나 그 대신 그는 오랫동안 검사장과 앉아 차를 마셨다.

앞으로 살날이 많이 남지도 않은, 잘 보호받는 거물인 그는 영향력을 별로 행사하지도 않았다. 스스로가 시인하는 것보다 그는 더 큰 영향력이 있었다. 이날 저녁엔 활기에 넘쳐서 벌써 초저녁부터 한잔 걸쳤다. 술은 대화에 필요한 강심장을 만들어 주고 혈관을 확장시킨다. 그는 어떤 관점에서 보아도 전문가라고 할 수 없었고 변호사로서의 자질에서도 마찬가지였다. 그는 어디에서도 안전하다고 느낀 적이 한 번도 없었기 때문이다. 그러나 언제이고 다시 벌어질지 모르는 대학살에 대한 대항 수단으로 권력을 전부 모아들였다는 점에서는 전문가였다. 그래서 이 권력은 위험에 대한 방어 수단으로 이용하는 것 말고는 사용할 데가 없었다. 그는 아마 살날이 5년쯤 남았을 것이다. 이 시간 동안 더 이상 그렇게 너무 긴장하며 살 필요는 없었다. 그는 도망갈 출구들을 충분히 잘 알고 있었다. 이런 비유가 적절하다면, 그는 최종 착륙을 할 때까지는 시동을 끄고 활공비행을 해도 어느 정도 공중에 떠 있을 수 있었을 것이다. 이날 저녁은 일찍 잠자리에 들었다. 마음만 먹으면 상당한 영향력을 행사할 수 있었지만 전혀 그러려고 하지 않았던 그는 어머니의 자궁 속으로 되돌아가고 싶었다. 그는 변화를 믿지 않았는데, 이 말은 그가 위협받지 않는 한, 위험을 가져올지 안 가져올지 알 수 없는 변화는 반대한다는 뜻이었다.

보호 욕구

최고급 양복에 눌린 비쩍 마른 몸매에 매우 털이 많이 난 그는 이미 태어난 첫 순간부터 보호가 필요했다. 그 당시에는 아무도 그가 계속 살 수 있을 거라고 생각하지 못했다. 바지는 등뼈에 걸려 있었는데 몸 어느 부위와도 닿지 않은 채 발까지 따로따로 내려오고 있었다.

안전 조치, 가식

그는 좋은 책상 커버 아래로 아무도 모르게 신발을 벗고 앉아서 눈을 번뜩이며, 방문객이 무언가를 말하면 듣지도 않고 가식적으로 눈으로 반응하는 '신호를 보낸다'. 그럴 필요는 없지만 그는 이 방문객의 마음에 들어야 한다. 방문객은 그에게 힘도 없는 그런 사람들 중 하나였지만 그는 어떤 경우에도 불만족스러운 관계가 되고 싶지 않다.

자연이라는 적

그는 어깨를 움츠린다. 추워서가 아니라 아무도 따뜻하게 만들어 줄 말을 해 주지 않았기 때문이다. 따뜻함을 향한 욕구를 정당화시켜 줄 무언가를, 틈새바람을 그는 찾는다. 감기에 걸릴까 겁이 난다. 몸이 약해지는 것은 감당할 수 없다. 사람들 공격으로부터는 보호를 받겠지만 틈새바람의 공격에는 상처 입기 쉽다.

겁쟁이

논쟁은 한 시간이 넘도록 갈팡질팡했다. 그가 사회자였던 대담에서 토론자가 주제에서 벗어났는데도 이를 중단시키려 하지 않았기 때문이다. 그들은 결국 주제 없이 계속 말을 주고받았다. 많은 이들이 토론 사회자 때문에 화가 났다. 가장 우호적인 사람들조차 이 진행 때문에 화가 나서, 사회자가 아예 듣고 있지도 않다고 비난했다. 그는 듣지도 않았지만 그렇다고 누구도 그걸 증명할 수도 없었다. 그는 우호적인 사람들의 적의를 감수했으며, 발언자를 중단시키려 하지 않았다. 사람들이 불만스러워해 봐야 그에게 어떤 해를 입힐 수 있겠는가? 다른 한편, 그는 발언자를 중단시켰을 때 발언이 막힌 사람의 복수가 두려웠다. 그러나 그런 일은 그에게 절대로 생기지 않았다(그는 동료들이 제안을 하는 경우에 똑같이 부정으로 대답할 수 있는 경우라도 대부분 긍정으로 대답했다. 왜냐하면 어차피 내일이라도 아니라고 말할 수 있고 아무도 그 때문에 그에게 화를 낼 수도 없을 것이고, 예라고 대답하든 아니라고 대답하든 자기 안전을 위해서는 어느 쪽이나 마찬가지였기 때문이다. 그래도 또 아니라고 대답하기보다는 처음에 예라고 대답하는 것은, 시간이 지나면 일이 저절로 처리가 되어서 그가 전적으로 아니오라고 대답할 필요가 없게 될 가능성도 있기 때문이다. 그는 직원들에게 제안을 하라고 월급을 주었지만 또 제안을 철회할 권리에도 마찬가지로 돈을 주었다. 그러나 어쩌면 그는 복수가 두렵기 때문에 직원들이 하는 제안 중에서 어느 하나만 거부하고 싶지 않은 것인지도 모른다).

자극제

어느 역 근처 술집에서 자신이 접대해야 하는 손님들을 모시고 세 시간에 걸쳐 점심 식사를 했다. 문으로 마중 나가 인사를 하고 식탁으로 가면서 이미 앉아 있던 손님들을 경멸조로 표현하면서 이 새로 도착한 손님에게 아부를 했다. 식사를 하고 나서 그는 자기가 죽는 이야기를 했는데 이것을 모두에게 다 얘기한 것은 아니었다. 그 말을 들었던 손님들은 어떻게 반응을 보여야 좋을지 몰랐다. 곧 닥칠 자기 죽음을 묘사하는 것은 강력한 자극제가 되기 때문에 그는 거기서 ─마치 보통 페니실린이나 치닌 등 약을 남용하듯이─ 망설임 없이 이런 말을 써 댔다.

박해, 피보호자, 두 가지 대안

그는 대학살이 벌어질 경우 자신을 지켜 주며, 당연히 은퇴를 하고 나서도 지켜 줄 거대한 조직을 키워 냈다. 그러나 지금은 박해도 존재하지 않는데 어떻게 이 민감한 기구를 계속 작동하게 할 것인가? 그는 그래서 계속 작동시킬 강한 자극제를 사용했다. 가장 강력한 자극제는 물론 정말로 보호가 필요한 사람이 위험에 처했다는 사실일 것이다. 그러나 보호가 필요한 사람이 명성, 변호사 시보, 동료, 사무실 직원 등 복잡한 조직을 뚫고 어떻게 저 거물급 보호자에게 가 닿을 수 있을까?

6

소녀가 남자 친구와 남의 승용차에서 밤을 보내다

그녀에겐 방도 없고 일정 기간 머무를 정처도 없으니까, 그가 그녀를 찾으려면 어디서 찾아야 할지 모를 것 같아서, 그녀는 그의 집 앞 거리에서 저녁에 그가 돌아올 때까지 기다렸다. 그녀는 그가 집에 들어가는 것을 보고 있었다. 무언가 중요한 일이 있다고 말할지도 모르니까 거기에 대비해 서두르고 싶지 않았기 때문이다. 그래서 그가 다시 거리로 나오자 그녀는 간격을 두고 쫓아갔다. 그가 그저 극장에 가려 할 뿐이라는 게 확실해졌다. 그녀는 그에게 말을 걸었다. 그는 깜짝 놀라서 무슨 일이냐고 물어보았다. 그녀는 무언가 이야기했다. 그들은 극장 앞에서 기다리는 누군가에게 극장 티켓을 주었다. 그녀는 그를 다시 잡은 것이 너무 기뻐서 숙소가 없다는 사실을 고백해 버렸다. 또 그의 생각을 흩뜨리느라고 송금을 기다리고 있다고 했다. 그리고 잠기지 않은 자동차를 발견해서 잠깐 타고 나중에 원래 자리에 돌려놓자고 또 그의 생각을 흩뜨렸다. 그는 발각되어 처벌받게 될까 두렵다고 했지만 그녀는 이 저녁이 함께 보내는 마지막이 될지도 모른다고 생각했기 때문에 그가 말하려고 하면 계속 주의를 흩뜨렸다. 숙소가 없다고 말한 것은 그녀가 저지른 최악의 실수였다. 그가 이날 저녁 더 이상 구김살 없는 모습을 보이지 않았기 때문이다.

원래 그는 마음의 준비를 하며 이날 그녀와 고정된 관계를 맺으려고 했었다. 그가 이 말을 처음부터 머릿속으로 생각할 때 가지고 있던 그런 어조를 잃어버리기도 했지만, 이리저리 맥락 없는 가능성들을 쑤셔 댄 탓에 그녀를 결국 가벼운 패닉에 빠뜨렸다. 그녀는 남자를 거부하고 싶었다. 지난 몇 주간 힘들게 애썼다는 게 결국 이런 결과였다. 소망이 있었으나 이제는 반대 이유들이 홍수처럼 밀려들었고, 고정된 관계를 맺는다는 생각만 해도 계속 혐오감이 들었다. 엉망이 된 감정이 반응의 척도까지 휩쓸고 지나가 버려 할 말도 생각나지 않았다. 대재앙이 일어나 버려서 그녀가 그를 구해 줄 수 있었으면 싶었다. 아니면 지금 개입해서 이 도주 행각을 끝내 줄 권력이 나타나 그에게 모두 밝힐 수 있다면. 그래도 밝혀지지 않을 것은 그녀가 시간을 벌려 했다는 것이다. 그녀는 스스로를, 자기가 사랑하는 사람들 주위로 원을 그려서 세상 모두를 이 원 안으로 끌어들이는 마녀에 비교했다. 그녀 얼굴에 경련이 일었다. 그래도 사랑으로 전부 매끄럽게 잘 처리해야 한다는 게 경악스러웠다. 한순간 그녀는 자기 사랑을 의심했다. 그는 그녀에게 가식적으로 행동하면서 실제로는 능란한 말솜씨로 그녀와 헤어지려는 기미를 보였다.

그는 그녀와 같이 한 행동을 모두 공식적인 부분과 비공식적인 부분으로 나누어 놓는 습관이 있어서, 이런 식으로 행동해서 그녀와 끝장이 난 이 순간에도 그녀의 옷을 벗기려 하고 있었다. 그가 예기치 않게 다가왔기 때문에 그녀는 그의 행동을 이해하지 못하겠다는 듯이 행동했다. 마지막 저녁을 이런 식으로 내주고 싶지 않았기 때문이다. 그녀는 그들이 서로 나눈 대화에 꼭 매달려서 왜 그의 아내가 되고 싶은지 설명했다. 그와 거리를 두기 위해서 '오라'고 해 놓고 조심스럽게 정제된 허튼소리들을 해 댔다. 그것이 그의 마음에 들었다. 그녀가 나중에 같이 살자고 얘기한 점이 마음에 들었던 것인지, 그의 마음에 들려고 애쓴 점인지, 아니면 그의 손을 잡고 구부렸던 것인지 간에 ─ 그가 가고자 했던 방향으로 가는 것을 더 막을 수 없을 뿐이었다. 그녀는 저항하려고 했지만, 또 단순하고 자연스럽게도 행동해야 했다.

순간 그녀는 아이를 가졌다고 말하거나, 수배 중이라는 사실을 밝혀 버리면 어떻게 될 것인가 생각해 보았다. 그리고 놀라서 움츠렸다. 불공평하다는 생각에 그에게 아이에 대해서도, 수배에 대해서도 말해 주지 않았다. 좁은 차 시트에서 그가 포옹하고 있는 품에서 빠져나와 차 밖으로 슬그머니 나갔다. 비가 거칠게 내리고 있었다. 피부를 세차게 때려 대는 비를 그냥 맞았다. 오르막과 내리

막을 지나갔다. 그가 차에서 그녀를 부를 때까지 비를 맞았다. 흠뻑 젖은 채로 다시 그에게 기어들어 가자 차 시트가 더러워졌다. 그래서 그는 당황했다. 차 소유주의 감정과 그녀의 흠뻑 젖은 느낌 사이에서 그는 흔들렸다.

7

그녀는 상황을 해결해 보려고 마지막 시도를 해 봤다. 부모를 라이프치히에서 바트 나우하임으로 불렀다. 부모와 함께 보내는 이이틀 동안 그 둘을 억지로 찢어 놓을 수는 없었다. 호된 체험을 하지 않을까 하는 두려움으로 그들은 마치 그리스 보병 밀집 대형 같이 뭉쳤다. 그녀는 어머니, 아버지와 각각 따로 단독 회담도 가져 봤지만 결과는 다자 회담이나 마찬가지였다. 원래 한 번도 서로 좋아한 적이 없었고 기회가 있을 때마다 외도를 했으면서, 젖은 베갯잇이 이 둘을 서로에게 어찌나 딱 붙여 놓았던지. 그들은 한순간 딸과 혼자 있게 된다는 사실이 무서워서 서로 협정을 맺었던 것이다.

이미 처음부터 일이 잘못되어 있었다. 작은 카페에서 기분 전환을 하려고 했는데 거기에서 예상치 못하게 부모에게 발각되었던 것이다. 부모들이 떠들썩하게 재회를 기념했기 때문에 옴짝달싹 못하게 되어 버렸다. 그녀는 부모들이 이렇게 소란 떠는 꼴을 보고 싶지 않았다. 그들이 먹는 방식이나 특정한 일을 알아차리는 방식, 또 특정한 일을 못 알아차리는 방식도 마찬가지로 혐오감이 들었다. 이 부부가 포위한 전선을 깨부수고 싶었다. 그러나 대화가 이미 예전의 선로로 빠져들었기 때문에 결국 실패하고 말았다. 그녀는 부모를 비난했지만 아무런 소용도 없었다. 그녀는 그들에게 둘이 서로를 미워하는 거라고 말했지만 그럴수록 둘은 서로 더 가깝게 붙었다. 그들은 미움을 두려워했다. 그들은 딸의 비난이 없는 상태로 부모가 몇 년을 같이 보내고 나면 같이 사는 삶이 얼마나 조화롭게 될 수 있는지 알려 주었다. 아니타는 대재앙이 일어나서 그 모든 말들로 점점 두꺼워지는 이 빗장이 확 쓸려 가 버렸으면 하고 바랐다. 그렇게 재앙을 바라는 동안 부모가 자기를 도와줄 거라는 확신은 이미 잃고 말았다. 부모들이 서로 협동을 하지만, 그들이 얼마나 약한지, 그들이 결혼 생활에서 얼마나 서로가 서로를 약하게 만들었는지 아니타는 전혀 상상도 하지 못했다. 바트 나우하임 둘째 날 저녁에 이미 숙박부를 본 형사들이 호텔로 와서 그녀를 체포했다. 그녀의 부모는 호텔 관리인을 통해 체포 사실을 알았다. 이튿날 오전, 아니타는 경찰서에서 도망쳤다. 서둘러 호텔로 갔지만 부모는 이미 떠난 뒤였다. 그들은 언제 무슨 일이 되었든 연루되는 게 무서웠다. 그들은 편지도 남기지 않았다. 어떤 방식으로도 합의할 수 없었기 때문이다. 아니타는 경찰이 배치되었을 것 같아서 역과 고속도로를 피해 차를 하나 얻어 타고 라이히슈트라세 길을 따라 프랑크푸르트로 갔다.

마인츠에서 역 앞 도로를 따라 달리다가 곧장 쉐프 부인 팔에 안길 뻔했다. 그녀의 바로 앞에까지 오는 동안 아니타는 아무것도 알아차리지 못하고 날렸다. 그러다가 깜짝 놀라 피했고, 그녀가 자기를 알아차리지 못했기를 바라며 길을 건넜다. 달리다가 자동차에 뛰어들었다. 차는 급브레이크를 밟았다. 차 몇 대가 차선에서 벗어났다. 시끄럽게 울리는 소음들 때문에 마치 전조등이 모두 그녀에게 집중되는 것 같았다. 길 하나를 따라서 질주했다. 계속 가다가 남자 친구 집 앞에 섰다. 그녀는 기다렸다.

그들은 비스바덴으로 갔다. 그녀는 아직 남아 있는 시간이 아까워서 모험을 하고 싶지 않았다. 바트 나우하임에 남긴 자취를 따라 경찰이 그녀를 찾아낼 때까지 이제 며칠 남아 있지 않을지도 모른다. 그녀는 이날 저녁을 멋지게 보내려고 했지만 잠시 '발할라' 클럽에 앉아서 새로운 정보들을 서로 교환하고 있는 동안(매춘부의 얼굴들, 빙빙 돌아가는 커다란 포도송이 같은 조명들이 마음을 급하게 했다) 불심검문이 있었다. 그녀는 화장실을 청소하는 부인에게 출구를 알려 달라고 부탁했다. 몇몇 매춘부들이 어떤 식으로든지 벌써 사라졌다는 것을 알았지만 그녀는 애매한 약속만 받으며 붙들려 있었다. 아마도 봐 주었다가는 나중에 불편해지고 말 심각한 사건에 그녀가 연루되었다고 생각한 모양이었다. 소녀는 청소하는 부인에게 가진 돈을 모두 주고 화장실로 들어가 문을 잠갔다. 단속반이 화장실 칸막이 안에 있는 사람들에게 문 아래로 신분증을 밀어 제시하라고 했다. 왼쪽에서부터 시작했다. 얼마 시간이 지나자 '고맙다'는 신호와 발로 바닥을 비비는 소리가 들렸다. 아니타는 밖으로 나오라는 요구를 받고, 나와서 화장실 출구까지 동행했지만 거기서 공무원들을 뿌리치고 도망쳤다. 밤에는 비스바덴과 마인츠 사이 길에서 노숙을 했다. 라인 강 다리를 경찰들이 밤에 지키고 있지나 않을까 걱정이었다. 남자 친구에게 왜 클럽에서 도망쳤는지 설명하기 위해 오후 늦게 그의 집 앞 거리에서 기다렸다. 그는 그녀에게 100마르크도 되지 않는 돈을 주고는 노르트라인베스트팔렌 주로 가라고 조언해 주었다. 그는 어떻게 처신을 해야 좋을지 몰랐다. 그는 그녀를 궁지에 몰아넣고 싶지는 않다고 했다. 그녀는 참을 수가 없어서 관계를 끝냈다.

8

사람들이 야반도주한 것 같은 빈 빌라에 그녀는 둥지를 틀었다. 수도꼭지도 분해되어 있었다. 모두 철거해야 할 것 같았다. 다락에 방을 꾸미면서 혹시 급습을 받는 경우엔 달아나려고 했다. 이 도시의 거리를 가로지르는 먼 여정 끝에 겨우 숙소를 찾아낸 저녁, 이 저녁에 느끼는 불안과 피곤함이 밤 동안 가슴에 느껴지는 압박으로, 숨 쉴 때마다 오는 통증으로, 심한 열이 나는 사지로, 나중에는 죽을 것 같은 두통으로 변했다. 이제 따뜻하게 눈에 댈 것도 없었다. 눈은 움푹 들어가 버린 구멍에 고통스럽게 놓여 있었다. 사지는 움직이기가 힘들었고 불안하게 떨리면서 기운이 없었다. 그녀는 몸이 아파서 정말로 빈집에 사는 개처럼 여기 누워 있었다. 딱 한 번 움직여 먹을 것을 가져왔다. 배가 고파서가 아니라 살려면 무언가 해야겠다 싶어서였다.

9

큰 술집이 있는 이 골목은 2시부터 불이 꺼진다. 이때면 손님들이 주로 몰려드는 시간이 끝나기 때문이다. 눈을 따뜻하게 해 보려고 문지르던 손을 치우고 바라보니 그녀는 마치 지하 통로 속과 같은 어둠 속에 앉아 있었다. 그러나 그녀의 위와 옆에는 홀을 지탱하는 커다란 대들보가 있었다. 밖에서 비가 내리는 것 같았다. 자동차 소음은 무슨 일이 일어났다는 뜻이다. 눈을 감고서 까무룩 잠이 드는 동안 피가 위벽에 앉아서 젖을 빠는 것 같았다. 피가 흐르다가 이제 출발점으로 되돌아왔다. 머리, 사지. 모두 다시

작동했다. 정문과는 반대편에 있어서 종업원이 지키고 있지 않는, 화장실과 통하는 옆문을 통해 술집에서 빠져나갔다. 차 한 대가 횡단보도로 가까이 다가오자 그녀는 소스라치게 놀랐다. 곧장 공격 자세를 취하고 손을 자동차 쪽으로 뻗었으나 차는 허가 범위인 횡단보도 가장 바깥 선에 적시에 멈춰 섰다.

늦가을에 아니타는 아이를 낳을 병원을 찾으러 가르미쉬로 내려갔다. 하루 만에 가르미쉬에 도착했지만 결과는 불행했다. 거기까지 데려다 주고 모두 책임지겠다던 남자가 저녁에 그녀와 데이트를 하려고 했다. 그녀는 코피가 터졌고 속이 메스꺼웠다. 화장실로 겨우 가서 거기서 비로소 일단 안정을 찾았다. 그러나 이제 그 남자에게 환심을 사는 것이 그녀 스스로도 불가능해졌다. 그녀는 그를 원하지 않았다.

10

도주

그녀는 본에 있는 어떤 소극장 무대에서 비서 겸 매표원으로 일했다. 어떤 경찰이 전화를 걸어 극장 사업주와 통화를 하고 싶다고 했다. 소녀는 그 전화가 자신과 관련 있는 전화라고 생각했다. 전화를 사장에게 돌렸다. 관리하던 계산대에서 200마르크를 꺼내서 북독일로 도망쳤다. 기차에 앉아 있어도 여전히 떨렸다. 뤼네부르크 역 일등석 손님 대기실에서 치근대는 어떤 남자를 만났는데, 그는 그녀와 쉽게 잘 수 있다고 착각해 약속을 잡으려고 했다. 그녀는 증명조로 신분증을 넘겨주어 겨우 그를 떼어 놓았다. 그다음에는 감히 일등석 대기실에 앉아 있을 수가 없었고, 밤에는 이등석에 가서 앉았다. 철도경찰은 그녀가 유효한 기차표를 제시했기 때문에 그녀를 봐주고 넘어갔다. 사실 봐주고 넘어갔다고 말하기는 어려운 것이, 다소 남루한 남자가 맥주를 마시고 있었는데 다 마시라는 요구에도 응하지 않자 그를 때려서 내쫓느라 그랬기 때문이다. 철도경찰들은 그렇게 할 자격이 있었다. 아니타는 다른 곳으로 가는 첫 번째 기차를 잡아탔다. 그녀는 울름으로, 아우크스부르크로, 뒤셀도르프로, 지겐으로 도망쳤다. 각각 잠깐씩 머물다가 빚을 약간 지고 도망쳤기 때문에 그녀를 쫓는 추적의 파도가 그녀 뒤로 계속 넘실거렸다. 그래서 사건의 맥락을 파악하지 못한 사람이 보면 마치 도망칠 동기를 부여하기 위해 그녀가 이 추적의 파도를 일부러 자극하고 도망치는 것처럼 보였다.

11

도주

11월에는 브라운슈바이크에서 일을 했지만, 5시에 퇴근하는 사람들 물결에 파묻혀 숙소로 돌아오다가 집 앞에 서 있는 경찰을 보게 되자 이것도 끝장이 났다. 그녀는 슈투트가르트로 도망쳤다.

슈투트가르트에서 지불하지 않은 호텔 계산서를 남기고 만하임으로, 코블렌츠로, 부퍼탈로 도망쳤고, 뒤셀도르프를 피하면서 부퍼탈에서 쾰른으로 도망쳤는데 코블렌츠 근처에서 겁을 먹고 다름슈타트로 피해 달아났다.

다른 도시들에서도 그랬듯이 다름슈타트에서 법에 저촉되는 방식으로 재산상 이익을 취득할 목적에 방을 빌리고 방세를 지불할 의사가 있는 듯 기만했지만 사실 그런 의도 같은 건 애당초 존재하지 않았다.

12

남김없이 약탈당하다

2월이 되자 아이를 낳을 고정된 장소가 급하게 필요해졌다. 그녀는 다시 한 번 라인란트 지역에서 시도해 보았지만 임신한 모습이 이미 남자들에게 너무 뚜렷하게 보여서 누구도 거기서 그녀를 취하지 않았다. 그녀는 신분증도 없고 결정적으로 스스로를 지킬 수도 없다는 사실을 확인한 후에 경찰에 자수했다. 그녀는 디에츠에 있는 형사 기관으로 이송되었다. 거기서 작은 인형에 색칠하는 일을 했는데 그 시간 외에는 그녀를 지키는 감방에 앉아 있었다. 아이를 낳을 때가 되자 그녀는 교도소 내 병원으로 이송되어 두 개로 나뉜 방에 들어갔다. 의사는 목질 같은 피부를 하고 불순한 숨결을 내뿜고 있어서 아니타는 그를 신뢰할 수 없었다. 의사는 그녀가 가기 싫어했던 미용실의 남자와 똑같았다. 그녀는 겁이 나서 탄원서로 감옥에 다시 보내 달라고 했다. 그녀는 긴급한 경우에 그녀를 도와줄 동료 죄수를 찾아냈다. 그러나 감옥 행정 기관에서 아직 답변이 오기도 전에 출산이 시작되었다. 이 남자가 그녀 다리 사이에서 분망하게 일하는 꼴을 두고 봐야 했지만 시간이 없었다. 전부 아주 빠르게 진행되었다. 이틀 후에 아이가 나왔고 카셀 근처에 있는 보육 시설로 보내졌다. 그녀 가슴에서 모유를 짜

냈다. 며칠 더 침대에 누워서 수사관이 그녀가 여러 도시에 걸쳐 저지른 범죄 행각들을 다시 짜 맞추는 일을 거들었다. 신경쇠약이 와서 모두 깜짝 놀랐다. 그녀는 교도소 내 병원에서 대학 병원 부인과로 이송되었는데, 거기서는 주로 페니실린 처방을 하면서 잠시 후엔 그녀가 탈진할 수조차 없게 막아 버렸다.

만프레트 슈미트

1

축제

정각 6시. 종소리가 스피커를 통해 텅 비어 있는 홀 안으로 전달된다. 스피커는 계단이 있는 커다란 홀에 설치되어 있어서 소리가 중앙 계단을 지나 위로 울려 퍼진다.

1)
마분지 벽을 나르는 화물차가 지나가며 눈 진창을 뭉개 버렸다.

2)
옷 보관소에서 일하는 사람들은 작은 사물함들을 청소했다. 그들은 안전한 작업 창구에서 이 축제를 경험한다.

3)
보안 경비 부서의 보안 요원들이 회색 방탄복을 입고 건물을 꼭 꼭 밀봉하듯 걸어 잠갔다. 그들은 아직도 지하실을 수색하며 보안 체계에 틈은 없는지 확인한다.

4)

음료가 담긴 녹색 상자가 배달되어 여러 층으로 배분된다. 외지 회사 하나가 공급 물품을 밀수해 들어오려고 한다. 그러나 꼭 녹색 상자만 통과시키도록 감시하는 사람들이 따로 있다. 거대한 건물에 갑자기 불이 들어왔다. 밖에 전조등과 내부 곳곳에 설치된 더 작은 조명에 불이 켜졌다.

5)

승마바지 같은 제복을 입은 경감 파일러는 축제 사무소 3층으로 서둘러 갔다. 기습 수색을 할 때 사람들이 도망갈 만한 장소(장식물 속이나 화장실 변기 위)를 확인하려는 것이다.

6)

축제장이 잘 막혀 있는 것을 보고 주요 기획사의 총괄 책임자가 직원들과 함께 행사 조직 위원회를 위해 마련된 사무실로 돌아갔다. 조명 기구 120개를 시험해 본다. 밖에서는 지금 도착하고 있는 수많은 차량 때문에 사람들이 쩔쩔매고 있다.

보안 경비 부서 대리와의 인터뷰

마음만 먹으면 보안 요원들을 뻔뻔스레 무시하고 들어오는 사람들 중 50퍼센트는 잡아낼 수 있을 겁니다. 아무리 주의를 기울이더라도 축제장에 걸맞지 않는 사람들이 매년 몰래 들어오곤 하지요. 자격 없는 이자들 대부분은 뻔뻔스레 그냥 들어오는 사람들입니다.

　난방관을 타고 들어오기도 하고, 이웃집 지붕에서 뛰어넘기도 하고, 입구에서 소동을 일으켜 모두 흥분한 틈에 몰래 들어오기도 하면서 다방면으로 들어옵니다. 입구 옆 창구에서 그런 야단법석이 벌어질 때마다 으레 표 없는 사람들이 난리를 일으켜서 그 틈에 뚫고 들어오려는 것이겠거니 하고 생각합니다. 우리 요원들은 항상 총기를 소지합니다. 그렇지만 예외적인 경우에만 무기를 사용하도록 되어 있습니다. 지키다가 어쩔 수 없이 사람 목숨이 다칠 수도 있다는 게 우리도 힘듭니다. 그렇게 되면 결국 사람들 생명도 위험하겠지만, 우리 보안 요원들 역시 ― 발 근처를 쏜다고 해도 말입니다 ― 정당방위 한계를 넘을 위험이 있어요. 우리가 가택침입죄로 고발하면 법원은 집행유예와 함께, 또는 집행유예 없이 징역 3개월을 선고합니다. 신체 상해나 협박의 경우에는 침해되거나 위협받은 손해에 따라 판결을 내리지요. 우리가 잘 모르는 통로를 통해 살금살금 들어오는 자들은 구류 정도로만 처벌합니다. 그래서 이런 경우는 대부분 고발을 하지 않고 우리 보안 요원들을 뚫고 뻔뻔하게 들어오려는 사람들만 집어넣는 것입니다. 법원과 행사 조직위는 현장의 어려움을 모르기 때문에 우리 작업을 진지하게 잘 받아 주지 않습니다. 그러나 중요한 것은 상황과 방어 업무를 적절히 조화하면서 보안 감시 체계를 완벽히 하고서 부족한 인력을 데리고 훌륭히 엄호하는 것이겠지요. 보안 현장도 달라진 세상에 적응해야 하겠지만 다른 한편으로 손님들도 고려해 드려야 하는 법이니까요. 보안 체계를 뚫고 몰래 들어오는 사람들이 축제 분위기를 돋우는 데 꽤 보탬이 된다고, 또 제대로 된 방법으로 입장권을 제시하는 사람들 대다수보다 축제에 더 적합한 부류라고 아직도 많이들 생각하는 모양입니다. 그렇다고 하더라도 우리로서는 입장권 제시 원칙을 고수해야 합니다. 축제장이 너무 꽉 차지 않게 하기 위해서라도 그렇습니다.

영업 감시청 식품 감독 대리와의 인터뷰

어떤 사람들은 이런 축제장에는 실생활에서 내놓지 못할 물건들을 모두 쏟아부을 수 있다고 생각하는 것 같습니다. 그러나 그분들은 아주 잘못 생각하고 계신 겁니다. 우리는 보통 이렇게 큰 규모인 축제장에서는 업자들 대략 20~30명 정도를 조사해 40퍼센트까지 고발합니다. 사실 업자들은 배달된 물건들을 쓰도록 되어 있기 때문에 고발을 절대 납득할 수 없겠지요.

사람들은 으레 전부 사 버립니다. 축제에서는 조심할 필요가 없다고 믿나 봅니다. 소위 자유 시간이라 이거지요. 사정이 이러하기 때문에 저는 식품 관리 감독 부서의 제 팀원들에게 크게 의존하는데요, 그 일을 하다 보면 종종 적으로 몰리게 됩니다. 사람들은 식욕을 망치고 싶지 않은 겁니다. 또 축제에 다들 매달려 있거든요. 다른 한쪽에선 업자들이 묻습니다. 그 소시지를 들고 어디로 가는 거냐고요. 업자들은 공무원이란 사실을 알아채자마자 제 팀원들에게 물건을 안 팔려고 합니다. 이런 경우에는 시식용 제품을 압수하는 수밖에 없습니다. 샘플 조사를 해도 클레임으로 이어지지 않는 경우를 조심해야 합니다. 그런 경우엔 원래 압수가 금지되어 있기 때문이지요. 우리는 작은 기관이라 일하다 보면 비록 장애가 있기도 하지만 완전히 기능이 마비되는 일 따위는 아직까지 없었습니다.

제일 힘든 점은 상인들이 싸구려 상품들을 축제에 공급해도 된다고 믿는 데 있습니다. 이 작은 소시지 안에 무엇이 들어 있는지, 또는 저기 보시는 쌓여 있는 압수된 와인들이 어떤 성분으로 되어 있는지 여러분께 차마 말씀드리고 싶지 않군요. 깐깐한 손님들을 상대한다고 생각하지 않고, 그저 놀려고 하는 사람들을 상대한다고 으레 믿는 순간 생기는, 그런 경솔함이 무시무시합니다. 우리 조직을 키워야 한다고 말하지는 않겠습니다. 통제를 통해 문제를 풀려고 하기보다는 자발적으로 풀려고 해야지요. 그러나 저는 이런 문제점을 사람들에게 알리는 정도로만 해결하려고 하시는 저희 장관님 의견에는 반대합니다. 이런 비유가 가능한지 모르겠습니다만, 생각만 한다고 소시지가 건강에 더 좋아지지는 않지요. 자발적으로 맡겨야 건강한 영양 공급이 이루어질 수 있습니다. 식품 감시 작업은 예전에 수사관들이 하던 진상 규명 작업과 비슷합니다. 언젠가는 범죄 소설이 범죄 집단이나 경찰 업무가 아니라 축제장 식품 감시 업무에서 주제를 취하는 일도 있겠지요.

재정부 대리와의 인터뷰

우리는 주시하는 눈으로 축제장을 쭉 돌아다닙니다. 많은 이들이 감시받는다는 생각을 못 하겠지만 사실 감시받고 있습니다. 비밀스럽게 남을 감시하는 걸 좋아하는 사람은 없지요. 사생활이니까요. 그러나 우리는 무슨 일이 일어나는지 관찰합니다. 제 기억이 맞는다면 어니스트 헤밍웨이가 이렇게 강조한 적이 있습니다. "작가가 (어쩌면 자신이 아는 것과는 전혀 관계가 없을지도 모르는) 단 한 문장을 쓰기 위해 얼마나 많은 사실을 알아야만 하는가."

이 말을 우리 재정부에도 비슷하게 적용할 수 있을 겁니다. 우리 직장 생활은 배움, 배움, 배움으로 이루어지니까요. 상황에 적합한 결단을 내리기 위해서 재정 공무원 한 사람이 얼마나 많은 지식을 알아야만 하는지 말도 못 합니다!

사실 이런 주제로 추적의 어려움을 심화 논의할 생각은 없습니다만, 그래도 축제 참가자 숫자와 상품 소비 수준을 우리가 잘 알고 있다는 사실은 이 기회에 알려 드리고 싶군요. 축제 조직 위원회가 자그마한 속임수를 쓰는 것, 그러니까 입장권을 잉여로 더 뽑는다는 사실을 우리도 잘 알고 있습니다. 또 상품 소비와 관련된 속임수, 그러니까 실제로는 팔렸음에도 불구하고 배달되는 양과 거의 같은 양의 상품들이 다시 상인에게 반품되는 사실도 우리는 잘 지켜보고 있습니다. 총 거래액을 산출하기 위해 우리는 배달된 상품과 남아 있는 상품을 아예 비교하지도 않는데 그런 점에서 이 속임수는 우리가 행하는 절차에 대한 무지에 기반한 것이라고 할 수 있습니다. 수치를 부풀리려고 저지르는 작은 오류들은 눈감고 넘어가지만 관세와 관련된 문제에 마주치면 갑자기 날카로워집니다.

축제에 관세를 내지 않은 이런 담배며 향수 등이 갑자기 공급되고 팔리는 경우가 자주 일어난단 말이지요!

경찰서 대표와의 인터뷰

축제란 무엇일까요? 우리는 오락세가 붙어 있는 행사로 그걸 지불하는 자만이 참여할 수 있다고 이해하고 있습니다. 여러분 모두 아시다시피 축제에선 경찰한테 항상 새로운 임무들이 주어지곤 하는데, 언제나 변함없는 부서가 그 문제를 해결하게 되어 있습니다. 경찰은 18세기 방식이고, 이런 축제의 형태는 19세기에 생겼으며, 축제 참가자들은 20세기의 사람들입니다. 사정이 이러하니 갈

등이 생기는 것도 당연하지요. 경찰은 그래서 다양한 방법으로 우리들도 이 축제를 즐기는 법을 알고 있다고 증명해 왔습니다. 저는 빌코비셴, 빌나, 마리암폴, 타우로겐, 키에브, 멜리토폴, 그리고 크림 반도에서 1941년과 1942년에 벌어진 축제를 기억하고 있습니다. 카토비츠에서 벌어진 스포츠 축제와 1943년 렘베르크와 리츠만슈타트에서 있던 축제도 기억합니다. 스몰렌스크의 축제도 있고 1944년 바르샤바에서 벌어진 축제도 빼놓을 수 없지요. 예전 경직된 모습이었던 경찰상은 이제 미래를 향한 발전적인 모습으로, 말하자면 재미있는 경찰관의 모습으로 부드럽게, 점점 더 봉사자의 이미지로 대중들에게 다가가고 있습니다. 또 이렇게도 말씀드릴 수 있습니다. 오늘날 경찰은 오히려 축제 참가자 그 자체로 볼 수 있고, 보안과 질서의 집행자가 아니라 보통 말하는 관리자 정도라고 볼 수 있습니다. 이 새로운 경찰 지도상을 조심스레 장려해야겠지요. 그러므로 경찰 업무는 행사 감독이라는 틀에서 보아야 합니다.

축제의 이름
축제명은 '아가멤논의 밤'이었다. 원래 축제를 고대 의상 파티로 기획했기 때문이다(쉽게 제작할 수 있는 의상이기도 하고 어느 정도 벗은 봄도 보일 수 있다). 나중에 의상 규정은 다소 완화됐지만 상업적 효과가 있는 이 타이틀만은 바꾸지 않았다. 축제 프로그램은 '사랑의 왈츠'와 '도나우 강의 물결'이었다. 축제 기획자는 극도로 긴장했다. 혹시나 사람들이 축제장으로 뚫고 들어오지 않으려나? 폭력적인 사태 같은 것은 일어나지 않으려나?

축제 전에 있었던 소요

축제가 성공적으로 시작된 것은 아니었다. 사람들은 거대한 장식물 사이에서 질서 있게 움직였지만 모두 중앙 계단으로 몰려들었다. 서로 마주 보는 두 갈래 거대한 물살처럼 군중들이 커다란 계단 위아래로 밀치고 들다가 벌써 한 시간째 멈춰서 기다리고 있었다. 헤벨, 슐라이허, 호른1, 호른2, 푸터만, 바이어뮌헤베르크는 서둘러 행렬을 따라 움직였다. 그들은 두 물결이 맞붙는 장소, 즉 앞으로 나가기 용이한 장소에 서 있었다. 어딘가 저 위에서 차곡차곡 쌓아 놓은 맥주 상자들이 무너지는 소리가 들리자 짧은 활기가 잠깐 맴돌았다. 사람들은 서로 말을 주고받았다. 그렇지만 분위기를 바꾸기에는 역부족이었다.

긴장을 좀 풀어주려면 조직 위원회에서는 맥주 상자를 몇 개나 더 엎어 버려야 하는 걸까?

1층(아래층 맥줏집)

옷을 좀 벗어도 좋습니다, 아, 그 침대 시트 같은 그리스옷 좀 벗으라고요. 신사복도 단추 좀 풀고 적어도 나치 군가라도 좀 부릅시다(그건 금지되었지). 그럼 그 대신 맥주잔이라도 의무적으로 다 비우자고요.

2층(와인을 꼭 주문해야 하는 음식점과 바)

테이블에 기타(Gitta)도 있다. 그녀는 재킷을 벗고 큰 손을 설탕 병 위에 놓고 눈을 아래로 깔고 손을 보며 모두 잘 놓여 있는지, 손 위치는 제대로 됐는지 보고 있었다. 보통은 ─ 그렇다, 한 마리의 말이다. 나는 그녀가 말처럼 보였다. 마차인지 수레인지가 보이고, 그 아래 달린 바퀴 두 개가 보인다. 작은 뾰족발 두 개, 다리는 그렇게 말처럼 걷는다(그녀는 자기가 어떻게 걷는지 보여 준다). 거기엔 뒷굽이 달렸다. 기타의 말은 두서가 없다. 누구도 이 축제장에 기적을 약속하지 않았다. 마치 크리스마스 시즌처럼 군중들은 와인만 주문하게 되어 있는 홀을 이리저리 돌아다녔다.

3층(위층 맥줏집)

사람들이 자기들끼리만 어울리자 기분이 상했던 사람들은 여기에 모여 있다. 소녀가 맥주잔을 한 모금 마셨다. 윗입술에 하얀 거품이 남아서 혀로 입술을 핥으며 다시 깨끗하게 닦았다. 그걸 보고 옆 테이블에 앉은 사람이 무례하게 치근댔다. F는 맥주를 파는 바에 앉아, 경제학을 공부하는 어떤 여학생이 자기를 포옹하는 걸 그대로 두었다. 왜냐하면 이렇게 틈새바람이 많이 부는 날에는 이대로 두는 게 저녁에 감기에 들지 않고 버텨 낼 수 있는 유일한 가능성이기 때문이다. P가 두드린 화장실 칸막이에서 그의 소녀가 어떤 남자와 함께 튀어나왔다. 질릴 때까지 아이스크림을 먹고 싶다고 하는 어린 소녀랑은 무슨 말로 시작해야 하나?

축제장1 관리

마침내 8시 30분에 팡파르가 울리면서 '사랑의 왈츠' 프로그램이 시작되었다. 좀 일찍 시작하라는 지시가 축제 조직 위원회로부터 내려왔다. 브린칭어와 카를로타는 지시를 전달했다. 프로그램은 홀 전체에서 곧바로 시작되었지만 이동하고 있는 축제 참가자들에게는 전달되지 못했다. 프로그램은 이미 움직이고 있는 사람들에게 새로운 목표를 주려는 것일 뿐이다. 그래서 참가자들은 모두 지켜보고 다시 흐리멍덩한 눈을 하고 움직인다. 어디에 계속 볼 만한 것이 있는지 살피면서 동시에 눈에 들어오는 대로 지켜보다 보면 녹초가 된다. 많은 사람들이 고대 의상을 입고 나타났다. 어떤 이들은 양복을 입기도 했고 다른 이들은 드레스를 입기도 했다. 사람들 사이에 침체된 분위기 같은 것이 감돌았다. 어떻게 해야 좋을까? 다리는 계속 걸었고, 팔은 매달리거나 다른 팔에 팔짱을 꼈고, 눈에는 너무 볼 것이 많았고, 귀에는 악단 연주가 들렸지만 잘 가서 볼 수도 없었고, 머리 모양은 다 망가졌다. 사람들은 여기에 아무것도 가지고 오지 않았는데, 그러면 어디에서 시작해야 하는 걸까?

두 갈래 물살이 맞붙는 곳에 아직도 서 있던 브리칭어, 바이어 뮌헤베르크, 호른1, 호른2는 제4입구로 밀고 들어갔다. 거기에서 소동이 벌어졌다고 했다. 보안 경비 요원들이 이 소동을 벌써 제압했다. 그러나 이렇게 사람들을 때려대서야 즐거운 분위기가 생길 수 없다. 축제 조직 위원회는 조명으로 가는 두꺼비집을 1분간 내리자는 생각을 하게 된다. 다음과 같은 방송이 동시에 스피커를 통해 흘러나왔다. 연인들을 위한 암전입니다. 그러자 긴장된 분위기가 다소 느슨해졌다.

불이 꺼지자 사람들은 잠깐 깜짝 놀랐지만 곧 다시 불이 켜지니 좀 더 오래 잘 붙어 있었다.

여자 바텐더

그녀는 맥줏집으로 단숨에 달려갔다. 부드러운 가죽으로 된 그녀의 돈지갑은 가랑이 근처에 달려 있다. 그녀는 그 지갑에서 돈을 꺼내 지불하면서, 그전에 다소 돈지갑을 뒤적거린다. 그녀는 찐 소고기를 먹는다. 그리고 다 먹고 나자 냅킨을 아직 남아 있는 소스 위에 던진다. 바로 곧장 일어선다. 한 모금의 콜라가 남은 잔이 마치 작은 무덤처럼 오래도록 거기 그대로 있다.

축제장2 관리

호른1, 호른2, 헤벨, 슐라이허, 피효타, 푸터만은 브린칭어, 카를로타, 바이어뮌헤베르크의 지시에 따라 각각 둘씩 사람들 사이에 섞여 분위기를 돋운다. 카를로타는 자기 사람 두 명과 함께 무대에서 악단 한 명을 끌어내려 2층 사람들 앞에서 그녀와 폴로네제 춤을 춘다. 이제 분위기를 한층 더 돋울 첫 번째 기회가 찾아온 것을 조직 위원회가 잔인하게 알아차릴 차례다. 바이어뮌헤베르크의 특수 임무 부대가 어떤 젊은 남자를 홀 밖으로 내쫓는다. 이러면 사람들이 한층 더 뜨겁게 달아오른다. 이제 사람들은 점차 축제 중심으로(아래층 맥줏집과 와인 주문이 필수인 위층의 테이블보 덮인 테이블로) 지휘에 따라 움직이게 된다. 아무도 생각지 못한 이때 마침 라인 강과 마인 강 구간, 이자 강과 마인 강 구간 단체 관광 버스가 사람들을 데리고 도착했다. 벌써 작은 모자를 뒤집어쓰고 버스에서 이미 모종의 싸구려 와인을 마신 이 사람들은 행사장에 널리 퍼져서 새로운 기운을 불어넣었다. 이 사람들이 대규모로 입구에 나타나니 입장이 원활하지 못했다. 보안 경비 요원들은 처음에는 규정대로 통제를 계속하려고 했지만 오래가지 못했다. 요원들이 서로 엮고 있는 인간 사슬이 끊어지면서 이미 노래하며 몸을 흔들던 수많은 사람들이 물밀듯 달려들었다. 그들은 거대한 계단으로 몰려들어서 3층 맥줏집에서 내려오던 사람들을 밀치고 위층으로 달려갔다. 물론 다른 많은 사람들도 이런 식으로 입장권 없이 들어왔다. 그렇지만 어떻게 찾아낼 것인가? 몇 군데 구석은 홀의 요원들이 막아서서 이 구역은 매우 엄격하게 통제를 했다. 티켓을 제시하지 못하는 두 명을 적발했다.

카니발 왕자 만프레트 슈미트

축제 조직 위원회에서 보낸 사절들이 이른 저녁 그에게 축제장 열쇠를 넘겨주었다. 벌써 며칠 전부터 그는 성문 열쇠를 쥐고 있었다. 슈미트는 의상을 미리 입고서 그에게 축제장으로 가는 열쇠를 전달해 준 이 꼬마 사신들을 영접했다. 좀 더 괜찮은 공주를 붙여 주면 좋았을 텐데. 그는 조직 위원회에 이 말을 전하라고 했다.

공주

리무진 일곱 대로는 왕실 사람들을 모두 태울 수 없었다. 많은 차량들이 꽉 찼다. 축제 조직 위원회가 엉뚱한 장소에 돈을 아낀 것이다. 그래서 행렬은 천천히 달려야 했다. 만프레트 슈미트는 혼자 차를 다 차지했다. 샴페인 같은 것도 따라 마셨다. 공주가 그의 차에 탔다. 그녀는 못생기지는 않았지만 목석같았다. 슈미트는 관중들에게 이 공주를 좀 그럴듯하게 보여 주기 어려울 것 같았다. 그는 그녀와 대화를 시작하며 샴페인을 넘겨주었다. 그렇지만 차 안에는 그녀와 무얼 시작할 만한 게 없었다. 그가 껴안자 — 달리는 차 안에서는 계속 피할 수도 없는 일이라 — 그녀는 몸을 떨었다.

축제 조직 위원회와의 논쟁

슈미트는 축제 조직 위원회와 논쟁을 하느라 귀중한 시간을 허비했다. 그들은 축제장에 그가 도착하자마자 싸우자고 달려들었다. 슈미트가 공개된 장소에서 축제 조직 위원회가 돈을 너무 아낀다고 표현한 것 때문에 그들은 화가 나 있었다. 슈미트에게 논쟁은 귀찮은 일이었다. 그는 미안하다고 했지만 이러는 데도 마찬가지로 시간이 걸렸다. 조직 위원회가 처음 사과로 만족하지 못했기 때문이다. 그래서 왕자의 입장이 지연되었다.

주목하세요! 조명 120개가 켜집니다!

12시

7번 입구와 11번 입구에서 사람들이 소리를 지르고 팡파르가 울려퍼졌다. 밖에는 새로운 조명들이 켜졌다가 갑자기 불이 꺼졌다. 모두가 이 순간 어둠에 환호했고 악단은 준비된 촛불을 가지고 무대에서 내려와 계단이 있는 커다란 홀로 행진해 나갔다. 거기에서 다섯 악단이 각각 다른 곡을 연주했다. 가슴이 벅차올랐다. 명령을 내리는 소리가 들렸다. 사람들은 최고사령관을 바라보았다.

카니발 왕자 만프레트 슈미트

이미 자정이 좀 지났다. 그제야 카니발 왕자 만프레트 슈미트의 행렬이 악단의 행차 음악을 예고로 넓은 계단을 내려왔다. 의장대들은 최선을 다해 예정대로 왕자의 위풍당당한 행렬을 위해 길을 만들어 주었다. 우선 왕자, 공주와 왕실 사람들이 건물 전체를 다 돌았다. 처음으로 등장할 대무도장(와인을 꼭 주문해야 하던 홀) 무대에 군악대가 행진하며 자리를 마련해 주었다. 지켜보던 사람 의 눈에는 한순간 — 물론 이렇게 밀려드는 사람들 중에 똑바로 지켜보는 관찰자가 있을 리 만무했지만 — 허겁지겁 위로 올라가 는 인파 때문에 반대로 애벌레처럼 계단 가장자리에서 아래로 내 려가려던 사람들 무리가 난간에 눌려서, 난간이 휘어지는 것처럼 보였다. 아마도 무슨 일이라도 생기면 사람들은 서로를 꼭 붙잡을 테고 그러면 이 애벌레에서 큰 덩어리가 아래쪽 계단 대리석 바닥 으로 떨어져 확실히 죽을 것 같았다. 아마 그랬으면 축제 조직 위 원회가 저지른 잘못을 확인할 수 있었을텐데. 의장대는 무대 위로 2열로 행진해 만프레트 슈미트와 왕실 사람들 앞에 사각형을 만 들었다. 의장대 선봉이 칼을 뽑아들고 행진하며 칼을 오른쪽 허벅 지에서 들어 비스듬히 무대 위를 겨누었다. 의장대가 선봉을 따랐 다. 소녀 열 명이 무대 끝에 도착하기 전에 행렬이 나누어졌다. 그 들은 이제 서로에게 평행한 그룹 두 개로 나뉘어 출발점으로 다시 돌아갔다. 선봉은 경례를 붙이며 무대 가운데 서 있었다. 이 공연 은 와인을 꼭 주문해야 하는 이 홀과 3층 맥줏집에서 성공적이었 다. 그리고 나중에는 1층에서도.

여자 바텐더의 죽음

행사가 늦어지는 바람에 왕자의 행차는 형사 파일러가 12시 조금 넘어서 2층과 3층에 두 차례 행한 기습 검문과 시간적으로 충돌했 다. 파일러는 거기서 무언가 찾을 거라고 기대하지는 않았다. 제복 을 입은 경찰관과 적어도 한 번은 중요한 장소들을 돌아다니는 것이 그의 방법 중 하나였다. 때로는 놀라서 스스로 자백하는 경우도 있었다. 파일러는 경찰관들과 바를 지나서 카운터로 걸어갔다. 바텐더가 경찰관이 다가오는 것을 보자마자 불안해하기 시작했다. 나중에 그녀가 이 순간에 독을 마셨다는 것을 알게 된다. 경찰관들에게는 그녀가 그저 불안하게 술잔을 비우는 것처럼 보였다.

파일러는 당장 바텐더에게 무슨 일이 있다는 사실을 알아차렸다. 그래도 사람들 눈에 띄지 않게 병원으로 그녀를 잘 이송했다. 그녀는 병원에 도착했을 때 이미 숨을 거둔 상태였기 때문에 더 이상 손을 쓸 수 없었다. 바에는 얇은 가죽으로 된 지갑이 있었다. 그녀는 집도 없었다. 이 갑작스러운 사건의 동기를 도무지 수사할 방도가 없었다. 이미 숨을 거둔 이 여자를 곧장 천으로 감싸 밖으로 데려가기는 했지만 그 장면을 지켜본 사람들은 당연히 흥이 깨졌다.

만프레트 슈미트는 어떻게 반응했나?

여자 바텐더가 죽었다는 소식이 만프레트 슈미트에게 전해졌을 때 그는 행렬 제일 앞에 서서 다시 2층 대무도장으로 들어가려고 막 준비하던 참이었다. 누가 죽었다는 소식을 듣고도 계속 돌아다니는 것은 더 이상 적절치 않았다. 왕자와 왕실 사람들은 나중에 지하실에 있는 방으로 물러나 음식과 음료를 제공받았다. 만프레트 슈미트는 아름다운 왕실 여인에게 작업을 걸어 볼 것인가 아니면 자기 부인 헬레나에게 전화를 할 것인가 하는 선택의 기로에 섰다. 그는 무언가 새로 시작하기에는 너무 피곤했다. 아직 남아 있는 매력을 모두 이 축제에서 공주를 맡은 M 양에게 쏟아부었다. 그녀는 영향력 있는 사람처럼 보였고 어쩌면 그에게 언젠가 그녀가 필요할 일이 있을지도 몰랐다. 그러나 피곤한 그가 이 작은 어린 마녀와 어떻게 시작해야 하는 걸까?

축제 결산

만프레트 슈미트는 충분히 숙고해 보고서—비록 조직 위원회와 싸우기는 했지만—그럭저럭 축제가 성공적이었다고 여겼다. 전부 성공한 것은 아니었지만 축제를 개최하지 않은 것보다야 나았다. 조직 위원회도 축제 결과에 만족했다.

2

인물

19세기와는 달리 오늘날 우리는 산업사회 발전을 어느 정도 미리 예측할 수 있습니다. 그러면서 우리는 사회계층 거의 모두가 변화하는 산업사회에서 동일한 특성을 요구받는 현상에 직면하고 있습니다. 이 특징을 다음과 같이 제시하고 싶습니다. 첫째는 믿음직스러움, 둘째는 이동성, 셋째는 세계에 대한 이해입니다. 이 세 가지 요청에는 설명이 필요합니다.
　　　　　　　　　　　　　　　—헬무트 베커[*]

운명의 목구멍에 손을 집어넣지 말고 오히려 그 입이 열리는 순간 다른 운명을 찾아 나서라.
　　　　　　　　　　　　　　　—베토벤-슈미트[*]

이력

만프레트 슈미트는 1926년 2월 21일 토른 시(서프로이센)에서 의사 만프레트 슈미트와 부인 에리카(처녀 때 성은 숄츠) 사이에서 예정보다 일찍 태어났다. 그는 고향에서 독일 초등학교를 다니고 나중에 실업학교를 다녔다. 거기서 그는 1943년 부활절에 공군에 지원했다. 부대가 모두 무장 친위대로 편입되자 그는 친구 K와 함께 탈영해서 스위스에서 목숨을 건졌다. 그들은 친구 K가 아는 사람이 있던 보덴제 호수*로 가서 거기서 숨겨 둔 보트를 타고 건너 도망쳤다.

스위스에서 체포된 후 만프레트 슈미트는 어머니가 예전에 알던 지인에게 도움을 구했다. 이 좋은 친구의 지원으로 그와 K는 수용소를 탈출해서 취리히로 갔다. 비참한 전쟁이 끝나자마자 만프레트 슈미트는 곧장 석유 회사에 들어가 시드니(오스트레일리아)로 갔다. 여기서 그는 행복한 시간을 보내다가 재건되는 유럽으로 1951년 다시 돌아왔다.

1951년 첫 사분기가 끝날 무렵에 그는 B.&Quamp 주식회사로 옮겨 높은 직책을 맡았다. 그가 떠나고 나서 얼마 후 오스트레일리아의 석유 회사가 망했다. 만프레트 슈미트는 1933년 히틀러 집권이나 또는 1939년 전쟁 발발에 대해 책임이 거의 없는 것만큼이 파산에 대한 책임도 미미했다. 그러나 그는 적시에 그것을 예상하고서 거기를 떠나왔던 것이다. B.&Quamp 사 직원으로서 그는 부하 직원들이나 간부들로부터 사랑을 받았다. 새로운 상황들을 빠르게 처리할 줄 아는 능력 덕택에 그는 다른 경쟁자들보다 두드러졌다. 2월에 슈미트는 헬레나 K와 결혼을 했는데 그녀는 오랜 친구 K의 여동생이었다.

로맨스에 대한 추억

시드니에서 나는 F를 알게 되었다. 그 당시 나는 매우 어려서 아직 놀랄 줄 아는 인간이었다. 그녀는 회사에 인맥을 통해 나에게 며칠 쉬는 날을 주게 했고 우리는 잊을 수 없는 며칠을 함께 보냈다. 그리고 그녀는 다시 유럽으로 돌아갔다. 알렉산드리아에서 날아온 전보를 받았다. 그녀는 자신이 어떻게 하면 좋겠느냐고 물어왔다. 수영 중에 파리나 그런 벌레에게 쏘였는데 의사들이 그녀에게 조언하는대로 다리를 자르는 수술을 받아야 좋을지 나에게 조언을 구했다. 그녀는 내가 이 문제에 대한 결정을 내려 주길 바랐다. 내가 나중에 알게 된 바에 의하면 그녀는 이 시기에 이미 몇 시간째 목숨이 위험한 상황이었지만 내 대답을 기다리고 있었다. 물론 나는 다음과 같이 전보를 보냈다. 의사들이 하라는 대로 동의하고 절단해. 나는 또 그 당시 내 주치의에게도 물어보았다. 그녀를 몇 년 후에 다시 한 번 만났다. 그녀는 아주 어린 여인이었다. 어쩌면 나보다 반 년 정도 어릴 것 같았다. 다리가 뭉툭한데도 수영을 할 수 있었다.

만프레트 슈미트가 갈색으로 선탠을 하다

그는 선탠을 했다. 경험칙대로라면 나중에 구릿빛 피부를 만들어 줄 열을 얼굴에 가하자 ─ 눈이 나빠지는 걸 감수하고 지루한 과정을 거쳐 눈 주위에 붉게 테두리도 쳤는데, 그건 눈이 밝은 빛을 견디지 못하기 때문이다 ─ 얼굴 여러 군데에 여드름이 생겨서 그것들도 다시 없앴다. 그는 이 일에 대해 혼잣말을 했다. 사람은 목적이 있으면 그만큼 다치게 되는 법이지. 베르됭*이나 스탈린그라드*는 지휘부가 곤경에 빠진 경우였다. 그들이 분명한 의도 하나를 가지고 확고히 나아갔기 때문이다. 그러나 예컨대 마음을 먹는다고 아내를 얻을 수 있는 것은 아니다.

만프레트 슈미트가 훗날 여자 친구가 되는 기타를 알게 되다

어떤 친구가 졸라 대는 바람에 만프레트 슈미트는 1954년 7월에 불쾌한 협박 사건에 끼어들었다. 기타 P는 당시에 만프레트 슈미트의 친구와 연인 관계였는데 예전 집주인으로부터 협박 편지를 받았다. 그러나 적지 않은 돈이라서 요구받았다고 선뜻 떼어 줄 수가 없었다. 그 협박자가 일단 돈을 받고 나면 새로 요구를 하지 않을까 하는 걱정도 있었다. 만프레트 슈미트는 돈을 지불하지 않게 하고도 이 어려운 상황을 해결했다(그는 피협박인을 경찰서로 데리고 가서 집주인을 협박죄로 고발하게 했던 것이다). 그는 이 일이 다 끝나고 나자 당연히 그날의 영웅이 되었고, 그를 향한 이 여인의 우정은 가득 차고 넘쳤다. 그러나 이 일 때문에 슈미트는 친구와는 불편한 관계가 되었다. 기타 P는 어려운 일을 전적으로 잘 일으키는 타입이었다. 만프레트 슈미트는 도움을 기꺼이 주었지만 누구에게 뜯기는 일은 싫어했다. 잠깐 사이에 이 어려운 일들이 벌써 귀찮아졌다. 기타의 여자 친구 P가 운전면허증 없이 지인의 차를 사용하다가 사고가 났다. 그녀는 결국 운전면허증을 가지고 있던 기타를 불러내 약간 손상된 그 사고 차량에 앉게 했다. 경찰 수사에서 기타는 자기가 그 사고 순간 운전대 앞에 앉아 있지 않았다는 사실을 입증해야만 했다. 그리고 이 가망 없는 상황에서 그녀는 만프레트 슈미트에게 도움을 청했다. 만프레트 슈미트는 그러나 도움이 필요한 이런 상황을 계속 만들어 내는 매달리는 그녀의 성격을 참아 줄 수가 없었다. 그런 불행한 인간 근처에서는 사고가 잘 일어난다. 같이 붙잡히면 같이 죽는다, 라는 속담은 여기서는 그래서 가능하면 계속 행운을 부르는 사람들하고만 교제하라는 뜻이 된다. 여자를 상대할 때는 이게 항상 맞는 말은 아니지만, 본능이 벌써 어느 정도 알아차리고 손해를 부르는 것은 사랑할 수 없는 법이라고 속삭이고 있었다.

만프레트 슈미트는 물론 이 소녀에게 조언을 해 주었다. 그러나 이로써 그의 관심은 다 소진되어 버렸다.

웨이트리스에게 접근하다

여기서 잠깐 일하시나요, 아니면 계속 일하시나요? 웨이트리스가 말했다. 임시직이에요. 그는 폐허가 되다시피 한 테이블을 정리하면서 보이는 그녀의 똑 부러진 몸동작을 보았다. 임시직으로 잠깐 일하세요? 아니요. 그렇지만 여기서 얼마나 더 일할지는 저도 몰라요. 그는 이제까지 이 술집에서 일했던 웨이트리스에게 혐오감을 느꼈다. 웨이트리스가 주문한 것을 가져오지 않았던 탓이 아니라 멍청하게 서빙하는 모습을 보였기 때문이다. 그가 말했다. 똑 부러진 서빙보다 좋은 것은 없지. 그가 마지막 음식 조각을 입에 넣는 바로 이 순간 그녀가 그에게 커피를 가져왔다. 그녀 스스로도 이 정확함에 놀라 웃었다. 그녀가 웃을 때, 그러나 웃지 않을 때도 보이던 부드러운 목선.

그는 축제에 어울리는 팁을 주고는 다음 주에도 또 그렇게 했다. 그녀와 몇 마디 나누고 계산을 했다. 그렇게 만프레트 슈미트는 이 웨이트리스에게 서서히 접근했다.

그는 스스로를 어떻게 강하게 만드는가

그는 적포도주와 레버케제*, 빵으로 위장을 완전히 채우며 시멘트 같은 층을 만들었다. 그렇게 무언가를 견딜 수 있었다.

웨이터를 관찰하는 법

웨이터는 엉덩이 부근에 주머니 두 개가 달려 있는 돈이 든 복대를 차고 있었다. 그는 이 복대가 움직일 때마다 매우 민감하게 감지했다. 하는 일 없이 빈둥거릴 때마다 그는 이 복대 안에 있는 잔돈에 파묻힌 무언가를 뒤적거렸다. 이 술집에서는 포트에 든 커피만 마실 수 있었다.

만프레트 슈미트가 예전 여자 친구 L이 죽어 가는 순간 방문하다

최상급의 푸른 일요일 — 보통 음식점들은 더 늦게 문을 열지만 그는 벌써 7시에 가벼운 아침을 먹었다 — 만프레트 슈미트는 L을 방문하기로 한다. 공기는 아직 선선했다. 그는 L에게 갔다. 그녀는 그가 얼마 전 트리덴트에서 멋진 휴가를 보낼 때 며칠을 함께 보낸 여자다. 그러나 그녀는 지금 매우 아팠다. 그렇지만 그는 그녀가 이런 곤란함으로 자길 귀찮게 하지 않길 바랐다.

L은 비단으로 된 하얀 벚꽃 무늬에 천으로 허리를 묶은 잠옷을 입은 채 문을 열었다. 너무 추워서 자면서 껴입은 것이다. 예쁘지만 너무 작은 얼굴이었다. 전체 머리 크기는 보통 어른 크기만큼 컸기 때문이다. 작은 손, 몸, 사지는 각각 다른 신체 나이를 먹었다. 그가 들어서자마자 그녀는 전화가 울려서 가 버렸다. 그동안 그녀를 다시 바라보고 그 모습을 기억에 남길 시간이 있었다.

전화를 마치고(그녀는 침대에 누웠다. 침대 베개 옆에 여행용 자명종 시계가 있었고 그 밖에는 모두 예쁘게 정리되어 있었다) 그는 그녀와 무언가 시작해 보려고 했지만 그녀는 그냥 거부했다. 아마도 그가 너무 오랫동안 연락을 안 하고 지내서 그런 모양이었다. 그는 침대 모서리를 떠나 옆방으로 가서 작은 필립스 기계를 켰다. 그리고 그녀가 그에게 가져다준 커피를 숟가락으로 저었다. 잠시 후에 그는 이날 두 번째로 그녀와 무언가 좀 시작해 볼 수 없을까 하는 생각에 이르게 된다. 그러나 이런 생각은 그녀가 이미 한 번 거부했기 때문에 날아갔다. 그가 커피를 다 마시기 전에 다시 저쪽으로 필립스 기계를 바라보니 패널이 방송사 표시와 함께 밝게 빛나고 있었다.

그는 집 안에 느긋하게 머물러 있었다. 의사가 왔을 때 그녀는 그에게 다른 방에 가 있으라고 부탁했다. 의사가 가자 그는 그녀에게 찬물 샤워를 시키려고 했다. 몸살이 있을 때 쓰는 방법으로 집 안에서 내려오는 오래된 요법이었는데 아무런 효과가 없었다. 그는 라디오 프로그램을 듣다가 그를 원하면 부르라고 그녀에게 말했다. 나중에 다시 한 번 건너가서 그가 좋아지거나 옆에 있고 싶어지면 부르라고 했다. 그는 트리덴트에서 보낸 날들을 상기시켜 주었다. 그녀는 옆으로 누워서 이불을, 아니면 적어도 얇은 시트처럼 생긴 이불 끝 부분을, 마치 손수건을 입에 넣고 악물듯이 머리까지 끌어올리고 끙끙거렸다. 그는 그녀의 배를 마사지해 주려 했다. 하지만 그가 집요하게 귀찮게 굴자 그녀는 그것을 거부했다. 그는 그녀가 보이는 태도와 차가운 성격을 욕했다.

오후가 가면서 그녀의 상태가 더 나빠졌다. 그녀에게 경련이 일어났지만 그는 너무 모욕감에 사로잡혀 있던 탓에 그것을 주의 깊게 보지 못했다. 그는 가 버리지 않았다. 오랜 시간이 지나도 그녀가 끙끙거리기만 하자 그는 다시 의사를 불렀다. 그는 그녀의 기분을 좀 돌워서 아픈 것을 잊어 보게 하려고 했다. 그러나 그녀는 냉담했고 그가 하는 모든 짓 때문에 아프기만 했다.

의사가 오기 힘들다는 소식이 전해졌다. 슈미트는 처음에는 그녀 때문에 모욕감이 많이 들어서 의사를 다시 불러 보려고 충분히 공을 들이지도 않았다. 그는 점점 상태가 나빠지는 여자 친구를 위로해 보고 그녀에게 키스를 해 주려 했다. 그녀는 그가 이해도 안 갔고 무엇을 원하는지도 알지 못했다. 그가 입술을 그녀 입술 위에 대자 굼뜨게 행동했다.

한참 지나서야 비로소 그는 지금 죽어 가는 사람 옆에 있다는 사실을 깨달았다.

그는 무서웠지만 그러면서도 그녀가 죽기 전에 그와 경험을 해야 한다고 생각했다. 그는 마음의 채비를 하면서도 복잡한 감정이 충돌했다. 그녀에게 신선한 목욕을 시켜 주고 방 안에서 그녀를 들고 이리저리 돌아다녔다. 그녀는 끊임없이 흐느껴 울었고 그가 새로 시트를 덮어 주고 환기를 시켜 주어도 계속 웅크린 자세로 있었다. 그는 그녀를 계속 새로운 자리로 데려다 놓았다. 수많은 의사들에게 이리저리 전화를 하고 병원에도 전화를 걸었지만 아무도 오지 않았다. 그녀는 그가 이제 일을 제대로 처리하려고 하는 동안 죽었다. 전화에 에너지를 투입한 성과가 있었다. 15분 후에 벌써 의사가 도착했다.

난처한 상황에 처한 만프레트 슈미트

만프레트 슈미트는 아이나 Sp가 목에 만들어 놓은 커다란 검푸른 자국 때문에 난처해졌다. 셔츠가 매우 구겨졌고 어쩌면 붉은 자국이 옷깃에 묻었을지도 모르지만, 어쨌든 이날 아침엔 집으로 갈 시간이 없었다. 이 상태로 상사들도 참여하는 회의 시간에 나와야 했다. 결국 토론되는 사안을 전혀 파악하지 못했다. 자국은 바로 아래턱 밑에 있어서 사실상 감출 수가 없었다. 이날 상사가 그에게 짧은 요지의 발표를 부탁했다. 슈미트는 앉아서 하겠다고 양해를 구한 뒤 짧게 프레젠테이션을 했다. 그는 정신이 없던 나머지 베네수엘라에서 오는 회사 손님을 저녁에 에스코트하기로 해 버렸다. 슈미트는 어제 있었던 장소의 냄새가 날까 봐, 특히 푸르뎅뎅한 자국이 보일까 봐 걱정이 되었다. 화장실 거울 앞에 일정 거리를 두고 보아도 보였다. 이런 저녁이라도 이겨 내야 한다. 이 같은 셔츠를 입고 질문을 받고 있는 것이 최고로 불쾌하긴 하지만. 그렇다고 어쩔 텐가? 불쾌한 저녁이 있다고 해서 이런 삶을 전부 포기할 텐가?

크리스마스이브

만프레트 슈미트는 살면서 그가 가지기 싫은 것을 모두 희생한 적이 있었지만 지금까지 아무것도 얻지 못했다. 희생을 할 때마다 자리가 생겨서 간접적인 방식으로 무언가가 그 자리를 채울 것이고, 꼭 가지고 싶지는 않은데 충분히 넘치는 것을 치우면 가지고 싶은 것이 점차 가까이 다가올 거라는 원칙을 갖고 살았다. 그러나 실제로는 희생해 봐야 자기만 가난해질 뿐이라는 사실을 확인했다. 그렇다고 희생하지 않고 사는 상태가 오길 바라지도 않는다는 점은 변함없었다. 그는 일찍이 동료들과 크리스마스이브를 같이 축하하곤 했는데 이제는 이 연례행사도 하지 않는다.

그는 도시가 느리게 죽어 가는 모습을 추적했다. 사람들은 오직 크리스마스에만 이를 관찰할 수 있다. 사실 일요일에도 거리를 바라보면 통상 도시가 시체처럼 변하는 모습을 관찰할 수 있긴 하다. 하지만 이는 벌써 기정사실이기 때문에 별 의미가 없다. 그러나 크리스마스에는 어떻게 거리가 죽어 가는지 잘 구경할 수 있다. 이 시기에 아프다는 것은 정말로 위험한 일이다. 의사를 찾을 수 없기 때문이다. 그는 무얼 좀 먹으려고 식당을 찾았다. 그가 사람들에게 물어보니 아직 열었을 것 같은 식당 하나를 가리켰다. 그러나 그가 갔을 때 이미 식당은 문이 닫혀 있었다. '머물 곳을 찾거나 (Herbergssuche)', '인간에 대한 사랑(Menschenfreundlichkeit)'을 교대로 구하며 돌아다녔지만 어느 쪽으로도 식당은 찾을 수 없었다.* 마침내 식당을 하나 찾았을 때 그는 정중히 그의 어깨를 잡는 (인간에 대한 사랑) 웨이터에게 아직 자리가 있는지 물었다. 모두 찼습니다. 만프레트 슈미트는 꽉 찬 탁자들 사이를 이리저리 몇 번 왔다 갔다 해야 했다(머물 곳 찾기). 어떤 손님이 그에게 물었다. 당신도 굶고 있소? 꼭 자리가 있는 것처럼 보였지만 그들이 뒤로 약간 물러나자 그 희망은 깨지고 말았다. 비록 웨이터가 끝까지 옆에서 그에게 조언을 해 주었지만 그는 죽은 도시에 떠 있는 이 노아의 방주를 결국 떠나고 말았다. 이미 조간신문에는 정치 사건들이 실리지도 않았다. 사람들은 모두 축제에 몰두하고 있었고 혹시나 자잘하게 끼어드는 사건들이 분위기를 망치지 않게 하느라고 조심하며 그날을 보냈다. 나중에 슈미트는 술집을 하나 찾아내서 커피를 마셨다. 그렇지만 여기서도 바로 나가야 했다. 한 층 높은 곳에 있는 쁘띠 타바리에서 두 여인이 외투를 입고 있는 손님들과 함께 나왔다. 그 여자들은 아직도 뜨거웠다. 그들은 주크박스 앞으로 가서 마치 작은 불 앞에서처럼 스스로를 데웠다. 주인이 레코드판을 또 틀지 못하게 하려고 하자 조금만 더 들을게, 하고 말했다. 그들은 택시를 부르고 음악이 끝날 때까지 밖에 택시를 세워 놓았다.

슈미트는 도시의 느릿느릿한 죽음을 추적했다. 그는 도시의 시체를 기록하면서 크리스마스를 축하했다. 그는 여자 친구들에게 전화를 걸었다. 그들이 집에 있을 거라고는 믿지도 않았으면서. 그는 그들이 그리웠지만 왜 그들과 헤어졌는지 이유를 알 수가 없었다. 그는 A에게 전화를 걸었지만 그녀의 목소리가 전화선을 통해 들리자 완전히 당황했다.

그녀는 혼자였다. 그는 그녀를 초대하면서 택시를 보냈다. 그녀는 정말로 두 번 벨을 누르고 문 앞에 섰다. 오늘 우리 앞에 나타난 기적이었다. 슈미트는 샴페인을 꺼내고 그녀의 어깨로 손을 뻗었다. 그는 그녀가 얼마나 자기 마음속에 있는지 보여 주었다. 그리고 얼마나 자신이 변했는지 설명했다. 그렇다, 그는 게다가 이제 그녀를 사랑한다고까지 생각하는 것이다. 그는 그러나 이 상황을 이해하지 못했고, 바로 달려들어 덮치지 말라는 그녀의 청을 들어주었다. 그는 얽매이고 싶지 않았다. 그녀는 그의 집에 머물렀지만 다시 예전 관계로 돌아간 것은 아니었다. 그의 신경계는 그녀가 도착했다는 사실에 흥분해서 지나치게 긴장했다. 그가 다시 관계 속에 있는 자신을 보면서 크리스마스이브로 생긴 죽음의 축제일을 두려워하지 않게 되었지만 그래도 한순간 휴식 시간은 필요요했다. 위장 근처에 달린 이 지나친 긴장감이 없어지지 않았다. 그는 여자에게 잘 접근할 수가 없었고 이 문제를 놓고 너무 많은 말을 했다. 그녀가 오면서 변한 그의 감정을 만약 아기 또는 기적에 비교할 수 있다면 그는 이 아기를 잃어버린 셈이었다. 그가 나중에 성공했다고 해도 소용이 없었다. 이 성공은 두 번째 기적이라고 할 수 있었지만 슈미트는 그동안 자기 틀 속으로 다시 뒷걸음질 쳐 들어갔다. 승리를 거두며 그는 안에서부터 강해졌다. 벌써 예전과 전부 다 똑같았다(도시를 알기 전에 갖는 기회, 여인을 알기 전에 갖는 기회).

그녀는 크리스마스와 새해 사이에 다시 한 번 그의 집에 들렀다. 그리고 다시 웃기 시작했다. 섣달그믐이 지나자 많은 것이 사라졌다. 그는 그녀를 눈에서 놓쳤다.

지원서

저, 만프레트 슈미트는 기혼이며 아이는 없습니다. 1926년 2월 21일에 토른(서프로이센)에서 개업의인 만프레트 슈미트와 부인 에리카(처녀 때 성은 숄츠) 사이에서 태어났습니다. 고향에서 초등학교를 다녔고 나중에 실업학교를 다니고 1942년 부활절에 전시 승급 시험에 합격했습니다. 잠시 군 생활을 경험하고 스위스에서 머문 다음에 1945년 여름에 시드니(오스트레일리아)에서 피그나텔리 Cie. 회사 대표 엔지니어 자리를 수락했습니다. 공장장으로 임명되자마자 저는 확실히 흥미로운 이 직업을 그만두고 프랑크푸르트(마인 강변)에서 B.&Quamp 주식회사에 지원했습니다. 이 회사를 위해 저는 몇 년 간 여러 위치에서 일을 했습니다. 제 자신을 일방적으로 어떤 특정한 자리에만 고정시키고 그에 운명을 다 걸고 싶지 않다는 생각에서 저는 지난해 3월에 목재 도매상 헬도르프 사에 취직했고 거기서 특히 캄발라 구매부에서 경험을 쌓을 수 있었습니다. 또 판매부에서도 활동했습니다. 예나 지금이나 저는 이 회사의 폭넓은 분야가 만족스럽습니다. 그러나 귀사에서 저를 더 잘 개발할 수 있을 것이란 믿음으로 동봉한 지원서를 제출하려 합니다.

3

연애담 사례 하나
(기타와 보낸 시간)

늙은 농부의 어린 연인이었던 기타

그녀는 남자 친구의 이빨 때문에 부끄러워서 입을 다물었다. 그녀는 혀를 코카콜라 병 속에 끼워 넣으려 했는데 좁은 병 입구로 혀가 들어가지 않자 억지로 크게 웃는다. 혀는 입속으로 사라진다. 수두 주사 자국이 난 매우 창백한 팔에는 근육이 잘 발달되어 있는데 그 하얀 피부는 혈관이 있는 곳이 푸르스름하다. 축제에서 농부 차림으로 앉은 남자에게 무언가를 얘기하려다 마치 개처럼 머리를 탁 부딪친다. 꽤나 높은 목소리다. 앞니 사이 커다란 틈새 때문에 입 모양이 예뻐진다. 아무도 그 틈새를 보지 못하게 하려고 입술을 얇게 오므리기 때문이다.

입을 얇게 오므리고 하품을 한다. 그녀는 이 남자에게 무언가 말하고 싶었지만 그가 불쾌한 앞니를 보여 주었기 때문에 말을 멈췄다. 얼마쯤 시간이 지나서야 다시 웃음을 찾는다. 반짝거리는 노란 갈색 눈은, 그녀가 다시 머리를 개처럼 부딪치고 높은 소리로 무슨 말을 할 때까지 이리저리 주변을 살피면서 돌아다닌다.

그녀는 피에로 같은 의상을 입은 이 농부를 데리고 다니는 걸 슈미트한테 보이는 게 창피했다. 이 남자는 여자를 좀 만져 보려고 애썼다. 그래서 와인을 꿀꺽꿀꺽 마셨다. 슈미트는 물론 이 불가능한 상황에서 바로 그녀를 끌어내어 집으로 데리고 갔다. 기타와 처음으로 같이 자는 건 완전히 실패였다. 그녀는 뻔뻔해졌다. 일단 상냥하게 대하고 그가 본 큰 낭패를 좀 가려 주려고 하면서 그녀는 점점 뻔뻔해졌다.

쥘트 섬*으로의 여행

하루 종일 비가 왔다. 그들은 딱 한 번 아침 일찍 목욕 가운을 입고서 해안가로 내려가 빗속을 걸었다. 우중충한 회색빛 바다에 하얗게 부서지는 파도. 그들은 그저 물가에서만 물을 튀기고, 바람 때문에 용기를 내서 바닷속으로 들어가지는 못했다. 이곳에는 독특하게도 해수욕객을 위한 경고 표지판 같은 것이 없었다.

다른 나머지 날에는 침대에 머물며 손에 잡히는 책이나 잡지 몇 권을 읽었다. 가끔씩 서로 읽어 주기도 했다. 만프레트 슈미트는 여자 친구 기타가 소설들을 읽을 때마다 오랜 시간 잠을 잤다. 그는 독서에 취미가 없었다. 그러나 보통 게으르게 지내는 거라고 사람들이 착각하는, 햇볕을 쬐며 긴장하며 보낸 날보다 이 비 내리는 날들이 그에게는 더 안락했다.

소홀할 수 없는 모임에 예쁜 여자 친구 기타를 데리고 가다

사람들은 모두 슈미트가 시칠리아에도 있었던 프리드리히 2세라는 황제에 대해 무언가 아는 것이 있다는 사실을 알고 있었다. (시칠리아 여행에서 얻어들은 것이다.) 그는 이 모임에 나온 높은 사람들에게 좀 잘 보이려고 바로 이 일을 얘기하기 시작했다. 그게 기타는 매우 창피했다. 그녀는 그렇지만 그가 어떻게 반응할지 몰라서 그의 말을 끊고 싶지 않았다.

그에게는 강렬한 푸른 눈과 눈 속에 검디검은 별이 있었다. 머리는 매우 잘생겼고 확실히 기능이 떨어지지는 않았다. 그렇지만 매우 일방적으로만 사용했다. 머리를 쓰는 데 어쩐지 좀 망설임이 있었다. 기타는 그에게 담배를 가져다주고 웨이터가 들고 있던 샴페인 한 잔도 갖다 주었다. 그녀는 그가 장광설을 늘어놓는 동안 이 대화 그룹에서 그를 빼 버렸다.

기타와 만프레트 슈미트 사이에 벌어진 싸움.

그가 다음과 같이 말하면 참을 수가 없다.

결단을 내릴 시기가 아직 무르익지 않았어.

내일도 역시 또 하루라고.

우리는 내일도 아직 살고 있을지 알 수 없잖아.

일단 기다리고 살펴봤으면 해.

그건 아직 너무 이른 미래의 음악 같아.

그때까지 무슨 일이 일어날지 모르잖아.

정확히 눈으로 확인할 수 있는 일이 아닌 경우에는 망설임 같은 게 생겼기 때문에 그는 이성을 잘 사용하지 못했다. 그의 이성은 이 눈에 완전히 예속되었다.

로맨스에 대한 추억

나는 햇볕 쬐는 날을 싫어한다. 사람들이 일을 하지 않으면 남아 있는 것들이 얼마나 적은지 명백하게 보여 주기 때문이다. 나는 전쟁 중에 그렇게 해가 비치는 날에는 우리 공군 야전병원에서 대표로 감독 업무를 맡곤 했었다. 병원 지도부 의사와 간호사들은 모두 밖으로 나갔다. 11시경에 실수로 총에 맞은 어떤 프랑스인이 수송되어 왔다. 그는 소위 외국인 노동자였다.* 의도치 않게 발생한 그 부상을 신고하지 않고 야전병원에서 다시 회복시켜 보려는 것이었다. 우선 의사들이 다시 돌아올 때까지 우리는 그 노동자를 관대에 안치해 놓아야 했다. 그는 아주 조용히 누워 있다가 가끔씩 신음하곤 했다. 그러나 그가 무슨 말을 하는지는 확인할 수 없었다. 그는 홀쭉한 뺨에다 입술의 뾰족한 부분이 어린애처럼 포개어진 천한 입술 모양을 하고 있었다. 밖에는 거리에 행인이 몇 명 지나가고 있었다. 야전병원은 예전 학교 자리에 마련한 것이다. 나는 이 텅 빈 거리 때문에 육체적인 불쾌감을 느꼈다. 이 프랑스인은 오후가 되면서 느릿느릿 죽어 갔지만 완전히 죽지는 않아서, 혹시 그가 무언가 먹고 싶은 욕구가 생기면 먹으라고 우리가 주변에 가져다 놓은 먹을 것들과 커피포트에 둘러싸인 채 조용히 신음하고 있었다. 그는 철벅철벅 물을 퍼 맞는 상황에서 총에 맞았기 때문에 물에 흠뻑 젖은 더러운 머리칼을 하고 있었다. 그는 부상당한 부위를 우리가 건드리지도 못하게 했다. 나는 오후에 이 작은 도시 호텔에 전시 복무 중이던 E에게 전화를 걸어 그녀에게 좀 와 달라고 했다. 우리는 야전병원으로 쓰기 위해 마련된 초등학교 외진 구석에 방을 꾸몄다. 우리가 임시방편으로 그렇게 만들었던 건 처음이었다. (이것은 아이의 아주 자연스러운 본능과 둥지를 짓는 본능에 딱 맞는 것이다.) 비록 내 스스로가 그녀 취향에는 너무 요란한 것처럼 여겨져서 이때는 내가 승리할 거라고 믿지 않았지만 그녀가 나에게 이 경험에 대해 매우 상냥한 말을 나중에 해 주었기에 우리는 이런 맥락에서 오늘까지도 이 프랑스인을 언급하는 것이다. 의사는 저녁에야 보러 왔다.

화해

만프레트 슈미트와 기타 사이의 위기가 거의 반년 넘게 지속되었지만 둘 중 누구도 정말로 화를 낸 적은 없었다. 아무도 피부 밖으로 펑 터져 나오지 않았다. 여행을 가야겠다는 행복한 생각이 기타에게 떠오르면서 이 위기는 이미 끝난 것이나 다름없었다. 그녀가 행복한 한나절 오후가 아니라 매일 연달아 있을 오후 전부를 고려했다면 아마 완전히 다른 상상을 하게 되었겠지만 말이다. 그러나 이미 여행 계획을 세우기에 예외 사례는 충분했다.

산속 간이역으로 갔다. 그들에게 산이 참 인상적이었고, 그들은 결정을 내리고 싶었기 때문이다. 그래서 기차에서 내려 호텔을 찾았다. 방은 없었지만 커다란 호텔에 욕실 하나가 아직 비어 있었다. 그들은 임시로 마련해 준 욕실을 사용했다.

그들은 거창한 메뉴를 시켰는데 다른 메뉴는 고를 수도 없었다. 그러나 이 민감한 돈 문제는 곧 보상받을 수 있었다. 그들이 방으로 잡은 욕실로 들어가면서 영국산 빈 양철 상자를 발견하고 그것을 가져가기로 했던 것이다. 그들은 자신들 관계가 기차에서보다는 풍성해졌다고 느꼈고 결국 두 번째 코스 메뉴를 기다리는 동안 화해했다.

나중에 이 욕실 대부분을 차지하고 있는 욕조에 둘 다 들어갈 수 있는지 한번 시험해 보았다. 그러나 두 명이 들어가기에는 너무 좁아서 차라리 호텔에서 가져와서 이불로 덮어 준 수술대 같은 침대를 이용하기로 했다. 극도로 깨끗한 방이었다. 하얗고 세제 향기가 나는 이불보는 산뜻했다. 방이 너무 뜨거워서 귀까지 빨개질 정도였다. 그들은 여기저기 널린 검은 옷들을 정리했다. 지나치게 모두 깨끗했고, 타일로 덮여 있었다. 너무 심하게 뜨거웠다. 단지 전등만이 이 욕실을 비추고 있었다. 거창한 식사 때는 기분 좋게 배가 부르게 먹었다. 밖에는 이따금 복도를 지나다니는 사람들이 있었다. 너무 뜨거워서 이제는 조심하고 싶은 생각도 들지 않았다. 그들은 화해를 보여 주기에 이보다 더 좋은 것을 알지 못했다. 서로를 남김없이 먹고 싶을 지경이었지만 조심하지 않는 정도로 자제했다.

기타의 독백

엄마가 되어야 할까? 이 단계를 받아들여야 할까? 혼자 알아서 행동해야 할까, 아니면 만프레트 슈미트에게 물어보아야 할까? 3개월이 끝나는 시점 전에 최후의 결정을 내려야 한다. 기타가 미심쩍어하던 이 시기에 슈미트는 기타에게 세 송이 빨간 장미를 보냈다. 이 장미는 꽃 배달부가 가져왔다.

이 당시 만프레트 슈미트의 외도

라스틱스라고 불리던 1926년생 카멜라 피효타라는 소녀가 있었다. 16개월일 때 어머니가 그녀를 세탁비누를 푼 물에 떨어뜨려서 가벼운 화상을 입었고 그래서 피부 이식 수술을 받았다. 아이는 모두 잘 이겨 냈다. 17세가 될 때까지 다른 사건들은 사이에 끼어들지 않았다. 17세 나이에 야전병원 간호사로 일하다가 아주 늙은 유부남과 로맨스를 겪었는데 병후 요양 차 거기 들어온 남자였다. 그가 야전병원을 떠나자마자 관계는 끝났다. 그녀에게 이 일은 쇼크였다. 1년 동안 낙태를 네 번 했다. 그녀는 그러는 사이에 18세가 되었다. 다음 해에 경제학을 공부했다. 만프레트 슈미트는 그녀와 관계치 말았어야 했다. 그는 원래 그녀에게 반감이 좀 있었다. 그녀가 얼마나 불행한 인간인지 그는 알아차리지 못했다.

여자 친구 기타는 바로 엄마가 되지는 않을 것이다

그녀는 이번에는 완전히 변한 모습으로 술집으로 돌아와서 거기에 앉은 어떤 여인과 은밀하게 속삭이고 있었다. 그녀의 얼굴 피부빛이 달라졌다. 약간 창백하게 피가 밴, 하얀 올리브빛이었다. 그녀는 담배에 불을 붙였다.

사랑도 낙태시킬 수 있는가?

그는 감정의 연료통을 가득 채우고 낯선 이 도시에서 그녀한테 가고 있었다. 기타는 연락을 받고 호텔에서 기다렸다. 아침에는 시내에서 쇼핑을 했다. 오기 전에 그는 담배 연기로 꽉 찬, 끈덕진 오전 회의를 겨우 끝마쳤다. 그녀가 있는 호텔로 달려오자마자 그는 시들시들한 오전에 분리선을 긋고 자신을 내맡겼다. 너무 자주 이렇게 반복하고 이리저리 새로운 느낌이 드는 곳으로 뛰어다녀서 금세 아무것도 남지 않게 되었다.

(그가 처음 도착했을 때는 그녀를 완전히 뒤덮어 버릴 만한 감정으로 부글부글 끓어올랐다. 그는 거의 오후 내내 그녀에게 빛을 비췄다. 혹독한 오전 업무에서 벗어나 완전히 새로운 기운으로. 그러면 그녀 머릿속은 갈퀴로 잘 고른 정원이 되어 머릿속뿐 아니라 팔이며 다리도 기꺼이 내주고 그에게 맡겼다. 아주 따뜻하고 부드러운 입술로. 그러면 그는 더 이상 그녀에게 빛을 비추지 않았다.)

이별

슈미트와 기타는 일주일 동안 아무 친지도 없는 크레펠트로 들어가서 조용히 이별을 낳았다. 둘을 위해 기타가 이 일을 처리했다. 처음에는 희망을 품고 시험에 임했지만 이별이란 결과가 나오자 그녀는 완전히 지쳐 버렸다. 슈미트는 북해로 가는 여행 비용을 그녀에게 지불했고 며칠간은 그녀와 함께 여행했다. 그녀는 란툼에서 선탠을 했다. 그는 이 해법에 만족해서 이별 가능성을 반반으로만 생각했다. 기타가 아직 매일 옆에 있었기 때문에 생각으로는 자유를 즐기면서 현실에서는 구속을 즐겼다. 그는 벌써 기타와 겨울에 만날 생각을 하면서 즐거워했다. 그의 생각에는 이제 관계가 다시 싹틀 것 같았기 때문이다. 그러나 란툼에서 이 여행을 마치고 돌아온 후 놀랍게도 이별은 기정사실처럼 확실해졌다. 그러면 사람은 죄의식에 사로잡힌다. 그러나 그것 말고 무엇을 더 할 수 있을까?

기타에 대한 갑작스러운 기억

무릎뼈 아래 오른쪽에서 왼쪽으로 한 다발 털이 나 있다. 그 밖에는 그녀와 비슷한 점이 없다. 이 여자는 남자가 자기 무릎을 그렇게 오래 들여다보자―이 객실에서 여행객은 둘밖에 없었다―깜짝 놀라서, 하지만 눈은 신문에서 치우지 않은 채 다리를 휙 포갰다.

운 좋게 감기에 걸린 여인(기타)의 초상

그녀는 꽁꽁 얼어붙어서 그 때문에 특히 더 말을 많이 했다. 노발긴-치난*은 소용이 없었다. 그녀는 옷 보관소에서 추가로 빌려 온 남자 스웨터를 입고서 털 재킷을 빌려 그 위에 껴입었지만 아직도 추웠다. 그녀 앞에는 남자들이 그녀를 위해 주문해 준 데운

포도주가 몇 잔 있었다. 누구나 그녀에게 무언가를 사 주려고 했는데 한 사람이 주문을 한 건지 또는 몇몇이 교대로 주문한 건지 서로 알아차릴 수 있기도 전에 이미 음료가 나왔다. 그녀는 추운 한겨울처럼 꽁꽁 감싸고 앉아 있었다.

등장인물 소개[*]
만프레트 슈미트

헬레나 K
K
경감 파일러
아이나 Sp
라스틱스
웨이터
축제 공주

언급되지 않은 이
L (죽음의 순간)
A (크리스마스이브)

시드니에서 온 F
여자 바텐더
필젠에 있는 E
부상당한 프랑스인
재정부 대표
식품 감독 대표
보안 경비 대표
경찰 대표

M 부인
축제 조직 위원회 구성원
축제 참가자
종업원

사랑에 대한 어떤 실험

강제수용소에서 집단 불임 시술을 하면서 가장 값싼 방법으로 1943년에 뢴트겐 시술이 등장했다. 이렇게 시술을 한 불임 효과가 지속적인지 여부는 미심쩍었다. 우리는 남녀 포로를 하나씩 뽑아 실험용으로 붙여 놓았다. 마련된 공간은 대다수 나른 감옥보다 컸다. 수용소 지도부에서 쓰던 카펫까지 깔아 주었다. 신방처럼 꾸민 감옥에서 이 포로들이 실험을 잘 수행해 주길 바랐지만 결과는 기대에 어긋났다.

포로들은 불임 시술이 성공했다는 사실을 알고 있었을까?

그렇게 추정할 여지는 없었다. 두 포로는 마루와 카펫이 깔린 방에서 각기 다른 구석에 앉아 있었다. 밖에서 관찰하려고 뚫어 놓은 감시용 구멍으로는 같이 붙여 놓은 그들이 서로 말을 했는지 여부까지는 알 수 없었다. 그들은 어쨌거나 대화 같은 것은 하지 않았다. 높으신 분들이 실험을 관찰하러 오실 거라고 알려왔기 때문에 이들의 이런 수동적 자세는 특히나 불편했다. 실험 진행을 서두르기 위해 수용소 의사와 실험 주관자는 두 포로의 옷을 벗겨 버리라는 명령을 내렸다.

실험용 인간들이 부끄러워했던가?

실험용 인간들이 부끄러워했다고는 볼 수 없다. 그들은 옷을 벗겨 놓아도 대부분 이제까지 있던 자세로 앉아 있었다. 그들은 자는 것처럼 보였다. 실험 주관자가 말했다. 좀 깨우고 싶구먼. 레코드판을 가져와 틀었다. 감시용 구멍을 통해 두 포로가 일단은 반응하는 것을 볼 수 있었다. 그러나 시간이 좀 지나자 그들은 다시 무감각한 상태로 되돌아갔다. 실험용 인간들이 결국 스스로 실험을 시작하는 것이 이 실험에서 중요한 점이었다. 그렇게 해야만 눈에 띄지 않게 몰래 한 이 불임 시술이 인간들에게 장기간 효과가 있는지 확실하게 알 수 있기 때문이다. 이 실험에 참가한 팀원들은 건물 복도에서 감옥 문과는 몇 미터 떨어진 채 기다리고 서 있었다. 그들은 대부분 조용히 하고 있었다. 항상 서로 조용히 속삭이듯 얘기하라고 지시를 받았기 때문이다. 관찰자 한 명만 내부 공간에서 벌어지는 일의 경과를 추적하고 있었다. 두 포로가 자기들만 홀로 있다고 믿을 수 있게 조치하였다.

그렇지만 감옥에서는 에로틱한 긴장감이 생기지 않았다. 책임자들은 더 작은 방을 골랐어야 하지 않나 하고 생각할 정도였다. 실험용 인간들 자체는 세심하게 고른 것이다. 서류에 따르면 두 실험용 인간들은 서로 성적인 관심을 많이 보여야 마땅했다.

어디에서 그런 사실을 알았는가?

브라운슈바이크 정부 관리 딸이었던 J는 1915년 출생으로, 현재 28세이며 아리아 혈통 남편과 결혼했고 고교 졸업 시험을 마치고 대학에서 예술사를 전공했다. 니더작센 주 작은 도시 G에서 남성 실험용 인간인 P와는 떼려야 뗄 수 없는 관계가 되었다. P는 1900년 출생으로 직업이 없었다. J는 P 때문에 자기를 구해 줄 수 있는 남편을 포기했다. 그녀는 애인을 따라 프라하로 갔다가 나중에 파리로 갔다. 1938년에 P는 제국 영토에서 체포되었다. 며칠 후에 P를 찾아 나선 J가 제국 영토에 나타났고 마찬가지로 체포되었다. 이 둘은 감옥에서, 그리고 나중에는 수용소에서 서로 만나려고 여러 번 시도했었다. 그런 점에서 우리는 아주 크게 실망했다. 그들이 이제 마침내 허락을 받았는데, 본인들은 이제 해 보려고 하지도 않았기 때문이다.

실험용 인간들이 온순하지 않았는가?
기본적으로 그들은 순종적이었다. 나는 그들이 온순했다고 말하고 싶다.

포로들은 충분히 영양을 섭취했나?
이미 실험을 시작하기 오래전부터 계획의 일부였던 이 실험용 인간들은 영양을 특히나 잘 공급받았다. 그들을 벌써 이틀 동안이나 같은 방에 수용했는데도 서로 가까이 다가가려는 모습 같은 것은 확인되지 않는다. 우리는 실험용 인간들에게 달걀로 만든 단백질 젤리도 마시게 했다. 포로들은 이 단백질을 게걸스럽게 먹어치웠다. 빌헬름 중사는 정원용 호스로 이 둘에게 물을 뿌리라고 했다. 그렇게 하고 벌벌 떨고 있는 이들을 다시 마루가 깔린 방으로 되돌려 보냈다. 몸을 따뜻하게 하고 싶었을 법한데 역시 그들은 서로 붙어 있질 않았다.

그들은 이제 마음대로 불경한 짓을 저지르기가 무서웠던 것일까? 그들은 이것이 도덕성을 증명하는 시험이라고 여겼을까? 수용소에 있다는 불행함이 그들 사이를 갈라놓는 높은 벽이 된 것일까?

그들은 임신했을 경우 두 몸을 해부하고 검시하리라는 것을 알았을까?

실험용 인간들이 그것을 알았다거나 예상했을 것 같진 않다. 수용소 간부는 그들에게 살아남을 수 있는 경우를 가르쳐 주며 반복해서 긍정적인 확신을 심어 주었다. 내 생각에 그들은 그렇게 하고 싶지 않았던 것 같다. 실험이 수행되지 않았기 때문에 이곳으로 직접 보러 온 A. 체르프스트 대령과 수행원들이 크게 실망했다. 갖은 수단을 다 쓰고 끝내 폭력적인 수단까지 썼는데도 성공적인 실험 결과를 이끌어 낼 수 없었다. 우리는 그들의 몸을 눌러 붙여 놓기도 하고, 서로 살을 닿게 하고 천천히 온도를 높이기도 했다. 알코올로 그들 몸을 문지르기도 하고, 술을 주기도 하고, 포도주에 달걀과 고기를 먹게도 하고, 샴페인을 마시게도 해 봤다. 우리는 조명도 은은하게 바꿔 보았다. 그러나 아무것도 그들을 흥분시킬 수는 없었다.

그렇다면 모두 다 시도해 본 것인가?

모두 다 시도해 보았다고 장담할 수 있다. 우리 중에 그런 것에 정통한 중사가 한 명 있었다. 그는 다른 경우에 아주 확실하게 효과가 있던 방법을 모두 반복해서 실험해 보았다. 마지막으로 우리가 스스로 들어가서 우리의 운을 시험해 볼 수는 없었다. 그렇게 하면 우리 인종의 치욕이 될 테니까 말이다. 시도된 방법들 중 아무것도 그들을 흥분하게 만들 수는 없었다.

우리가 오히려 흥분했던가?

어쨌거나 방 안에 있던 그 둘보다는 우리가 더 흥분했다고 할 수 있다. 적어도 그렇게 보였다. 그러나 그것은 우리에게 금지된 일이었을 것이다. 그렇기 때문에 우리가 흥분했다고 생각하진 않는다. 어쩌면 일이 잘 맞아떨어지지 않았기 때문에 흥분했을 수는 있다.

사랑하는 그대에게 나를 바치고 싶어요.
그대 오늘 밤 내게 와 주지 않을래요?

실험용 인간들에게 분명한 반응을 얻어 낼 가능성이 없었다. 그래서 실험은 성과를 내지 못하고 중단되었다. 나중에 다시 다른 인간들로 교체해 실험을 계속했다.

실험용 인간들은 어떻게 되었는가?

이 말 안 듣는 실험용 인간들은 총살에 처했다.

이 결말은 불행이 일정 수준을 넘으면 더 이상 사랑이 실행(bewerkstelligen)될 수 없다는 뜻일까?

직업 변경

1

새로운, 이름 없는, 미지의 우리들, 아직 입증되지 않
은 미래 세대로 새로 태어난 우리들 ─ 이런 우리들
에겐 새로운 목적을 위한 새로운 수단이 필요하다.
즉, 새로운 건강함, 이제까지 존재하던 모든 건강함
보다 더 강하고, 더 재치 있고, 더 질기고, 더 대담하
고, 더 재미있는 그런 건강함이.
─ 프리드리히 니체,『즐거운 학문』

 슈베브코프스키는 6학년이던 1938년에 차출되어 발렌슈테트
에 있는 정치 훈련 학교(*NAPOLA*)*에 배정받았다. 부모, 초등학교,
상급학교로 이어지는 훈련 과정은 중단되었다. 이렇게 역사와는
단절된 존재들(*Unhistorische*)이 독일 내 다양한 곳에 흩어져 있는
기관에서 여럿 양성되었는데, 1936년에서 1942년까지 슈베브코
프스키도 그중에 있었다. 1943년에 슈베브코프스키는 친위대 사
단인 페터 프라이탁 부대에 지원하여 그리스 북부로 배정받았다.

그러나 사단 지휘부는 이제 막 조직되는 중이었는데 결국 조직되지 못하고 집단군 세 사단에 쪼개져 배치되고 말았다. 상부에서는 친위대 사단을 포기하는 대신 지금 위험에 처한 남부 우크라이나에 신속하게 이들을 투입하여 다시 인원을 채울 예정이었다. 훈련 과정에서 슈베브코프스키는 어떤 집단군 장교와 사이가 나빠졌다. 장교가 그를 죽여 버리겠다고 위협했기 때문에 군사 감옥에서 도망쳤다. 중위 제복을 입고서 군대 수송 편을 이용해 북쪽으로 발칸반도를 통과했다. 원래 발렌슈테트에 있는 자기 학교로 가려는 의도였다. 그러나 이용했던 군사 기차들이 오스트마르크 경계로 다가갈수록 헌병의 검문도 강화되었기 때문에 그는 라이바흐*에서 머뭇거리다가 다른 기차들을 이용해 남동쪽으로 갔다. 소피아에 있던 슈베브코프스키는 1943년 가을에 루마니아 군 숙소에서 프란체스카 B를 알게 되었다. 슈베브코프스키는 무역업에 뛰어들었다. 1944년 러시아군이 소피아에 나타났을 때는 이미 중위 제복을 벗어 버렸지만 동업자가 그를 밀고했다. 그렇게 그는 B를 잃고 다시는 보지 못했다. 그는 오데사 주변에 있는 임시 수용소로 이송되었다. 슈베브코프스키같이 정주하지 못하는 인간에게는 풍경마저도 예전 세대가 지니고 있었던 그런 의미를 주지 못했는데, 그것은 슈베브코프스키가 소유하고 싶은 땅도 없었기 때문이고, 소유욕 없이는 아름다운 풍경에 대한 기쁨도 단념해야 했기 때문이다. 그는 이 공허한 빈자리를 개인적인 결정을 내렸던 땅에 대한 애착으로 대신했다. 그렇기 때문에 킬로메아와 오데사 사이에 놓인 땅은 슈베브코프스키에게 두 번째 고향이었다. 일생의 두 가지 결정 중 하나가 여기서 일어났기 때문이다.

이 결정은 1945년 봄에 오데사에 있는 임시 수용소에서 도망쳐서 그 유명한 케른텐 지역 미군 전선에 투항하려고 한 것인데, 오늘날 슈베브코프스키는 이것이 잘못 내린 결정이었다고 본다. 지금에 와서 보니 포로 업무에 적응하는 편이 더 나았다고 보는 것 같다. 어쩌면 그는 상황에 따라 러시아나 루마니아 국적을 가지고 1948년에 다시 소피아에 있었다면 좋았을 것이다. 그랬다면 이때까지는 아직 B를 소피아에서 만날 수 있었을 것이다.

2

> 저 하늘에 암흑을 부르는 자들,
> 세상을 어둡게 하는 자들,
> 먹구름을 부르는 자들을 몰아내자,
> 우리는 하늘 제국을 밝히자!
> 포효하면서…… 오, 모든 자유로운
> 정신 중의 정신이여,
> 내 행복이
> 폭풍처럼 **포효하는구나.**
> ― 프리드리히 니체, 『즐거운 학문』

1945년에 수많은 젊은이들은 커다란 자유와 새로운 시작을 기대하고 있었다. 1945년 6월에는 서쪽으로 철수하는 미국 전차 부대 행렬 중 어느 부대 사령관이 할레를 사령부로 삼았다. 그가 내린 조치 덕분에 이 지역 관공서들의 숨통이 좀 트였다. 이미 1945년 6월에 할레에서 교사 세미나를 열 수 있었던 것도 모두 이 사령관 덕분이었다. 이 과정은 러시아군이 할레를 점령할 때까지도 계속되었다. 슈베브코프스키는 이 교사 양성 기관에서 교육을 받았다.

교사직을 제한 없이 맡을 수 있길 바라던 희망은 침해받지 않았다. 그는 교사로 일하면 가장 먼저 1938년에서 1942년까지 잃어버린 꿈을 다시 이룰 수 있을 거라고 생각했다. 슈베브코프스키는 1946년에서 1949년까지 할레와 막데부르크 지역에서 가르쳤다. 1950년에 그는 서독에서 남서독 사립학교 교사가 되었다. 1952년에 프라이부르크에 있는 교육청이 슈베브코프스키가 전시(戰時) 특별 졸업 시험 같은 것만 치르고 1946년 초반에 교사 시험을 쳤다는 사실을 발견했다. 이 주 문교부 회의 방침에 따르면 이는 인정받을 수 없는 것이었다. 교사 자격이 취소되었다. 그렇다고 슈베브코프스키는 계획을 포기하지 않았다. 그는 마르부르크에서 대학생이 되었다. 마르부르크(란 강변)는 호스처럼 산 하나를 둘러싸고 굽이치는 모양의 도시이다. 그 도시는 란 계곡을 통해 북쪽으로는 카셀에, 남쪽으로는 기센에 연결되는 도로가 좁은 고무관처럼 나 있다. 이 양쪽으로 가는 산맥 통로가 길에서 벗어나지 못하게 하기 때문에 사람들은 산책만 했다. 이 배움의 길이 황량했기 때문에 슈베브코프스키는 음악 공부를 통해 좀 완화해 보려고 했지만 1936년에서 1942년까지 잃어버린, 그러나 아직도 살아있는 꿈을 가정음악으로 대신할 수는 없는 법이었다. 유부녀인 다크마르 그로투젠은 마치 구멍 속으로 잡아끄는 것처럼 슈베브코프스키를 붙잡으려고 했다. 그녀는 결혼이라는 감옥 생활을 바꾸는 데 그의 힘을 이용할 수 있을지도 모른다고 생각했다. 아마도 그녀는 슈베브코프스키를 굳건히 잘 믿어 주기만 하면 그가 자기를 도와줄지도 모른다고 생각했던 것 같다. 미래에 대한 강한 희망이 없는 그런 절망적인 환경에서 생기는 상황에서 벗어나기란 어려운 일이다. 오직 교사라는 직업이 잃어버린 정치 훈련 학교 시절을 만회해 줄 거라고 마음을 잡고 나서야 겨우 슈베브코프스키는 학습에 힘을 쏟을 수 있었다. 그로투젠 부인은 사실 그다지 애정도 없던 슈베브코프스키를 품 안에서 너무 늦게 봐 주었다. 그로투젠 부인은 아이를 낙태하려고 하지 않았다. 슈베브코프스키는 그래서 그때 마침 상속받은 유산에서 돈까지 떼어 주려고 했다. 슈베브코프스키는 이 상속 덕분에 여자의 귀찮은 요구들을 피해 뮌헨으로 옮겨 갈 수 있었고 거기에서 국가임용고시에 통과했다.

3

그 당시에 바이에른 주는 임용할 수 있는 후세대 교사들을 모두—초등학교 교사이든, 직업학교 교사이든, 또는 고등학교 교사이든—아샤펜부르크 지역으로 보냈다. 거기는 학교마다 전부 교사가 급하게 필요했기 때문이다. 교사 인력이 충분했던 이웃 헤센 주와 비교해 보면 헤센 주와 맞닿은 이 도시는 바이에른 주 교육 정책이 확실히 실패했다는 사실을 명확히 보여 주었다. 슈베브코프스키는 임시로 이 지역에서 파견 교사로 일했다. 여러 학교에서 예비 교사로 시범 수업을 했다. 이따금 교육감이 참석한 자리에서 하기도 했는데 교육감은 슈베브코프스키가 행하는 교육 방식에 쳇바퀴식 훈련이 부족하다고 충고해 주었다. 슈베브코프스키는 그리스 북부 3개 사단에서 훈련받던 때처럼 여기서도 규율상 문제가 좀 있었다. 슈베브코프스키는 대학에서의 준비 기간과 학교에서 보조 교사로 근무하는 검증 기간이 과도하게 길다고 느꼈다. 아무리 반대로 힘을 쏟아도 희망의 흔적을 따라 일이 진행되지는 않는다고 점차 믿기 시작했다. 슈베브코프스키는 임용 고시를 두 번 통과하고 노르트라인 베스트팔렌 주로 갔다. 거기에는

(큰 시골 지방에) 좀 유리한 일자리가 있으려니 했기 때문이다. 슈베브코프스키는 1958년에서 1960년에 라인란트와 베스트팔렌 지역 여러 학교에서 가르쳤다. 그는 거기에서 많은 느낌을 받고, 새로운 희망은 별로 품게 되지 않았으나 오래된 희망은 아직 포기하지 않았다. 1960년에 그는 교육감 드 마르탱을 알게 되었고, 업무용 승용차까지 제공받는 이 거물급의 바쁜 남자와 우정을 쌓아 갔다. 드 마르탱은 슈베브코프스키를 교육청 업무로 끌어들이려고 했다.

드 마르탱은 슈베브코프스키가 아직까지 항상 품고 있고 학교에서 실현시키려고 하는 이상이 유토피아적이고, 심지어는 파시스트적이라고까지 여겼다. 그는 슈베브코프스키가 국가사회주의적 또는 국가사회주의라는 표현을 전혀 사용하지 않는다는 사실을 일깨워 주었다. 히틀러라고 얘기하거나 파시즘에 대해서만 이야기한다는 것이었다. 슈베브코프스키가 아직도 적응이 되지 않아서 1935년과 1945년의 리듬 속에 둥둥 떠다니고 있다는 것이다.* 드 마르탱은 그를 설복하려 했다. 슈베브코프스키는 학생에서 국가사회주의자로, 국가사회주의자에서 자유의 갈망자로, 자유의 갈망자에서 대학생으로, 대학생에서 사회 적응자로(그때까지 항상 목표를 향해 박차를 가하며) 변하고 나자 그가 맡았던 역할 중에서 오직 하나만이 진짜라고 반박하는 사람이 자기 앞에 나타난 것을 보았다. 슈베브코프스키는 그의 말을 믿지 않았다.

4

D 시 선생들은 1961년 가을에 빌레트 박사가 체포되자 모두 흥

분했다. 라틴어와 그리스어, 역사 선생이었던 빌레트는 슈베브코프스키만큼이나 나이가 많았다. 그는 늦은 오후 그릴파르처 고등학교 외딴 자료실에서 열여섯 살짜리 학생 P. 그나데와 함께 있다가 발각되었다. 왜 잘 사용되지도 않는 방에 둘이 함께 있었는지 아무도 해명할 수 없었다. 여학생과 선생이 하는 진술은 불분명했다. 교육청은 이 문제를 축소해서 시 교사 회의에서는 그에 관한 논의를 막으려고 했다. 그러나 소녀 부모가 매우 재빠르게 고발을 했다. D 시 법원 대형사부 심리가 열리기 전에 슈베브코프스키는 이미 형사에게 여권을 빼앗긴 친구 빌레트를 이탈리아로 빼돌릴 수 있었다. 그러나 도망치는 법에 대한 교육은 받지 못한 빌레트는 피렌체에서 체포되어 서독으로 다시 이송되었다. 빌레트는 정말로 범죄를 저질렀을까? 그랬거나 말거나 슈베브코프스키에게는(그리고 슈베브코프스키의 마음을 사려고 후원자가 된 드 마르탱에게는) 아무런 상관이 없는 문제였다. 말할 것도 없이 그들은 경찰과 부모가 주장한 범죄 사실 여부를 놓고 다투었다. 그러나 그와는 별개로 완전히 다른 문제가 또 있었다. 그렇게 까다로운 상황에 처한 동료 중 하나를 과연 보호할 수 있을지 여부였다. 그것은 권력에 관한 문제였고, 교육이 권력인지 여부에 대한 문제였으며 교육이 지도부를 보호해 줄 수 있는지 여부였다.

5

드 마르탱과의 대화

학교 감독은 개별적 행정 규칙이 파생되는 원론적인 학문적 원칙을 변함없이 당대에 지키면서, 개별 사

례에 있어서 부서가 항상 보편적인 방향을 조망하면
서도 사안마다 적절하게 평가할 수 있도록 도와야
한다. 그 밖에도 학교 감독은 그들의 일 중에서 자유
로운 학문적 여가를 장려하지만, 수많은 번잡한 일
때문에 진척되지 못하는 일도 완수해야 한다.

— 빌헬름 폰 훔볼트[*]

교육감 드 마르탱의 전화는 오전 내내 통화 중이었다. 잠시 통화
가능 상태였으나 곧 교사단 전화 모두가 통화 중이 되었다. 점심시
간에 친구 사무실로 전화가 연결되었지만 슈베브코프스키가 누
구인지 모르는 비서가 드 마르탱이 방금 사무실을 나갔다고 말했
다. 슈베브코프스키는 전화 다이얼을 돌리고 오래 기다리면서(때
로는 공중전화를 사용하면서) 기운이 다 빠져서 드 마르탱이 사
무실을 비우고 있는 것인지 개인적으로 확신할 수가 없었다. 그가
거기로 갔으면 교육감을 아직 만날 수 있었을 텐데.

슈베브코프스키는 오후에 의사당 건물에서 드 마르탱을 찾을
수 있을 거라는 말을 들었다. 그는 지방의회 문화 정책 위원회가
열리고 있는 건물을 샅샅이 뒤졌다. 그러나 드 마르탱은 이 시간
에 다른 곳, 교사 회의장에서 문화부 장관과 시장에게 인사를 전
하고 있었다. 슈베브코프스키는 시간이 촉박했다. 그는 저녁에 라
인할레 건물 로비에서 드 마르탱을 만났다. 드 마르탱은 친구 슈베
브코프스키를 보자마자 우호적인 얼굴로 변했다. 그는 표정을 빨
리 바꾸는 것으로 유명했다. 각료가 지니는 어느 정도 뻔뻔한 얼
굴이었다가 지금은 사랑스러운 친구의 얼굴로 변해 있었다. 그는
슈베브코프스키가 교육청 일을 맡아 주기를 바라고 있었다. 그런
이유에서 그는 국회의원 푸르와 젬블러에게 빌레트 사건을 부탁

해 주겠다고 약속했다. 드 마르탱은 슈베브코프스키보다 더 중요한 다른 친구들을 만나러 갔다. 나중에 그는 리셉션에서 이미 언급한 그 국회의원들과 이야기하고 있었다. 그러나 드 마르탱은 더 급한 수많은 주제들에 대해 말하느라고 빌레트 건에 집중하지 못했다. 국회의원들은 금방 드 마르탱이 언급한 이름을 다시 잊어버렸다. 드 마르탱이 거기에 신경을 써 주지 않으면 결과는 달라지지 않을 것이 이미 뻔했다. 드 마르탱은 바로 이런 이유에서 이 사건에 충분히 집중하지 않은 것이다. 그러나 슈베브코프스키를 이용할 수는 있도록, 빌레트 건에 우연한 행운이 일어날 수 있는 희박한 가능성이라도 만들어 내기 위해서(예를 들면 검찰이 스스로 그 소송을 취하하는 경우라든지) 그는 적어도 이 사건을 짧게 언급했다. 그 사건을 푸르와 젬믈러에게 얘기는 해 봤다고 말하려고 그런 것이다. 드 마르탱은 이런 질문에 언제나 진실만을 말하는 습관이 있었기 때문이다. 그렇지 않으면 거짓말이 불필요한 의존을 부른다는 이유에서였다. 이튿날 슈베브코프스키는 드 마르탱에게 연락이 닿지 않았다. 교육감은 뮌스터, 쾰른, 뒤스부르크, 에센으로 출장을 가는 중이었고 이번 주말에나 돌아오리라 기대할 수 있었다. 드 마르탱은 국회의원들과 이야기했다고 비서를 통해 전하게 했다. 출장 중에는 드 마르탱에게 연락이 닿지 않았다. 슈베브코프스키는 드 마르탱이 연락이 닿지 않는 이유를 재빠르게 간파했다.

브렌너*에서 빌레트를 넘겨주다

어쩌면 오스트리아 국경 수비대가 체포된 빌레트를 이탈리아에서 독일로 넘겨주지 못하게 막을 수 있지 않을까? 브렌너에서 국경을 감시하고 지휘하는 오스트리아 대령은 그렇게 하지 말라고 충고했다. 낡은 우비를 입은 빌레트는 이송되느라 스트레스를 받고 녹초가 된 채 대령 앞에 앉아 있었다. 밤에 국경 쪽에 도착한 슈베브코프스키는 친구를 빼내려 애썼다. 그러나 오스트리아 국경 수비대가 통과를 거부해도 아마 이 죄수를 밀라노로 되돌려 보낼 수밖에 없을 터였다. 거기서 빌레트는 독일까지 비행기로 이송될 것이라고 했다. 비행기 삯도 빌레트가 부담할 것이라고. 그렇기 때문에 오스트리아 국경 수비대는 빌레트를 빼내 줄 수 없었다.

폰 O 대사의 사례

제3제국 당시 폰 O라는 어떤 대사가 있었는데 후에 그는 로마 예술품들을 보존하는 데 일조했다. 그는 국가사회주의자가 아니었다. 그러나 그가 취하고 있는 입장은 국가사회주의자들에게 유용했다. 그는 친구들과 자기 신분급 동지들을 계속 더 보호하기 위해서 이런 입장을 견지했다. 그의 서명, 성격, 비밀스러운 반대 입장은 국가사회주의자들이 하는 정치가 덮어 버렸다. 마지막에 가서 그는 친구들과 피보호인들 거의 모두, 그리고 나중에는 스스로의 자리까지도 잃었다. 전쟁이 끝나자 그는 전범재판소에 섰다. 폰 O 대사의 끊임없이 어긋나는 상황은 슈베브코프스키의 예와 기본적으로 같았다. 이 사례는 어떤 인내의 한계점을 보여 준다. 즉, 친구를 더 이상 보호할 수 없게 되면 이제 정부를 바꿀 시간이라는 뜻이다.

짧은 상황 보고

> 마치 털실을 타고 물이 더 많이 든 잔에서 더 적게
> 든 잔 쪽으로 흘러가듯이.
>
> — 소크라테스

사회에서 행하는 교육 방법은 교육이 원래 원하는 방향으로 가지 않는다. 14개 분야는 9년에서 최대 12년까지 분배되어 모두 두 번 반복된다. 집에서 공부한 사람은 수업에서 다시 테스트를 받는다. 3개월 간격으로 그동안 공부한 것을 시험 치게 된다. 주의를 잘 기울여야 상처받지 않고 이 교육 기관을 잘 통과할 수 있다.

세관에서 굴욕을 당한 교사

> 1918년에 소련 교사 마카렌코는 예전에 황제 지지
> 자들을 수용했던 멀리 떨어진 숙소에 청소년 범죄
> 자 8명을 집어넣고, 서로 쳐 죽이도록 도끼 말고는
> 아무것도 주지 않았다. 그들은 서로 죽이지 않았
> 다. 서로가 필요했기 때문이다.[*]

슈베브코프스키가 학생들을 데리고 베를린 전 지역으로 학급 소풍을 갔다가 돌아오는 길에 헬름슈테트 서독 세관에서 말썽이 일어났다. 그는 학생들에게 동베를린에서 문서와 책들을 가지고 와도 좋다고 허락해 주었다. 세관 공무원은 이 문서들을 압수했다. 주의 깊게 잘 기록하고 분류하는 학생들에겐 이 무지한 세관 공무원이 교사보다 높다는 의미로 보였다. 나중에 이 문제로 매우 많은 서신이 오갔다. 슈베브코프스키가 저항을 했다는 사실

이 교사 규율법상으로 명확하지 않았기 때문이다. 교육청은 또 다른 사례에서 장 폴 사르트르가 쓴『벽』을 김나지움 6학년(만16세)용 교재로 사용하는 것에 반대했다. 또 다른 사례에서는 어느 교사가 산악 지방으로 소풍을 가자고 약속을 했는데 학생 수송상의 위험을 이유로 허가받지 못했다. 이 지방 정부에서 관장하는 학생 사고 수가 허용된 기준치를 이미 넘어섰다는 것이 이유였다. 슈베브코프스키가 제안한 계획들 중 많은 수는 이미 비슷한 전례들이 거부당했었다는 이유로 애초부터 제안으로 수용되지도 않았다.

교사라는 직업이 언젠가는 최고 지위를 차지하게 될까?

이유들을 모두 열거하면 다음과 같다. 학문적인 탁월성, 직업에서의 우수한 능력, 많은 액수의 봉급, 내적인 자부심을 길러 줄 전망과 교사에 대한 무조건적인 처우가 결합되어 이 지위는 부르주아 사회에서 다른 곳에서는 받지 못했을, 그리고 스스로에게도 매우 장점으로 되돌아오는 존경과 인정을 받아왔다. 훌륭한 젊은 고등학교 교사는 이 때문에 사회적인 관점에서도 확실히 보장된 자이며, 다른 범주에 놓인, 그 자체로 존경을 받는 공무원들과도 대등하다. 고급 공무원, 장군, 국가 고문, 각급 정부의 장과 같이 존경받는 가문의 딸들이 이들과 결혼하는 수많은 사례가 해마다 있다.

— 프리드리히 티어쉬*,『공립학교 수업 1』, 460페이지, 1840년경 출간

실제로는 교사가 근대 사회 발전을 통해 마땅히 얻어야만 하는 지위를 얻기란 엄청나게 어렵다. 교사는 사회에서 자기 지위에 상응하는 고유한 자기상을 만들 자유가 없으며, 재정 결정자의 독립성과 결정상 자유가 오늘날 교사나 교장의 독립성과 자유보다 훨씬 더 크다. 예전에 지방 고문이나 장교가 국가의 일등 지위를 차지했던 시대가 있었다면, 이제 이미 철지난 이 신분적 사고방식으로 그림을 그려 보자면 오늘날에는 교사가 현대 세계의 일등 지위가 되었어야 했다고 할 수 있다.

— 헬무트 베커, 『양과 질』, 1962년 출간*

　　제도적으로 양성되는 교사가 받는 봉급은 급여법에 따라 호봉 A13과 A14로 대학 조교랑 비슷하다 — 도대체 선생이라는 직업이 공무원 봉급하고는 무슨 관계가 있단 말인가? 교사는 7년마다 새로 다시 교육받을 안식년이 필요하다 — 그러나 누가 이런 시간을 그들에게 주겠는가? 교육에 관한 문제와 그 때문에 생기는 교사를 교육하는 문제는 우리 시대의 정치적 문제이다 — 그러나 이런 문제들을 진지하게 여기는 사람이 몇이나 되겠는가? 가르치는 직업에는 열정이 필요하다 — 그러나 그 열정이 허락되어 있는가?

빌레트가 걸려 넘어진 흔적

　　빼빼 마르고 까무잡잡하게 탄 등짝—같이 자고 싶은 생각은 들지 않는 몸매다. 피골이 상접한데다 부들부들 떨기까지 했다. 내막을 아는 사람들은 이런 모습에 매혹되었고 교사들은 감동했다.

몇 세기 전에 알비 파(派)* 사람들은 이런 모습 때문에 핍박받았다. 그리고 그 증인이자 훗날 고발인은 잘 사용하지 않는 자료실 문을 갑자기 열었다. 문화 영역 전체를 통틀어 어떤 권력도 이렇게 붙잡힌 교육자를 더 이상 구해 줄 수는 없었다.

슈베브코프스키가 믿음을 포기하다

빌레트 사건 때문에 슈베브코프스키는 결국 이렇게 — 이미 어느 정도 그렇게 믿고 있었다 — 믿게 되었다. 우리가 사는 이 사회는 교육, 발명, 업무, 정신의 흔적을 위해서 쓸모가 없다. 그렇지 않았다면 빌레트 사건에 영향을 끼칠 수 있는 권력 수단이 있었을 것이다.

1800년부터 진행된 발전

> 그대들은 스피노자의 형상과 같이 심오하고 불가해하며, 수수께끼를 던지는 것 같고, 신비한 그러한 형상을 느끼지 못하는가? 여기서 벌어지지만 점점 더 **희미해져만 가는** 이 연극을 — 점점 더 이상에 가깝게 풀어놓는 이 추상화를 보지 못하는가? 배경에 오래 숨어 기다린 어떤 흡혈귀를 — 처음에는 관능으로 시작해서 나중에는 달가닥거리는 뼈만 남겨 놓는 이 흡혈귀를 보지 못하는가?
> — 프리드리히 니체, 『즐거운 학문』

1800년경 살던 겁 많던 사람들은 독일의 정신이 흘러갈 수로를 미리 파 놓았다. 이상이 권력을 대신하고, 정신을 고양하는 일이 비판을 대신하고, 법제사가 법을 능가하고, 철학이 실제에서 벗어나고, 예술사가 실제 건축에서 길을 벗어났다. 철학자 헤겔은 알텐슈타인 장관* 명으로 베를린에 왔다. 위험한 실천적 이상을 품은 젊은이들의 길을 틀어 놓기 위해서였다. 이 회유 정책은 성공이었다. 조직이 되어 버린 지성이 지성 스스로의 반란에 반대한다면 이 정신이 무슨 소용이 있단 말인가? 고분고분한 학문 부서들은 이 회유책에 혹사당하고 정돈되었다. 그렇게 스스로 회유되었다. 군사 정부 밑에서 공부하던 학생들은 장교가 되고 부사관이 되어서 쾨니히그레츠 전투와 제단 전투에서 승리했지만 1914년부터 1918년에 걸친 전쟁에는 졌다. 1923년에서 1928년까지 민주 정부가 활약한 기간(그 이전에는 인플레이션이 있었고, 그 이후에는 경제 위기가 닥쳤다)이 있었다고 150년에 걸친 전통에 대항할 수 있었을까? 이 전통이 얼마나 빠르게 1933년에서 1945년까지 존재하던 무(無)역사성을 한순간에 다시 빨아들였던가? 슈베브코프스키는 이런 기존 상황 하에 교사가 된다는 것이 쓸데없는 잉여로 느껴졌다.

6

타협으로는 교육을 세울 수 없다. 교육이란 용기와 단호함을 요구하기 때문이다. 교육은 삶에 방향을 주어야만 한다.

— 『마스터플랜』, 33페이지

두 친구 슈베브코프스키와 드 마르탱이 나눈 마지막 대화는 드 마르탱의 일정상의 어려움 때문에 여러 번 뒤로 미루어져야만 했다. 그들은 드 마르탱의 사택에서 만났다. 드 마르탱은 슈베브코프스키에 대한 개인적인 영향력을 모두 행사하려고 새로운 제안을 했다. 슈베브코프스키가 교사라는 직업에 흥미를 잃었으니 그를 교육청으로 끌어들일 수 있겠다는 생각이었다. 그를 장래에 A14 호봉으로 올려 주겠다고 했다. 드 마르탱의 아내가 차를 내오면서 같이 권유했다.

1962년 초에 슈베브코프스키는 직업을 바꿨다. 그는 뒤셀도르프에 어느 부동산 중개인이 세운 부동산 회사에 들어갔다. 마침내 그는 상속받은 유산을 여기에다 쓸 수 있었다.

코르티

1

승승장구 중인 코르티

총결산

코르티에게 1960년 전반기는 대체로 성공적이었다. 1960년 1월에는 알지 못하는 어떤 젊은 여자가 그를 모욕하면서 판사에 대한 외설적인 발언을 했다. 이때 법원 구내식당(법원 건물 맞은편)에서 작은 맥주 한 잔을 마시던 코르티는 여인의 인적사항을 결국 확인할 수 있었다. 그러나 경찰은 그가 알려 준 주소에서 이 신원 미상의 여인을 찾지 못했다.

법원장

현재 지방법원, 시군법원, 검찰청, 지방검찰청, 미결수교도소와 몇몇 국가기관이 위치하고 있는 이 건물은 1945년 옛 군관구* 사령부 건물을 물려받은 것이다. 법원장이 건물을 고를 수는 없었다.

고를 수 있었다면 1935년에 지어진 이 기념비적인 건물을 택하지 않았을 것이다. 커다란 돔이 있는 홀과 사무실이나 회랑이 폭탄에도 안전하다는 말은 정말이지 믿기지도 않았고(건물이 소음에 흔들리는 정도로 보아 천장이 보기만큼 그렇게 강하지 않다는 것을 알 수 있었다) 또 지하실 같은 건물 안에 파묻혀서는 안 될, 재판의 이념에도 이 건물들은 맞지 않았다. 이런 의구심 때문에 법원장은 좀 더 정확한 지식을, 다시 말해 이 건축의 논리를 알고 싶었던 것인지도 모른다. 그래서 국가 중앙 문서 보관소에 잠겨 있거나 어쩌면 베를린 문서고로 모두 다 이송되었을지도 모르는 건축 서류에 접근해 보려고 꽤 오랜 시간 시도해 봤다. 나중에 보일러 수리가 필요할지도 모르고 실내를 개축할지도 모른다. 어떻게 배관 체계가 돌아가는지는 건축 서류에서 확인할 수밖에 없는 것이다. 법원장은 오직 필요한 경우에만 움직이는(매번 벽을 뚫고서야 비로소 수도관이나 보일러관을 설치했는지 사후적으로 확인하는) 행태를 싫어했다.

법원장이 외부 계단을 올라갈 때 법원 경비원들이 인사했고, 만나는 판사들은 고개를 끄떡하며 친한 듯 인사했다. 그들은 판사로서 내린 결정에 대해서는 법원장으로부터 독립적이다. 법원장의 권력은 법원 행정과 배심원들에 대한 관리에 한정되어 있다.

법원 경비원 홀

책장과 허리 높이 칸막이로 여러 겹 나뉜 홀에 타자기 한 대가 느리게 탁탁거리는 소리가 울려 퍼진다. 실내 승마장과 닮은 이 거대한 공간, 즉 정문 옆 개축된 재판정에는 지금 법원 경비원 8명이 앉아 있다. 속기타자를 치는 여직원이 벽에 붙은 여러 법원 부서 우편물 수신함으로 새 우편물들을 가져온다. 마련된 책상 두 자리에서 그 우편물들에 스탬프를 찍는다. 경비원 중 아무도 말을 하지 않았지만 반입된 서류들 위에 그론케가 여러 번 차례차례 힘껏 스탬프들을 찍어 댔다.

한 가지 문제가 생겼다. 여직원이 실수로 우편물들 사이에 떨어진 편지 하나를 돌려달라고 했다. 그 우편물에는 이미 스탬프가 찍혀 있었다. 그 편지를 다시 돌려주어야 하는지 여부가 쟁점이 되었다. 하우비히와 호프만은 비슷한 전례를 본 적이 없었다. 그렇다고 이런 사소한 문제로 지방법원장에게 문의할 수는 없는 일이다. 여직원이 항의했지만 그들은 편지를 큰 소리로 낭독했다. 편지 내용으로 보건대 사적인 편지였다. 그런데 이미 스탬프가 찍혀 있었다. 이미 수신 처리된 우편물들을 모든 사람들이 다시 요구하게 된다면 큰 문제가 될 터였다. 편지는 그래서 우편물 가운데 그대로 놓아두고 그 대신 전달하지는 않고 창고에 두겠다고 했다. 여직원에게 편지를 베끼라고 조언했다. 사본을 만들기 위해서 편지가 그녀에게 전해졌다. 그녀가 베낄 때 경비원 자렘바가 쓰는 타자기를 쓸 수 있었다.

승강기
코르티는 법원 건물에 새로 설치된 승강기를 즐겨 타고 다녔다. 누가 바로 타지만 않는다면 들여다볼 거울이 있어서 기분이 좋았다. 승강기는 기분 좋게 따뜻했다.

공판 중의 코르티
모욕죄로 고발된 교육학자가 모욕을 누그러뜨리면서 합의서에는 서명을 하지 않겠다고 했다. 자기의 적인 인문학자가 이 합의서를 인문학부 간행물에 실어서 어느 정도 복권을 하게 되지 않을까 두려웠던 것이다. 그 교육학자는 이 다툼의 전모를 밝힌 자기 글도 같이 실어서 동시에 비교 가능하게 하면 그제야 합의서에 서명하겠다고 했다. 그러는 사이에 양측 소송 대리인들은 비용 문제를 제기했다. 12시에 코르티의 인내가 한계에 다다랐다. 밖에서 여러 시간 차례를 기다리며 권리를 주장하는 자들이 지르는 소리에 코르티는 경악했다. 15분 안에 일을 다 처리했다. 12시 반에는 그래도 구내식당에서 판사들과 점심 식사를 할 수 있었다.

구내식당 여주인

판사와 법원 직원, 드나드는 참관인들로 매일 160명 정도 손님이 있는 시장이 있다. 법원장이 한 달에 한 번 구내식당 수프를 먹으면 그것으로 감찰 의무는 족했다. 그는 항상 품질에 매우 만족했다. 이 구내식당 임차인은 매우 예쁜 작센 출신 여인으로 수다를 떨며 법원장 기분을 돋웠다. 카운터에 엉덩이로 어렵지 않게 걸터앉아 이마로 내려온 금발 머리를 살짝 쓸어 올렸다. 거의 내내 웃고 있는 커다란 눈과 이 얼굴에 짓는 민첩한 표정 때문에 사람들은 작센 여인들 눈이 보통 움푹 들어가지 않고 앞으로 나와서 크게 보이는 것이라는 사실을 잊어버린다. 법원장은 이 대화에 사로잡혀 있었지만 사실 이 대화가 그에게 음식을 진짜로 테스트할 시간을 벌어 주기 때문에 그런 것이다. 물론 다른 주변 테이블에 있는 음식들이 법원장 접시에 있는 음식만큼 좋지는 않겠지만 말이다. 그런 점에서 이 국가기관의 대처 방안은 다른 수많은 일들처럼 허사였다.

법원장의 조사권 외에도 시군법원 판사 코르티가 이끄는 판사위원회가 가진 독립적인 조사권도 있었다. 예전에는 코르티가 구내식당 경영의 주적이었다. 지금은 코르티도 여주인과 사적으로 엮인 사람들 중 하나이다.

그녀가 예전에 동독에서 빼내 온 남편은 쾰른과 아헨 지역 시계상 협회 위원으로 지방을 돌아다녔다. 그는 도시에는 잘 있지 않았다. 그 부부는 같은 집을 쓰는 어린 딸을 고려해서 주말에 가까운 산간 지방 호텔에서 주말을 보냈다. 여주인은 주말 동안 체력을 회복해서 월요일에 일하러 나와 딸을 중학교에 보내고 식당을 열었다. 그녀의 처세술은 목적이 확실한 교제 관계 위에 서 있었다. 판사와 법원 직원들 수입이 크지 않았기에 그들을 이용해 먹는 건 사실 그리 쉬운 일이 아니었지만 그래도 그녀는 이 인맥으로 돈을 충분히 긁어모았다.

코르티가 동료 비간트를 앞지르다

1960년 2월 코르티는 동료 시군법원 판사 비간트와 별로 탐탁지 않게 자리를 바꿀 뻔했다. 비간트는 이름에 A부터 K까지 철자를 가진 이들의 배심재판 공판을 주재했다. 비간트는 아주 불편한 상황에 처했는데, 그것은 전체 법원 행정을 책임지고 있는 법무부 차관보인 베르톨트에게 유죄판결을 내려야 했던 것이다. 교통법 위반이었다.

코르티라면 그런 경우에, 그러니까 그가 배심재판 주심을 맡아야 할 경우에는 아프다고 하고 누군가 대신하게 하거나 또는 예기치 않게 아주 높은 처벌을 부과하면서 아주 빈약한 판결 논거를 작성했을 것이다. 그러면 항소심에서 이 판결은 파기되고 경험상 가벼운 처벌만을 받거나 무죄판결이 난다. 코르티가 무죄판결을 내리거나 가벼운 처벌을 내리면 아마 같은 결과를 낼 수 없을 것이다. 그런 판결은 검찰이 항소하기 마련이고 형사부는 판결을 파기하거나 더 강한 처벌을 내릴 테니 말이다.

코르티라면 이렇게 원심을 시작하는 점을 중개인들을 통해 고위 공직자들에게 알아차리게 하고, 그 밖에 공판에서 언론 참관도 배제했을 것이다. 시군법원 판사 비간트는 다른 방식으로 나갔다. 그는 공판에서 자기보다 상사급인 차관보를 부당하게 다뤘다. 게다가 언론까지 참관하고 있었다. 고위 공직자이면서 정치가인 그런 사람은 판사가 ─ 언론이라도 마찬가지인데 ─ 사소한 문제를 가지고 끝장내 버릴 수 없다는 사실을 그는 알아야 했다. 그렇게 비간트는 여기 적 한 명을 만들고 만 것이다. 사람은 그 적을 정말로 파멸시킬 수 있다고 확신할 때에만 적을 만들어야 한다.

코르티와 법원장

1960년 3월에 법원장은 새로운 업무 배분 계획을 구역 판사들에게 관철시키려고 여러 차례 시도를 해봤다. 그는 코르티에게도 변화를 불어넣으려 했다. 그는 코르티가 하는 청소년 담당 업무를 일부 덜고 그 대신 그에게 형사사건 S, T, U, V, W의 단독 판사 업무를 부과하고 싶었다. 코르티는 당연히 이 변화를 거부했다. 그는 다음과 같이 편지를 썼다.

S 지방법원 법원장님 귀하.

존경하는 법원장님,

안타깝지만 저로서는 1960년 10월 10일 자로 예정된 업무 배분에 동의할 수 없습니다. 청소년 관련법 부서에서 저는 수년간 청소년 업무와 관련하여 특별한 노력을 기울여 왔습니다. 저는 제 관할을 포기하고 싶지 않습니다. 여기에서 각별히 오랫동안 많은 경험을 쌓아 왔기 때문입니다. 그리고 이 업무를 일부 계속 맡으면서 단독 판사로 S, T, U, V, W 업무 위촉을 추가로 받는 것은 같은 직위나 같은 나이대인 다른 판사들을 보아도 적절하지 못한 부당 처분입니다. 제가 지난 몇 해간 부단히 처리해 온 업무 목록을 보시면 아실 수 있을 것입니다. 지난 사분기 처리된 판례에 대한 평가 점수에서도 저는 다른 판사들에 뒤지지 않습니다. 그러므로 존경하는 법원장님, 제가 아무래도 형사 업무 할당으로 느낄 수밖에 없는 이 추가적인 부담을 부디 거두어 주시길 부탁드립니다.

삼가 코르티 배상

법원장이 이 편지를 읽고도 업무 배분 계획에 집착했다면 코르티는 아마 상급 법원 법원장에게 항의했을 것이다.

코르티와 사업가

시군법원 판사 코르티는 청소년 법원 담당으로 현대적인 경제 활동 관찰 방법*을 꺼리진 않았다. 그러나 어린 사냥꾼 및 다른 이들에 대한 소에서는 이 관찰법을 적용하지 않았다. 고발된 소년 사냥꾼뿐만 아니라 B 산림 도매업 직원들 모두도 목재를 횡령함으로써(독일 형법 242조*) 회사에 손해를 끼쳤다는 사실이 공판에서 드러났다. 사업가는 이 어린 사냥꾼 사건에서 공판의 증인이자 고발자라는 불리한 위치에서 직원들을 위해 싸웠다. 직원들 모두를 감옥으로 보내지 않으려고 사업가는 거짓 방어 논리를 펼치기도 했다. 코르티는 이 증인을 선서시켜서 위증죄로 추가 처벌해야 할지 고민했다.

사업가는 공판이 끝나고 직원들을 모두 잃게 되자 아주 낙담한 채 차에 올랐다. 시군법원 판사 코르티는 어떤 사업가도 두려워할 필요가 없는 독립적인 판사였다.

코르티는 교회도 두렵지 않다

점심시간에 보호관찰관 트라이버가 자신에게 맡겨진 청소년 K 부서 자리에 나타났다. 그녀는 아직 사무실에서 돌아다니던 소녀들을 쫓아 버렸다. 관찰 청소년에게 사무실 책상을 옆으로 미는 걸 돕게 했다. 간소하게 배치된 가구 사이에 무릎을 꿇고 바닥에 앉았다. 소녀에게도 마찬가지로 무릎을 꿇으라고 하고 그녀가 소녀에게 부과하게 될 일자리를 주신 하느님께 감사하라고 했다. 나중에 둘은 같이 책상을 예전 자리로 밀고 점심시간이 끝나서 업무 시간이 시작될 때까지 기다렸다. 이런 관찰관의 감독을 받으면 청소년들이 다시 범죄에 노출되기 쉽다는 사실은 자명했다. 코르티는 교회 기관이나 이런 기관 대표자, 혹은 종교적이거나 그런 세계관에 사로잡힌 인물이 보호관찰을 받는 아이들의 종속성을 — 마치 다모클레스의 칼이 위에서 흔들리는 것처럼* — 종교적 야심을 충족시키기 위해 남용하는 것을 학대로 여겼다. 코르티는 그런 착취가 범죄에 해당하는 것은 아닐지라도 피후견인에게 매춘을 시키는 것과 비슷하다고 느꼈다. 보호관찰을 전부 없애 버려야 하는 것은 아닌지 순간 흔들렸다. 이 일 때문에 그는 동료 야콥과 갈등이 생길 위험에 처했다. 그래서 그는 차라리 새로운 보호관찰관을 소녀에게 조처해 주었다(그러나 트라이버 양은 나중에 소녀에게 접근할 수단과 방법을 알아냈다. 그녀는 병에 걸린 동료 관찰관 펜을 대리하는 방식으로 소녀를 맡았다).

코르티가 철도경찰들을 감옥에 보내다

코르티도 미결수 감옥을 담당하는 형사부 판사이기에 철도경찰들이 아침에 보고한 새로운 사건을 검토하러 감옥을 바로 직접 방문했다.

미결수 감옥은 군대 병영과 비슷한 벽돌 건물인데 구멍이 난 창문을 통해 하늘 쪽으로 환기구를 만들어 놓았다. 건물 밖에는 벽돌 장식 같은 것이 있었는데 죄수들이라면 아마 탈옥을 시도할 경우에나 보암직했기에 그들을 위해 만들어 놓은 것은 아닐 테고, 그렇다고 지나가는 사람들을 위한 것도 아니었다. 왜냐하면 외부인은 감옥 안마당으로 들어오지 못하게 되어 있기 때문이다. 그러므로 판사들과 그 관련 일에 종사하는 사람들에게나 미결수 감옥 안마당 쪽으로 창문이 나 있다는 게 보일 뿐이다. 죄수들은 작은 벽돌 터널을 통해 감옥에서 법원 건물로 이송된다. 코르티는 이날 아침 매우 힘이 넘쳤다. 9시에 벌써 일하러 나와 새로운 서류들을 검토했다. 아직 아무도 없었다. 작업을 다 해치워 버려서 이제 코르티 앞에는 서류함이 비어 있었다. 이렇게 기분이 상쾌한 코르티에게 방금 보고된 새로운 사건이 눈에 띄었다. 꼼꼼히 살펴보니 철도경찰들을 신뢰할 수가 없어서, 그들이 야간근무를 서고 벌써 자리에 누웠으리라는 점은 고려하지 않은 채 그 공무원들을 부르라고 지시했다.

미결수 심문:

— 맥주를 돈 주고 샀습니까?

— 네.

— 그 경찰관들이 와서 당신에게 맥주를 다 마셔 버리라고 말했나요?

— 맥주를 다 마시라고 했습니다.

— 그리고 어떻게 했습니까?

— 맥주를 느릿느릿 다 마셨습니다.

— 그 경찰관들은 어떻게 했습니까?

— 제가 맥주를 다 마시기 전에 다시 또 왔습니다.

— 잔에 얼마나 많이 있었지요?

(얼마만큼 남았는지 보여 준다.)

— 대합실 매점 주인도 증언할 수 있습니까?

— 그 주인도 철도경찰관들에게 시비를 걸 수는 없습니다.

이 대답이 코르티의 마음에 들었다. 그는 이제 공무원들을 심문한다.

— 이 말이 맞습니까?

— 네.

— (아무 말도 하지 않는 두 번째 경찰관에게) 그렇다면 당신은 어떻습니까?

— (마찬가지로 대답) 네.

— 당신이 그를 체포했습니까?

— 네.

— 왜 갑자기 그런 일이 일어났지요?

— 그가 저항했습니다.

이 대답 때문에 코르티는 화가 났다.

— 그가 무슨 짓을 했나요? 그가 발로 찼어요?

코르티는 그 경찰관들이 이유도 없이 그렇게 행동했다는 의심이 들었다. 경찰관들 주장으로는 피의자가 자신들을 '역마(驛馬) 같은 놈들'이라고 불렀다는 것이다. 이 사안에 대한 코르티의 의견은 이미 형성되어 있었다.

코르티가 라인 강에서 증인을 불러오다.

1959년 4월에 유흥업자가 변호사 Qu를 상대로 지불되지 않은 회식비 청구를 명목으로 소를 제기해 놓고 1960년 5월 초 공판에 나타나지 않았다. 반복해서 규정상 소환을 받았지만 그는 이미 광고가 나간 라인 강 댄스 연회를 이 공판일에 그대로 열기로 한 것이다. 그는 이 때문에 증기선을 빌려서 설비를 갖추어 놓았다. 시군법원 판사 코르티는 30분 동안 이 증인을 기다렸다. 증인이 자기 앞에 직접 송달된 소환장을 무시하고 바람에 날려 버렸을 거라고는 — 그 고발자 본인의 서명이 송달 서류에 있었기 때문에(고발장과 송달 서류에 써 놓은 서명 비교를 통해 확인할 수 있었다) — 일단 꿈에도 생각지 못했다. 증인이 늦기만 한 것이 아니라 오지 않을 게 확실해지자 코르티는 경찰에 수배를 내렸다.

수상경찰의 쾌속정이 유흥업자 K를 찾아서 엘트빌레와 빙엔 사이 라인 강 위를 수색했다. 태양이 내리쬐는 이른 여름 아침, 라인 강 증기선 위에서 오락을 즐기던 많은 여행객들은 물보라를 날리며 보트가 빠르게 다가와 수많은 증기선들을 샅샅이 뒤지는 것을 보고 의아하게 여겼다. 하루 일과가 끝나기 직전인 4시 반경에 경찰관들이 증인을 공판에 데리고 왔다. 코르티가 하는 심문은 5분이 걸렸다. 피고인은 5일간 구류에 처해졌다. 소송 비용과 경찰 수색 작업 비용은 증인에게 부과되었다.

사람들은 종종 판사를 우습게 보는데 그것은 그들이 비교적 적은 봉급을 받기 때문이다. 그래서 코르티는 본보기를 보인 것이다. 판사에게 시비를 걸고도 처벌받지 않을 수 있다는 오해를 바로잡아야 했다. 이는 원고로서는 꿈도 꿀 수 없는 일이다.

코르티와 경찰 사두마차

1959년 겨울, 코르티는 S 시 경찰 기마 부대 명예 총장으로 뽑힌다. 그 자신은 말을 타지 않았다. 코르티는 말이 낯설어서 말을 타고 빨리 달린다는 상상은 무언가 불합리하게 여겨졌다. 이런 낯선 느낌에는 코르티가 '말타기'라는 단어에서 승마보다는 차라리 성행위를 떠올렸으리라는 사실도 포함된다. 그를 명예 총장으로 뽑아준 경찰 기마 부대 사정은 달랐다. 명예 총장으로 있던 해에 코르티는 내무부 상급 관청에 의견을 냈고, 이 부대는 1960년 5월에 두 기를 준비할 지원금을 얻을 수 있었다. 사두마차 두 대와 얼룩이 있는 백마, 회색 말들이 마련되면서, 기마 경감은 원래 사두마차를 임시로 보충하던 갈색 말을 타고, 그 나머지 말들을 묶어 고삐 네 줄로 뒤에서 끌었다. 코르티는 주 내무장관을 재촉해서 이를 위한 지원금도 결국 얻어 냈다. 그래서 1960년 여름 경찰 스포츠 축제에는 언론에서도 환영하던 그 사두마차가 선보이게 된다. 우선 으레 하는 오토바이 곡예가 펼쳐졌고 경찰견 시범과 의장대 사열이 있었다. 갑자기 사두마차 두 대가 나와 스타디움을 세 바퀴 돌고 명예 관람석을 — 관람석엔 코르티도 있었다 — 향해 멈춰 섰다. 지방법원 법원장과 경찰청장은 사두마차가 그 앞에 정확히 멈추어 서자 코르티에게 고개를 끄덕여 인사했다. 하얀 경찰 제복을 입은 사두마차 기수 두 명은 명예 관람석을 향해 알아들을 수 없는 말을 외쳤는데 명예 관람석에 있던 사람들은 그것을 지원금에 대한 감사 표시로 알아들었다. 코르티에게 1960년은 행운이 가득한 한 해였다. 성공에 성공이 이어졌다. 이 시기는 생애 최고의 날들이었다. 일종의 자부심이 오랜 경험과 어우러진 데다가 육체적인 힘도 아직 약해지지 않던 시기였다. 코르티는 다른 어느 판사들보다 재빠르고, 강하며, 더 조심스러웠다. 게다가 대다수 동료들보다 더 민주적이고 현대적이었다.

코르티가 어떻게 한 배심원을 끝장냈는가

자알부르크에서 한 여자가 길을 건너다 길 한가운데에서 우물쭈물한 뒤 차라리 다시 되돌아가려 하고 있었다. 그러다가 화물차 앞에 뛰어들었다. 화물차는 주차되어 있는 승용차 쪽으로 피할 수밖에 없었다. 이 증인은 명백히 장님이나 다름없었다. 담당 공무원은 공판 일정에서 이 안경잡이 여자를 코르티 방향으로 돌렸다. 그러자 그녀는 아무것도 보지 못한다고 했다. 아무것도 보지 못했고 사고를 알아차리지도 못했으니 사고를 보고 놀라지도 않았고 그래서 사고를 거의 기억도 하지 못한다고 했다. 코르티는 장거리 화물 운전자에게 책임을 물어야 한다는 관점에서 시작했다. 왜냐하면 주차된 차량들은 자알부르크에서는 명백히 무죄였기 때문이다. 배상을 할 사람을 판결에 명시해야 했는데, 그렇지 않으면 공중에 붕 떠 버리고 말 보험 규정상 요구도 간과할 수 없었다.

점심시간에 코르티는 공판을 한 시간 중단시켰다. 구내식당에서 그는 매우 어린 배심원이(소환장 직업란에는 가정주부라고 되어 있으나 코르티에게는 차라리 누군가의 내연녀처럼 보였다)

예쁜 얼굴로 흥분해서는 다른 배심원들에게 화물차 운전사가 무죄라고 말하는 것을 잘 보고 있었다. 그녀는 문외한인 동료들, 즉 배심원과 참고인들에게 소시지와 맥주를 돌렸다. 코르티는 사람들이 오라고 하지 않자 마찬가지로 그 테이블 자리에 섞여들고 싶지 않았다.

그 운전사가 젊은 여자 마음에 들었나? 그녀가 피고인에 대한 애정에서 배심원들 도움으로 주심(그러니까 코르티)을 이겨 보려 해 봐야, 코르티에겐 그녀를 제쳐 버릴 만한 충분한 경험이 있다는 걸 생각하지 못하나? 판사가 할 업무량도 많은데 여기에 여자의 변덕스러움까지 얹어놓고 있다니. 코르티는 마지못해 배심원의 다수결을 따랐다. 판결문을 작성하면서 코르티는 여러 번 관찰한 바 있는 대형사부(항소가 올라갈)의 독특한 면을 계산했다. 모든 항소는 코르티가 치르는 시험이었다. 대부분은 항소가 될 것인지 여부가 확실해질 때까지 판결 이유를 구술하며 기다렸다. 그는 몇 주간 계속 항소심으로 올라갈 판결을 다듬었다. 코르티가 내린 판결들에 이렇게 안전 조치를 잘 취하면 항소심에서 좀처럼 파기되지 않았다. 이와 반대로 코르티는 판결문을 특별한 방법으로 작성하여 대형사부 중 하나를 불러내 고집 센 배심원과 대결하도록 만들 수도 있었다. 고집 센 증인이 나오는 경우에 코르티는 이런 방향으로 도박을 했다. 그러면 기대한 바대로 호프만 법관이 주심으로 있는 제2 대형사부는, 코르티가 완전히 알아들을 수 없는 판결 논거를 작성한 화물 운전사 건 무죄판결에 화를 냈다. 운전사는 제2 대형사부 항소심에서 구속 몇 달을 받았다. 코르티는 동봉 서류들과 함께 판결문을 금발의 배심원에게 보냈다. 그녀가 사는 주소는 서류에서 찾을 수 있었다.

코르티의 상관

항소와 같은 일들은 시군법원 업무처에 모아 법원 경비원을 통해 법원 건물 3층으로 보내고 거기서 청소년과 성인 형사사건으로 구분한다. 성인 형사사건들은 철자에 따라 대형사부 두 군데로 배분한다. 제1 대형사부 부장은 지방법원 부장판사 프리드리히 박사였다. 제2 대형사부 부장은 호프만 지방법원 부장판사였다.

프리드리히 박사는 허약해서 인간적인가?

여러 피고인들에게 프리드리히 박사는 성격이 부드러운 판사였다. 그는 시간을 할애해 그들의 운명을 파고들려고 애썼다. 다시 말하자면 그는 호기심이 많았고 그래서 어쩌면 인간적이었다. 종종 그는 아파서 물을 마시고 약을 삼켜야 했다. 자주 그는 공판을 중단시켰는데 그러면 밤까지 공판이 계속되었다. 법원 직원이 이 판사를 위해 소시지를 넣은 빵이라든지 와인을 가져왔다. 어떤 다른 피고인들은 그가 몇 시간 동안이나 열심히 듣지만 다시 모두 잊어버린다고 했다. 어느 서투른 피고인은 프리드리히 박사가 주변에 쳐 놓은 친절함이라는 그물에 걸려들어 여기서 석방되려던 원래 목적을 잊어버리기까지 했다. 또 어떤 건장한 피고인은 열 시간 동안 진행된 공판을 버텨 내질 못했는데 그사이 프리드리히 박사는 이따금 먹고 마시면서 바로 이 저녁 시간에 최대의 힘을 기르고 있었다. 이 피고인은 결국 호기심도 없고, 몽상도 하지 않고, 인간적으로 약하지도 않은 법원 행정을 마주하며 유죄판결을 받았다. 그런 점에서 프리드리히 박사의 선의가 빚은 결과는 오히려 비인간적이었다.

프리드리히 박사는 지적인 인물인가?

유죄판결을 받은 사람들은 이렇게 말했다. 하느님, 우리를 지적인 판사로부터 보호하소서. 사실 그는 그렇게 지적이지 못한 인물입니다. 그렇게 공판 마지막에 가서 형편없이 시간을 할당해 버려서 심의에서 기분 내키는 대로 결정을 내리면 그가 피아노를 친다고 해도 우리에게 그게 무슨 소용이 있겠습니까? 하느님이 우리를 이 착하지만 인내심 없는 자에게서 보호하시길. 저녁에 피고인에게 내릴 형량을 신중히 고려할 시간이 모자란다면 좋은 공판을 하루 종일 한다고 무슨 소용이 있겠습니까. 지방법원장은 프리드리히 박사의 판결 방식을(예전 판결 방식을 말하는 것이다. 왜냐하면 이제는 더 이상 판결을 쓰지 않으니까) 고전적이라고 평했다. 법원장은 프리드리히가 피아노 앞에 앉아 쇼팽에 대해 늘어놓는 멋진 연설에 사로잡혀서 프리드리히에게 폭넓은 정신이 있다고 생각했다. 이는 마치 신경과민이 있는 많은 치과의사들이 피아노를 통해 신경을 안정시키는 것을 보고 사람들이 천재라고 착각하는 것과 같다. 오류들이 많이 나와야 신화가 깨진다. 그러나 실제 형사 판례에서 뚜렷한 오류들은 쉽게 입증되지 않는다. 과연 누가 그 오류를 보라고 지시해 주겠는가? 판결 통계를 작성하고 서류들을 볼 줄 아는 법원 사람들은 상사 프리드리히의 관심 범위가 그리 넓지 않다는 사실을 물론 알고 있다. 그는 스스로 그와 비슷한 피고인들에게만 전적으로 관심을 가지는 것이다. 공판 중에 그는 어느 정도 범죄욕을 느끼지만 그런 범죄들은 그처럼 높은 위치에 있는 사람이 스스로 저지를 수 없는 그런 종류다.

호프만은 왜 악한가?

1959년 겨울에 일정 기간 동안 많은 이들은 — 법원 지도부, 심의회, 판사 시보, 기록 담당관, 경비 요원들을 포함하여 — 호프만이 심근경색으로 일을 하러 나오지 못하게 되거나 죽어 버렸으면 하고 바랐지만 그런 희망은 물거품이 되었다. 호프만은 갈색 눈에 넓적한 얼굴을 한, 뚱뚱하고 조심성이 많은 남자로 심장과 순환계통 병으로 고생하고 있었고, 땅딸막한 몸에 짧은 목 위에는 덥수룩한 털이 덮인 커다란 머리를 하고 있었으며, 기다란 뺨은 피고인을 심문하다가 화가 나면 붉어졌다. 그러면 뺨은 붉으락푸르락 변했고 피고인들은 공판의 도덕적, 법적 압박감에다가, 잘못 항의하다가는 이 주심판사가 자칫 화가 뻗쳐 죽을지도 모른다는 공포심까지 생겼다. 그리고 무거운 처벌을 받았다.

호프만과 지방법원장 사이의 불협화음

호프만과 배심원들 사이에 다툼이 일어나 법원장까지 나타나서 말리는 일이 벌어졌다. 초등학교 선생인 어느 배심원이 단지 질문 하나를 했다는 이유로 호프만 부장판사는 고래고래 소리를 질렀고 배심원이 주심판사에게 이런 소리를 들으려고 여기 오지 않았다며 재판정을 떠나겠다고 위협하면서 벌어진 일이었다. 부장판사 명령에 따라 재판정 입구에서 법원 경비 요원이 그 선생을 붙잡고 있었고, 중재를 원하던 검사가 연락해서 법원장이 등장하고 나서야 경비 요원이 그를 놓아주었다. 호프만 부장판사는 높은 자리에 앉아 있었다. 뺨이 거무락푸르락해졌고, 작고 둥근 갈색 눈은 빠져나가는 배심원들을 좇고 있었다. 법원장은 선생을 자기 사무실로 데려가 다시 배심원석으로 돌아가도록 결국 설득할 수 있었다. 그러나 초등학교 선생에게 소리를 지르던 그 주심판사는 꼭 맞는 방법으로 표현하는 법을 모르는 사람이라 본인이 어디 있겠다는 말도 사무실에 남기지 않은 채 사라져 버렸다. 이제는 법원장이 화가 나서, 아직 기다리고 있던 공판 참가자들을 모두 해산시켰다. 피고인은 미결수 감옥으로 다시 돌아갔다.

코르티의 눈에 비친 상사들

코르티는 프리드리히 박사가 그에게 짧게 던지는 이해하기 힘든 빈정거림이나 호프만 부장판사가 보이는 종잡을 수 없는 면이 두려웠다. 호프만은 종종 전략적으로 훌륭한 관점이 있는 판결 이유에 흥분하며 반응했다. 어째서 이런 아웃사이더들이 항소심의 수호자가 되었는지 코르티로서는 이해하기 힘들었다. 코르티가 하는 제안은 전문적인 문체와 판결 표현법을 막 제대로 익힌 판사 시보 마흔 명을 항소심 심급으로 만들자는 것이었다. 프리드리히 박사는 언젠가 코르티를 라인 지역의 간 소시지를 곁들인 와인 시음회에 초대한 적이 있었다. 코르티는 저녁 내내 몸이 좋지 않았다. 와인을 많이 마시면 좀 안정되겠지 하고 생각했지만 속이 더 나빠질 뿐이었다. 이 경우는 아마도 실패라고 할 수 있겠지만 다른 한편으로는 대형사부와 교제를 하며 생긴 수많은 성공들이 이를 만회해 줄 터였다.

헨더슨*이 샴페인 반병을 마시고 힘을 내 히틀러에게 가다

영국 대사였던 헨더슨(1938년 체코 위기를 중재하려던 때)은 히틀러 앞에 가기 전에 샴페인 반병을 마시고 힘을 냈다. 그는 샴페인 덕분에 평정심을 유지하고 승리를 확신해서 이 위험한 히틀러

마저 압도했다. 코르티는 위험한 일을 시도할 때에는 리큐어 한 병이나 브랜디 한 병을 마셨다.

금세 다시 말라 버리는 연애

예수승천일에 열린 직장 파티에 가기 전, 코르티는 두려움이 일었다. 사람들이 잘 참석하지 않는 이 직장 파티는 매상을 올리려던 구내식당 여주인의 발명품이었다. 코르티는 이 여주인 주변을 배회했다. 그는 모든 점에서 기가 막힌 이 여인과 파티에서 마주쳐 잔을 마주치면서 그녀의 손에서 새끼손가락이라도 가까이 건드려 보고 싶은 심정이었다. 결국 이렇게는 하지 못했으나 오히려 그녀가 코르티의 손을 잡고는 쓰다듬었다. 법원장과 지방법원 판사들이 가고 난 다음엔 몇몇 가장 가까운 도당만 남아서 레코드판을 틀었다. 코르티는 이 아름다운 여인을 구석으로 잡아 불러, 거기서 그녀와 친밀한 우정을 위해 건배했다.

나중에 코르티는 이 사업 수완 좋은 여인의 강인한 다리 사이에 누워 있었다. 잠시 후 그 여인의 어린 딸이 목욕가운을 입고 그 방에 들어왔다. 코르티는 그때까지 그 애가 집에 있는 줄 몰랐다. 그 애는 엄마의 더블 침대에 앉았다. 여자들은 몇 마디 말을 나눴다. 딸이 잠시 후 방을 떠나자마자(와인 한 병을 냉장고에서 가져오기 위해) 코르티는 그 애 나이를 물었다. 나이를 듣고 그는 깜짝 놀라서 오래 여기 머물고 싶지가 않았다. 구내식당 여주인이 그를 차로 집까지 데려다 주었다. 이 체험으로 그녀는 겁 많은 사람과는 사업을 할 수 없다는 경험을 되새겼다. 그녀는 구내식당 음식 가격을 살짝 올리기 위한 예방 조치로 코르티를 기꺼이 연인으로 삼고 싶었는데. 코르티는 이튿날 식사 시간에 구내식당에 나타나서 아무 일도 없었다는 듯이 행동했다. 그는 전날 이제 둘이 서로 말을 놓기로 하며 그에 같이 건배했던 일도 기억하지 못했다. 구내 식당 여주인도 같은 이유에서 이전 일은 잊어버렸다.

문제가 생기다

청소년 형사부에 슬로토쉬라는 가족 내 근친상간 문제가 — 누나가 어린 동생과 간음한 — 들어왔다. 그 가족은 동쪽에서 온 사람들이었다. 이 슬로토쉬 아이들에게 어떤 종류의 교육형을 내려야 할까?

문제 해결이 가능할까?

5월 말 코르티는 휴가를 떠날 계획이었다. 슬로토쉬 사건에 맞는 교육형을 찾을 수가 없었다. 그는 프린츠 막스 고등학교에 전화를 걸어 교장과 통화했는데, 교장도 이미 신문을 통해 이 사건을 알고 있었지만 마찬가지로 적합한 교육 조치는 몰랐다. 코르티는 휴가 보충 임시 부서에 이 문제를 떠넘길 수 있을지 계산해 봤다.

발견

1960년 6월 1일! 코르티는 무언가를 기억해 내고는 그것을 생각하는 와중에 창문으로 밖을 내다보며, 원래부터 창문 밖을 내다보고 싶어 했다고 생각했다. 그는 놀랍게도 지난 1월에 "판사를 한번 다리 사이에 품어 봤으면 좋겠네"라고 말했던 그 여자(법원 건물 앞을 지나가는)를 보고 있었다. 게다가 그녀는 잘못된 주소를 가르쳐 주었다(160페이지를 보라*). 코르티는 이 모욕범이 버스에 올라타기 전에 따라잡을 수 있었다. 그녀는 놀라서 제대로 된 주소를 가르쳐 주었다. 그리고 곧바로 처벌을 받았다. 코르티가 휴가를 떠나러 가던 바로 그날, 6월 1일이었다. 아무도 코르티를 그렇게 쉽게 빠져나가진 못한다.

2

반대자 숙청

미로

S 지방법원에서 1년 동안 일어나는 일 중 몇 가지 예.

1)

이제 29세로 재범이 된 W는 1945년 2월 폭격이 떨어지던 드레스덴 감화원에 있던 당시엔 열네 살이었다. 그 감화원은 시립 교도소 감방을 사용했다. 죄수들은 밤에 공습이 시작되자마자 두려움에 벌써 감옥을 부수려고 했다. 감옥은 그야말로 거대한 아비규환이었다. 아침에 공습이 두 번째로 시작되자 간수들은 어쩔 수 없이 감옥 문을 열었다. 죄수들은 간수들 중 일부를 때려 죽였고 엘베 강변으로 뿔뿔이 흩어졌다. 거기서 일부는 기계로 무장한 적들의 추격에 쫓겼다.

W 역시 탈옥자들 사이에 끼었다. 이 첫 번째 — 아마도 무분별하다고 할 — 사건은 이 때문에 나중 일들이 모두 일어났다는 점에서 그릇된 결정이었다.

나중에 열여섯 살이 된 W는 서독에서 기습적으로 탈옥을 저질렀다. 그를 비스바덴에서 뮌헨까지 수송하기로 되어 있던 경찰관 두 명 중 한 명한테서 슬쩍한 총으로 그 둘을 쏴 죽였다. 법원은 믿기 힘든 그 범죄의 진행 과정을 일단 이해해 보려고도 하지 않았고 결국 W에게 유죄판결을 내렸다. W는 10년을 바이에른주 감옥에서 보냈다. 이 시기에 희망을 모았다. 황폐한 감옥 생활이 허락한 것은 자유의 위대함에 대한 반대 해석이었다. 감옥에서 석방된 W는 여성 관찰관 손아귀에 떨어졌는데 그녀는 이미 많은 죄수들에게 열중했었다. W는 이제 여러 직업들을, 어쩌면 탐험가 같은 직업을 가질 수 있었을지도 모른다. W는 에티오피아, 남아메리카, 또는 남극으로 가고 싶었으나 필요한 서류들이 없었다. 그는 보호관찰 대상이었기 때문이다. 죽은 경찰관들을 원수로 보고 동정하지도 않았기 때문에 (감옥에서 속죄를 말하는 게 습관이 되었다고 하더라도) 그는 속죄할 마음도 없었다. 세탁소 직원이 되어 거기서 숙식을 해결했다. 고된 일과 독일 가톨릭 복지 사업단 소속 관찰관 감시라는 십자포화를 맞으면서 어느 간수 아내한테서 피난처를 찾았다. 얼마간 시간이 지나고 W는 새로운 범죄를 시도해 세상을 놀라게 했다. 그는 징역 2년 반을 선고받았고 경찰 살해 때문에 아직 남아 있었지만 가석방으로 중단되었던 5년의 금고가 재선고되었다. 그래서 7년을 감옥에서 보내게 되었다. 새로 효력을 미치는 2년 반의 징역을 먼저 시행해야 할까, 아니면 집행유예로 중단된, 그러나 이제는 다시 재선고된 금고 5년을 먼저 시행해야 할까?

2)

어떤 소녀는 가족으로서의 부모의 생활이 가망 없어 보였다. 사랑하는 사람들이 그렇게 맥 빠져 하는 것을 참을 수 없어서 가족들을 죽이고 싶었다. 그녀는 가장 사랑하는 오빠를 쏘아 죽였으나 신경쇠약으로 더 이상 살인을 진행시킬 수는 없었다. 어떤 교육형을 내려야 할까?

3)

S 박사는 근면하고 교양 있는 잘 훈련된 의사였다. 그는 예전에 전쟁에서 군의관으로서의 지위를 잘 활용해서 야전병원에서 벌어지는 참기 어려운 상황들이나 조심성 없는 처우 등을 잘 지적하곤 했다. 그 덕분에 상부 명령으로 즉각적인 구제책이 이루어지곤 했다. 이 의사가 몇 년 전부터 운영하는 개인 병원은 규모가 작았는데 S가 고도로 정밀하고 세심한 수작업적인 정확함에 가치를 두었기 때문이다. 그가 과실을 저지른 그날도 그는 활기에 넘쳤고 잠도 잘 자서 몸이나 정신에 불편한 점이 없었다. 그가 한 진술은 다음과 같다.

그 환자가 오른쪽 배에 통증이 있다고 호소했습니다. 검진을 해 보니 오른쪽 배에 강한 근육 긴장이 있고 그 부분이 통증에 민감했습니다. 증상들이 모두 맹장염 증세였습니다. 그리고 저는 수술을 하러 들어갔는데 우리는 맹장을 찾을 수가 없었습니다. 소장 근처에서 누런 액체를 발견해 거즈로 빨아들였습니다. 환자는 수술이 끝나고 몇 시간을 조용히 잤습니다. 그런데 갑자기 밤에 열이 매우 심해졌습니다. 야간 담당 간호사는 집에 있던 저를 불렀습니다. 그리고 저희는 수술하면서 맹장이나 다른 어떤 염증을 발견하지 못했습니다. 저는 거기에 염증이 없었다고 확신합니다. 저는 클리닉으로 가서 수술 받은 환자를 검진했는데 저로서는 전혀 설명할 수 없는 매우 심한 열이 있었습니다. 무엇이 원인이었을지 밤새 골똘히 생각해 봤습니다. 아침 7시에 대학 병원 H 교수에게 일찍 전화를 걸었습니다. 저는 급히 이 여자를 인계해 가 달라고 부탁했습니다. 오전 상담 시간 동안 병원으로 이송을 재촉하려고 여러 번 애썼습니다. 앰뷸런스가 왔다는 말을 상담원에게 듣고, 가서 이송을 지켜보았습니다. 간호사들은 모두 병실에 있었고, 클리닉은 다 초비상 상태였습니다. 배에 맹장염이 없었다고 저는 확신합니다. 상담 시간 때문에 완전히 꼼짝도 못 하는 상황이었습니다. 나중에 병원으로 갔습니다. 그렇지만 아무리 해도 X 부인을 찾을 수가 없었습니다. 제게도 연이어 환자들이 왔고 그 때문에 급한 수술도 계속 있어서 저는 오후 내내 꼼짝없이 잡혀 있었습니다. 저녁에서야 대학 병원 전임의와 통화가 되었는데 그는 X 부인에게 두 번째 수술을 했다고 이야기해 주었습니다. 부인은 과장이 직접 집도했고 열이 없다고 했습니다. 그래서 저는 생각했습니다. 이제 다 제자리를 찾았구나. 제가 염증을 간과했던 것입니다. 무슨 일이 생기면 저에게 전화를 달라고 그 의사에게 부탁했습니다. 저는 이튿날 내내 아무 말도 듣지 못했습니다. 그리고 오후 늦게야 전화를 받고서 X 부인이 죽었다는 말을 들었습니다. 전임의가 두 번째 수술을 했다고 한 말은 그 의사가 X 부인과 혼동해서 어떤 다른 사람을 잘못 보고 해 준 말이었습니다. X 부인의 시신은 같은 날 부검했습니다. 결과는 소장 근처 두 군데에 작은 상처가 있었답니다. 사후적으로 볼 때 제가 그 환자를 저한테 두고 두 번째 수술을 했으면 좋았을지는 생각하지 않겠습니다. 그렇지만 제가 그 상처들을 찾아냈을까요? 검찰에서는 만에 하나 제가 부인에게 그 상처를 냈을 수 있다는 이유로 저를 고발했습니다. 검사는 자신도 제가 그랬을 가능성을 믿지는 않지만 비전문가로서 문제를 제기하지 않을 수 없다더군요. 사람 목숨이 파리 목숨은 아니라는 것이었지요. 비록 그렇게 표현을 하지는 않겠습니다만 저도 그 점에서는 검사의 의견에 동의합니다.

어떤 처벌이 적합할까?

4)

법정에 요르단, 말케 그리고 경찰관 두 명이 섰다. 그들은 1945년 1월에 슐레지엔 동부의 지방 도시 크로트카우에서 지방 경관으로 복무하고 있었다. 러시아군이 다가오던 1945년 1월 30일, 그들은 정신병 환자들을 수용하는 오트마카우의 성 요셉 병원에 나타났다. 가톨릭 수녀원이 운영하는 병원이었다. 수녀들은 지방 경관들이 무슨 일을 하려는지 알지 못하면서도 저항했는데, 그래도 경관들은 보조 요원을 통해 입원 환자들 차에 독을 두 병 탔고 그때문에 환자 두 명이 죽었다. 요르단과 말케는 다음 날 적십자 수장으로 변장하고 다시 나타나서 — 러시아 전진 부대가 지방 경계에 잠시 머물러 있는 동안 — 보다 강한 독을 이 병원에 있던 환자들에게 더 많이 나누어 주었다. 이번에도 역시 환자들 중에서 일부만 죽었다. 수감자들은 추가적인 독극물 주사에 저항해 반란을 일으켰다. 경관들은 그 때문에 당황했다. 그들은 크로트카우에서 당 지역 위원장을 데리고 왔고, 위원장이 외딴 건물로 이 바보들을 몰아넣고 거기서 쏴 죽였다. 이 일을 하려고 경관들의 공무용 총을 빼앗아 자신을 호위한 경찰관들에게 넘겨주었다. 수녀들은 이 시간 글로가우로 수송되고 있었다.

요르단과 말케는 징역 2년형을 선고받아야 할까, 아니면 징역 15년형을 선고받아야 할까?

5)

보안 경비국 경비 요원 하인리히 F는 자전거를 하나 도둑맞았다. 며칠 후에 F는 보초를 서다가, 지키고 있는 주차장에서 소년 하나가 자전거에 볼일이 있는 척하는 것을 알아차렸다. F는 더욱더 화가 치솟았다. 불러도 소년이 반응하지 않자 F는 소년에게 세

차례에 걸쳐 권총을 쏘았고 소년은 복부에 총상을 입고 그 자리에 쓰러졌다. 간과 위장 등 열한 군데에 총상을 입은 소년은 몸을 질질 끌며 250미터를 더 가다가 쓰러졌다. F는 희생자를 쫓아가지 않았는데, 이것은 아마 복무규정에 따른 행동이었을 것이다. 그는 경찰에도 알리지 않고 계속 순찰을 돌았다. 어떤 죗값이 합당할까?

6)
카페 주인 L은 1936년 국가사회주의자들에게 쫓겼다. 1940년에는 프랑스에서 포르투갈로 도망쳤다. 포르투갈에서는 다시 쿠바 섬으로 피난을 떠났다. 거기서 그는 미국으로의 입국 허가를 기다렸다. 그러나 미국은 감옥이나 마찬가지였다. L은 카페하우스를 열려고 했지만 채무 관계에 얽혀서 몇 년 후엔 웨이터로 일하는 수밖에 없었다. 희망에 가득 차서 1958년에 독일로 돌아왔다. 물론 여기서 예전 친구들을 찾을 수는 없었다. 그는 일을 끝내고 카페하우스에 고용된 미성년 웨이트리스를 개인 사무실로 불렀다. 그의 실수는 방문을 잠그려고 했다는 것이다. 이것은 15년 동안 고립된 생활을 했던 인간이 다른 인간에게 처음으로 접근해 보려던 시도였다. 소녀의 부모들이 당연하게도 고발하자 L은 그것을 이렇게 이해했다. 1936년엔 국가사회주의자들이 그를 직접 잡으려 했다면 이제는 이 사람들이 법원을 통해 간접적으로 자기를 잡으려 했다.
이 사건이나 이와 유사한 사건을 판결할 판사는 어디에 있을까?

돼지 귀를 먹는 사람
코르티는 야채로 장식된 접시에 놓인 돼지 귀 모양의 페스트리

파이를 먹었다. 그걸 파는 곳은 도시 강 건너편이었다. 레스토랑 주인 말에 따르면 일부 야채는 비행기로 몰타에서 날아온 것이었다. 넓고 질긴 물갈퀴처럼 생긴 돼지 귀가 접시 위에 놓여 있다. 매우 품질이 좋은 고기는 특히 귀의 구석 부분에 들어 있었다. 반주로 코르티는 맥주를 마셨는데, 한 모금씩 마신 것이 아니라 길게 꿀꺽꿀꺽 마시다가 목에 드는 싸한 느낌이 너무 심해지면 멈추는 식으로 절도 있게 위에 들이부었다. 코르티는 혼자 앉아 있었다. 이렇게 좀 바보 같은 신세로 — 술집 램프들은 커다란 공 모양에 세심한 핑크빛이었다 — 코르티는 자기 적이었던 글라우베 박사를 생각했다.

예외적 경우인 글라우베 박사

지방법원 판사인 글라우베 박사는 몇 년 전부터 겸손한 태도로 항소법원 — S 시 지방법원 제4 민사부 — 동료들 사이에 인기를 모으며 자신에게 주어질 어떤 사건을 기다려 왔다. 그 사건은 그가 강력하게 대처하면서 법까지도 어느 정도 뒤집어엎을 그런 사건, 한 개인을 다 쏟아부어도 좋을 만큼 충분히 큰 사건이어야 했다. 글라우베 박사는 그런 사건 하나를 준비하기 위해 판사라는 직업을 잡고 있었다. 글라우베는 시간이 흐르면서 여러 번 기회를 놓쳐 버렸는데 그게 큰 사건이었다는 것은 나중에 밝혀졌다. 글라우베는 이런 절제하는 태도, 그리고 중재적인 태도 때문에 동료들에게 인기가 있었다. 그들은 필요한 경우엔 어느 정도 그를 추종해야 할지도 모른다. 어쩌면 그를 추종하다가 결국 완전히 추종하는 정도에까지 이르게 될 수도 있다. 글라우베의 계획에 맞게 충분히 크면서도 글라우베가 알아차릴 수 있을 정도로 명확한 사건 하나는 오지 않았다. 작은 동전 위에 글라우베 박사의 계획처럼 포괄적인 것들을 다 풀어놓을 수는 없는 법이다.*

글라우베, 1917년 11월생, 샤이데뮐(서프로이센) 출생. 운명의 보호를 받으며 성장한다. 다시 말해 큰 과업을 위해 준비된 인물이었다. 1936년 고교 졸업 시험. 1941~1943년 대위로 복무. 뼈 한 번 부러진 적이 없었다. 정신적인 트라우마도 없었다. 1944년 파리에서 전시 법무관으로 복무. 1946년 플뢰어스하임(마인 강변) 시군법원 판사 역임. 1953~1956년 헤센 주 B 교도소 소장을 역임하며 개혁함. 수감자들이 탈옥을 시도하는 일이 벌어져(교도관들은 이 자유로운 운영 방식이 지닌 문제점을 이미 경고했었다) 이 자리에서 물러났다. 1956년에서 1962년까지 글라우베는 S 시 지방법원에서 항소법원에 종사하고 있다. 어느 날 그가 기다려 왔던 사건이 일어난다. 그것은 P 사건이다.

P 사건

P라는 소녀가 지역 정신병원에 붙잡혀 있었다. 사람들은 막대한 돈을 들이면 그녀를 치료할 수 있을 거라고 여겼다. 돈 자체가 생기려면 P를 위한 배상청구를 신청하고 배상금을 대신 받을 보호자를 먼저 구해야 했다. 아이일 때 그녀는 수용소 감독이 P의 젊은 어머니를 강간하고 죽였든지 아니면 그냥 죽였든지 하는 것을 지켜보았다. 그녀의 이야기는 명확하지가 않았다. 많은 전문가들은 이 사안이나 다른 여러 사안에서 그녀가 보여 주는 불명확함이 당시 충격으로 빚어진 결과라고 보았다. 그래서 이 불명확함 때문에 결국 지역 정신병원에 가게 된 것이다. 그러나 다른 전문가들은 힘든 시기라고 정신병자 수가 늘지는 않는다는 통계적인 경

험을 지적하였다. 이들의 결론은 이 일에 병렬 관계는 있지만 인과 관계는 있지 않다는 것이었다. 두 학파간 논쟁은 복잡했다. 그 사안이 공판으로 아예 오지 못하고 정신병원에서 머무는 데 그친 것은 이런 점에서 행운이었다.

P 사건에서의 글라우베 박사

그는 P 사건에서 무언가 해야 한다고, 자신이 P 사건이 가진 악순환의 고리를 끊어야 한다고, 그래서 이 결과로 만족하지 말아야 한다고 확신했다.

글라우베와 동료 판사들 사이의 불화

항소심은 할당된 P를 석방하고 서류를 배상심의로 넘겨야 한다는 결정을 내렸지만, S 시의 많은 법관들은 P를 의심하고 있는 의학 소견서에 비추어 보아 항소심이 미심쩍다고들 했다. 그래서 고등법원도 항소심 판결을 파기했다고 한다. 이런 이유에서 글라우베 박사는 이미 다시 정신병원으로 보낸 소녀를 입양하고 보호자가 가진 권리로 소녀의 인도를 요청했다는 것이다. 그것은 고등법원 판결에 대한 공개적이고 무례한 반항이었다는 말이 나왔다. 그 후 글라우베 박사는 환자 P를 위해 판사 봉급으로 막대한 치료 비용을 지불했다고 한다. 유명한 대학교수가 평한 감정액에 상응하는 P를 위한 배상청구권은 법적으로 기각되었다는 것이다. 사람들은 글라우베의 태도가 전적으로 이해가 안 간다고들 했다.

코르티와 P 사건

코르티는 이 사건과는 상관이 없었다고 한다. 글라우베는 입양 사건으로 아무도 방해하지 않았다고 했다. 누구든지 법적으로 입양을 하는 것은 자유롭게 할 수 있는 일이니까 말이다. **그러나 P 때문에 뻣뻣하게 굴고 고등법원에 무례하게 반항하는 것이 옳은가 하는 것은 아주 다른 문제라는 것이다!**

카페에 앉은 코르티

코르티는 카페에 앉아 2미터쯤 떨어진 곳에 있는 어떤 여자가 케이크를 잘라 먹는 것을 보고 있었다. 그녀가 코르티의 눈을 쳐다보자 그 순간 코르티의 눈길은 자연스럽게 비켜 갔다. 코르티가 쓰는 이 능숙한 솜씨(우연히 눈길을 비켜 지나가게 하기)는 그녀가 그를 빤히 쳐다보고 있는 공개된 장소에서는 우스꽝스러울 수 있었다. 코르티는 그녀 너머로 도로를 쳐다보았다. 갑자기 그는 봉긋한 작은 가슴을 한 그 여자가 신문을 가지러 가며 킥킥대는 소리를 들었다. 그녀는 아무 말도 하지 않았지만 신문을 읽지 않고 코르티를 보면서 그의 눈이 피할 구석을 주지 않고 있었다. 결과는 코르티의 일그러진 얼굴. 여자는 드러난 목에 행운의 주사위를 걸고 있었는데 단두대가 자르고 지나갈 자리 같았다. 코르티가 말했다. 당신 주사위는 꼭 훈장 같군요. 그녀는 얼굴을 찌푸렸다. 나중에 그녀는 일어나서 코르티가 이해하지 못한 어떤 말들을 중얼거렸다. 그녀는 외투에서 돈을 꺼냈다. 웨이트리스가 거스름돈을 주려고 했지만 그녀는 그 말을 듣지 못했다. 코르티는 그녀를 따라가기로 했다. 그 역시 지불하고 잔돈을 돌려받지 않았다. 그녀를 쫓았다. 그녀는 경쾌한 템포로 상점가를 지나 오페라 광장으로 향했다. 그러다가 그는 그녀를 시야에서 놓쳤다. 그녀가 버스를 탔을까?

반대자 숙청

S 시 판사들 대부분은 글라우베가 P와 허락되지 않은 관계를 맺는 것도 가능할 거라고 생각했다. 글라우베가 그런 이유에서 무리하게 소녀를 위해 애쓴 거라고 모함했다. 오직 편법을 써서 정신병원에서 나오게 된 P이기 때문에 본인의 의사가 자유롭지 못한 상태로 결정을 했을 것이며(형법 176의 2, 제2항) 이 상황을 제대로 해석하다 보면 문제는 더 심각해질 거라는 것이다. 동료들이 이에 상응하는 의심을 제기하자 S 지역 법관 징계 위원회는 글라우베에게 비공식 심문을 했다. 심문에서 글라우베를 어떻게 생각하느냐는 질문에 P가 오직 사랑 고백으로 생각될 수밖에 없는 표현을 내놓자 글라우베는 더 난처한 상황에 처했다. 징계 위원회의 비공식 심문으로 자신에 대한 의심이 점점 심해진다는 느낌을 받자 검찰 수사가 진행되기 전에 글라우베는 자살을 시도하는데 이 때문에 그는 눈이 멀었다. 이런 상황에서 법관 직무는 더 이상 수행할 수 없었다.

글라우베의 집에서 머물던 P는 그가 아직 병원에 머물던 시기에 다시 O 시(라인 강변) 정신병원으로 보내졌다.

비공식 심문을 주최한 징계 위원회 위원장은 시군법원 판사 코르티였다.

글라우베 숙청에 참여한 판사들의 승전 기념 행진

정의감 충족

> 처형식에 모인 관중들 중에서 얼마나 많은 수가 정의감 충족보다 역겨운 감정을 느꼈는지 한번 설문 조사를 해 보아도 재미있을 것 같습니다.
>
> — 독자 편지

정의감 충족이란 성공적으로 사냥을 마치고 울리는 나팔 소리와 같다. 선입견이 없는 사람 입장에서 보면 처벌을 한다고 해서 범죄를 극복했다는 위안을 얻지는 못할 것이다. 봉건 수렵관은 밀렵꾼과 도벌꾼을 죽여야 만족한다. 그는 싸움에서 한 걸음 더 나아가서 심지어 처벌 동기까지 잊어버리기도 한다. 상대를 죽이는 것만이 자신에게 유리한 선례가 된다. 그래서 1700년경에 한자동맹인들은 열여섯 살짜리 도둑을 죽여 기분을 만족시켰다. 1900년경 공장주는 살인 사건이 일어난 지 10년 후에라도 살인자를 죽여 만족감을 얻었다. 공장주가 직접 살인 피해자는 아니었지만 살인자를 죽임으로써 공장주의 목숨을 위협하면 안 된다는 엄중한 경고를 한 것이다. 틀림없이 오늘날에는 반란, 내란죄를 저지른 자들을 죽이면 정의감이 특히 잘 충족될 것이다. 교회를 위한 사법제도가 있었고, 소유권을 위한 사법제도가 그 뒤를 이었다. 서구 세계뿐 아니라 사법부 그 자체의 마지막 방어선으로서 정치적인 사법부가 이를 계승하고 있다.

시군법원 판사 야콥

사법부라는 요새의 방어자.

— 앙드레 지드, 『배심재판의 기억』

특징: 정의감 충족.

순간 포착: 야콥이 덥수룩 털이 난 커다란 머리로(그러나 바싹 깎은 머리로) 재판석에 앉아서 어두운 법정 구석 저 위에 걸린 눈동자 같은 시계를 향해 시선을 던졌다. 그 시계는 마치 어떤 여신처럼 통제하며 재판 업무를 같은 시간으로 분배했다. 월요일과 화요일에는 8시에서 12시까지 공판이 있다. 8시에 야콥은 공판을 위해 마련된 재판정에 들어선다. 그는 시계를 한번 보고 8시에 정해진 일정을 정확하게 시작할 수 있다는 확신이 들었다. 8시에서 12시까지 시군법원 판사 야콥은 매 15분마다 한 번씩 마치 짧은 주기 도문을 외듯 시계를 쳐다보았다. 그는 아침 사건들을 각각 15분씩으로 나누어서 이 운행표를 지켰는데, 이는 그가 기차를 타고 가면서도 기차가 특정 역을 지나는 시간을 기록하는 것이나, 아니면 이제 더 이상 남자 하나도 찾지 못할 것이 빤한 그의 딸 8명이 집에서 정확한 시간에 식탁을 차려놓고 앉아 있도록 그가 신경 쓰는 것과 마찬가지 맥락이었다. 이제는 대체로 가족이 함께 하는 식사 시간에만 가부장적 권력이라는 것이 남아 있듯, 정의라는 것도 이제 질서로만 남았다. 야콥은 굳건한 윤리적 관점에 따라 처벌을 내렸다. 그는 일단 기본적으로 가장 높은 형벌과 가장 낮은 형벌로부터 중간치를 산출했다. 수음 행위에 대해서는 추가 처벌 3개월을 내렸고, 간통에 대해서도 3개월, 거짓말에 대해서도 3개월이었다. 피고인이 재범으로 다시 돌아오면 재회하는 즐거움을 맛보았다. 이런 경우에는 체계가 지닌 근본적인 폐쇄성과 같은 것

을 아직 예감할 수 있었다.

시군법원 판사 야콥은 범죄를 줄이겠다는 목적은 없었다. 그렇게 되면 사법부도 따라서 축소될 테니까 말이다. 오히려 이렇게 볼 수 있었다. 더 이상은 정의를 대규모로 적용할 수 없기에 사법부와 범죄는 상호 협력 관계로 대표 사례들만 가지고 일부 정의만 충족시킨다. 야콥이 그런 대규모 해결책을 선호한다고 하더라도 사회에서 더 이상은 충족시킬 수 없다. 이런 대규모 해결책이 가능했던 마지막 시기는 아마 1789년 프랑스 혁명이었을 것이다. 사람들이 서툴렀기 때문에 이 혁명은 최고점에서 추락하고 말았다.

글라우베에 대한 공동 조치: 글라우베의 방법이(P 사건에서만이 아니라) 사법부 근간을 뒤흔들었다. 개인적인 사고방식(즉, 자의)은 공산주의 국가 건설에서와 마찬가지로 사법부에서 참아 줄 수 없는 것이다. 글라우베를 축출한 것은 유감이지만 필요한 일이었다.

이유: 사법부 이념이 축소되었다. 많은 이들은 사법부에서 질서 유지라는 요소만 본다. 이제 사법부는 원래의 거대한 이념보다 그 단편들을 방어하는 것을 더 중요하게 여긴다. 글라우베는 이 경우 개인으로서 사법부에 적합한 것을 그 자리에 놓을 줄도 모르면서 사법부라는 제도 밑에 구멍을 내려고 했다. 다행스럽게도 글라우베는 자기 판단에 스스로 구속되었다. 다시 말하자면 그는 수양 딸과 허락되지 않은 관계를 맺었던 것이다.

그걸 증명할 수 있느냐고?

브로이슈테트가 그랬다. 어쨌거나 개연성이라는 틀에서 의심이 든다.

시군법원 판사 브로이슈테트

특징: 길들여지지 않는 폭로욕.

순간 포착: 브로이슈테트는 1943년 전차부대 포병장교로 러시아군 포로가 되었다. 장교 포로수용소에서 10년을 보내면서 군인이 지닌 날카로운 인상이 더 강하게 새겨졌다. 판사 브로이슈테트는 결코 입을 열지 않을 것 같은 인상을 하고 있었다. 그와 반대로 그에게는 밀고를 하고 싶은 욕구가 있었다. 그것은 포로 생활에서 그가 얻은 손상이었다. 다른 포로들은 동상에 걸린 사지를 끌고 집으로 돌아오거나 뇌 손상을 입고 집으로 돌아왔다. 브로이슈테트는 앞으로 미끄러지며 착륙하다가 조종석이 완전히 으깨진 비행기에 비유할 수 있었다. 포병장교로서 의심스러운 움직임들을 인지하고 상부에 보고하는 것이 그의 의무였지만 포로 생활을 하는 동안엔 계속 움직여야 했고 혀는 조심해야 했다. 그렇게 군인 생활을 오래 하며 생기는 의무들이 서로서로 자리를 바꿨다. 번뜩이는 영웅의 눈으로 의심스러운 자잘한 일들을 적어 두었는데 의심스러운 자잘한 일들은 의심의 순간으로 축적되었으며, 축적된 의심의 순간은 혀로 밀려들었다. 혀는 멈출 수 없었다. 브로이슈테트는 이 욕구를 참을 수 없어서 보고해 버렸다. 그는 S 시 법원의 가십난이었다.

글라우베에 대한 공동 조치: 글라우베는 윤리적으로 생각하는 사람들 모두에게 상처를 줬다.

이유: 글라우베는 수양딸 P를 학대했다. 혐의는 다음과 같은 점을 고려해서 나온 것이다. 1)글라우베와 P는 같이 한집에(결혼도 하지 않고, 그렇다고 피가 섞인 관계도 아니면서) 살았다. 2)브로이슈테트가 글라우베를 방문했을 때 P가 제대로 옷도 갖춰 입지 않고 문을 열어 주었다. 3)글라우베는 이 시간 집에 있었다. 4)이날 저녁 대화를 하던 중 P는 글라우베에게 은밀하게 말을 걸었다.

5)일반적인 경험칙에 따라. 6)글라우베의 성격과 그의 견해를 평가해 볼 때 특히나.

시군법원 판사 빌케

> 그는 자기 이상을 연기하는 연기자이다.
> ─프리드리히 니체

특징: 선량하고 자유주의적이지만 한결같이 선량하고 자유주의적이진 않다. 다른 이들이 반자유주의적인 계획을 할 때 저항할 능력이 없다. 결론적으로 그는 선량하지 못한 쪽에 끼게 되는데, 아마 그에게 선량함에 대한 동기가 없기 때문일 것이다.

순간 포착: 판사가 피고인에게 친근하게 말을 걸기 시작하면 피고인은 더 이상 대답을 하지 않았다. 판사는 기록을 위해 피고의 최후 변론이 필요했다. 피고는 대답하지 않았고, 판사가 직접 작성해야 했다. 피고는 관대한 처벌을 원하고 있다고. 그녀는 관대한 판결을 받는다. 경찰 사이렌이 울리며 다가오자 피고는 잘 듣고 있었다고, 누군가 뛰어올라 오자, 경찰 수색대가 그렇게 뛰어올라 오는 줄 알고 그녀가 불안해졌던 것이라고. 그녀는 빌케가 판시 이유를 말하고 나서 그녀에게 물어본 개인적인 질문들을 그러나 진지하게 여기지 않았다. 판사의 선량함을 믿지 않았고 그 선량함을 판사가 스스로 기분 좋은 하루를 갖기 위한 독특한 방식이라고 보았다. 판사는 인간성에 대한 어떤 반향도 얻지 못하자 실망했다.

글라우베에 대한 공동 조치: 글라우베는 동료들과 조화롭게 지내지 못하는 중대한 잘못을 저지른 것이다.

이유: 글라우베를 위해 아무것도 할 수가 없다. 글라우베는 전

략적으로 미숙하게 일을 처리했다. 빌케는 갈등의 결말이 유감스러웠다. 그러나 도대체 이 결과를 미리 예측할 수 있었겠는가?

시군법원 판사 빌데

특징: 무심함, 많은 점에선 허약하기도 했다. 그러나 허약할 수 있는 권리는 개성을 가질 기본권과 상충한다.

순간 포착: 카페에 앉은 빌데와 아내.

놀라운 일이었다. 그녀가 그를 바라보고 부드러운 말을 했고(빌데는 무슨 말을 해야 할지 몰랐지만), 그리고 스스로 다른 유명 선수의 적수로 여기며 트랙 위에서 갈채를 받는 경주자처럼 아직도 멜로디를 유지하고 있었다. 그녀가 여전히 할 말이 있었다는 뜻이다. 그것은 놀라운 일이었다. 그녀는 반응을, 새로운 표정 변화를 알고 있었다. 아직도 좌절 같은 것은 오지 않았다는 것이다. 빌데는 이 놀라운 사실을 회피하고 있었다. 그러나 그는 다시 한 번 시도해 본다. 그는 아내 귀의 왼쪽과 오른쪽으로 자기 눈이 쉴 장소를 찾아 두리번거리지 않고는 그녀를 오랫동안 처다볼 수가 없었다. 그녀는 그의 입을 보았고, 그는 불안한 상태에서 말을 시작했다. 그녀가 그를 부드럽게 바라보자 그는 입술로 호응한다.

나중에 이 마법 같은 시간은 끝이 났다. 오늘은 아무 발전도 없었다는 사실이 드러났다. 여자 마법사는 가자는 얘기가 나오자 앉은 자리에서 기지개를 켠다. 모든 변화에 걸리는 지루한 시간. 더 이상 이성적으로 움직일 시간이 없자 그는 아내의 머리에 자잘하게 신경을 써준다. 그녀는 거부하지만 웃지 않고 그 대신 혀로 입천장을 튕기는 소리를 내며 마치 많은 상품 중에서 하나를 골라야 하는 가정주부처럼 고민하는 입술 모양을 했다. 그는 돈을 계산하고 그녀는 멀대같이 일어났다. 그는 그녀의 외투를 무심하게 들어 주었다. 그들 앞에는 기나긴 결혼 생활이 아직 남아 있었다.

무심함 덕에 빌데는 공판에서 균형을 잡았다. 그는 최근에 매춘부 12명을 강제노동 교화소에 보냈다.

글라우베에 대한 공동 조치: 징계 위원회에서는 기록 담당관으로 그 심의에 참여할 의무가 있었다.

이유: 일자리에서는 개인적인 허약함이 고려될 수 없다. 이런 점에서 이 심의에 참석한 일을 두고 글라우베에 대한 그의 입장을 추론하면 안 된다. 그렇지만 다른 한편으로 이 심의 결과를 그가 비난했다는 사실이 알려져서도 안 된다.

시군법원 판사 L

Tuer avec cérémonies(예법을 갖춰 죽이라).

특징:

처분

1. 법원 명령으로 3시에 타데우쉬 피아초브스키에 대한 사형 판결을 집행한다.
2. 위생장교를 배치한다.
3. 시신은 다른 방식으로 이용되지 않으면 브란덴부르크 경찰청으로 이송한다.
4. 지역 의학 고문, 성직자, 집달관, 경비대장에게 알린다.

— 판사 L

처분

1944년 1월 10일 월요일 이곳 기관에서 다음과 같은 사형 판결이 집행되었다. 베를린 샤를로텐부르크 전시 구역 법원 특별명령.

1. 전(前) 병장 라인하르트 치터
2. 전 일반병 니콜라우스 판처
3. 전 보병 안톤

— 판사 L

순간 포착: 판사 L은 피고인이나 이미 판결을 받은 자가 복종하지 않는 것을 참을 수가 없었다. 종종 어떤 이들은 판시 이유를 구두로 설명하는 중에 끼어들거나 소리를 지르거나 울기도 했다. 이런 상태에서 판시 이유를 이해하기는 더 어려울 게 뻔한데 말이다. 1943년에 단두대에 서야 했던 사형수는 검사와 담당 판사 앞으로 주저 없이 넙죽 엎드려 다리를(마치 맹장염처럼) 몸에 붙여서 거기 있던 사람들이 힘을 모아도 이자의 몸을 펼 수가 없었다. 그래도 사람들은 자존심 없이 무릎을 꿇은 이자를 결국 단두대 위치까지 겨우 끌고 갈 수 있었다. 다른 사례에서는 젊은 폴란드인이었던 어떤 사형수 아내가 판사석에 있던 L 판사를 붙잡고 매달려, 거기 있던 다른 사람들까지 모두 창피하게 느낀 적도 있다.

글라우베에 대한 공동 조치: 글라우베가 수양딸에게 범죄를 저질렀다면 그는 그로써 처벌에도 동의한 것이다.

이유: 처벌이란 범죄 구성 요건의 확인으로 시작되는 예술이다. 이런 관점에서 징계 위원회 심사는 실패였다. 글라우베가 P에게 범죄를 저질렀다는 사실은 밝혀진 적이 없다. 그러나 글라우베가 정말 범죄를 저질렀다고 가정하면, 처벌을 받은 것이 아니라 스스로에게 처벌을 내렸다는 점에서 불충분함이 있다. 글라우베가 내린 자기 처벌이 일단 침해된 법을 충분히 만족스럽게 회복시키는지는 의심스럽다. 이 사건을 처리하는 전체 과정은 의장이었던 코

르티의 실패를 보여 준다.

코르티

나 코르티는 1909년 9월 3일에 마인 강변 플리어스하임에서 태어났다. 나는 S 시에서 초등학교와 상급학교를 다녔다. 마르부르크에서 1929년 여름부터 1931년 여름까지 법학을 공부했고 1931년 가을에 1차 사법시험에 합격했다. 시보 업무와 위터보크에 있는 훈련소를 마치고 1935년 12월 베를린에서 2차 사법시험을 치렀다. 전시에는 전시 법원 판사 직무를 그만두고 전방 직무를 신청했다. 그러면 블라스코비츠 집단군이 있던 남부 프랑스 쪽에 배치 받으리라는 것을 알았기 때문이다. 그렇게 안 했더라면 크로아티아에서 전시 법원 판결에 서명하고 있었어야 했을 것이다. 나는 1942년 당시 전쟁이 불행하게 끝날 것이라고 믿지도 않았지만 독일 법원 자체를 통해 전범으로 처벌을 받게 되리라고는 더구나 믿지 않았다. 요즘 여러 동료들이 분명히 이 때문에 위협받고 있다. 그러나 나는 우리가 싸우고 있던 파르티잔들, 즉 내가 그들 동료 중 일부를 처형시켜야만 했던 이 파르티잔들의 복수는 두려웠다. 나는 우리 지도부 관점에서 이 전쟁 조치에 동의했지만 동시에 이 복무에서 차라리 벗어나고 싶었다. 장교 후보자로 프랑스로 배치 받을 가능성이 있어서 이 기회를 잡았다. 크로아티아에서 보내던 시간으로 다시 되돌아가고 싶었다. 그 나라에서는 우리가 진짜 정복자였고 와인과 '숙녀들'이 우리 앞에 놓여 있었다. 프랑스에서는 반대로 뻣뻣한 규율이 지배하고 있었다. 그렇긴 하더라도 과연 누가 프랑스에 가고 싶지 않을까? 나는 내 인생의 큰 비중이 발칸반도에 놓여 있다고 말하고 싶었다. 비록 사후적으로—그리고 철저한 심사

숙고로─생각해 보니 거기서 내 짧은 행운을 늘리지 못했던 편이 더 바람직하다고 생각했지만. 포병 부대로 그 아래쪽에 머물고 있던 많은 친구들은 몇 년을 만족스럽게 살았지만 결국 죽음으로 대가를 치렀다. 나는 사랑과 죽음의 고리 같은 건 파악해 본 적도 없고, 믿어 본 적도 없다. 오페라 같은 것은 내가 좋아해 본 적이 없다는 것과도 일맥상통이다. 나는 보통 극단적인 결정을 피했다. 내 개념은 다양한 상황, 생각, 착상, 기다림, 논리로 그때그때 순간 조립된다. 그렇게 하기 위해선 많은 경험이 필요하기 때문에 이건 거의 창조적인 순간이라고 하겠다. 개인은 각각 거대한 공장의 작은 부분들이며, 전쟁 중이라면 집단군이나 사단의 부속이며, 평시라면 사법 기관 조직의 일부이다. 누군가 이와 반대로 스스로를 독립적인 영혼으로 느낀다고 해도 이에 실질적인 차이가 있다고는 생각하지 않는다.

판사가 되기로 한 일은 오늘날까지도 잘한 선택이라고 생각한다. 비록 판사가 사업가보다 돈을 못 버는 것이 사실이지만 다른 직업들은 모두 훨씬 큰 위험성을 안고 있다는 점도 생각해야 한다. 판사는 몇 가지 주의 조치만 지키면 국가도, 정치도, 교회도, 패거리도 두려워할 필요가 없다. 판사는 글자 그대로 독립적이다. 20년대에 국가에 속했던 판사는 50년대에 독립적이 된 판사에게 길을 내주었다. 그렇게 판사석은 사회에서 가장 보호받는 자리가 된다. 그러나 오해를 피하기 위해 이렇게 말하고 싶다. 나는 처벌될 만한 행동은 저지르지 않았으며 그런 점에서 위험한 인물도 아니다. 나를 조심하게 만드는 본능이 다른 모든 본능보다 나은 결과를 낳는다는 사실을 특히 제3제국과 점령기에 겪은 경험에서 배웠다.

판사는 오늘날 30년 전과는 다른 모습으로 여기 서 있다. 대형 사부 심의만이 판사가 가진 결단력을 제한할 수 있는 유일한 가능성이다. 예컨대 나는 1943년에 귀족과 결혼할 기회가 있었다. 내가 약혼 취소 통보를 전보로 보낼 당시, 결코 못생기지 않았던 신부 폰 차흐비츠 양의 부모는 베를린에서 결혼 준비를 성대하게 하고 있었다. 나에게는 가능성으로 족했다. 이 가능성을 실제로 시행하는 것은 불필요했다. 1945년에서 1947년까지 비탄의 시기, 그러니까 법원이 숫제 작동하지 않거나 일부만 활동하던 시기에 그런 결혼은 분명 갈등을 불러일으켰을 것이다. 또 1943년에 나는 다른 계획들도 있었고 크로아티아에서 알게 된 그 시절 아내와도 이혼하고 싶지 않았다. 안타깝게도 암시장이 횡행하던 시대적 배경과 판사 직무도 없이 병든 상태로 귀향한 장교 후보자라는 내 참담한 상황이 크로아티아에서 처음으로 얻은 권위를 무너뜨렸다. 아내는 나를 떠났다. 어떤 상인과 몰래 바람이 났는데 내가 그걸 참아 주니까 — 그때는 내가 참아 주면 그녀를 잡을 수 있을 거라고 생각했는데 — 그녀는 나를 떠났다. 그때는 내가 잘못했다고 인정한다. 나는 종종 옛 아내를 그리워하며 — 카드 인사나 때로는 방문을 통해 그녀가 어떻게 사는지 듣는다 — 또 크로아티아에서 보낸 시간 모두를 기꺼이 추억한다. 다시 돌아갔으면 싶다. 그러나 S 시 판사로서의 삶은 만족스럽다. 나는 곧 가장 호봉이 높은 판사가 된다. 우선 동료인 카이저, 슈페첼, 슈베어린, 파이틀, 비스로흐, 비르트, 알베르트가 죽고 나면 그렇다. 이것은 기대할 만하다. 상급 법관 자리가 공석이 될 것이다. 법원장이 어떻게 인사조치를 하고 싶은지는 모르겠지만 내가 의무적으로 정확히 시간에 맞춰 들어갈 그 자리에 과연 나를 무시하고 갈 수 있을까. 그리고 법원장과 여러 차례 대결이 있었지만 그가 나를 좋아한다고 생각한다. 여기 있는 것이 다 크로아티아 시절 같지는 않지만 지금 이 순간과 상황을 고려했을 때 생각할 수 있는 한 최선이다.

3

코르티의 사생활

백설 공주

소변기 몇 개는 마치 장미 다발처럼 종이를 두르고 끈으로 묶어 놓았다. 코르티는 분홍빛 원형 탈취제를 맞추려고 애썼다.

그는 또다시 가서 술을 마시게 될 술집은 피하고 집으로 가서 어두운 조명을 켜는 일이 잦아졌다. 슈미데 거리의 커다란 쇼윈도 하나가 깨져 있었다. 뻥 뚫린 유리 뒤로는 매우 아름다운 공주가 누워 있다. 싸구려 핸드백이 팔에 걸려 있는데 유리가 깨져 뾰족한 곳에 그 마른 팔이 놓여 있다. 거기 말고는 창틀 위와 옆 부분만 유리가 남아 있다. 팔이 유리 모서리에 피가 날 것처럼 위태위태하게 놓여 있지만 그렇다고 그녀의 매력이 사라지진 않는다. 그런데 코르티가 핸드백을 건 팔을 들어 올리자 아래쪽에 피가 흐르는 상처가 보인다. 그는 죽은 듯이 술에 취해 자고 있던 이 아름다운 소녀를 쇼윈도에서 끌어내 등에 업는다. 잠에서 깨지 않는 그녀의 따뜻하고 부드러운 하중을 느끼면서 집으로 데려간다. 그는 그녀를 내려놓다가 잘못해서 뒤로 자빠진다. 그래서 그녀를 바닥 위에 옆으로 뒤집어 놓지만 그녀는 계속 자고 있다. 그는 그녀를 침대로 데리고 가서 부엌에서 무얼 좀 먹은 다음 왕자가 되려고 하지만 방광이 맥주로 너무 꽉 차서 일이 되지 않는다. 그녀는 알아채지도 못하고 그의 잠옷을 입고 계속 자다가 그에게 몸을 붙이려고 한 번 눈을 뜨더니 다시 바로 잠이 들었다. 어쩌면 이제 진짜 왕자가 될 수도 있었겠지만 그는 그냥 그대로 놔둔다.

그는 아침 일찍부터 그녀에게 벌써 커피를 만들어 준다. 그녀의 목소리가 어떤지 알고 싶기 때문이다. 부엌에서 다시 나와 보니 그녀가 옷을 입고 손에 남루한 핸드백을 들고 있다. 아마도 익명성을 지키고 싶어서 그랬을 것이다. 핸드백과는 반대로 이리저리 놓여 있던 옷들은 값비싸고 유혹적이었다는 점에서 그렇다. 코르티는 여자를 데리고 — 자기가 왜 그리 서두르는지 알 수 없었다 — 아는 술집으로 간다. 그는 익히 알고 있던 주인의 고양이가 팔꿈치에 와 닿자 소스라치게 놀란다. 부엉이 눈을 가진 고양이였는데 예전에 사람들은 이런 종류의 고양이를 나무를 타는 검은 기사라고 불렀다. 그 몽골 고양이들은 야생 살쾡이의 핏줄이라는 주장도 이따금 있다. 아름다운 여인이 코르티에게 왜 그렇게 놀라느냐고 물었다. 그녀는 맥주를 주문하고 멋진 브런치를 시작하려고 했다. 이 아름다운 여인은 아주 순종적이었다. "네." 하지만 코르티는 두려움이 생겼다. 일이 어떻게 진행될지 몰랐다. 그는 잠시 양해를 구하고 화장실로 잠깐 가서 밖으로 나가는 길을 찾았다.

코르티의 일상

코르티는 규칙적으로 7시에 일어나 라디오에서 '프랑크푸르트 자명종'을 듣는다. 그러면서 아침 식사를 준비한다. 예전에 전쟁 중일 때에는 코르티에게도 한때나마 아내가 있었지만 그녀는 코르티를 버리고 떠났다. 코르티는 아침 식사를 하고 8시 30분까지 공원에서 산책을 한다. 9시경에 직장에 나타난다. 일거리가 적은 날이 있다. 코르티는 10시가 되기도 전에 벌써 책상에 올려진 서류를 다 끝내놓고 서류들을 들고 재판사무과로 나가 새로운 서류들이 없는지 물어본다. 아직도 거기에 무언가 있는 경우는 드물다. 사무과 과장은 문서 보관소의 서류를 들고 있는데 그것은 코르티가 일거리가 적은 날엔 '먹이가 필요하다'는 사실을 그가 알고 있기 때문이다. 그렇지 않으면 코르티는 사무과의 행정 합리화를 위한 방안을 제안하거나 이미 충분하게 존재하는 여러 사항의 서류 양식들을 만들 계획을 세웠다. 심리가 있는 날에는 이렇게 빈둥거릴 수 없다. 그날은 잠시 구내식당에서 쉬는 시간 말고는 하루가 꽉 찬다. 코르티는 일정을 빽빽하게 채운다. 그러면 일의 압박이 생긴다. 일할 힘을 자극하고, 두뇌를 더 깨우고, 주의력을 최고로 증가시키는 회오리가 인다. 이렇게 추수를 거두는 날이면 평상시보다 서류를 더 잘 작성한다. 이런 이유에서 이날이 되면 판시 이유들을 곧장 차례차례 모두 구술해 버린다. 비슷한 정도의 업무 과중은 면담일에도 있고, 코르티가 다른 판사들처럼 어느 정도 범위에서 책임을 맡게 되는 대표회의를 떠맡을 때도 생긴다. 점심은 구내식당에서 먹는다. 뜨거운 수프는 감각을 예민하게 해 주고 머리와 몸을 회복시켜 준다. 대부분 잘 차려진 다음과 같은 요리들은 기운을 돋운다(공판이 12시만 넘어가면 코르티는 안절부절못한다. 그는 욕을 할 것 같다. 12시 반에는 식탁에 앉는다. 여름에는 상쾌한 기분을 되찾아 주는 냉(冷)수프 요리도 자주 나오고, 코르티가 재빨리 먹어치우는, 부드럽게 입에서 녹는 설탕 절임 과일도 있다). 오후에는 종종 할 일이 별로 없다. 코르티는 감옥에 새로 들어온 인물들도 데려와 심문할 수 있다. 미결수 감옥을 첫 번째로 시찰한다. 감옥에 갇힌 여러 불만 많은 자들이 하는 근거 없는 불평에 속아 넘어가지 않는다. 그는 간수들 약점을 알고 있다. 불평이 근거가 있으면 이렇게 말할 수도 있다. 그러면 자기가 불만을 제거하겠다고. 가을에는 5시경이면 법원 건물 안 넓은 복도가 어둑하다. 참관인들의 왕래도 적다. 겨울에는 이 시간이면 검사와 서기관들 사무실에 모두 불이 켜진다. 대부분의 판사들은 벌써 집에 간 뒤다. 코르티는 법원 건물 주변을 산책하며 검사들이 야근을 하면서 소비하는 전기가 인력 절감으로 인해 버는 비용을 상쇄하지는 않는지 계산해 보았다. 코르티는 업무용 승용차와 기사가 있었으면 싶었다. 그는 회계감사 공무원을 하는 것이 더 나았을지도 모른다. 코르티에게 지방법원장이 될 기회는 보이지 않았다. 회계감사원장은 될 수 있었을지도 모른다. 회계감사원장에게는 업무용 승용차가 제공된다.

코르티는 늦게 퇴근해서 약 7시경에 건물을 떠났다. 그는 일요일에도 항상 업무를 볼 준비가 되어 있다. 집에 돌아오면 그는 내밀한 조명을 켰다. 그를 방문하는 사람은 별로 없었다. 그는 옛 여자 친구들에게도 S에 와서 며칠 머무르라고 좀처럼 권유하지 못했다. 그래서 독신자 아파트가 적합했다. 그는 조심했기 때문에 이미 전쟁 당시부터 사귀던 — 이 위대한 탐험기에 군인으로서 알게 된 — 여자 친구들을 방문하는 것도 자제했다. 친구들 초대에도 별로 응하지 않았다. 가면 프레첼 과자나 새콤한 모젤 와인이나 마셔야 했다. 12시에 그는 자러 누웠다. 이런 리듬은 물론 할 일이 많은 날에는 깨졌다. 그러면 코르티는 10시에 자러 가고 6시에 일어나고 산책하러 갈 시간은 없다. 시간과 느낌이 재빨리 휙 사라져 버린다는 사실을 인식하면서, 밀려닥치는 일을 헌신적인 열정을 가지고 하면 도취 상태 같은 것이 생기는데 그는 이 순간을 놓치기 싫었다. 사람들은 일찍이 자유 시간에 자기 계발을 통해서 스스로를 인간으로 만들 수 있다고 믿었다. 코르티의 의견에 따르면 이런 과정에서는 아무것도 나오지 않는다. 코르티는 신경이 예민해져서 지루하게 혼자 남겨졌다는 느낌이 들었다. 코르티는 일하면서 흥분 상태가 되면(과제를 빨리 처리하느라 머리가 꽉 찬 상태가 되면) 사람들에게 직접 다가갈 수 있는 통로를 발견했다. 그러면 40명이 밖에 기다리고 있더라도 그가 증인이나 동료를 개인적으로 면담하고 흥미를 느끼며 이 대화를 계속해 나가는 상태가 가능했다. 그렇게 코르티는 여자 친구 라인힐트 K를 알게 되었다. 튀링엔*에서 도망친 이 여자는 예전에 코르티가 크로아티아에서 보았던 헤어스타일을 하고 있었다. 이 스타일은 아직도 동독 지역에 남아 있다. 그가 담당 판사로 앉아 있는 앞에서, 그녀는 튀링엔에 남아서 이혼하려고 하는 남편 홍을 보았다. 주의해야겠다고 생각할 겨를도 없이 코르티는 그날 저녁에 그녀를 만났다. 평상시처럼 일을 하는 시간이었다면 아마 이런 일은 감히 하지 못했을 것이다.

말리 헌법재판소 판사로의 초빙

5월 초에 코르티는 이제야 막 독립한 흑인 공화국 말리로 오라는 제안을 받았다. 그는 거기서 헌법재판소 판사가 될 수 있었다. 이전 상사였던 함부르크의 R 박사가 그 자리에 그를 추천했다. 코르티는 S 시 시군법원 자리를 공석으로 두고 그 제안을 받아들일 수 있었다. 그래도 독일에서 연금을 받을 권리는 잃지 않는다고 했다. 그는 말리 기후를 조사해 보았다. 그러나 그는 불확실한 세계 정세 때문에 말리로 가는 특별편을 포기했다.

코르티에게 문제가 닥치다

19세 자동차 정비공이 고물상을 하는 아버지를 죽였다. 루이젠 거리 26번지 예전 집 앞에 가족들이 타고 있는 승용차로 아버지가 위협적으로 다가오고 있었다. 이 순간 아들은 아버지를 쏘았다.

배심재판에서 코르티는 판결에 필요한 일치된 분위기를 만들어 주려고 했다. 다시 말해 그는 이 소년이 지닌 범죄적 소질을 부각시키려 애썼다. 그러나 청소년부 대표가 바로 이의를 제기했다. 나중에 코르티는 석방 쪽으로 방향을 돌리려고 했다. 아마도 배심원들을 이길 수는 없을 테니까. 그러나 코르티는 청소년 담당 검사가 약간 기분 상한 태도를 보여 이 공판이 쉽게 흘러가지는 않으리란 걸 알아차렸다.

코르티는 자신이 결정을 내리지 않고도 이 사건을 피해 갈 수 있었으면 하는 바람뿐이었다. 성과 없이 심리가 끝나자 그는 이 사건을 다시 어떻게 피해 갈 수 있을 것인가, 어떻게 터뜨려 버릴 것인가, 아니면 마무리를 지을 것인가 오랫동안 곰곰이 생각했다.

코르티에게 닥친 또 다른 문제

법원 담당 구역 주변 어느 마을에 사는 난민 가족의 어린 소녀 S에 관한 사건이었다. 이 가족은 다른 마을 사람들로부터 기피 대상이었다. 이 가족 안에서 근친상간 사건이 일어났다. 소녀는 처음에는 어떤 마을 사람이 자기를 성폭행했다고 지목했다. 경찰은 S의 형부를 범인으로 간주했다. 나중에 사람들은 공통적으로 소녀의 오빠를 의심했다. 외지에서 일하고 있는 소녀의 아버지에게 이 의심이 미쳤을 때 그 소녀는 심문하던 형사에게 물어보았다. 그걸 누가 아나요? 지금까지는 나만 알고 있다. 형사가 대답했다. 형사가 이 피의자를 임시로 구류되어 있던 교화 시설 방으로 다시 데려다 주었다. 그리고 문을 열려고 등을 돌리는데 피의자가 형사 목에 매달려, 그러기엔 너무 작은 손가락뼈로 그의 목을 힘껏 졸랐다. 그러니까 아주 어려운 사건이었다. 코르티는 교육형 2년형을 선고했다. 선고를 내린 후에 코르티와 형사는 구내식당에 앉아 있었다. 그들은 선고를 받은 S가 감옥에서 석방되면 곧바로 아버지를 찾아 나설 것 같다고 추측했다. 옛 직장에서 그를 찾을 수 없으면 아마도 그를 찾을 때까지 오랫동안 찾아다닐 것 같다고 했다. 아버지가 그때까지 만약 감옥에서 풀려나 있다면 말이지!

문제 해결을 위한 시도

어째서 피고인은 아버지가 보도에 누워 피를 흘리며 아직 신음하고 있는데, 다시 말해 아직 죽지 않았는데 그 옆에 웅크리고 두 번째 총격을 가해 아버지를 죽였습니까? 코르티는 이 질문으로 부친을 살해한 19세 자동차 정비공에 대한 청소년부 배심재판 두 번째 심리를 시작했다.

그리고 전화 부스로 가서 경찰 호송차를 부를 때까지 어떤 행동을 했습니까? 차량 쪽으로 다가오는 아버지를 피고인이 쏘기 전부터 피고인이 든 총을 빼앗으려 승강이를 하던 어머니와 여자 친구와는 무슨 말을 했습니까? 제가 보고하지요, 그러니까 오히려 피고인이 권총손잡이로 아버지를 때려서 두개골 골절을 일으키기 전에 말입니다. 문제를 해결해 보려는 바람에서 코르티는 조심스럽게 범죄 진행 과정을 세부적으로 묘사했다. 그는 서류를 읽고 질문을 던졌다. 석방을 하면 지나치게 남의 이목을 끌 것 같았다. 교육형으로 잘 골라야 하고 우스꽝스럽게 보여서는 안 된다. 청소년 범죄는 우선 분위기를 잘 살펴서 준비해야 한다.

누군가 오겠지 하는 희망을 품은 잠꾸러기

카니발 축제 행사장에서 코르티는 흥분한 여러 커플들이 벌이는 충동적 행위에 참여하지 않고 조용히 침대에 누워 있었다. 행사는 비공개 장소에서 열렸는데 행사장 바깥에 놓인 이 조용한 공간에서 그는 춤추는 이들을 지켜보고 있었다. 축제가 적당히 진행되면 한번 적극적으로 뛰어들어 볼까 하는 생각에 오랫동안 잠을 자며 기운을 차렸다. 어쩌면 누군가가 와서 옆에 앉지 않을까 하는 희망을 계속 품었다. 축제가 끝날 때까지 쉼터를 떠나지 않고 있다가 나중에는 지쳤다고 집으로 가겠다는 이 잠꾸러기를 보고 많은 커플들은 이상하다고 생각했다.

월계수 모험

술집의 구조는 계단을 하나 올라가서 구부정하게 앉아야 하도록 되어 있었다. 아이들 장난감집 같아서 사람들은 제대로 일어날 수도 없었고, 앉으면 서로가 보이지도 않았다. 코르티는 체온 유지도 엉망으로 만들어 버리는 요상한 셔츠를 입고 있어서 기가 죽어 버렸고 꽉 죄는 바지를 배까지 올려 입어 왠지 피도 안 통하는 것 같았다. 그녀를 앞에 앉혀 놓게 된 이 좋은 기회도 아이들 천국 같은 여기라면 무슨 소용이 있을까. 그는 어떻게 말을 시작해야 할지 몰랐다. 그는 오랫동안 쫓아다니던 그녀를 바라보고 있었다. 탁자에 글씨를 써 대며 탁자를 불안한 장소로 만들던 은색으로 칠한 손톱, 담배꽁초, 턱에 살이 접힌 부분, 관자놀이에 사마귀, 손에는 사마귀 같은 인장 반지, 머리칼로 덮인 이마, 짙게 녹색과 은색으로 화장한 눈. 옷에는 월계수 깃털. 은색 매니큐어를 칠한 손가락 부리를 가진 승리의 여신.

잠깐 사이에 코르티는 그냥 보아도 셔츠가 완전히 흠뻑 땀으로 젖어서 집으로 가서 갈아입을 수밖에 없었다. 그전에 웨이터에게 지독히 비싼 위스키 한 잔 값을 내야 했다. 사람들은 어린 시절로 돌아가는 소풍을 위해 이 술집에 비싼 값을 지불한다. 술집을 조그맣게 건축하면서 오히려 건축 자재에 돈을 아꼈을 법한데. 그런 술집이 희귀하다는 이유로, 그리고 아이의 잣대로 돌아간다는 금지된 회귀로 인해 사람들은 돈을 지불하는 것이다. 코르티가 새로 갈아입은 셔츠와 바지로 이번에는 승리를 확신하면서 다시 돌아왔을 때, 멀리서 오랫동안 마음으로 연모했던 그 여성은 — 그가 추측했듯이 여배우였는데 — 이미 가 버린 후였다.

냉담한 거절과 이어지는 식사 시간

그 당시 많은 판사들은 젊은 궁정 여가수 S를 흠모했고 그녀에게 홀딱 반해 있었다. 그녀는 큰 액수의 집세 계약 소송을 지방법원에 제기했기 때문에 이 건물에 자주 보였다. 얼마나 많은 동료들이, 그리고 코르티도 마찬가지로, 그녀에게 꽃을 보냈던가. 오랜 기간 그렇게 꽃을 보낸 후에 어느 날 저녁 코르티는 그녀에게 데이트를 신청했다. 그는 극장장 사무실에 전화를 걸어 이날 저녁 오페라 하우스에 공연이나 연습이 없다는 사실을 확인했다. 그는 거절당했다. 저녁에 사람들 한 무리가 들이닥쳐 오리 요리를 먹으러 가자고 문을 두드렸다. 아름다운 여가수는 사람들 사이에 없었다. 그러나 그녀는 친구들에게 말해서 코르티 판사가 집에 외롭게 혼자 앉아 있다고 말했던 것이다. 손님 맞을 준비가 된 사냥 오두막에는 오리 구이가 있었다. 샴페인을 곁들인 식사를 하며 코르티는 회복했다. 그 여인도 나타났다. 그러나 코르티는 그 여인 옆에 앉는데 실패했다. 그 대신 경제 담당관과 담소를 나눌 수 있었다. 모든 것에는 대용품이 있다.

회상

젊은 여인은 여왕식 고기만두 두 점과 케이크, 아이스크림을 주문했고 기다리면서 개를 쓰다듬어 주었다. 곧 코르티는 잃어버린 아내인 마리아에 대한 기억이 떠올랐다.

더 정확한 회상

마리아 코르티 부인이 1956년에 남편 코르티를 주말에 방문하던 당시, 재결합할 기회가 아직 남아 있었던 것일까? 아니면 그녀가 온 건 그냥 변덕에서 비롯된 것일까? 코르티는 그녀가 도착하던 날 저녁에 술을 상당히 많이 마셨다. 코르티는 그녀의 도착에 매우 놀랐고, 한편으로는 독신 생활을 포기하게 될까 봐 두려웠고 다른 한편으로는 그녀를 잠시도 눈 밖으로 놓쳐 버리고 싶지 않았다. 그녀는 라마의 갈색 눈을 하고 코르티 옆의 바 의자에 앉아서 코르티가 좋아할 거라고 생각하는 일들을 그에게 이야기했다. 그는 습관이라는 감옥에서 나올 수가 없었다. 10시가 되자 피곤해졌다. 크로아티아에서 보내던 옛 시간 같지 않았다. 그러나 예기치 않게 찾아온 그녀를 묶어 놓고 싶은 바람에서 코르티는 미래의 황금성을, 새로운 코르티를 약속했다. 마리아 코르티는 이 모두에 대답했다. "네."

마리아의 대답 '네'는 어떻게 받아들여야 할까?

그녀는 코르티가 약속한 것을 자기가 정말로 바랐는지 애당초 생각해 보지 않았다. 왜냐하면 그랬다가는 대답이 정말 복잡해질 테니까. 코르티의 말을 경청하고 계획에 모두 동의하면서 그녀는 당신을 다시 옆에 두고 싶다는 말을 하도록 코르티를 유도해서, 자기가 보호받고 있다는 느낌을 연장한 것이다. 망설임도 없이 '네'라고 말한 것은 이런 일들, 그러니까 코르티가 변화하는 일 따위는 없을지도 모르고, 다음 주면 벌써 다시 옛 사람으로 돌아갈지도 모른다는 사실을 동시에 계산에 넣었기 때문이다. 그녀는 인생에서 이루어지지 않으리라 알 수 있는 것에만 강한 긍정을 했을 것이다. 아마 그럴 리 없겠지 하는 의지가 분명하면 그녀는 동의할 수 있었다. 그러나 그녀는 너무 미신적이었으므로 스스로도 그제안을 바랐다면 동의하지 못했을 것이다. 그녀는 코르티 옆에 머물고 싶은지 더 이상 확신이 서지 않았다.

불운과 조직

마리아가 그를 떠나고 나서 조금 있다가 이혼 소송을 제기하자 코르티는 아마도 마리아가 독신자 아파트를 마음에 들어하지 않았던 것 같다고 생각했다. 어쩌면 아내가 두 번째로 돌아올지도 모르니까 준비하겠다는 마음으로 이 아파트를 포기하고 새집을 완전히 새로 꾸몄고 습관까지 모두 바꿨다. 업무 분담 계획을 새로 세우는 시기라서 코르티는 일에 완전히 파묻혔다. 그는 법원 도서관에 대한 감독을 맡았다. S 법원 관할구역은 새로운 업무 계획으로 신규 조직을 만들고 업무처를 재조직했다. 코르티는 개인적으로는 실망도 겪고 좌절도 경험한다. 그러나 개인적인 불운에 대해서도 충격 완화 체계가 있어서 코르티가 겪은 불운을 모두 다 조직 차원으로 변화시킬 수 있다. 코르티는 난공불락이다.

4

코르티의 종말?

총결산

어떤 부분에서 코르티는 또 위험한가? 정면으로는 판사의 독립성이 그를 지켜 준다. 코르티는 이 독립성을 희생하는 실수를 저지르지 않는다. 프랑켄 지방에서는 동료 판사들이 지켜 줄 것이다. 뒤편에는 그가 판결문으로 대표하는 독일 민족이 서 있다. 대형사부가 그를 해임할 수는 없다. 상사들도 그에게 명령할 수 없다. 히틀러조차 사법부를 제압할 수 없었다. 사법부라는 잘 조직된 거미줄에 코르티가 앉아 있다. 누가 코르티를 거스를 것인가? 아무도, 사법부를 먼저 거스르지 않고는 그럴 수 없다.

독일 사법부에 대한 짤막한 강의

1300년대 바바리아의 사법부

14세기 당시 빠르게 증가하는 범죄에 대한 대응으로 사법부가 세워졌다. 사법부는 범죄로부터 범죄가 쓰는 방법까지도 넘겨받았다. 노상강도, 방화범, 화폐위조범에 대한 대응으로 이 방법을 적용했을 뿐 아니라 일반 시민 중 의심스러운 이들한테도 이 방법을 적용하려고 하면서 1400년대부터는 사법부로부터 시민을 보호할 방법도 찾기 시작했다. 그러니까 사법부로부터의 보호가 사법부 형식이 된 것이다.

1400년대 피상적인 로마법화

사법부는 로마 법제사에서 형식들을 끌어왔다. 이 형식 중 사법부 자체는 예전 그대로 남았다. 그렇게 해서 사법부는 민사, 형사, 행정으로 나뉜 것이다. 말하자면 이성적인 상층부와 중세 기독교적인 중층부, 그리고 야만적인 하층부로 나뉜 것이다. 15세기에 자라난 이 켄타우로스 몸을 나중에는 아무도 감히 나누어 놓을 생각을 하지 못했다.

사법부에 대한 사랑(*amor juris*)

이 사법부가 정의를 위해 일하도록 규정된 것은 아니었다. 1300년대와 1400년대에는 아무도 정의를 도입할 생각도 하지 못했다. 그래서 사법부는 사법부라는 성벽 안에다 정의라는 이념을 가져다 놓고 정의롭지 못한 세상으로부터 지켰으나 정의는 이 성벽 안에 존재하지 않았다. 사법부는 정의 이념 때문에 자원을 공급받을 영역들로부터 절단된 채 도착(倒錯)적으로 변했다. 사법부가 많은 타 영역들에 대항해 스스로를 방어하듯이 정의에 대항해서도 스스로를 방어했다. 누가 사법부를 사랑하는가? 변화를 두려워해야 할 사람들 모두가 사법부를 사랑한다.

계몽 없는 합리화

18세기에는 사법부에도 계몽이 도입된다. 그러나 1700년대 독일 계몽은 그냥 계몽을 하는 것이 아니라 주어진 틀 안에서만 계몽을 했다. 사법부에는 다음과 같은 것들이 주어져 있었다. 1)판사의 개인적인 견해. 2)피고인 위에 서 있는 판사 지위. 3)사법부 진입을 어렵게 만들고 새로운 힘에 의해 너무 지위가 위협받지 않도록 만드는 법학의 학문적 고도화. 4)직업 공무원이 되는 길로 가는 법률가의 지위. 5)논리학이라는 날카로운 검과 단두대라는 무기. 정확히 사무를 처리하는 사법부라는 기계 장치가 18세기에 이러한 구성 요소들로 만들어졌다. 그러나 정작 사법부는 자신들을 위협하던 위험 때문에 이런 힘을 발전시킨 것이다.

프리드리히 2세와 사법부

18세기에 프리드리히 2세가 사법부에 커다란 위험을 불러일으켰다. 프로이센 왕 프리드리히 2세는 어느 야만스러운 나라의 왕으로 세워지면서 적어도 사법부는 개혁하려고 애썼다. 그는 정부에 취임하자마자 화형과 고문을 금지시켰다. 사법부는 아주 작아졌다. 프리드리히의 첫 번째 사법부 대수상은 시민 출신인 코흐(1747~1755)였다. 두 번째는 폰 야리게스였는데(1755~1770) 이때부터 벌써 다시 귀족이었다. 세 번째는 칼 요제프 막스 폰 쿠퍼베르크 후작이자 제후라는 높은 귀족이었다(1770~1779). 이제는 더 이상 어떤 시민 계급도 받아들이지 않았다. 왕은 긴 전쟁이 끝나고 이제는 시간도 별로 없는데 사법부를 벌써 오랫동안 개혁하지 못했다는 점을 깨달았다. 그러면서 (사법부가 오히려 예전 방식대로 다시 확장하기 시작했다) 스캔들 하나를 일으켰다. 그것은 아르놀트 방앗간 사건*이었다. 충격요법으로 여러 판사들과 정부 법조인들이 슈판다우 감옥에 들어갔다. 대수상 쿠퍼베르크 제후는 파면되었다. 사법부는 이 시기에 확실히 안전 조치를 취하는 법을 배웠다. 왕이 죽고 나자 곧바로 사법부가 다시 세워졌다. 1786년 봄에 왕이 죽자 1786년 가을에는 베를린에 화형식 무대가 다시 벌어졌다.

이 위기를 겪으며 자의식으로 새로 각성한 법조인 지위가 생겨났고, 이제 이 지위는 재정 전문가와 회계감사원 지위 정도로 강하게 보장되기 시작했다. 나중에 1920년이나 1933년, 1945년 이후에 닥친 위기도 사법부에 더 이상 영향을 미칠 수 없었다. 지난 660년간 법학자들, 그중에서도 특히 18세기 법학자들이 사법부를 강하게 만들었다. 그들은 상식과 논리, 논리와 일반 개념, 일반 개념과 상식이 번갈아 가며 서로를 공고히 지탱케 하는 사고방식을 개발했다. 그들은 정확한 방법을 개발한 것이다. 정확한 방법이란 다시는 좀처럼 흔들 수 없는 그런 것이다. 사법 기구는 외부에서 오는 공격에 저항력이 생겼다. 그런 제도에 미래가 있다.

사법부 정신에서 나온 영구 평화 이념에 바쳐

막스 프리쉬*에 따르면 세계 몰락은 실현 가능한 것이 되어 버렸다. 그렇기 때문에 법치국가 이념을 가진 전 세계 국가들이 미래에 사법부의 방법에 따라 이 어려움들을 푸는 쪽으로 가는 것도 좋을 것 같다. 그러면 아무런 변화도 일어나지 않을 것이다. 이런 미래 과제를 모든 국가에서 사법부가 준비하고 있다. 그 전면에는 후속 세대의 사법 교육이 있다.

33. 재혼을 한 어느 과부가 와인상이나 가구 상점을 혼인과 함께 가족 재산으로 들여왔다. 남편은(법률상 부부간 재산 분배 규정으로) 비축된 와인이나 가구들을 제삼자에게 유효하게 매각할 수 있는가? (독일 민법 1376/1조)

48. 남편 수익 하에 있는(독일 민법 1363조) 숲에 벌레가 들끓어 나무들을 잘라 내야 한다. 남편이 파산 상태에 있다면 부인은 잘라 낸 나무 더미에서 목재를 내달라고 요구할 수 있는가?

52. A는 개울에서 보석을 발견했다. B가 개를 시켜 그 보석을 물어 오게 했다. C가 개가 물어 온 보석을 입에서 빼냈다. 누구에게 보석이 귀속되는가?

85. 팔스타프가 음주벽 때문에 금치산 선고를 받았는데 그가 후견인 동의 없이 8실링어치 샴페인과 반 페니어치 빵을 소비했다면 레스토랑 여주인에게 얼마 빚을 진 것일까?

150. 대위로 곧 승진하기로 되어 있는 중위 한 명이 승진할 경우를 대비하여 말 한 마리를 사기로 했다. 그러나 상인은 곧바로 그 말을 더 나은 가격으로 승마 선수에게 팔 기회가 생겨 이를 팔아 버렸다. 그사이 승진을 한 이 장교는 승마 선수에게 이미 양도된 이 말을 달라고 청구할 수 있는가?

194. 부인이 남편이 부재하는 사이에 자신이 감당할 수 없던 남편 개를 100마르크에 팔았다. 남편에게는 개가 도망갔다고 말했다. 갑자기 개가 다시 돌아왔고 남편이 직접 이 개를 다른 사람에게 80마르크에 매도 후 양도하였다. 첫 번째 구매자가 즉각 알려 왔기 때문에 남편은 진짜 사정을 알게 되었고 더 조건이 좋은 첫 번째 구매를 승인했다. 첫 번째 구매자가 두 번째 구매자에게 개를 요구할 수 있을까? 남편이 다시 돌아온 개를 자기에게 대부를

해 주었던 산지기에게 담보로 설정했었다면, 부인을 통해 이루어진 양도를 승인한 이후에도 담보권은 존속되는가? 만약 그렇다면 산지기가 담보권 설정 당시, 권리가 없는 부인의 매도 사실을 알고 있었다면 어떻게 되는가?

197. 어떤 사람이 1930년 7월 13일 수요일 오전 10시에 8일(14일, 4주, 1달, 1년) 후에 채무를 갚겠다고 약속했다. 기한은 언제 종료가 되는가?

228. 광인이 소녀에게 키스하려고 했다. 자기를 지키려면 다른 방법이 없었기에 그녀는 그를 밀쳐 옆에 흐르고 있는 개울에 빠뜨렸고 그는 감기에 걸려서 꽤 오랜 시간 아팠다. 그녀는 치료 비용을 물어야 하는가?

275. 증기선 3등 선실에 여행객 한 명이 다른 이가 가진 담배 한 갑을 훔쳐서 하나하나 피웠다. 곧 증기선이 침몰했고 도둑에게 담배를 도둑맞은 승객도, 그가 행한 일들도 모두 이와 함께 흔적도 없이 사라졌다면 구조된 도둑은 담뱃값을 물을 의무에서 해방되는가?

287. 이머만의 작품 『뮌히하우젠』에서는 복수심에 사로잡힌 이가 호프슐체가 소중히 여기는 자칭 카를 대제의 검을 슬쩍해서 없애 버린다. 훔친 자는 손해배상 청구의 반대 급부로 호프슐체의 소유권 양도를 청구할 수 있는가?

310. X에서 법조인의 날 행사가 열렸다. 시군법원 판사 A는 친구인 판사 시보 B에게 방 하나를 내주겠다고 편지에 썼다. B는 기쁘게 이를 받아들였다. 계약은 구속적인가? A의 하녀가 B의 옷을 빨다가 바지에 구멍을 냈다면 A는 손해를 배상해야 하는가?

321. 여름 여행을 떠나려는 개 주인이 산지기에게 사례를 하고 8월 동안 개를 맡겨, 산지기가 보살펴 주고 지켜 주기로 합의했다.

7월 말에 개가 아이를 물었다. 거기서 불어난 비용에 화가 난 주인이 개를 죽여 버렸다. 그는 산지기와 합의한 금액을 마찬가지로 지불해야 하는가?

448. 어떤 사람이 이제 결혼하려는 목적으로 지금까지 관계를 가졌던 여인에게 배상조로 1,000마르크의 어음을 주었다. 이 어음증서는 유효한가?

455. 과부가 집에 용익권을 가지고 있었다. 그는 보수를 받고 다른 이에게 이 용익권 사용을 허락했다. 565조를 이유로 그녀가 해약하자 상대방은 권리 양도가 용익권 규정에 따르며 임차권 규정에 따르지 않기 때문에 해약은 595조를 충족시켜야 한다고 주장했다.

682a. 휴가 가는 직원이 고용주에게 부탁하여 월급을 선불로 지급받았다. 이 사람은 도박에서 큰돈을 잃고 총으로 자살했다. 상속인은 채무를 지는가?

700. 금치산 선고를 받은 정신병자가 소유한 유가증권을 어느 은행가에게 매각하여 양도하고 곧바로 3,000마르크를 받았지만 나머지 금액은 청구하지 않았다. 그는 며칠 후 3,000마르크를 다 쓰고 죽은 채 발견되었다. 은행가가 유가증권에서 11,000마르크를 받았다면 그는 정신병자의 상속인에게 채무 11,000마르크를 지는가 아니면 단지 8,000마르크의 채무만 지는가?

702. 크리스마스에 숙모가 학생에게 익명으로 술 한 병을 보냈는데 실수로 동일한 이름을 가진 이웃에게 전달되고 말았다. 이웃이 이 술을 다 마셔 버렸다면 그에 대한 청구권은 숙모가 가지는가 아니면 학생이 가지는가? 수신자의 선의와 악의가 고려되는가?

701a. X가 불을 지른 교회를 재건축하느라 부담자가 들인 교회 건립 비용을 X에게 배상 청구할 수 있는가?

코르티의 꿈

수익성이 확실치 않은 크레인과 같은 거대한 코끼리의 몸. 코끼리의 몸이 한 걸음 뒤로 디디다가 코끼리 등에서 무언가 분망히 일하던 사무원을 깔아뭉갰다. 거대한 코끼리는 오랜 시간 동안 움직이지 않고 거기 서 있었다. 나중에 그 짐승은 사무원 몸에 관심을 가지기 시작했다. 코끼리는 곡예에서 하던 대로 사무원 가슴에 대고 물구나무서기를 했다.

그 살인 코끼리를 그냥 쏴 죽여 버릴 수도 있었다. 물구나무서기를 하느라 머뭇거리면서 잠시 동안 전혀 위험하지 않았으니까. 머리에서 약한 부분, 특히 귀 부분을 겨누어 맞출 수 있었다. 그 자리는 하얀 백묵 선으로 표시가 되어 있었다. 그러나 이런 코끼리, 거대하고 매우 신경이 예민한 아프리카코끼리는 길들이는 것만으로도 벌써 예술이기에, 참여자들은 엄청난 값어치를 지니고 있는 코끼리를 쏘고 싶지 않았다.

코르티의 모놀로그

아마 이 아름다운 가을날은 우리가 더 이상 오래 살 수 없다는 걸 말해 주는지도 모른다. 1945년 초는 특히나 날씨가 좋았다. 그러나 대다수는 이 시기를 살아남았다. 그러니까 우리는 이 가을에도—사람들이 말하는 것처럼 정말로 아주 위험하지만 않다면—살아남으리라는 희망을 품을 수 있는 것이다. 정액을 정자은행에 보관할 수 있다는 기사가 신문에 실렸다. 대재앙이 닥쳐도 후손 번식 수단들은 충분히 살아남을 것이다. 기상학자들이 모두 놀라 마지않던 1961년 가을이었다. 얼마나 아름답든, 얼마나 파랗게 질리든, 얼마나 오래 지속되든 재앙은 뒤따르지 않았다.*

1943년과 1944년 법원 건물에서 난 화재

공습으로 슈바르첸베르크 광장 구(舊)법원 건물에 저 비극적인 화재가 일어났던 1943년 섣달그믐 날은 동시에 판사 세대의 종말을 뜻했다. 단지 판사 한 명만 불에 타 숨졌다고 말해서는 안 될 것이다. 몇몇 아웃사이더의 경우를 제외하면 옛 법원 건물에서 일하던 판사 누구나가 지니고 있던, 1713년*부터 이어져 온 전통적인 의식이 전쟁이 끝나자 완전히 사라졌다. 법원장 만골트는 당시 아직 살아 있었다. 법원장은 화재가 났다는 사실을 듣고 바로 대관구 법제처 관리들과 지방법원 부장판사들과 함께 화재 장소로 갔다. 공습이 있기 전에 예비 경보가 있자 소방관들은 미리 그 위치로 가 있도록 지시를 받았고 공습에도 다치지 않고 꿋꿋이 버텼다. 그들은 일부 흙에 파묻힌, 시내 중심으로 뻗은 거리에서 사전 작업을 하고 있었다. 지방법원 앞에 몇몇 판사 시보들과 판사들이 모습을 드러냈다. 지방법원 맞은편 시군법원은 아직 피해를 입지 않은 것 같았으나 서까래 위에 사람들이 보지 못하고 지나친 시한폭탄이 터져 나중에 완전히 파괴되었다. 화재 현장에 나타난 소방정은 법원 건물이 복구할 수 없을 정도로 무너져 내렸다고 했다. 그러나 법원장은 싸워 보지도 못하고 소중한 건물들을 잃어버릴 수는 없었다. 그는 판사 몇 명과 높은 층으로 올라가서 상황을 파악해 보았다. 그는 판사들과 동행인들, 당원들, 이제 도착하는 사무과 직원들과 함께 인간 띠를 만들어 가장 높은 층에서부터 타기 쉬운 물건들을 거리로 차례차례 전달했다. 결국 적어도 등기부들은 구할 수 있었다. 사람들은 마지막에 직접 뛰어들어 등기부 구하는 걸 도왔다.

1945년 가을에 벌써 법원이 다시 열렸다

법원 건물이 지하실까지 다 타서 무너져 내린 화재가 있던 밤, 지방법원 판사들은 위층에서 십자가상과 긴 의자들을 창문 밖으로 던졌다. 산더미 같은 서류들이 앞마당에 쌓였다. 문서 더미 중 일부는 엉뚱하게도 히틀러 유겐트들이 나르고 있었다. 1945년 가을에는 군대가 몰락하고 나서 넘겨받은 새 건물에서 일을 다시 시작할 수 있었다.

집달관 한스하인츠 날레파의 보고

사무과 직원인 저희는 경보가 해제되자마자 연락을 받고 곧바로 지방법원에 배치 받았습니다. 저는 사법부 일원으로서 어차피 곧장 법원으로 가야 했다고 할 수 있습니다. 지방법원 건물의 서까래는 활활 불타오르고 있었고 가까이 가기도 전에 벌써 그 타는 모습이 보였습니다. 저는 법원장님과 지방법원 에르베 판사님, 프리드리히 박사님, 하인체 박사님, 비간트 판사님을 보았습니다. 몇몇 시군법원 판사들은 아직 온전히 서 있던 시군법원을 샅샅이 뒤지고 있었는데, 이 건물이 나중에 폭발로 무너져 내리는 바람에 시군법원 슈미트 판사님이 희생자가 되었습니다. 며칠 후 우리 모두 장례식에 갔습니다. 우리가 도착했을 때 만골트 법원장님이 벌써 몇몇 신사 분들과 지방법원 건물 안에 계셨다는 사실을 잠깐 말씀드리겠습니다. 그분은 1차 세계대전에서 부상을 입었는데도 항상 제일 먼저 뛰어드셨고, 당신이 평소에 하시던 말, 그러니까 우리가 사법부 전선에서 민족의 거대한 운명 전환을 위해 싸우는 것이라는 말을 실천하신 것입니다. 제가 짬이 나면 종종 다시 읽곤 하던 헤겔이—그와 반대로 저는 쇼펜하우어나 니체는 불분명해서 싫어합니다—그러니까 이 철학자가 현실에서 사는 이념적인 삶을 이야기했는데 저는 이것을 실천적으로 사법부에 적용시키고 싶습니다. 사법부는 어느 정도 이념과 실천을 동시에 가지고 있으니까요. 사법부도 동부전선과 공중 전선에서 그 당시에 매일 벌어지던 전쟁을 함께 체현했다는 점에서 그렇습니다. 수많은 사무과 직원들이 전사했지요. 새로운 법원 건물(예전 군관구 사령부 건물) 회랑에 그에 관해 적어 놓은 게시판이 있었습니다. 만골트 법원장님이 다시 뛰어드신다는 것은 우리에게 현실과 이념을 직접 연결시킨다는 신호였습니다. 건물 위층을 구할 가망은 거의 없었습니다. 우리는—우리 스스로도 투입된 상태로—지방법원 판사님들이 위층에서 십자가상과 긴 의자들을 창문 밖으로 어떻게 던지는지 보고 있었습니다. 산더미 같은 서류들이 앞마당에 쌓였습니다. 문서 더미 일부는 엉뚱하게도 히틀러 유겐트들이 나르고 있었습니다. 2층과 3층 사이 빈 공간에서 불이 멈추리라고 예상했지만, 희망은 꺼지고 건물은 밤새 불타다가 지하실까지 무너져 내렸습니다. 많은 이들에게 그것은 한 시대의 종말이었습니다. 왜냐하면 우리는 곧 새 건물, 그러니까 우선 시청사 건물로 들어갔다가, 1946년에 새 법원장님이 임명되시면서 1935년 당시 본이 되던 건축가들이 세운 군관구 사령부 건물로 들어갔기 때문입니다. 만골트 법원장님은 옛 지방법원 건물을 구할 가능성이 없다는 사실을 재빨리 알아차리셨습니다. 우리는 등기부와 일부 값비싼 책상들과 역시 값비싸지만 일부 부서진 18세기산 긴 의자들을 건지는데 노력을 집중했습니다. 도서관은 구해 볼 수 없을 정도로 무너졌습니다. 법원장님은 건물에 화재가 나고 오래 살지 못하셨습니다. 1944년 3월에 우리 모두 그분 장례식에 참석했고 법원 사람들은 이날 하루를 휴일로 얻었습니다. 엄격한 법원장님이셨지만 이렇게 모든 면에서 사랑받던 이분은 그래서 얼마 후 친구 분이셨던 칸츨러 박사님이 7월 20일 사건에 연루되는 것은 보지 않으셔도 되셨지요. 사무과 직원인 저희들은 다른 법원장님이나 바뀐 건물에 익숙해질 수가 없었습니다. 새로 들어오는 사무과 동료들에 대해서도 마찬가지였습니다. 화재가 일종의 분기점이었다고 말씀드려야겠습니다. 나서지 말라고 아무도 강요할 수 없고, 프리드리히 2세조차도 모자를 들어 경의를 표하던 판사의 지위라는 것이 이제는 층마다, 방마다 벌어지던 질긴 투쟁에 지고 말았던 것입니다. 서류의 많은 부분들이 소실되는 바람에 1945년 이후 피고인 여럿이 형사 처분 없이 도망쳤습니다. 이 화재에서 살아남은 판사들은 온전한 건물의 존립 위에 서 있던 예전 자존심을 다시는 회복할 수 없었습니다. 성직자들이 새 교회에서 설교를 하더라도 확실히 예전과 같지 않은 것과 마찬가지입니다.

집달관 베르거의 특수 임무 부대 재판*에 대한 보고

저는 오랜 기간 법원장님의 인사과 조사관으로 근무하여 — 인사과 조사관은 서류들을 잘 분별할 수 있는 자리로, 저는 최근에 몇 가지 오해로 카이저 집달관에게 자리를 물려주고 징계위원회가 끝날 때까지 정직 중입니다만 — S 법원 관할구역 판사들의 인사에 대한 정보를 드릴 수 있습니다.

법관 중 다수가 장교들이었지만 이와 대조적으로 당원으로 참여한 판사는 매우 적었습니다. 이 주목할 만한 결론은 다른 법원 관할구역과 비교할 때 우리 구역에서 더욱 두드러집니다. 명단은 다음과 같습니다. 장교: 슈베어린 대령, 파이틀 중령, 카이저 대위(기사십자훈장 수여자). 전시 법원 판사: 슈툼프, 칸토로비츠, 라이프치히 박사, 아르놀트, 비스로흐. 폴란드 특별 법원: 브렘저, 파이케르트, 호프만. 병참부 판사: 베겔레벤 박사, 바이어 박사, 카르스텐 박사. 해병: 회네, 자우어브라이. 나머지 법관들은 새로 왔거나 전시에 특별한 업무를 맡지 않았던 분들입니다. 위에서 언급한 분들 외에 복무했던 분들은 코르티 판사님, 글라우베 박사님, 마이네케, 야콥, 슈비트헬름, 비간트 판사님, 그리고 법원장님입니다. 후견 업무 부서에 배정된 여성 법관 네 명도 있습니다. 중요한 서류들을 제가 조달할 때 항상 철두철미하게 허가된 방법으로 한 것은 아니라는 사실을 고백하겠습니다. 그렇다고 이런 식으로 우리 구역 판사들에 대한 자료를 모은 적도 없다는 사실을 강조하고 싶습니다. 울름에서 벌어지는 특수 임무 부대 재판에 북독일 여러 고등법원 법원장과 높은 지위의 법관들에게 — 예전 그분들이 집단군 법무관이나 일반군 법무관으로 일했기 때문에 — 증언하게 해야 한다는 생각은 물론 여러 타블로이드 신문에 제가 독자투고를 했다는 사실과 다시 관련이 있습니다만, 그 후 이 의견은 특수 임무 부대 재판에서 받아들여졌습니다. 여기 고위직 판사님들과 법원장님들이 증언 후에 선서하지 않았다는 사실은 우리 인사 관리 직원들에게 아주 의미하는 바가 컸습니다. 그것은 법원이 그분들을 믿지 못한다는 근거가 될 수 있을 뿐입니다. 우리는 증언을 하고 귀향한 법관들이 고향에서 무슨 일을 겪게 될까 긴장했습니다. 저는 개인적으로 이런저런 분들이 구속될 것이라 생각했기에 이런 관점으로 「빌트」지* 독자 투고란에 다시 투고했습니다. 그러나 흥분에 찬 우리의 기대는 실망으로 끝나고 말았습니다.

울름의 특수 임무 부대 재판 이후 판사들이 자존심을 회복하다
울름에서 있었던 특수 임무 부대 재판에서 여러 고위직 판사들이 예전에 집단군 법무관이나 일반군 법무관으로 일했기 때문에 특수 임무 부대 업무에 관한 증인으로 심문을 받았다. 증언에서 고위직 판사들과 법원장들은 선서도 하지 않았다. 이런저런 증인들에 대한 체포나 징계 위원회 고발은 피할 수 없는 듯 보였다. 그러나 별다른 일이 일어나지 않자 점차 판사들은 자존심을 회복했다.

폴란드 특별 법원의 형량 남용

1942년에서 1944년까지 폴란드에서 그 지역 형법에 따라 처리한 사형 판결 비중이 일반적으로 너무 높은 것 같아 보였다. 신문들은 판사들에게 개인적인 책임이 있을 거라고 추정했다. 그러나 S 법원 관할구역에서는 예전 폴란드 특별 법원에서 일했던 판사 중 한 명도 — 대개 브렘저, 파이케르트, 호프만 판사에 관련된 일이다 — 처벌받을 행위가 입증되지 않았다.

음모가 발각되다

1959년과 1960년 겨울에 많은 S 시 판사들이 형량을 약간씩 올리기 시작했다. 검사는 검사장 B의 지시를 받아 구속 1년 미만에 머문 판결 모두에 항소했다. 그래서 가벼운 처벌을 내린 판사들은 그 가벼운 처벌 때문에 벌을 받은 셈이 되었는데, 많은 경우에 항소심에 대한 판결문을 작성했기 때문이다. 다시 말하자면 판시 이유를 쓰는데 배로 주의를 기울여야 했다. 1960년 여름까지 형량 평균이 아주 천천히 30~40퍼센트까지 상승했다. 구속된 자를 사면하는 일은 거의 없어졌다. 1960년 가을, 한참 나중에서야 법원장과 대형사부의 두 부장판사가 형량에 대한 다양한 판례들을 발견하고 진행되고 있는 일을 알아차렸다. 법원장과 대형사부의 수장들은 형량을 다시 하향 조정하려 했다. 이러한 조정 노력의 결과로 1961년 겨울에 피고들은 매우 빈번하게 항소를 하였고 제1 형사부와 제2 형사부는 절망적으로 업무 과중에 시달렸다. 예전 수준이 다시 회복되지는 못했고 형량 평균이 20~30퍼센트 상승한 상태로 멈추었다. 손해를 본 자들이 구치소에 앉아 있었다. 음모를 꾸민 자들에게는 아무 일도 일어나지 않았다.

배심원이 된 매춘부

1959년 9월 S 시 사법행정에 끔찍한 잘못이—그러나 곧바로 깔끔히 처리가 된 일이—발생했다. F 부인은 G 구역 인명 등기부 직업란에 가정주부라고 올라 있었고, 배심원으로 추첨되어 A에서 K까지 청소년부 배심원으로 배정받았다. 나중에 이 부인이 매춘부로 일한다는 사실이 밝혀졌다. 그녀는 자기 정보에 대한 공문서 조작으로 지체 없이 처벌을 받았다. 그녀가 참여했던 판결들은 마땅히 항소심에서 폐기되었다.

코르티와 사형 판결

경험적으로 봤을 때 판사가 사형 판결을 내리면 나중에 해명할 일이 생긴다. 이것은 특히나 사형 판결이 쌓이는 치명적인 시기에 그렇다. 정치적 의견은 곧 바뀌고 사형 판결을 언도한 판사는 가려 줄 지붕도 없이 노출되어 버려 자기 행동을 변명해야 한다. 코르티는 이런 이유에서 사법부가 사형 판결이라는 위험한 지역 근처로 가면 안 된다고 생각했다. 이는 사형 판결이 판사의 공적 위신에 확실히 기여하는 바가 있다고 하더라도, 또 사형 판결이 많은 판사들의 개인적인 자부심을 만족시킨다 하더라도, 또 삶과 죽음을 가르는 결정이 판사 손에 달려 있다 하더라도 마찬가지다.

코르티가 가장 좋아하는 요리*

코르티가 가장 좋아하는 요리는 완두콩이다. 크리스마스이브에는 푸른 잉어 요리. 섣달그믐 날에는 야채와 햄을 얹은 빵. 부활절에는 새끼 양.

코르티와 오지 않는 종말

어딘가에 매복해 있는 끝을 향해 달려가는 코르티의 모험은 좋은 결의들로 가득하다. '거리에서 호기심 금지'도 최근 이 결의에 포함되었다. 1961년 초에 코르티는 사람들이 빙 둘러싸고 있는 사고 현장에 호기심으로 다가가다가 하마터면 화물차에 치일 뻔했다. 넘어지는 바람에 양쪽 정강이가 부러졌다. 차 때문이었다. 의사들이 코르티의 기능 수행력을 재생시켜 주었다. 이제 코르티는 이런 종류의 사고에도 특별할 정도로 조심성을 발휘할 것이다. 그래도 그는 겁이 났다. 두려움은 다른 한편으로 힘의 원천이다. 판사들은 S 시 구역에서, 그리고 사법부 다른 곳에서 어느 정도 동지애를 가지고 여러 행동 방식들을 포기하면서 코르티 같은 이들의 종말을 지연시키는 보안 체계를 공고히 한다. 1800년경에는 신문 기사 하나면 코르티 같은 이를 제거하는 데 충분했을 것이다. 1900년경에 그러려면 개혁 운동이 불가피했을 것이다. 1962년에는 설령 폭동이 일어나더라도 코르티를 제거하지 못할 수도 있다.

그리고 도대체 누가 코르티 때문에 폭동을 일으키겠는가? 그렇게 코르티의 종말은 아주 요원한 것이다. 그렇다, 코르티의 종말은 일단은 점점 요원한 일이 된다.

추가된 이야기

스페인 보초병

스페인 어느 병영에 짚 한 더미가 쌓여 있다. 그 앞에 보초 하나가 세워졌다. 지푸라기는 썩어서 작은 더미로 사그라져 갔다. 이 보초는 면직되지도 못하고 아직도 몇 달째 그 앞에 서 있다.

클롭파우의 교육가

프리드리히 니체는 이렇게 말했다. "책이 그렇게 소중하고 위엄 있게 존재하기 때문에, 그래서 학자들의 노력을 통해 이 책들이 순수하게 받아들여지고 이해될 때, 학자들 모두가 제대로 쓰임을 받게 된다는 것, 그리고 이 믿음이 항상 다시 새로 확인되는 것, 인문학이란 바로 거기에 있다."

1943년과 1944년 독일 내 수많은 라틴어 학교에서는 젊은이들이 위대한 인문학자 F. A. 볼프*를 본받고 자라났다. 교사 후보인 프리드리히 륄 박사*는 기형이 된 한쪽 다리 때문에 병역을 수행할 수 없었다. 그의 열정은 교육가라는 직업에 적합했다. 그는 1939년부터 이를 위해 준비해 왔다. 그는 아이들이 가진 배움의 가능성을, 아이들의 좋은 의지를, 미래를 결정할 아이들의 교육을 절실히 믿었다. 대학 때 선생은 베를린의 마르티니와 하이도른이었다. 한마디로 륄은 개인 교육 이념의 추종자였다.

륄이 교생 실습을 할 당시 그에게 라틴어를 잘 배우던 똑똑한 학생 하나가 체육 교사가 감독하던 매스 게임을 하다가 죽었다.

륄과 다른 교생들이 응급조치를 취했지만 이미 무력한 시도였다.

1944년 가을, 그는 2차 임용고시를 마치고 서프로이센에 있는 클롭파우에 비교적 빨리 보조 교사로 임용됐다. 그는 1월 10일 클롭파우에 도착한다. 1월 12일 러시아 군인들이 바익셀에 있던 거점에서 나와 폴란드로 쳐들어왔다. 교사들은 새로운 전선을 만들라는 명령을 받았다. 교사 륄은 클롭파우 고등학교에서 수업을 제대로 시작하기도 전에 교사회에 서둘러 요구해서 학생들을 훈련시켜 방어를 시키고 참호를 팔 그룹을 만들고 내륙으로 행진시켰다. 그라우덴쯔* 지역에서 그들은 전차가 빠질 구덩이를 팠다. 학생들은 빨리 참호 파는 법을 배웠다. 얼마 지나지 않아 벌써 러시아 전차가 근처에 도착했다. 참호에 투입했던 학생 12명이 기습을 받고 죽었다. 바로 이 시점에 교사회 륄 박사는 클롭파우 전체 지역 학교 군사 감독을 맡았다. 륄은 12주 만에 보조 교사에서 실질적인 교육감으로 승진한 것이다. 전차 습격이 있던 1월 18일 밤까지 살아남은 학생 18명은 부상당한 동급생을 빌비 지점으로 이송하려고 했다. 거기에 야전병원이 있었다. 빌비에 닿기도 전에 그 학생들은 대전차포 작전과 돌격소총 작전을 명령받았다. 그들은 빌트루쉬-랭스비 교차로에서 교사가 하는 조언에 따라 러시아 전차를 막으려 애썼다. 학생 4명이 살아남았다. 그들은 외다리 선생과 함께 숨어 있었다. 나머지는 죽었다. 륄은 적어도 이 학생 4명은 제국 영토로 되돌려 보내기 위해 모든 노력을 기울였다. 남쪽 베를린으로 철수한 제9연대를 찾아서 브란덴부르크 변경 숲을 지나 행진하던 중 학생 하나를 포탄에 잃었는데, 이 학생은 고깃감을 좀 잡아 보려던 중이었다. 이 교육자는 군용차 바퀴 자국을 따라와 결국 베를린에 학생 2명과 도착해서 제국 및 프로이센 문화국에 보고했다. 학생들은 서쪽 슈판다우 학생 집합 연병장으로 호송되었다. 전쟁 후 륄은 무서워서 교사 자리를 다시 맡는 것을 꺼렸다. 암시장이 횡행하던 시절에 그는 우표 교환 사무실을 열었다. 1948년에는 직업을 바꾸고 부동산중개인이 되었다.

학자의 사명 — 만도르프[*]

1

　G. J. 피히테, 학자의 사명 : 학자란 모름지기 도덕적으로 당대 최선의 인간이 되어야만 한다.[1] 경제학자 만도르프는 1932년 6월부터 정욕을 포기하고 중앙의 대학도시 F에서 연구와 이론에 전념하려고 한다. 그는 노력해 보기로 결심했다.

연구와 이론

　1933년 5월에 23세의 만도르프는 대학 총장이 된 하이데거의 취임사 연설을 경청해야 했다. 연설하는 총장 바로 앞에 앉았기 때문에 만도르프는 집중하는 표정을 지었다.[2] 그는 9월에 스포츠

(미주로 처리한 옮긴이 주와 달리 지은이 주는 모두 각주 처리했음을 밝힙니다.—편집자 주)
1) 학자의 사명에 관한 몇 차례의 강연, 1974,[*] 13번, 261페이지.
2) 단지 그는 집중하는 표정을 지었을 뿐인데 잠시 후에는 정말로 집중이 되었다.

축제 지도를 맡으라는 지시를 받는다. 1934년에 국가사회주의 차량운송 군단(NSKK)에 가입한다. 1935년과 1936년에는 방어 훈련 비슷한 군사 실습에 참여했다.[3] 토요일과 일요일에는 대학 기관에서 일을 했다. 그는 교수 자격 논문 지도교수가 쓰는 출판물에 각주를 완벽히 달아주었고, 여러 강사들을 위해 색인을 구성해 주었다. 그래도 학문 경력에는 별로 보탬이 되지 않았다. 또한 진리 탐구와도 상관이 없었다. 여러 해가 지나서 만도르프는 조교가 되었다.[4] 그는 속이 답답했다. 이미 너무 오랫동안 교수 자리를 원했던 것이다. 많은 교수들은 그러한 정체 과정이 학문의 건전한 유지를 위해 필요하다고 여겼다. 만돌프*에게는 두 가지 각기 다른 소망이 자랐다. 그는 한없이 교수 자리를 얻고 싶었다. 다른 한편으로는 더 포괄적이고 더 순수한 과제를 원했다. 셸링이 말했듯, "모든 것은 오직 하나의 지식이며, 그 동일한 지식의 방법들 각각이 오직 부분으로서 전체 조직 속에 포함되기 때문이다. 다시 말해 모든 학문과 지식의 방법은 철학의 부분이며 근원적 지식에 참여하고자 하는 노력의 부분들이기 때문"[5]이었다.

만도르프의 행동반경

만도르프의 영향력 없는 생각은 1934년부터 출간한 일련의 출

---

3) 곡사포 쏘기, 전진, 소요 시간 계산, 행군이었다. 그리고 군사 실습이 끝날 때는 번쩍이는 칼을 뽑고 명령하는 장군 앞에서 무기를 들고 사열해야 했다.

4) 특정 이전 근무 시기는 임의 은퇴 연령으로 계산하여 산출한 A13 호봉 수준의 급료를 받았다. 만도르프가 진전이 느린 이유는 그의 전문 영역(섬유 가공 산업의 구조별 시기 — 벰베르크 인조견사*를 중심으로)이 지금 이 시기에 발전할 가능성이 별로 없는 것 같았기 때문이다. 만도르프가 공부를 시작하던 당시에는 아직 개선 가능한 문제였다. 부친은 공무원이었고 친조부는 농부였던 만도르프는 한번 발견한 테마에서 빠르게 다시 스스로를 떼어 내는 재능을 갖고 있지 못했다. 그는 테마를 너무 열심히 붙잡고 있다고 Eu 교수가 말했다.

5) 아카데미 교육 방법에 대한 두 번째 강의. 예나, 1802, 끝 부분.*

280

판물들 숫자로 채워졌다. 생각의 파급은 전공 잡지라는 틀 안에 제한되었다.[6] 잘 파급되었다고 해도 기존 권력 상황과는 잘 맞지 않았기 때문에 생각 자체가 스스로를 억압했을 것이다. 만도르프는 1934년 국가가 각성하면 국민경제적 상황도 변화시킬 수 있을 거라는 기대를 품는다. 그러나 그것은 각성하고는 관계가 없었다. 만도르프의 선택은 너무 적은 출판물을 출판해 생각의 파급력이 없어지거나 비교적 많은 출판물을 출판해 생각의 파급력이 없어지는—그것도 참을 수 없었는데—사이에 위치하고 있었다. 만도르프는 목적의식을 갖고 작업했다. 1939년에 그는 교수 자격 논문을 제출한다. 다만 취임 강연은 전쟁이 시작되는 바람에 이루어질 수 없었다.

충동 해소

만도르프가 만났던 첫 번째 선생은 그에게 좋은 학생이 되라고 유혹했다. 초등학교를 마친 후에 다닌 교육 시설에서는 그가 라틴어와 수학에 관심을 갖도록 칭찬과 처벌로 마음을 움직였다. 우수한 성적표와 연결된 이점은 쉽게 거절하기 힘들다. 그렇게 만도르프는 경제학을 공부했다. 게다가 대학 선생 W는 플라톤 이념으로 그를 감염시켰다.[7] 만도르프는 진리 탐구에 이성을 헌정했기에 그

---

6) 『재정문서고』, 1936년, 212~214페이지. 『국민경제 전망』, 1934년, 2호, 430페이지 이하; 1938년, 1044페이지 이하. 『후원자』, 1937년, 12페이지 이하. 『신용과 바닥』, 1938년, 114페이지 이하(비평). 『벰베르크 인조견사』, 특별판 1938, 『양모와 상업』 1938년 425페이지 이하; 1939년, 4320페이지 이하.*

7) W는 특히나 깡마른 사람이었다. 그는 플라톤에 관해 얘기할 때면 신체적으로 익숙하지 않은 불편한 자세로 탁상에 기대곤 했다. 이러한 자세는 (정신적 움직임에 유리한) 신체의 허약함을 말해 준다고 했다. 그러나 전체적으로 보면 W는 수십 년이 넘도록 신체 지구력을 보여 주었다. 그는 보수적인 태도를 기반으로 힘을 모아 지구력에 투자했다. 이 지구력을 자신의 생각-기계에 사용하였다. 생각-기계는 F 대학 정교수 자리에서 나오는 생활비를 벌기 위해 사용했다. 그렇게 W는 신체를 전체적으로 잘 관리했다.

것을 또 자기 이익을 알아차리는 데 사용할 수는 없었다.[8]

어떤 소녀도 궁색한 그의 집에 놀러 오고 싶어 하지 않았다. 그런 일에 대한 관심은 녹아서 사라져 버렸다. 그러나 만도르프는 강의 자리나 진리 자체도 역시 얻지 못했다. F 시 근처에 있는 울타리 친 숲길로 산책을 나가 봐도 만족스럽지 못했다. 만도르프가

---

[8] 진리 탐구에 종사하는 F 대학 정교수 68명은 33년 5월 26일* 제2대학 정원의 기념식에 참가한다.

제1그룹: (12세기~17세기)*
보라색 박사모를 쓴 중년의 법률가 24명, 의학자, 신학자 14명: 이들은 귀족 계급이다.

제2그룹: (18세기~19세기)
자연과학자들 — 잘게 나누어진 학과들을 일괄하여 보자면 — 이들은 동료들이라고는 해도 전부 다른 방식으로 교육받았다. 19세기 초 이래 F 시에는 자연과학 연구 기관들이 폭발적으로 여기저기 생겨났다. 과학자들은 관복 모자에 붉은 띠를 둘렀다. 그들은 살아 있는 거위를 자르는 일을 가장 좋아했다. 그것은 일부 금지되어 있었다. 몇몇 의학자들만 이 그룹에 시종일관 속해 있었고 다른 이들은 속해 있지 않았다. 보조 여의사가 자신이 유산한 태아를 어느 연구 기관이 소유한 냉장고에 보관했다. 병리학의 교황인 B 교수가 이 행동 방식이 지닌 비인간성을 지적했다.

제3그룹: (19세기 초반)
인문학자 12명, 철학자 7명, 법사학자 2명, 약학사학자 2명, 역사학자 4명, 오리엔트연구가 1명, 고고학자 1명, 양피지 연구가 1명은 관복에 노란 띠를 둘렀다.

제4그룹: (1910년 이후)
경제학과는 학문 서열에서 아직 확고한 자리를 차지하지 못했다. 그래서 특히 과학적 방법에 주력했다. 마찬가지로 16세기에서 유래한 관복을 입었다.

새로운 그룹: 대부분은 젊은 인력들로 체육, 음악학, 펜싱 교사, 지역 강사 위원장, 조수들이었다.
철학과 대표는 총장이자 동시에 연구 이론부 대표로 대학 광장에서 다음과 같은 강연을 하였다. "알베르트 레오 슐라게터*는 가장 어려운데도 위대한 죽음을 맞았다. 보병-호위 포병대 리더로 가장 전방에 서지는 않았으나 무기도 없이 프랑스의 총대 앞에 섰다. 그러나 그는 당당하게 일어나서 가장 어려운 일을 해냈다! 승리를 향해 싸웠다고 해도 이 어려움 자체는 마지막 만세를 부르는 순간에도 있었을 것이다. 영광보단 암흑, 굴욕, 배신이 있었기 때문이다. 그는 가장 어려운 상황 속에서도 그렇게 **가장 큰 위대함**을 완성한 것이다. 이 가장 큰 어려움을 견뎌 낼 의지의 강인함은 어디에서 오는가? 위대함과 머나먼 목표를 영혼 앞에 세울 마음의 명징함은 어디에서 오는가? F 대학 학생이여! 그대는 산과 숲, 골짜기, 이 영웅의 고향으로 나아가 행진하면 경험하고 알게 되리라. 태곳적 바위들과 화강암, 그 돌들이 오래전부터 의지의 강인함을 만들어 냈던 것이다. 총칼 앞에 무기도 없이 맞선 영웅의 내면은 총구들을 넘어 고향의 산들로 시선을 향했다. 알베르트 슐라게터는 강인한 의지와 명징한 마음을 품고 자기 죽음을, 가장 어렵고 가장 위대한 죽음을 죽은 것이다."
축가로 그 행사는 막을 내렸다. 이 흥분된 날엔 당연히 아무도 연구를 하지 않았다. 다음 날 경제학자들과 의학자들은 학과 회의를 갖는다. 법률가들은 사법고시에 매진했다. 신학자들은 결의안 작성에, 인문학자들은 정관 변경에 바빴다.

따를 수 있는 욕망이란 당분간 교육을 향한 일그러진 욕망으로만 남았다. 처음으로 학문에 대한 유혹을 느꼈을 때 이 욕망은 그의 마음에 닻을 내렸던 것이다.[9] 그러니까 이것은 다른 이들을 계속 또다시 학문으로 유혹하고자 하는 마음이었다.

습관이 되어 버린 불행

1938년 만도르프를 시간강사회 의장으로 만들려는 움직임이 있었다. 그러나 실패했다. 이 직책으로는 제한된 권력만 행사할 수 있었을 것이다. 권력 안에 있는 자는 **생각**할 수 있다. 현실에 참여하기 때문이다. 그러나 권력을 행사하게 되면 생각할 기회는 좀처럼 주어지지 않는다. 이 기회는 다시금 높은 위치에 이른 학자들에게만 있다.[10]

만도르프는 난방 장치에 결함이 있는 연구실에 익숙해졌다. 작은 대학도시에서는 제대로 된 커피를 구할 수 없었다. 제대로 된 커피가 있다고 해도 만도르프는 깜짝 놀랐을 것이다. 전임강사가 되는 이들을 위한 소소한 재정적 지원에서 만도르프는 자기를 수호해 줄 **아테네 여신**을 본다. 여기엔 **취미로 학문을 하는 학자**의 그 오래된 자유라는 것이 아직도 약간 남아 있었다. 만도르프는 기관에 서류와 책, 보조금이 부족하다는 사실도 마찬가지로 자유의 관점에서 보았다. 그렇게 정신은 사물들을 넘어 떠돌 수 있는 것이라고.[11] 만도르프는 1937년 봄에 일정 기간 젊은 여성 하나를 쫓

---

9) 만도르프의 귀에 다음과 같은 말이 들렸다. "세계와 인간성의 위기를 동정하여 먼저 느끼고, 그 위기를 풀어야 할 숙명을 기꺼이 희생할 마음으로 시인한다면, 그리고 너의 내면에 그런 힘이 있다고 믿으면 선생이 되어라."

10) 만도르프는 권력이라고는 오직 군의관 폰 레만을 통해서만 접촉할 수 있을 뿐이었다.

11) 교수 G는 늘 이렇게 말하곤 했다. "한 번도 교수 자리에 앉지 못했던 쇼펜하우어의 예를 보

아다녔다. 하마터면 그녀가 그에게 함께 휴가 여행을 떠나자고 강요할 뻔했다. 이 곤경에서 간신히 벗어난 만도르프는 스스로의 외로움에 매우 만족스러워했다. 만도르프가 스스로 지킬 의무 목록을 만들어 놓은 것은 한편으로는 야심 때문이고 다른 한편으로는 밥벌이에 대한 관심 때문이다. 다시 말해, 그가 얻지 못하는 대상들이 그를 떠밀었다. 그가 더 많이 벌었더라면 그는 아마 흥미를 느끼지 못했을 것이다. 만도르프와 매우 친했던 후속 세대 학자 한 명이 대학에서 쫓겨났다. 만도르프는 1938년 가을, F 시의 낡아빠진 푸른 포장 보도에서 발목이 부러졌다. 만도르프는 고대 텍스트들을 즐겨 다루고 싶어 했지만 경제학부는 이런 우회로를 허락하지 않았다. 그는 항상 단골손님 자리에 앉아 동일한 메뉴를 주문하고, 감히 이를 바꿀 생각도 못 했는데, 만약 그러면 여주인과 충돌이 있었나 보다 하고 생각할지도 모를 동료들의 뒷말을 걱정했기 때문이다. 머리가 과도하게 긴장하면 스포츠를 통해 어렵사리 해소했다.[12] 만도르프가 자기 불운을 못 알아차릴 것 같지는 않았다. 그러나 불운이란 동시에 불운한 상태로부터의 출구도 대부분 막아 버리곤 했다.

게나. 그래도 그가 그 글들을 다 쓰지 않았던가! 나는 C 박사의 경우가 생각나네. 이 동료는 연구소에 자리를 얻었는데 자리에 앉자마자 더 이상 연구를 하지 않았다네. 연구할 힘과 경제적 지원은 근본적으로 일치하지 않는 것일세."

[12] 만도르프는 그러나 트레이닝복을 입지 않았다. 원칙적으로 신사복 비슷하게 영국산 천으로 된 비싼 옷을 입었고, 특히나 세심하게 고른 셔츠를 입었다. 1346년 2월 16일 레겐슈타인 백작은 호이데베르크에서 단슈테트로 가는 길에 사슬갑옷을 입지 않았다. 마을 시종은 그가 높은 신분에 속하지 않아 보였기 때문에 그를 죽였다. 소수자에 속하는 만도르프는 그와 비슷한 보호막이 필요했다. 오직 제대로 갖춰 입는 것만이 실수로 인한 살인에서 면할 수 있는 것이다!

1939년의 마지막 상태

만도르프는 절망적인 상황 때문에 변화에 목말랐다. 대략 7년간 연구 이론부에서 훈련받았으니 만도르프는 이제 시작된 전쟁에서 개성을 펼칠 준비가 되어 있었다.

2

가능한 세계 전부가,

그 온 세계가 모양을 바꾸어

고유한 개인 안으로 녹아듭니다.

그것이 삶이라는 단어에 담긴

보다 고귀한 의미입니다.

— 빌헬름 폰 훔볼트,

카롤리네에게 보내는 편지

전쟁이 발발하자 모든 일들이 강물에 휩쓸렸다. 1939년 가을 만도르프는 F 시에서 공부하는 백작부인 N과(가문은 원래 바이에른 출신인데 1922년부터는 부쿠레슈티에 일부가 살았다) 결혼을 했다. F 시 동료들은 이 갑작스러운 결혼을 문제 삼았다. N은 만도르프가 조교로 돌보던 학생들 중 하나였고 그런 점에서 그녀는 '종속된' 관계에 있었기 때문이다. 결혼식은 W 마을에서 거행했다. 원래부터 여성 앞에 서면 떠나지 않던 두려움도 이제 만도르프에게 보이지 않는 것 같았다.[13] 그는 프랑스 전선 쪽에 조직하던 부

---

13) 만도르프는 어느 동료가 징계 위원회에 회부하기 전에 결혼식을 먼저 올리며 선수를 쳤다.

대에 특별 지도자*로 편입된다. 그 덕분에 — 전쟁 때문에 조건부 비자를 받기는 했지만 — 부쿠레슈티로 같이 여행을 떠날 수 있었다. 만도르프와 새로 얻은 아내는 점심 식사를 하는 데 세 시간에서 다섯 시간을 보냈다. 일찍이 먹을 것을 집어삼키듯 게걸스럽게 하면서, 그저 자유에 대한 방해로만 여겼던 이전 식사와는 정반대되는 식사였다. 만도르프의 새로운 출판물이 1940년 초에 시장에 출간되었다. 만도르프는 1940년 6월 며칠간 보르도 지방에 파견되었을 때 딱 그만큼 서부전선을 경험했다. 거기서 그는 섬유 공장을 감독했다. 점점 현실이 가까워짐에 따라 만도르프는 자기 이익을 파악하기 시작했다. 그는 아내에 대해서는 확신했다. 그녀는 F 시 주변부 언덕에 신혼 보금자리로 빌라를 하나 구입하려고 했다. 그는 개성을 더 널리 펼치려는 생각에서 아내를 사랑하며 밤을 보내곤 했다. 이 일도 그의 개성을 넓혀 주지 못하자 다시 그는 이를 일부 포기하고 말았다. 아내는 그의 기분이 또 갑자기 돌아올 거라고 믿었다. 루마니아 총사령부에서 만도르프를 요청했다. 만도르프는 1941년 4월 8일, 그리스에 들어서고 4월 9일, 살로니키로 출전한다. 그리스, 독일, 이탈리아, 영국, 그러니까 전쟁 참가국들은 이 원정을 불편하게 여겼다. 전쟁은 정확히 남쪽으로 옮겨갔다. 4월 12일 클리디 고개와 카스토리아 호수*에서 전투가 벌어졌고 14일에는 이미 올림프에서 전진 통로가 막혔다. 그리스에서는 누구도 더 이상 싸우려 하지 않았다. 만도르프는 승승장구하는 세기적 당의 대표자로서 승리와 빠른 전진으로 일종의 육체적인 만족감까지 느꼈다. 그는 섬유 공업과 그리스어 분야 전문가로 인정받았다. 만도르프는 코린트까지 어느 전차 부대를 따라갔다. 이해에는 옆머리를 아주 짧게 자르고 다녔다. 그의 두상은 호전적으로 짧게 자른 머리카락이 가르마까지 잘 정리되어 있었다. 자그레브까지 여행을 마중 나온 아내를 다시 만났는데 그녀를 알아볼 수가 없었다. 1년 전까지 그의 마음을 끌던 부분이 이제는 주의를 끌지 못했다. 그는 더 깊이 현실 속으로 밀고 들어가며 1년 전에 존재하던 상황을 이미 떠나 버렸다. N이 자그레브에서 타고 돌아갈 기차가 절망적으로 사람들로 넘쳐났다. 만도르프는 사람들이 밀려드는 와중에 공무용 총을 이용해 N에게 앉을 자리를 마련해 주었다.

1941년 6월에 만도르프는 언어 능력 덕분에 크레타 섬으로 투입된다.* 말레메 공항에서 귀환을 기다리고 있는 크레타 점령 부대 일부를 보았다. 만도르프는 크레타에서 통역관 두 명을 휘하에 두었다. 그는 격자 모양으로 크레타를 구획했다.[14] 집단군은 멀리 떨어진 아테네에 있었다. 요새의 지휘부, 다시 말해 폰 R 중령이 우선적으로 잘 도와주어 만도르프는 크레타를 어느 정도 잘 알게 되었다.[15] 그러나 독일 친구들과의 관계는 벌써부터 식고 있었다. 승리의 기운은 변화해서 불랑제는 낯선 땅에 스며들었고, 곤충이 허물을 벗듯이 탈바꿈해서, 이 허물 벗기로 그는 자기 과거사를—벌써 과거사'들'이라고 얘기할 수도 있을—마침내 벗어 버렸다. 그는 헤라클리온에 사는 부유한 집안들과 각각 교제할 방법을 찾았다.

---

14) "크레타는 대부분 돌산으로 이루어져 있다. 이따금 올리브 나무가 있고 섬 서쪽에는 오렌지 나무가 있다. 섬 동쪽 협곡에는 아몬드 나무도 있었다. 염소들과 급류 때문에 섬을 제대로 감시하기 힘들다." 크레타는 정복되었다. 영국군 전사자 10명 대 독일군 전사자 **1명***. 이런 상황이었으니 승리는 의심할 여지가 없는 것이었다.

15) 야심가인 폰 R 중령은 인간을 다루는 법을 잘 알고 있었으며, 다양한 개인적인 상황에서 만도르프에게 조언을 구했다. 이 장교는 만도르프가 하는 제안들을 더 이상 따르지 않았지만, 만도르프는 폰 R을 고려해서 크레타에 대한 입장을 정리했다. 뒤늦게 그는 폰 R의 비밀 대화라는 방법이 그 자신도 벌써 일부 무의식적으로 사용하는 처세술이라는 것을 알게 된다.

3

만도르프가 크레타에서 자기 과거나 계속 바뀌는 과거사들을 마침내 벗어 버리자마자, 그러니까 **이 전쟁에서 개성을 널리 펼칠 두 번째 기회가 생기자마자**, 보다 근본적인 과거가 다시 그를 엄습하기 시작했다. 그는 그리스인 친구들을 학문의 길로 유혹하려고 한 것이다. 만도르프는 자신의 총체적 인생 목표를 교양이 좀 필요한 크레타 사람들 전부에게로 돌렸다. 그러면서도 크레타에 있는 유력한 열여덟 가문을 향한 교육학적 에로스는 동시에 그대로 유지했다. 만도르프가 도시 아이들을 위해 헤라클리온에 설립한 저녁 학교는 활기를 띄지 못했다.[16) 만도르프는 몇몇 지주 가문을 위해 그들 영지에서 독일어에 관한, 특히 노발리스*에 관한 강연을 했다. 새로 사귄 친구들은 노발리스가 원래 아주 다른 이름으로 불렸다는 것을 알고 매우 놀랐다. 만도르프는 Natr가와 Kar가를 사귀었다. 메트로풀로스가에서 그는 열여섯 살의 G를 알게 된다. 이 새로운 현실의 침투가 학자를 뒤흔들었다. 그는 오랫동안 여기에 사로잡혀 있었다.[17)

---

16) 크레타 도시들에는 드문드문 따로 모여 사는 유태인, 수공업자 층이 있었고, 학자는 거의 없었으며 일련의 그리스 정교 신부들이 있었다. 마을이 없는 산악 지방에는 목동들과 날품팔이 일꾼들이 살았다. 실질적으로 인구 비율 대다수는 이 섬을 통솔하는 약 열여덟 가문 주위로 묶을 수 있었다. 그는 전체 마을 사람들에게 수업을 아주 많이 해 주면 자생적으로 자라난 권위 상태에서 벗어나게 할 수 있지 않을까 하고 생각했다.
첫 수업이 성과도 없이 끝나자 폰 R 중령은 만도르프가 항의를 해도 아랑곳하지 않고 저녁 학교에 예정된 지원을 막아 버렸다. 만도르프는 페라니아 가문에 도움을 구했다. 페라니아 가는 인색했다.

17) 폭격기가 날아오자 좀 모자라고 후리후리한 G. 메트로풀로스는 어느 때와 달리 지켜 줄 사람이 옆에 없었다. 만도르프는 그를 저장 창고에서 만났다. 어린 정신박약아가 그에게 달려들었다는 사실 때문에 만도르프는 혼란스러웠다. 만도르프는 그 사건을 비정상적인 위험, 이해력 부재, 쾌락이라는 점에서 일단 사랑이라고 여겼다. 물론 이것이 오래가진 못했다.* 메트로풀로스가 사람들은 전체적으로 피부가 검고, 땅딸막하고, 비교적 뼈가 굵었다.*

메트로폴로스가를 통해 그는 Si가와 교제하기 시작했고 알음알음 Fer가를 더 알게 되었다. 이로서 동시에 W가와 Best가로부터 점령군에 대한 지원도 얻어 냈다. 이 가문들이 섬 동편을 대부분 지배하고 있었기 때문이다. 이 가문들은 그리스 본국과 무역을 하려고 했다. 그러기 위해서는 독일 점령군과 좋은 관계를 맺어야 했다. 그러나 원래 만도르프는 무언가 아주 다른 것을 원했었다.

학문에 대한 복무

Amor scientie factus exulis(지식을 향한 사랑 때문에 망명자가 되기도 한다). 학문에 빠진 자는 권력에서 배제된다. 그렇기 때문에 그는 권력에 봉사해야 한다. 학자들은 일찍이 귀족들의 신하로 비교적 높은 자리에 있었다. 그들은 오늘날 직업 공무원으로 학문에 봉사한다. 만도르프가 학문이라는 기구를 뚜렷한 목표로 두고 적확하게 이용하지 못하는 이유는 그것이 처음부터 권력에 대한 봉사를 위해 고안되었다는 사실에 기인한다. 아벨라르*, 브루노*, 페트라르카, 괴테, 훔볼트도 그들의 주인들에게 봉사했다. 아벨라르와 브루노는 더 이상 봉사하길 거부했고 그래서 제거되었다.

만도르프에 대한 묘사

유약함, 자유주의적 성향(유혹받기 쉬움).
아웃사이더.
민중의 화해자.
모든 것을 연결 짓는 사람.

그는 이제 다시 머리를 길렀지만 몸에는 살집이 없었다. 만도르프는 자신의 상황과 화해가 되지 않았다. 그는 1943~1944년에 정체성을 바꾸고 국적을 버릴 수도 있었다. 그리스 저항 19부대 중 하나는 지주 가문들을 다른 파르티잔들로부터 보호해 주는 대가로 지원을 받고 있었는데 그들이 만도르프에게 이에 맞는 제안을 해 왔다.[18]

벗어난 자들을 유순하게 만들기

그가 잊은 것이나 다름없던 N이 살로니키에서 연락을 해 왔다. 만도르프는 당일 밤 비행기를 타고 그곳으로 간다. 완강히 거부하는 그녀를 결국 다시 그에게 붙잡아 놓을 수 있었다.[19]

4

1944년 8월 북동부에서 러시아군이 발칸 북부를 위협했다. 독일군 지휘부는 이런 상황에서도 그리스를 포기할 수 없었다. 그들은 크레타를 일부 비우기로 결정했다. 크레타에 남아 있는 군인들은 소위 크레타의 핵심 요새로 후퇴했다. 독일군이 떠난 자리엔이다 산악 지방에 있다 내려온 그리스 파르티잔들이 들어섰다. 그들은 영국군 장교들로부터 조언을 받고 있었다. 만도르프는 헤라

---

18) 이 부대 수장은 만도르프를 기꺼이 참모장으로 임명하려고 했다. 만도르프는 그 제안을 받아들이지 않는데, 그 이유는 친구 폰 R 중령을 고려해 주고 싶었기 때문이다. 폰 R은 7월 20일 사건의 맥락을 알고 있었다. 그는 만도르프와 크레타 섬에서 히틀러에 대한 저항을 조직해야 할지 의논했다.

19) 만도르프는 모차르트 호른 협주곡을 들을 때마다 N과 한 소심한 첫 번째 포옹이 생각났다 (아주 잘 조직된 메이데이 덕분에 분위기가 더 고조되었다).

클리온에서 후퇴하면서 망원경으로 장교 한 명을 보았는데, 그 장교는 파르티잔들이 행진해 들어오는 것을 통제하고 있었다. 독일군들이 섬 동부에서 후퇴하고 나자 영국군 연락장교들은 파르티잔들에 대한 통제력을 잃고 말았다. 만도르프는 그가 학문을 가르치던 가족들이 총살되게 생겼다는 말을 들었다. 그는 B 장군에게 이 친구들을 구하러 원정대를 파견해 달라고 요청한다.[20] 이 부탁은 거절당했다. 만도르프는 직접 헤라클리온으로 달려가려고 했다. 만도르프는 예전에 한 여인을 행복하게 해 주려고 학자 특유의 조용함에서 벗어났다. 그리고 승리를 기리기 위해 그녀를 포기했다. 그리고 크레타의 피부 속으로 미끄러져 들어가려고 승리자들한테서 멀어졌다. 이 모두는 그가 개성을 자유로이 펼치려고 한 일이다. 이제 위험에 처한 40명의 목숨이 바로 이 개성에 달려 있다. 그는 원래 하던 일로 되돌아갈 연결점을 찾고 싶었다. 그

---

20) 철의 사나이*들이 8월 24일에 하루 종일 아그람 라디오 방송국에서 노래를 불러 댔다. 만도르프는 또 다음과 같은 노래도 들었다.

> 왜 당신은 나를 원하지 않나요?
> 언젠가 하늘은 다시 파랗게 되겠지요.
> 전 싫어요.
> 물론!
> 별이 지면 아침이 오지요.
> 정원에 차우차우가 보이나요?
> 사랑은 언제나 있겠지요.
> 바람은 그 주둔지 깊은 곳에 울리고
> 종소리는 별이 총총한 밤하늘까지 가 닿네요
> 깊은 바다 그곳에 과거가 있고
> 꿈들은 사랑스럽죠.
> 저는 성도 원하지 않아요.
> 오늘과 영원한 시간을 원할 뿐.
> 더 상냥하게 대해 주세요.

그리스 도공들은 항상 조심스러웠다. 그들은 만도르프를 받아들이지도 않았고 또 점령군과 어떤 관계도 맺지 않았다. 그렇게 했는데도 그들은 오늘 교수대에 목이 매달렸다.

리고 절망적이 되어 가는 상황을 기꺼이 학문적으로 관찰해 보고 싶었다. 오랜 시간 그는 무엇이 더 중요한가 따져 보았다. 친구들을 위해 스스로를 희생하는 것이 중요한가, 아니면 그가 서술을 통해, 그러니까 전쟁 후 쓰려고 하는 책을 통해 그들에게 희생비를 세워 주는 것이 중요한가를.

개성의 개념

B 장군은 만도르프가 항의를 더 못 하게 저지했다.[21] 학자 만도르프는 크레타에서 체계 하나를 고안했다. 그러나 만도르프가 실습훈련을 더 잘 받았더라도 이 카드로 만든 성은 결국 무너지고 말았을 것이다. 그것은 만도르프 개인에 기대고 있기 때문이다. 만도르프 개인은 일어나는 사태에 기대고 있다. 일어나는 사태 자체가 지지받지 못하고 있었다. 그래서 만도르프도 지지받지 못했다.

전문가로서의 만도르프

원래부터 만도르프는 어느 분야에서도 전문가가 아니었다.

소름 끼치는 발견

헤라클리온의 그 불행한 시기에 만도르프는 한 가지 사실을 발

---

21) 희생제를 치른다: 정원으로 나가지 않기, 그 대신 라틴어 배우기, 술 마시지 않기, 그 대신 일찍 일어나기. 그러나 만도르프는 어쩌면 스스로 하고 싶지 않은 것을 희생해야, 하고 싶은 것에 이를지도 모른다. 만도르프가 원래 의도(친구들을 구하러 가려던)를 희생했다고 해서 개성의 가치를 잃어버렸을까? 사정에 따른 가치냐 아니면 더 높은 과제로 항로를 바꿀 줄 아는 능력이냐를 선택하는 문제였다.

견했다. 그것은 무슨 일이 일어났건, 무슨 일이 일어나건 그와는 상관이 없다는 사실이었다. 이 도덕적 타락 그 자체도 그와는 상관이 없었다. 그러나 친구들이 처한 불행을 마주하면서도 이렇게 상관이 없다는 사실이 만도르프가 행한 전체 원정에서 의미를 앗아갔다. 만도르프의 개성은 거기 펼쳐진 채 놓여 있었다. 다시 말해 그 개성은 아무 내용도 담고 있지 않았다.[22]

5

B 장군에게 이 일은 너무 번잡스러웠다. 그는 만도르프의 시선을 꺼렸다. B 장군은 9월에 만도르프를 코스 너머 아그람으로 야간 차편에 태워 보냈다. 거기에 있던 야전군 간부는 만도르프의 쓰임새를 알았다. 만도르프는 라리나, 지오티온, 트링칼라에서 올림프에 이르는 길의 교통 상황을 조사하라는 명령을 받는다. 그 길은 1941년부터 이미 막혀 있었다. 만도르프는 지금 — 1944년 말 — 까지도 부대 지휘관들에게는 전문가로 인정받았다. 저녁에 그는 플라톤의 '소크라테스의 변론'을 낭독했다.[23] 당시 만도르프

---

22) 만도르프는 이 시기에 일을 하며 분주했다. 그는 살로니키로 전신을 썼다. 매일 1시까지 일상적인 측량 업무를 처리했고 차니아와 래팀논에서 온 보고를 점검했다. 그는 야전 부사관 중에서 유일하게 그 지방 언어를 알고 있었기 때문이다. 그가 B 장군에게 서면으로 보내는 호소는 끈질겼다. 만일 B가 갑자기 굴복해서 헤라클리온으로 원정대를 보냈더라면 그는 오히려 이런 갈등이 사라져서 못내 서운했을 정도였다.

23) 장군이 말했다. "여러분, 오늘 여기 우리를 즐겁게 해 줄 분, 만도르프 교수를 모셨습니다. 만도르프 교수는 이미 본인이 하신 번역 중에서 발췌해 낭독하겠다고 말씀하셨습니다. 힘든 날들을 지나왔으니 저는 이제 이런 식으로 정신적 휴식을 좀 취하는 것이 필요하다고 생각했고, 또 이렇게 하는 것이 적절한 것 같습니다. 집중해 주시기 바랍니다." 이 말과 함께 식사를 개시했다. 강연과 회합이 이어졌다. 아주 진지하다고 여겨지는 음반들을 틀었다. 전체 분위기는 가라앉았다. 적 연합군이 프랑크빌라의 통로를 점령하지나 않을까 두려웠기 때문이다. 만도르프는 빅토르 위고의 「근위병들」을 추가로 낭독했다.

가 있던 군단 지휘부는 에데스의 반공산주의 저항 진영으로부터 그리스 시민권을 얻지 않겠느냐는 제안을 받았다. 그들 말은 우리가 함께 공산주의자들에 대항해서 나아가야 하지 않겠느냐는 것이었다. 군단 지휘부 장교들은 훗날 전쟁 포로라는 법적 신분이 될까 두려워서 이를 거절했다. 만도르프는 정신이 피폐해진 채 1945년 6월까지 에데스 편에서 공산주의자들에 대항해 싸웠다. 그는 유고슬라비아 진영의 포로가 되었다. 다시 얻은 첫 번째 삶의 기회를 그는 인터내셔널가를 알아가는 데 사용했다. 만도르프는 1945년까지 머물렀다. 독일로 돌아온 후 그는 친구들을 찾을 수가 없었다. 그의 아내는 그가 숨어 있던 곳을 찾아내서[24] 합의 이혼을 요구했고 1952년에 이를 이뤘다. 만도르프는 재인사 청구를 하지 않았다. 그의 교수 자격에는 1939년 취임 강연이 빠져 있었다.[25] 교수 자격을 통과했다 하더라도 자리를 얻지는 못했을 것이다. 교수 중 그를 아는 이가 없었고 만도르프가 달려들지도 않

우리는 열 명.
그 도시를 접수했고
왕까지도 잡았지!
그 후에,
도시와 항구를 지배했네.
무엇을 더 해야 할지 몰랐네.
그래서 우리는 정중하게
왕에게 도시와 항구를 돌려주었네.

24) 만도르프는 1948년 헤센 주 부츠바흐에서 가정교사 일을 시작했다. 그가 예전에 살았던 도시들에는 모습을 드러내지 않았다. 그의 아내는 아랑곳하지 않고 어느 귀향자 단체의 도움으로 주소를 알아냈다.

25) 자기 스스로가 부당하게 대우를 받았던, 만도르프가 멀게만 알던 어느 교수가 만도르프 사례를 끄집어내 주었다. F 대학 총무처는 얼마 동안 이에 대한 심사를 하다가 처리했다. 행정부 제4부서(대학 부서)는 그 사례를 제1부서(법, 조직, 재정)로 넘겼다. 여기서 만도르프에게 유리할 수 있는 '국가사회주의 정부의 부당으로 인해 피해를 입은 공직자를 위한 배상법' 제7조 3항 해석이 이루어졌다. 이에 재정부 공무원이 이의를 제기했다. 심사는 이 때문에 결정나지 않은 채 대학 총무처로 다시 되돌아왔다. 만도르프와 멀게만 알던 그 교수는 이 순간 중요한 영향력을 행사할 수 있었지만 심사에 신경을 쓰지 않았다. 그에게 친절은 근본적으로 특정 목적에 구애받는 것이 아니었기에 보통 한 번으로 족했다.

았기 때문이다. 그는 1958년에 조교 자리를 얻었다. 1959년에는 강사 자리로 옮겼다. 그는 나중에 언젠가 대학 협의회에 안정된 자리를 얻게 될 가능성이 있었다.[26] 1960년에 만도르프는 가정부와 결혼했다. 현실이 이제 다시 한 번 그와 마주친다면, 물론 그가 약간 닳긴 했지만 뭔가 해 볼 용의가 있다는 사실을 알게 될 텐데.

---

26) 이것은 M 대학 협의회 위원의 점진적인 추천 여부에 달려 있는 문제였다. 학장과 위원들은 원칙적으로 추천을 반겼다. 국가 행정부와 의견 일치가 있어야 노력들을 심사했다. 이 노력들은 그러나 ― 대학법에 구현된 대로 ― 연구 이론부의 전통적인 지도상을 해쳐서는 안 된다고 했다.

항상 희망을 품는 자는 노래하며 죽는다

이것은 앙뚜안느 빌로가 한 말이다. 아를르에서 재앙이 일어났을 때 그는 거기 있었다. 밤사이 수백 명이 죽었다. 댐이 무너졌기 때문이다. 빌로가 양팔로 나무에 매달려 있다가 배고픔과 추위에 기절하고 난 후에야 군인들이 그를 보트에 실어서 데려갔다.

1939년 그는 다른 선로 노동자 네 명과 함께 기관차 밑에 깔렸다. 경보 시스템에 무언가 이상이 생겼기 때문이다. 기관사는 사고 지점으로부터 몇 미터 지나서, 한눈에 알아보기 힘든 커브에 가서야 비로소 달리던 기차를 멈출 수 있었고, 다음 지점에서 교체되었다. 기관차가 입은 피해는 경미했다. 우리의 이 남자는 곧바로 치료를 받지 못했다. 사람들이 나머지 죽은 사람들과 그를 같이 두었기 때문이다. 그는 나중에야 다시 한 번 덜커덕거리며 깨어났다.

콘크리트 지붕이 무너졌다. 회사에 고용된 여자 일곱 명이 이 콘크리트 지붕이 있는 방에서 감자를 깎다가 죽었다. 그는 이 방에 있던 유일한 남자였다. 이 산업재해가 나던 순간 그는 문 뒤에 있었다. 다만 중상을 입었을 뿐이었다. 의사들은 그가 다시 일어날 수 있을지 반신반의했다. 이 일은 신문에 보도되었다.

전쟁이 일어나자 그는 전장에서 부상을 입고 내륙으로 호송되었다. 환자 호송용 비행기 엔진이 고장 나서 비행기가 고도를 잃고 말았다. 관제탑에서 중환자를 던져 버리라는 명령이 왔다. 이 남자는 중환자에 속했다. 그는 버림받았다. 낙하산 수가 부족했기 때문에 아무도 이 남자는 더 이상 생각하지도 않았을 것이다. 그렇지만 그는 이번에도 아주 운이 좋게 떨어졌고, 떨어진 지역 농가에서 돌보아 주어서 건강을 회복했다. 이것은 그에게 행운이었다. 왜냐하면 거기에 머물면서 포로 생활과 강제 노동을 피할 수 있었기 때문이다. 전쟁에서 승리하자 그는 남프랑스에 있는 집으로 돌아가는 바보 같은 짓을 저질렀다. 돌아가는 길에 그는 님*에서 체포된 의용군 포로에 섞였던 것이다. 사람들은 그들을 경기장에 몰아넣고 기관총으로 갈겨 댔다. 실수로 이 속에 엮여든 것일 수도 있고 아니면 정말로 그가 의용군과 관련이 있었기 때문일 수도 있다. 그는 총에 맞고 시체 더미 위로 떨어져서 그 속에 파묻혔다. 이후에 그가 한 이야기에 따르면 그는 마치 도살된 황소처럼 죽은 모양새로 질질 끌려 다녔다. 나중에 몰래 빠져나올 수 있었다.

그는 알제리 군 복무에서 해방되었다. 일 년에 사고율 1.2퍼센트를 넘는 직장에서는 일자리를 얻지 않았다. 그런데 남부 프랑스 작은 도시에 있는 경기장에서 황금빛 저녁 태양을 받으며 축구 경기를 보고 있는데 마지막 줄 자리까지 꽉 들어찬 이 경기장에 갑자기 소낙비가 쏟아지기 시작했다. 하늘 전체가 흥분한 관중 위로 물줄기를 퍼부었고 비에 젖을까 봐 겁이 난 수천 명의 인파가 스타디움 출구로 몰려들었다. 거기에서 죽고 중상을 입은 자가 20명이었다. 그동안 40세가 된 빌로는—또 출구 근처에 있었다—부상자 중 하나였지만 죽음은 면했다. 부상은 완치되었지만 지역 병원에서 적절치 못한 치료를 받아서 간 손상을 입고 가벼운 패혈증에 걸렸다. 덕분에 그는 수에즈 운하 여행에 참여하지 않을 수 있었다. 당시에는 그 모험이 안전하게 끝날 수 있을지 없을지 아무도 알지 못했다.* 이 남자는 감사했다.

협동적 태도

1943년 2월 11일 공습 후, 블라우바흐에 있는 어느 집에서 사람이 타고 남은 숯 덩어리가 발견되었다. 그 집에 살던 여자가 그건 자기 남편 유골이라고 주장했다. 같은 건물에 사는 두 번째 부인이 신고를 하고 자기 남편도 마찬가지로 이 무너진 지하실에 앉아 있었다고 했다. 아마도 서로 나란히 앉아 있었을 것이다. 그건 그 옆에 있던 자기 남편 시신일 거라고 했다. 그녀 역시 방문할 수 있는 무덤을 만들고 싶었던 것이다. 폐허가 된 자리†로 먼저 되돌아온 첫 번째 여자가 이 타고 남은 인간 숯 덩어리를 나누자고 제안했다.

---

† 프란치스카 치글러라는 소녀가 공습이 시작되자 공용 벙커에 갔다가 되돌아왔는데, 그사이에 이 집은 다 무너져 버리고 왼쪽 벽만 남아 있었다. 열여덟 살짜리 언니가 그리로 다가갔다. 마르타와 빅토르 치글러가 가슴까지 폐허에 파묻힌 채 똑바로 그 벽 옆에 서 있었다. 이 소녀들이 아버지를 소리쳐 부르자 그의 머리가 앞으로 떨어졌다. 콘크리트로 된 사각형 지하실 천장이 철근 하나에 매달려 있었다. 그녀는 석유를 가져다가 시신들을 태웠다. 우리가 이렇게 하지 않는다면 쥐들이 할 거야. 소녀들은 이 일을 해야만 했다.

협동을 통한 범죄의 해체

1

밤의 기술자 잉그리트 팔레. 그녀가 불을 켜고 손님을 맞는다. 손님에게 콘돔을 준다. 고객은 옷을 벗는다. 그녀는 껍질을 벗겨 물건을 꺼낸다. 기술자의 손길로 그녀는 고객의 자루를 부드럽게 쥔다. 그녀는 노련하다. 너무 꼭 끼는 콘돔에서 이 손님을 자유롭게 해 준다. 고객을 마사지 침대에 뉘이고 이 공간에서 작업한다. 전희는 오래 지속되어야 한다. 그녀는 발목뼈, 무릎뼈, 종아리를 애무한다. 그리고 가슴 부위로 옮겨 간다.

고객은 긴장을 푼다. 그는 말없이 목을 좀 더 격렬하게 다루어 달라고 부탁한다. 그녀는 조금 목을 조른다. 그녀는 180마르크를 받는다. 이 판사 시보의 물건 끝이 마치 작아진 붉은 양배추 같다. 그러나 가장 끝부분은 팽팽히 긴장했다. 나중에 액이 나올 남성의 질(膣)이 보인다. 그녀는 그다음에는 더 이상 흥분을 고조시키는 것이 불가능하다는 사실을 알고 있다. 그녀는 딴 생각을 한다. 슈테른 잡지 옛 판이 있다. 고객이 거기에 실린 사진들을 본다.

2

그녀는 금요일 5시 붐비는 퇴근 시간에 수많은 사람들 속에 섞인다. 그들은 카이저 거리를 지나 역으로 몰려든다. 걸을 때 쓰는 근육을 긴장하는 게 그녀에게 도움이 된다. 모젤 거리, 타우누스 거리를 건너면 니다 거리가 나온다. 그녀는 4층 계단을 걸어 올라가 집으로 간다. 그녀가 사는 숙소 자물쇠를 철컥 눌러 연다. 주중의 일 때문에 완전히 지쳐서, 이제 차를 좀 마셔야겠다는 생각을 하면서 집문을 열었다. 그녀는 유고슬라비아인이 무거운 안락의자 위에 있는 것을 본다. 머리에는 피딱지가 앉아 있고 팔걸이 위로 비스듬히 엎어져 있다.

그녀는 몇 주 전부터 이 유고슬라비아인을 알고 있었다. "자그레브에서 브뤼셀로 사업차 여행을 하고 있는데 운영하는 호텔에 식기세척기를 사려 한대." "프랑크푸르트에서 다이아몬드 두 개를 팔고 싶다는 거야." 그녀는 조심스럽게 그의 머리를 만져 본다. 안테 알레비쉬의 상반신을 일으켜 보려고 한다. 기다란 쇳덩이 하나가 안락의자 옆 바닥에 놓여 있다.

구식 건물에 있는 이 방엔 커다란 침대 겸용 소파와 술을 마실 수 있는 공간이 갖춰져 있다. 거기에 긴 의자와 원탁, 등받이 없는 의자 두 개가 있다. 이 구석에 그 커다란 안락의자가 있다.

3

"혼자 있으면 아무도 그렇게 똑똑해지지 못해." 그녀는 물을 가져와서 머리의 피를 닦고 싶다. 알레비쉬의 눈꺼풀을 올려본다. 부엌에서 가져온 천을 (지문이 묻는 걸 피하기 위해) 사용한다. 유고슬라비아인의 눈은 흰자위만 보인다. '그녀는 침착하게 입으로 분다.' 그녀는 살아 있다는 신호를 기다린다. 성냥불을 붙여 알레비쉬의 입 앞에 가져간다. 호흡이 있는지 체크한다. 천을 통해서는 손가락에 느낌이 전해지지 않는다. 칼 슐라이히가 사는 옆방에서 가져온 실크 천을 대 봐도 마찬가지다. 그녀는 곧장 포주인 슐라이히에게 얘기해야 한다. 타우누스 거리, 모젤 거리, 뮌히너 거리를 달려가 '룩셈부르크 스튜디오'에 있는 그를 만난다.

잉그리트: 알레비쉬가 방에 누워 있어. 죽었어.

슐라이히: 네 작업실에서?

잉그리트: 아니, 숙소에서.

슐라이히: 심장마비야?

잉그리트: 쇳덩이에 맞았어, 머리를.

슐라이히: 너 미쳤구나.

잉그리트: 조용히 해. 일단 생각 좀 해 보자고.

슐라이히: 넌 그게 조용히 하는 거야?

신뢰로 뭉친 두 사람이 서로 안 지 8년째다. 각자 자기 분야에 전문가다. 그들은 모젤 거리, 니다 거리를 항상 걷듯이 그렇게 걸어간다.

잉그리트는 여름에는 잿빛 금발 머리인데 겨울이나 감지 않은 경우엔 바랜 색이다. 헤센 북부 큰 마을에서 태어났다. "여자애가 자기는 뼈가 강하다고 약속해서 그가 여자애를 따라 방으로 들어갔대요." "그 애의 범상치 않은 몸이 눈에 띄었어요. 1년이 지나고 나니까 28킬로가 되었다니까요." "스물세 살 때 가족 파티를 하는데 2층에서 창문으로 뛰어내렸어요. 당시 어떤 나이 많은 남자하고 연애를 했어요. 떨어지고 나서 다시 몸이 마르기 시작했죠." "변비를 고치려고 몰래 설사약을 구해 많이 먹었어요. 해가 지나면서 자극적인 약물에 중독된 거죠." "망설임을 없애려고 녹투르네테를 많이 먹었어요." "저녁에는 매일 맥주 몇 병씩 마셨어요." 칼이 그녀의 포주가 되면서 그녀는 규칙적으로 밥도 먹고 전문가다운 야심도 생긴다. 그녀는 육체적인 방법이 아니라 지식 덕택에 직업적인 성공을 거둘 수 있는 것이다. "제 고객들은 전문가의 손길로 만들어진 판타지를 스스로 즐기지요."

칼 슐라이히는 포주로서 서류에 정통하다. 실제로는 침입 전문가[†]이다. 그는 침입 가능성을 연구한다(예를 들면 밤에 문을 닫은 간이식당에서 길고 호스 같은 터널을 파 모피 창고의 벽을 뚫는 일이다. 간이식당으로 난 방화벽 쪽은 보안 시설이 되어 있지 않다). 이런 계획은 슐라이히가 맡는다. 벽 뚫는 전문가 한 명이 밀라노에서 야간 비행기를 타고 도착해서 새벽 3시 30분경에 슐라이히를 깨우고 아침을 먹고 벽을 뚫고, 슐라이히는 그를 공항에 데려가 아침 8시 15분에 밀라노로 가는 비행기에 태워 보낸다. 모피는 타우누스에 있는 창고에 보관한다.

4

『*Power*(권력)』, 버트런드 러셀 저, 취리히 1947년 출간, 214페이지, "그렇게 경찰국 두 개와 경찰서 두 개가 있어야 한다. 한편은 오늘날과 마찬가지로 범죄 사실을 증명하는 일을 하고 다른 한편은 결백을 증명하는 일을 하는 것이다. 또 마찬가지로 범죄자들도

[†] 형사가 슐라이히를 용의자 선상에 한 번도 올려 본 적이 없는 것은 그가 풍속 범죄자이기 때문이다. 다시 말해 서류상 근본적으로 다른 범주에 올라 있기 때문이다.

두 가지 방식으로 있어야 한다. 한편은 범죄를 저지르고, 다른 한편은 그것을 다시 해체해야 하는 것이다."*

슐라이히는 알레비쉬의 입에 촛불을 가져다 대어 보지만 호흡을 찾진 못하고 죽은 이의 입에다 촛농만 떨어뜨린다. 그러나 잉그리트가 손으로 머리를 들어 올리지 못하게 하려고 했다. 그는 심한 타상의 경우에 머리 위치를 아예 움직이지 않는 것이 최선이라는 것을 알고 있었기 때문이다. 슐라이히는 머리가 깨진 이를 바닥에 비스듬히 뉘이고 아주 믿을 만한 자기 귀를 알레비쉬 가슴에 대어 본다. 그는 아직도 '돌이킬 수 없는 불행'이 아니길 빌고 있다. 만약 돌이킬 수 없는 불행이라면 그 자신과 잉그리트의 불행이 될 것이다. 그들은 이미 숙소에서 갱단에게 얻어맞아 죽은 이들을 본 적이 있었다. 이 둘은 서두르느라 이때 죽은 사람들을 제대로 관찰하지 못했다. 거기에서 좀 더 머물러 있었다면 살인 사건의 증인으로 소환되었을지도 모른다.

이 남자 살았어, 하고 슐라이히가 이러한 상황의 부조리함을 제거하려는 듯 말했다. 그는 일단 임시방편으로 이렇게 가정하고 출발했다. 그들은 이불 안에 유고슬라비아인을 돌돌 말았다. 잉그리트는 부엌에서 더운 물주머니를 가져왔다. 두개골은 타격에 의해 움푹 들어간 상태였다. 어쨌든 조명 옆에서는 그렇게 보였다. 뼈가 부스러지며 생긴 납작한 상처가 머리카락과 피와 뒤섞이면서 부어오르고 거기서 피가 뚝뚝 떨어졌다. 조심스럽게 잉그리트는 여느 때 고객의 흥분한 성기라도 잡는 식으로("그건 고무로 된 게 아니잖아.") 목욕용 수건 두 장과 비단 블라우스를 상처 가장자리 주변에 놓았다.

그녀는 슈미츠와 메라라는 풋내기 커플의 숙소가 있는 베스텐트 거리로 달려갔다. 그녀는 오직 케텐호프길 부동산 소유주들이 벌이는 가두시위에만 관심이 있는 경찰 순찰대를 지나갔다. 린덴 거리에서 경찰 기동대 하나가 갑자기 나타나서 서쪽으로 가고 있던 학생들에게 매질을 했다. 서늘한 저녁 공기. 보켄하이머 지방 도로에 가로수들은 4월 말인데 이미 가을처럼 시들고 있었다.

5

이 풋내기 커플은 전등 불빛 아래에서 저 격분한 프로들을 마주해 앉았다. 이 '친구'들은 2년 전부터 규칙적으로 함께 저녁을 보내고 마치 '낯선 개들'처럼 서로를 관찰했다.

슐라이히: 너희는 무덤덤하구나.

슈미츠: 우린 그런 적 없어. 너희 집에 시체가 있지, 우리 집에 있진 않잖아. 그게 결정적이지.

슐라이히: 절대로 같이 안 한다고 했잖아. 그 말은 너희도 그 미친 계획을 포기해야 한다는 뜻이었어.

슈미츠: 무슨 말을 하는 건지 통 모르겠네. 그 남자가 너희 집에 뻗어 있잖아.

슐라이히: 너희가 그 돌을 훔치려고 했다는 걸 알고 있어.

슈미츠: 우리끼리는 그게 뻔하다 치자. 그래도 경찰이 볼 때 그는 너희 집에 있는 거야.

잉그리트: 누가 도대체 경찰 얘기를 꺼내는 거지?

슈미츠: 그러니까 그게 이성적이라는 거지.

슐라이히: 여기서 이성적이라니?

슈미츠: 우리가 경찰을 따돌린 게 이성적인 거지.

슐라이히: 너희가 그 돌을 어디에서든 내놓는 순간, 그게 언제가

됐든 결국 다 끝장날 거야. 그러니까 돌을 지금 내놔.

슈미츠: 헛소리 집어쳐. 내가 차라리 너희들을 고발하겠어. 그
러면 어떻게 시체가 너희 집에 있는 건지 경찰한테 설
명해야겠지.

슐라이히: 우리 집 열쇠는 너희도 있잖아.

슈미츠: 우리는 갖다 버렸지.

슐라이히는 슈미츠에게 가서 얼굴을 때린다. 하이케 메라가 소
리를 지르고 슐라이히와 주먹질을 하려고 한다. 잉그리트는 슐라
이히를 돕는다. 슈미츠는 마루로 나가서 열쇠를 잠가 버리고 문을
통해 소리를 지른다.

슈미츠: 경찰한테 가겠어.

잉그리트: 그러면 살인은 어떻게 알게 되었다고 말할 건데?

슈미츠: 유고슬라비아인이 행방불명이라고 신고하겠어.

슈미츠는 마루에서 길 밖으로 나갈 수도 있었지만 가 버리지 않
는다. 슐라이히와 잉그리트는 슈미츠의 애인을 인질로 삼는다. 그
들은 슈미츠가 급한 마음에 이 인질을 그들에게 맡겨 버릴까 봐
겁이 났다. 문을 부수고 억지로 여는 건 큰 소리를 내지 않고는 불
가능하다. 그들은 거실을 샅샅이 살핀다. 잉그리트는 슐라이히 도
움으로 하이케 메라의 팔을 비틀고 고문도 해 보지만 그녀도 다이
아몬드가 어디에 있는지 모른다.

6

"땅딸막한 악당이 아버지 사업을 물려받았다."

"특히나 귀한 양가집 규수."*

디트리히 슈미츠와 하이케 메라는 잘 정돈된 삶을 일으켜 보려고 애쓴다. '잘' 살려는 것이다. 슈미츠에게는 그것이 이런 의미다. 광이 나는 신발을 신고, 밝은 녹색 운동복을 입고 돌아다닌다. 이 점에서 그는 자기 아버지랑 비슷하다. 아버지는 직업으로 보자면 형사였는데 세심하게 옷을 입었지만 그 길에서 **전적으로 벗어났다.** 슈미츠의 넥타이 위에 달린 넥타이핀은 색깔이 미용실에서 쓰는 헤어크림색이다. 슈미츠의 끝없는 야심이 수단을 결정짓는다. 그러나 슈미츠는 끝까지 계획할 줄 모른다는 점에서 슐라이히로부터 경멸을 산다. 2년 전부터 슈미츠는 프로인 게르쉬빈트와 모피 강도를 계획했다. 그는 계획을 끝까지 수행하지 않았다. 하이케 메라가 그에게 '올바른 길'을 조언해 주었지만 영향을 미치지도 못했다. 그러나 그녀도 그와 함께 브라질로 이민가고 싶다. 그래서 이 아마추어들은 현금이 필요한 것이다. 슐라이히는 지금 이 아마추어들이 무언가 '한다'는 사실을 확인하고 경악한다.

잉그리트와 슐라이히는 밤에 슈미츠가 카누 한 대를 보관하고 있는 바트 빌벨에 있는 선착장에 가서 다이아몬드를 찾아낸다.

7

새벽 3시에 슐라이히와 잉그리트는 자신들의 유고슬라비아인에게 되돌아온다. "그냥 놓아둔다고 그가 더 좋아지지는 않잖아." 슐라이히는 이 죽은 이가 어쩐지 약하게 숨을 쉰다는 인상을 받았다.

토요일에서 일요일로 넘어가는 밤중이다. 그들은 안테 알레비쉬를 카펫에 말아서 슐라이히가 빌린 용달차에 그를 싣는다. 아침

6시까지 기다려야 한다. 그들은 서로 감싸 안고 몇 시간을 잔다. 슐라이히를 태우고 일찍 타우누스에 있는 창고로 가서 나무판자로 만든 단출한 방에 그를 뉘인다.

잉그리트는 낙태 전문의사 덴너라인이 출근하기 전부터 기다렸다가 그에게 이 반(半)송장을 한번 봐 달라고 말을 붙이려고 한다. 덴너라인이 말한다. 이번 경우는 나한테 너무 위험한데.

너무 위험할 것 같아서 그는 잉그리트가 설명해 준 머리 상처를 별로 치료하고 싶지가 않다. 잉그리트는 슐라이히를 데려오고 덴너라인은 슐라이히가 하는 위협을 알아차린다. 그제야 그들은 같이 간다. 그는 알레비쉬의 머리를 만져 본다. 머리 수술에 관한 지침서를 참고한다. 그의 지식은 그래도 지금 충분하지 않다. 슐라이히는 그걸 알아차린다. 이 둘이 만약 그를 꽁무니나 빼는 인간으로 보게 되면 덴너라인은 목숨이 위태로울 터다. 덴너라인은 마인츠로 가서 그가 잘 아는 대학 병원의 보조 의사에게 문의한다.

덴너라인은 머리 부상을 치료한다. 셋이서 알약을 으깨서 반송장의 입에 흘려 넣는다. 알레비쉬가 삼킨다는 게 확인된다. 잉그리트는 환자를 위로한다. 치명적인 단계에 있는 손상된 뇌를 활동하게 해서 완전히 죽어 버리지 않게 하려고 그랬다고 나중에 설명한다. 그녀는 충분히 잠을 잘 필요가 있다. 그녀는 고객들에게 동화를 읽어 주는 것처럼 얘기하는 방법을 배운 적이 있었다.

8

잉그리트는 창녀들의 대부인 형사 풀러를 알고 있다. 그는 희사금이나 이따금 아주 특별한 성접대를 잘 받곤 했다. 그녀는 그에게 일을 부탁한다.

풀러는 슈미츠와 하이케 메라의 집에 들어간다.

풀러: (배지를 보이며) 형사요.

슈미츠: (뻔뻔하게) 무슨 일이라도?

풀러: 예전 우리 동료 아니시오?

슈미츠: 그게 무슨 상관입니까?

풀러: 몇 가지 질문이 있습니다.

슈미츠: 대답하지 않겠습니다. 무슨 고발이라도 접수하셨나요?

풀러: (집으로 들이닥치며) 한번 봅시다, 당신이 대답을 하는지 안
하는지.

슈미츠: 왜 이러시죠?

풀러: 당신이 나한테 말하기 전에는 나도 말하지 않겠소.

슈미츠: 전 말할 게 없는데요.

풀러: 흥미롭구먼. 말할 게 없다고?

슈미츠: 왜 이러시죠? 사람 이렇게 막 대하지 마세요.

풀러: 내가 당신을 어떻게 막 대하는지 한번 기대해 봅시다. 나
는 지금 흔적을 찾고 있소.

슈미츠: 일단 그러면 저를 경찰서로 데리고 가시죠.

풀러: 내가 그렇게 안 할 거라는 확신이 어디서 든 거지?

슈미츠: 여기 앉아 계시니까. 저를 체포할 요량이셨으면 동료를
데리고 오셨겠죠.

풀러: 결론이 틀렸군. 아마 여기 혼자 나타난 이유가 있겠지.

실랑이는 한 시간 동안 계속된다. 슈미츠와 하이케 메라는 이
방문의 목적을 파악할 수가 없어서 16시 45분 기차를 타고 바르
셀로나로 도망간다.

9

덴너라인이 말한다. "환자를 이제 다른 곳으로 옮겨도 좋습니다." 잠깐 동안 안테 알레비쉬에게 의식이 돌아온다. 그는 숨을 쉬고 잠을 많이 잔다. 잉그리트는 그에게 매일 네다섯 시간 동안 '말을 건다'. 말의 의미는 생각하지 않는다.

그들은 환자를 담요에 덮어서 커다란 여행용 트렁크에 뉘이고 옆에는 공기 구멍을 뚫어 준다. 그들은 용달차 판자 바닥과 트렁크 사이에 빈 공간이 생기도록 트렁크를 벽돌로 받친다. 그 위로 위장용 물건들을 쌓아 올린다.

그들은 밤에 고속도로를 타고 칼스루에 방향으로 달린다. 오스트리아로 가는 국경은 숲길을 따라 넘어간다. 알레비쉬가 몇 번 신음한다. 유고슬라비아 국경을 지나서 숲 속 어떤 장소에서 차를 멈춘다. 잉그리트는 이제 깨어난 알레비쉬에게 한 시간 동안 말을 건다. 반응은 별로 없다.

류블리아나에서 잉그리트와 슐라이히는 밤에 지역 병원 정문에 알레비쉬를 데려다 놓는다. 알레비쉬 주머니에서는 나중에 여권 서류와 다이아몬드 두 개가 발견된다.

10

슐라이히와 잉그리트 팔레는 밤새 차를 타고 교대로 운전해서 이제 다시 집으로 돌아온다. 지난 3주간의 고된 노동은 지불받지 못했다. 그러나 이 협동으로 그들 사이에는 믿음이 생긴다. 그들은 50마르크를 가지고 이를 기념하며 즐거운 시간을 보낸다. 잉그리트가 말한다. "어쩌면 잘못한 건지도 몰라. 알레비쉬한테 다이아 몬드 두 개를 그냥 준 거 말이야. 돈으로 바꿔 주는 게 나았을 텐데." 경험이 늘수록 그녀의 기술은 점점 더 완벽해질 것이다.

알레비쉬의 다이아몬드

1936년 유고슬라비아 출신의 어느 부유한 설탕 공장 기업주가 아내에게 다이아몬드 두 개를 사 주었다. 그녀는 1941년까지 그것을 지니고 다니다가 속옷 가장자리에 꿰매 넣었다. 1944년 대독일 제국 전위 부대가 그리스에서 북쪽으로 돌아 철수하는 부대에게 길을 만들어 주려고 유고슬라비아 산맥을 통과하다가 이 젊은 부인과 남편을 파르티잔이라고 여기고 쏘아 죽였다. 이 둘은 노동자옷을 입고서 자신들의 빌라 바닥에서 이불을 덮고 자고 있었다.

8년간 같이 살면서 그들은 점점 더 서로가 없으면 살 수 없는 관계가 되었다. 설탕 공장, 안전한 곳으로 옮긴 가구들과 은행 예금이 없어도 살 수 있었다. 그들은 예전에 누리던 화려한 삶이라는 무게추도 모두 버리고 자기 한 몸 구하는 것 말고는 바라지도 않았다. 젊은 유고슬라비아 여인은 다만 그 다이아몬드들을 예전에 가장 좋아하는 속옷에 꿰매 넣었기에 그것을 입고 잔다는 이유로 몸에 지니고 다닐 뿐이었다. 본래의 지위와 멀어지자 그들의 삶은 황폐해졌다. 빌라의 등기만이 그들이 소유주이고, 보이는 것처럼 그렇게 자고 있는 파르티잔이 아니라는 사실을 증명해 줄 수 있었을 것이다.

이제 그들은 빌라의 빈방 중 하나에 총에 맞아 죽은 채 누워 있다. 하급 장교가 사후적으로 몸을 조사하다가 이 다이아몬드들을 발견했고, 결국 이 전위 부대의 우두머리인 소장 뷜페르트가 이를 차지했다. 며칠 후 뷜페르트는 치명상을 입었다. 이 무방비의 남자는 물 한 잔으로 그 다이아몬드들을 삼켰다. 이때는 아직 그에게 이틀 안에 무사히 북쪽으로 갈 수 있을 거라는 희망이 있었다. 그의 시체는 웅크린 자세로, 임시로 텐트용 방수포에 덮여 '호르흐' 고급 승용차 뒷자리에 놓여 있었다. 산 경사로에서 아래로 파르티잔들이 바위 뒤에서 숨어서 이 차량 행렬에 총을 쏘아 대자, 운전사 프리드리히 상병은 다이아몬드를 빼내려고 장군의 배를 갈라 열었다. 프리드리히는 훗날 자그레브에서 자신을 이질에서 구해 준 유고슬라비아계 여종업원에게 이 다이아몬드들을 선물했다. 그는 이제 유고슬라비아 국적을 얻어서 부엌일을 할 수 있었다. 1972년 이 여종업원은 다이아몬드들을 호텔 '메트로폴' 지배인 안테 알레비쉬에게 넘겨주었다. 그는 브뤼셀로 가서 거기서 식기세척기를 사오려고 했다. 알레비쉬는 다이아몬드를 기차 화장실에서 삼키고 그렇게 몸에 넣은 채 세관을 통과했다. 뮌헨 역 화장실 한 칸에서 다이아몬드들을 배설하고, 불충분하게 닦은 상태로 작은 수건으로 말아 놓았다. 그는 이 다이아몬드들을 독일에서 팔 생각이었고 수익을 여종업원과 나누려고 하였다. 프랑크푸르트에서 그는 유고슬라비아에 머물 때 알게 된 메라 부인을 찾아갔다. 메라 부인의 스물두 살짜리 딸 하이케 메라는 유고슬라비아어를 할 줄 알았다.

안테 알레비쉬: 이 다이아몬드들을 살 수 있는 사람을 혹시 모
르시나요?

하이케 메라: 이 똥 덩어리가 다이아몬드라고요?

알레비쉬 씨는 그 돌들을 조심스레 수돗물에 씻은 다음 책상
램프 불빛에 비추어 보았다. 반짝거리는 게 다이아몬드랑 아주 비
슷했다.

장례식 참석자 명단

누가 두려워하는가?

아드리엔네: 두렵지 않다.

A. 비어슈타트: 두렵다.

S. 비어슈타트: 두렵다.

카트린 비어슈타트: 두렵다.

카코비네: 화폐 평가절하가 두렵다.

D. 알베르스: 두렵다.

안나벨레 글라우베: 예전엔 두려웠으나 이제는 분노가 치민다.

에른스첸 에르몰리: 두렵지 않다.

G. 프리체: 두렵지 않다.

데스도르프: 무언가 잘못하면 두렵다.

F. 귀터슬로: 두렵다.

이 가족들은 누군가를 사랑하는가?

아드리엔네 : 아무도 사랑하지 않는다.

에르몰리 : 아무도 사랑하지 않는다.

A. 비어슈타트 : 아무도 사랑하지 않는다.

야코비네 : 확실하지 않다.

에른스첸 에르몰리 : F를 사랑한다고 믿는다.

안나벨레 글라우베 : 아무도 사랑하지 않는다.

카트린 비어슈타트 : 아무도 사랑하지 않는다.

벨페 : 아무도 사랑하지 않는다.

D. 알베르스 : 도움이 필요한 모두를 의무적으로 사랑한다.

F. 알베르스 : 필요한 경우 아내를 사랑하지만 어쩌면 아무도 사
랑하지 않는다.

F. 귀터슬로 : 아무도 사랑하지 않는다.

망자인 마리 피어링어는 결혼할 기회가 없었다. 다시 말해 그녀
의 부모는 그녀를 집에 보관하고 있었다. 최고조로 꽃피던 시절에
마리는 개처럼 어떤 여인을 사랑했다. 이 어떤 여인은 나중에 뚱
뚱한 인간이 되었다. 마리는 약속을 다시 바꿨다. 이 여자를 다시
는 만나고 싶지 않았다. 그녀는 부모라는 불행한 상황에서 벗어나
보려고 불행하게 시작한 특정인에 대한 사랑이 끝나자 그냥 그대
로 머물러 있었다. (마치 아버지-어머니라는 생산 체계에서 벗어
나는 출구로서의 사랑은 이 첫 번째 실험 때문에 반박당한 것 같
았다.) 마리가 30세를 넘어서면서 부모는 마리가 자신들을 떠나도
록 허락하기에는 이미 너무 나이가 많아졌다. 그녀는 부모를 돌봤
다. 일상에서는 눈동자 6개가 스스로와 부모를 조심스럽게 통제
하고 있었다. 그러니까 그녀는 집을 떠나면 시간을 쓰거나 돈을
쓰는 일을 꼼꼼히 계산했고, 이렇게 지배권에서 잠시 벗어나 봐

야 자기가 행복해질 거라고는 생각하지 않았다. 50세가 되자 그녀는 부모의 리듬을 좇아 사는 이 삶과는 다른 삶을 이제 더 이상 상상조차 할 수 없었다. 아버지가 죽고 나서 1년 후 1939년에 어머니가 아버지를 따라 죽자, 마리 피어링어는 진짜 파커가 상속자로 난생처음으로 자유로워졌다. 적절한 절차를 거쳐 부모를 땅속으로 넘겨주었다. 마리는 곧장 시보레 자동차를 한 대 샀다. 그녀는 바리(Bari)까지 가는 이탈리아 여행을 계획했다. 급박하게 벌어진 2차 세계대전 때문에 마리는 다시 삶을 분출하지 못하고 붙잡혔다. 전쟁 동안 그녀는 자기 신분을 고려해 자선사업에 얽매여 있었다. 여동생인 아드리엔네가 모범상처럼 그 자리에 있었다. 1943년 3월 마리는 표창을 받았다. 그녀는 영국인들이 파커가와 피어링어가가 이제까지 관장하던 이 도시를 폭격할 거라고는 마지막까지 믿을 수가 없었다. 정말로 이런 일이 벌어지자 그녀는 자신에게 할당된 일부 파손된 병원 시설을 끈질기게 돌보았다. 몇 년 동안 그녀는 몸에 일정 알코올 농도를 유지하면서 버텼다. 오지도 않는 손님들을 위해 길게 차려 놓은 잔칫상은 계속 덮여 있었다. 마리가 1936년에 다락방에다 만들어 놓은 오래된 팔걸이의자 두 개는 아직 계속 있었다. 1939년에 공습 보호 규정 때문에 이 물체들을 지하실로 옮겨야 했다. 방 5개에는 아직도 제국풍 예복들이 있었다. 마리는 1944년에 공습 보호 명목으로 부모의 침실을 부수어 버렸다. 1950년에 마리는 63세가 되었다. 그녀 자신은 더 이상 많이 먹지도, 많이 마시지도 않았고 자동차를 사들이는 일도 포기했다. 대개 상속 보물들을 지키고 있을 따름이었다.

몇 년 후에는 정맥에 염증이 생겨서 허벅지를 절단해야 했다. 아무도 마리가 살아남을 것이라고는 생각하지 못했을 것이다. 써

보지도 못한 생명력이 점점 좁아지는 공간에 꽉 긴 채로 주저앉아 있었다. 이제 목숨을 건진 마리를 위해 가족들이, 더 정확히 얘기하자면 마음씨 좋은 동생 아드리엔네가 피어링어 가문의 유산으로 받은 재산에 손을 댔다. 아드리엔네는 일반 관리권을 떠맡고 언니의 부담을 좀 덜어 주려고 한다고 했다. 마리를 위한 버들가지로 만든 의자는 굴러 갈 수 있게 만들었다. 마리는 엄청나게 게걸스러운 식욕을 보였다. 그녀에게 기분 전환을 시켜 주기 위해 방문객들이 공급됐다.

쾌락 추구가 어느 정도 만족되지도 못한 채 마리는 바구니같이 생긴 의자 속에 앉아 6년이란 세월을 보내고 이제는 뇌졸중에 연달아 시달렸다. 그녀는 아직 말을 하려고 애썼다. 감기다시피 한 눈꺼풀 뒤에는 이제 더 이상 억제되지 않는 생의 의지가 매복하고 있었다. 왼쪽, 그러니까 아직 남아 있던 종아리 쪽도 괴저병에 걸려 잘라 내야 했다. 마리는 이 수술을 잘 견뎌 냈다. 마지막 뇌졸중이 있고 2년 후에 그녀는 죽었다.

언니가 허벅지를 절단할 때 벌써 아드리엔네 에르몰리는 당황하기 시작했다. 뒤에 이어진 뇌졸중과 그 후에 드러나기 시작한 삶의 의욕, 그리고 마침내 질질 끌던 죽음의 시간도 당황스러웠다. 그녀는 죽음에 직면한 사람이 끈질기게 자기를 지키려 버둥거리는 모습을 보며(언니는 마지막 순간까지 베토벤 콘체르트를 담은 레코드판을 틀게 했다) 공황에 빠졌다. 이런 죽음을 신문이나 잡지에서 읽어 보았을지도 모르지만 자기에게 일어날 줄은 도무지 몰랐을 것이다. 예컨대 영화 같은 형태로 이런 죽음에 대해서 배웠더라면 아마 호기심을 보였을 것이다. 이제 이 느릿느릿한 언니의 죽음이 아드리엔네의 힘까지 잠식하고 있었다. 아드리엔네는 자기 삶의 중요한 관계들, 즉 자신과 아이들을 지키려고 했다. 그러니까 그녀는 그들 중 누구도 아픈 언니 근처에 가지 못하게 했다. 그녀 스스로도 언니를 피했다. 언니는 '충실한', 그러니까 몇 십 년간 피어링어가에 의존하며 자기 삶은 전혀 살 수 없었던 하녀가 돌보았다. 이 하녀와 정원사가 — 이 정원사도 마찬가지로 마리 피어링어를 이따금 마주쳤다 — 없었다면 아드리엔네는 이미 마리가 죽었다고 말할 수 있었을 것이다. 아드리엔네는 (스스로가 가장 위험에 처한 사람으로서) 흥분하는 방법을 잘 연습하며 대비했다. ("늙은 마리는 알아볼 수가 없을 지경이야." "이 늙은 고깃덩어리는 벌써 알아볼 수도 없어.") 아드리엔네가 주치의를 통해 이 인간에게 안락사라도 시켜 주었어야 했던 것일까? 아드리엔네는 이런 생각에 저항하기 위해 어쩌면 정말 제안하는 대로 실행을 할 법한, 이 피어링어가 주치의에게 아예 조언을 구하지도 않았다. 그녀는 대학 병원 최고 의사가 마리를 돌보도록 했다. 그 의사에게는 살인을 해 달라고 조를 수 없을 테니 말이다. 아드리엔네는 점점 커져 가는 공황 상태를 마음속 깊이 감추고 마리에게 벌어진 끔찍한 일의 흔적을, 그녀에 대한 기억을 전적으로 없애 버리면서 극복했다. 아드리엔네는 마리의 흔적이 자신 안에 남아 있을까 봐 걱정했다. 예를 들어 정신병에 걸린다든지, 언젠가 스스로도 마리처럼 될지도 모른다는 공포였다. 자기가 환자를 마지막으로 본 사람이라는 사실이(거부할 수 없는 저주의 소리가 그냥 들리는 것처럼 말이다. 그러나 마법 같은 건 없다) 아드리엔네에게는 끝내 가장 위험하게 보였다. 그녀는 4주간 일급 의사에게 검진을 받았다. 헤센 주 어느 언덕에서 숲의 공기를 마실 수 있는 W 요양소에서 그녀는 한 달간 스스로를 관찰하면서 지난 시절을 돌이켜 보았다.

그녀는 마리의 문제들이 자기 문제가 되지나 않을지 검사했다. 그녀는 결심한 바대로 문제를 제거하는 쪽으로 나아갔다. 조밀한 숲의 공기를 마시며 기분을 전환하고 W 요양소 테라스에서 8월 오후에 내리쬐는 긴 태양을 맞으며 선탠을 하고서 남편 에르몰리에게 돌아왔다. 재가 된 마리의 시신을 매장하는 장례식을 주관하기 위해서였다.

화장장에 도착하는 일은 어떻게 조직했던가? 결혼해 분가한 튀링엔 지방 가족들인 글라우베, 프리체, 알베르스, 귀터슬로는 자기들이 일찍 먼저 차를 타고 가야 파커가와 에르몰리가 사람들을 태워갈 자리가 생길 거라고 충고했다. 손님들은 고인을 추모하는 작은 방 앞 대기실에서 기다리고 있었다. 이 대기실은 너무 무미건조했기 때문에 아드리엔네는 전혀 발을 들여놓고 싶지 않았다. 그녀는 장의사와 튀링엔 지방으로 분가한 가족 일원인 목사 알베르스가 시간이 되어 그녀를 태우러 올 때까지 자기 차와 가까운 가족들이 탄 차량을 화장장 진입로 훨씬 앞에 세워 놓고 기다렸다. 화장장 건물은 두꺼운 하얀 탑으로 교회식으로 꾸며 놓았으며 거기서 연기가 올라오고 있었다. 이 건물 앞에는 기둥이 세워진 홀과 마당이 있었다. 아드리엔네가 마당을 지나 예정된 추모실에 들어서자 에르몰리가 그녀의 팔을 잡고 이끌었다. 대기실에서 나와 벌써 여기로 들어온 이들이 모두 기립했다.

고용된 연주자가 가림막 뒤에서 「예수 부활하셨네」를 연주했다. 옆문으로 낯선 사람들이나 조직 위원들이 나왔는데 자기들이 의식을 방해한 것을 알아차리자마자 문을 곧 다시 닫았다. 알베르스가 주기도문을 욀 때 참석자들이 모두 일어섰다. 아드리엔네와 그녀에게 붙은 남편이 관 위로 꽃다발을 던졌다. 연주자들은 「우리 살아가는 한가운데 죽음에 에워싸여」를 연주했다. 기중기 설비를 통해 관이 아래로 내려갔다. 아드리엔네는 추모실 곁방에서 참석자들이 표하는 조의에 답했다. 이 조직위 대표가 조화들을 에르몰리가로 보내야 할지 물어보았다. 아드리엔네는 거부했다. 손님들은 조의의 말을 하고 '오이겐 왕자' 연회장으로 갔다. 손님 34명을 위한 식사가 준비되어 있었다. 16시 30분부터 저녁시간까지 대가족 일원들이 식탁에 앉아 있었다. 교구목사 알베르스는 아드리엔네에게 적정한 금액이 든 밀봉된 봉투를 받았다.

A. 비어슈타트(큰 소리로): 그 게르다가 한번 해야 된단 말이야. 안토니아(조용히): 나를 좀 생각해서, 나를 좀 생각해서. 아드리엔네(큰 소리로): 좀 조용히 해 주세요! 합창단이 식당에 들어와서 진지한 콘체르트 곡을 연주하기 시작했다.

아드리엔네(조용히): 작은 거위가 다 구워지면 엉덩이뼈가 튀어나오는 법이지. (큰 소리로): 음악이 나오니 제 생각에 이제 우리가 요리를 들면 될 것 같아요. A. 비어슈타트(큰 소리로): 그것 참 잘됐군요. 에르몰리: 기쁜 건배를! 교구목사 알베르스: 기꺼이 건배! 리스베트 쉬터슬로: 이건 정말 제대로 기품 있는 기념식이로군요! 튀링엔 가족 중 최고 연장자 헤츠슈나우체 안나벨레 글라우베가 조용히 ― 그녀는 76세였다 ― 매우 곱지만 혈색이 없는 얼굴 표정으로 이렇게 말했다: 봉투 속에는 무엇이 들어 있지? 에르몰리: 제발 잠시라도 좀 조용히 해 주세요. 헤츠슈나우체 안나벨레(조용히): 목이 붉어지면 머지않아 죽는다는 신호이지. 어쩌면 그의 전립선(*Prostata*) 문제가 있는 건 아닐까? A. 비어슈타트는 마치 생각을 전하려는 것처럼(큰 소리로): 프로스타타, 프로스타타,

다다라다다다다*! (그는 늙은 에르몰리의 팔 아래를 잡고 그와 다른 이를 데리고 식당에서 나와 당구대가 있는 방으로 갔고 거기서 소위 살롱으로 들어갔다.) 그의 어머니인 안나벨레(조용히): 알베르스에겐 반년을 주지. 아드리엔네는 적어도 50년은 살 것 같고, 에른스첸 에르몰리는 늙을 거고, 귀터슬로는 올해 죽을 일이 두 번 생긴다고 장담하지. 도라 빌케는 경우에 따라 아주 갑자기 죽겠지. 에르몰리는 어제부터 가벼운 기침이 나와 살롱에서 목을 가다듬었다. 코는 여느 때처럼 점막 같은 것으로 막혀 있었다. (큰 소리로): 바이어 교수님이 좀 청소를 해 주셨는데 말이야. 그래서 저녁에 숨을 들이쉴 수 있었어. 그렇지만 다음 날 점심엔 코 안이 다시 막혀 버렸다고. A. 비어슈타트(농담조로): 설사약을 좀 먹어 봐요! 에른스첸 에르몰리: 저녁엔 뭐해요? 게르다 프리체: 잘 거예요. 일찍 일어나야 하거든요. 에른스첸 에르몰리: 내일 차로 바래다 줄 수 있어요. 게르다 프리체: 괜찮아요. F. 알베르스: 당구 살롱에서 슬라이드를 쏠 수 있을 것 같아. F. 글라우베: …… (술을 마시며) 에르몰리: 기쁜 건배를. 아드리엔네: 조금만 조용히 해 주세요. 알베르스(조용히): 죽은 자는 일어날 것이요, 죄 있는 자는 떨 것이다…….

튀링엔 지방 가족들은 건너가서 슬라이드를 보았다.

튀링엔 지방 가족들의 관점

장례식 꽃을 집으로 들이면 죽음을 집으로 들고 들어오는 것이다.

화장은 육신을 땅에 넘겨주는 것이 아니다.

너무나 오래 상황이 나빴기 때문에 앞으로는 틀림없이 나아질 것이다.

커피 테이블에 소시지를 넣은 빵을 두면 안 된다. 점심에는 술을 마시면 안 된다. 그러나 경우에 따라 나중에 마실 수는 있다.

음식이 맛있긴 했지만 억지로 다 먹지는 않았다는 표시로 접시에는 무언가를 좀 남겨 두어야 한다. 에르몰리가 사람들은 모두 다 먹었다. 프리체, 알베르스, 귀터슬로는 음식별로 다 조금씩 여러 접시 위에 남겼다. 에르몰리가와 파커가는 아래로는 안토니아까지도 고기 조각을 끝까지 아껴 먹었다. 그들은 계획적으로 우선 중요하지 않은 곁가지 요리를 다 먹고 그다음에 본 요리를 먹었다.

찬송가가 두 곡이라니 너무 궁색하다. 네 곡에서 다섯 곡이 적절했을 것이다.

대접받은 고기는 너무 질겼다!

이 점은 아무도 얘기하지 않았다. 그렇지만 이런 점들이 분위기를 망쳤다.

아드리엔네의 주먹구구 방식 :

절망하면 우선 다시 한 번 충분히 잠을 잔다. 별로 도움이 되지 않으면 선탠을 한다. 혈액순환이 잘되면 다시 기분 좋은 시간이 찾아온다.

저녁 먹는 동안에는 장례식 참석자들 중 아무도 마리 피어링어를 기억할 수 없었다. 그들은 그러기엔 오늘 하루 이 망자를 위해 너무 많은 일을 해 준 것이다. 기억해 보면 이렇다. D. 알베르스는 설교를 했고 아드리엔네는 가는 길을 안내하면서(커다란 검은 우천용 숄을 걸치고) 택시들이 도착하는 것도 신경 썼다. 사람들은 마치 정부 건물에서 나오는 것처럼 물밀듯이 '오이겐 왕자'로 몰려들었다.

책임질 자를 찾아라!

사실 마리의 죽음에 대해서 아무도 책임이 없었다. A. 비어슈타트가 말했다: 마리는 너무 고기를 많이 먹었어. 정원 일을 조금만 했더라도 이 고기들을 잘 소화시킬 수 있었을 텐데. 튀링엔 지방 가족들이 보기에 잘 생각해 보면 마리의 죽음은 거만한 파커 집안에 대한 형벌이었다. 교구목사 알베르스가 말했다: 마리의 죽음이 시기적으로 이른 것은 아니었소. 알베르스가 이 말을 했다는 점에서 이 문장은 프리체 등등의 사람들에게 여러 가지 생각이 들게 했다. 안나벨레 글라우베는 책임 문제는 개의치 않았다. 그녀는 자기 죽음도 잘 생각하지 못하니 그런 점에서 마리의 죽음은 애당초 인식조차 되지 않았다. 안토니아 비어슈타트는 친척들과 하루종일 시간을 보내는 게 참을 수가 없었다. 그녀는 좀 다시 혼자 있었으면 싶었다. 호텔 부엌에서 그녀는 일하는 웨이터와 이따금 노닥거렸다. F. 귀터슬로는 슬라이드를 보면서 격렬하게 느끼던 소화불량이 대접받았던 질긴 양고기 때문이라고 책임을 돌렸다. 저녁 먹을 시간을 16시 30분으로 한 것도 나쁜 선택이었다.

법률고문 W가 말했다: 경애하는 부인, 삼가 고인의 명복을 빕니다. 조용히 다시 한 번 위로의 말씀을 전하고 싶습니다. 제 아내도 마찬가지일 겁니다. 자매 분께서 돌아가셔서 그분 재산을 관리하고 있는 저와 우리 모두 정말 깊이 슬퍼하고 있습니다. 파커가 주치의인 폰 보 박사에게도 할 말이 떠올랐다: 아직도 우리는 잘 실감할 수가 없네요! 아드리엔네가 말했다: 법률고문님, 내일 제 언니 관리 재산에 대한 청산서를 보내 주시겠어요? 그런 서류들을 집에 잘 보관하고 싶네요. 충실히 일해 주셔서 감사합니다. 주치의에게 몸을 돌려 말했다: 할 수 있는 일은 모두 다 하셨어요. 그 의

사는 아드리엔네가 언니의 죽음을 다소 가볍게 덜어 주지 않았나 하는 의심을 품고 있었다. 아드리엔네가 말했다: 어쩌면 그렇게 될 수밖에 없었던 것이 옳았던 것 같아요. 알베르스가 말했다: 물론 사람은 자신의 입장에서 보아야 하지요. 아드리엔네가 일을 빼앗았기 때문에 법률고문은 타격을 입었다.

비록 여기가 왕실의 공식적인 장례식 같은 것은 아니지만 '오이겐 왕자' 안에도 거울을 덮어서 가려야 한다는 것이 D. 알베르스의 주장이었다. 마찬가지로 슬라이드를 상영하면서 실내 전등들도 더 어둡게 했다. 시(市) 극장 연주자 세 명도 '오이겐 왕자'의 식사에 초대받았다. 아드리엔네는 대접받은 음식과 음료에 사람들이 만족했다고 선언한 다음에 모두 지불했다.

기품 있는 기념식이었어, 라고 피어링어가의 동업자 친구 두 명이 말했다. 균형 잡힌 기념식이었지요. D. 알베르스가 말했다. 돌아가신 분의 기품에 맞았습니다. 아드리엔네가 초대하지도 않았는데 나타난 마리의 오랜 친구가 이렇게 말했다. 전체적으로 기품 있던 끝맺음이에요. 예전 H 시 시장이었던 이가 말했다.

아드리엔네는 마리가 원래 교회식의 추모식을 하지 말라고 했던 사실이 기억났다. 그러나 이런 행사를 완전히 포기하기란 어려운 일이다. 마리와 이별하는 일은 이런 행사 없이는 완전히 끝날 것 같지 않았다. 아드리엔네는 여기서 선택의 여지가 별로 없었지만 그래도 이제 망자의 진짜 의지, 추정상 의지 앞에 두려움이 생겼다.

동독에 있는 땅에 대한 애도
에르푸르트*에 폭격을 받아 파괴되기는 했지만 넓은 면적으로 프리체가 소유로 등록된 땅이 있었다. 대지 두 필지는 쿠베들린부르크에 있는 교통권이 딸린 토지였는데 안나벨레 글라우베가 아들 오토 비어슈타트에게만 독점적으로 주려고 생각하고 있었다. Ha 시에 있는 장갑 공장은 귀터슬로의 완전한 소유는 아니었는데 안타깝게도 국유화되었다. 베게레벤과 베르니거로데에 있는 프리체가 집에는 저당권이 잡혀 있었다. D. 알베르스는 쿠벤들린부르크에 정원, 교구, 붉은 집을 남겨 놓고 떠나야 했다.

크리스티네 알베르스는 남편을 잃었던 그 여름날을 절대로 잊지 못할 것이다. 그녀는 수염을 기르고 입술이 얇은 남편이 이제 더 이상 여느 때 잠에서 깨듯이 그렇게 깨어날 수 없다는 걸 아직도 믿고 싶지가 않았다. 이렇게 말하면서 그녀는 벌써 커피를 만들려고 서두르고 있었다. 이제 그는 틀림없이 죽었군요. 여름날의 뜨거운 기온 때문에 빨리 그를 매장해야 했다. 저녁에 (죽은 날) 남자들이 그를 옮기러 왔다. 크리스티네는 아직 그가 집에 있으니까 큰 소리로 말을 하면 안 될 것 같았다. 그녀는 기뻐하는 모습도 보이고 싶지 않았고, 16년간 그가 난폭한 의지로 얼룩이 있는 자리에 세워 놓거나 걸어 놓은 예전 그림들을 치우거나, 가구들을 다시 밀어 놓고 싶지도 않았다. 그녀는 벌을 받을까 봐 겁이 났다. 예컨대 남편이 장롱에서 튀어나와 취향이 달라졌다고 그녀를 잡아가는 일 같은 것은 생기지 않길 바랐다. 그녀는 16년이라는 질긴 세월 동안 진짜 취향을 그 앞에서 감추고 있었던 것이다. 다음 날 아침 그녀는 호화롭게 아침 식사를 했다. 장례식 손님들에게는 며칠 후에 어떤 레스토랑에서 대접했다. 팔걸이의자가 집에서 이 사람, 저 사람의 발끝에 이리저리 채이는 것을 보고 싶지가 않아서였다. 며칠이 지나서야 그녀는 자기가 집과 재산에 손대지 않았다는 사실을 비로소 알아차렸다. 남편은 유산 집행인을 그녀에게 붙여 두었다. 이 전제군주가 죽었다는 사실이 처음에는 매혹적으로 보였지만 이후에도 이 재산 관리 때문에 그녀의 삶의 영역은 제한적이었다.

아드리엔네의 손님들은 무엇을 놓친 것일까?

D. 알베르스: 개신교 정당화론의 한 챕터를 마칠 수가 없었다. Chr. 알베르스: 병원에 가지 못했다. 유산 집행인에게 가지 못했다. 돈을 약간 찾으러 가지 못했다. A. 귀터슬로: Str. Gr. K. 라이와 물소 계약을 체결하지 못했다. 목재 보관소에 일이 다 잘 돌아가고 있는지 확인하지 못했다. A. 비어슈타트: 병문안을 가지 못했다. 어머니 Th와 커피를 마시지 못했다. 시어머니 슈타인뤼크와 부순 빵 조각을 먹지 못했다. 심장에 주사를 맞지 못했다. 안토니아: 뻗어 누워 있지 못했다. 입에 저절로 침이 흐를 때까지 잠을 자고 또 자지 못했다. 그리고 커피를 마시지 못했다! 욜러 비어슈타트: 매운 뒤셀도르프산 겨자, 맥주, 에테르를 흡입하지도, 격렬하게 흔들지도, 배우거나 그렇지 않으면 일하지도, 점점 더 예측하기 힘들게 움직이지도, 시골에서 새로운 도시로 진입하지도 못했다 — 그가 약간 바랬던 대로 이런 일들로 인해 현기증이 나면 한 사람이 할 수 있는 제한된 가능성을 똑바로 조망하지 못한다. 야코비네: 자기가 모두 망쳐 버린 일에 대한 생각에 그저 울 것 같았다. 60년을 살아온 인식의 관점에서 볼 때 얼마나 그녀는 영양, 성공, 회복, 우정들을 크게 망쳐 놓았던가. 그리고 곧 죽을 것이다. 생활 방식을 뒤틀어 놓은 탓에 원래보다 훨씬 더 일찍 죽을 것이다. 야코비네는 여러 세대가 어떻게 흘러가는지 추적하는 영화 같

은 건 절대로 보고 싶지 않았다. 과거에 대한 생각은 분위기를 전부 쓸어가 버리니까. 프리체가 사람들 두 명과 비어슈타트가 사람들 두 명이 부엌에서 웨이터와 노닥거리는 에르몰리와 앉아 있었다. 그러나 이 마음 편한 분위기에서 다시 밖으로 불려 나갔다. 프리체: 책 속으로 도피하자. 더 나은 방법: 영화관 어두운 공간으로 들어가자. 여기에 한 줄기 희망: 들어갔을 때보다는 나은 상태로 나오게 되겠지. 여기서 책을 읽는다면 장례식에 있는 사람들에게 불쾌한 인상을 줄 것이다.

안나벨레가 아드리엔네에게 다음에 보자고 작별 인사를 했다. 아드리엔네는 아무 말도 하지 않았다. 그녀는 안나벨레, 즉 다른 가족 중에서 가장 나이가 많은 이 여인이 나이로 약해진 척하면서 그저 적대심을 가리고 있다는 사실을 알고 있었기 때문이다. 친척들 대부분은 짧은 키스를 나누며 서로 작별했다.

기티의 종말

1

"바이올린이 달콤하게 잘 자라는 작별 인사를 하네." 누구라도 기티 보르네만과 함께라면 베를린에서 보내는 시간이 지루하지 않았을 것이다. 그녀는 모두의 마음에 들려고 했으니까. 손님이 지루해할라치면 그녀는 불을 껐다. 다양한 (그녀에게는 의미 있는) 연애 사건들이 1929년에서 1932년에 일어났다. 그녀는 이제 스물일곱 살이 되었다. 남편과는 막 헤어져서 리첸 호숫가에 살았다. 1933년에 그녀는 조각가 J를 만나는데, 그는 그녀를 돌보지 않았다. 그녀의 감정은 이 무심한 태도 때문에 너 고조되었다. 곧 이것 (J와의 새로운 연애)이 자신의 '위대한 사랑'이 될 거라고 믿었다. 3월에 J는 외국으로 나갔다. 배꼽 친구 나에미 부트바이저가 끔찍한 방에 놓여 있는 것을 본 다음 기티는 남자 친구가 말한 것이 진심이었음을 믿는다. 그녀는 진지하게 생각할 줄은 몰랐으나 이 끔찍한 시체보관소에 소름 끼치게 누워 있는 나에미를 보고 경악했다. 어느 날, 정원 문에 다음의 쪽지가 붙어 있었다.

경고! 당신과 같은 인간들을 곧 처리할 것이다!
얼른 해결해 주겠다! 우리를 상대할 수 있다고 생각하진 않겠지?

2인의 돌격대*

이날 기티는 오후에 짐을 싸서 밤기차로 파리에 갔다. "지금 도 망치는 자는 나중에 당당하게 맞선다. 그건 살인자들은 할 수 없는 일이다."

2

기티는 이 끔찍한 독일을 떠날 수 있어서 기뻤고, 파리에서 멋진 가을을 맞이하려고 준비했다. J는 뉴욕으로 또다시 도망갔다. 기티의 많은 친지들이 거기에 있었다. 그녀의 승용차는 임시 번호를 달고 다녔다. 베를린에서 하인들이 살림살이 상자 마흔일곱 개와 수많은 유화들을 보내왔다. 기티는 리츠 호텔 방에 상자 몇 개를 풀었다. 이해 가을, 영화감독 L을 알게 되었다. 독일에서 날아오는 소름 끼치는 소식들을 들었다. 수용소행 기차마다 친지들 중 누군가가 꼭 실려 있었다. 소식을 듣고서 거기서 엉망이 된 나에미의 시체 비슷한 것을 떠올렸기 때문에 전율했다. 경악은 했지만 그녀는 이해 가을 행복했다. 매력적이라고 생각한 여러 남자 사이를 떠다녔다. 그녀에겐 남자, 시간, 돈 그리고 물건에 대한 지칠 줄 모르는 풍부한 감정이 있었다.

10월에 남편이 파리로 왔다. 독일에서 데리고 온 하녀가 그가 여기 왔으니 조심하라고 했다. 그가 트렁크 속 셔츠 밑에 군용 권총을 가지고 있다는 것이었다. 그녀는 바람에 이 경고를 날려 버리려다가 결국 권총을 꺼내 애인이 쓰는 작업실로 보냈다. L은 데리고 있는 기술자를 시켜 총을 못 쓰게 만들었다. 저녁에 남편이 총을 들고 계단을 내려왔다. 총이 못쓰게 망가진 것이 드러났다. 그들은 화해를 했다. 그러나 11월에는 벌써 또 J에게 편지가 왔다. 당장 뉴욕에서 보고 싶다고 했다. 그녀는 가지 않겠다고 대답했다. 뉴욕으로 간다면 잃을 것밖에 없다고 확신했기 때문이다. 그러나 그렇게 딱 잘라 거절하고 나서는, 트렁크에 짐을 싸서 다음 배로 대서양을 건너갔다. "전부 다 그렇게 나쁜 건 아니잖아. 그리고 어쩌면 현실은 전혀 그렇지 않았다고 얘기하게 될 거야."

3

그녀는 '이 남자가 진짜로 위대한 사랑이었는지' 확인해 보고 싶어서 대서양을 건너는 것이다, 라고 여행하는 동안 계속 생각했다. 여행 마지막쯤에는 기다릴 수가 없을 지경이었다. 배에서 J에게 전보를 여러 번 쳤는데, 그것도 급전으로 보냈다. 그가 그녀를 기꺼이 옆에 두고 싶다고 했기 때문에, 그녀는 자신이 귀중한 케이스에 포장된 값비싼 물건처럼 느껴졌다. 그러나 뉴욕에 도착하자 그는 그녀를 돌보지 않았다. 필라델피아에 있는 작업실에서 그가 일하는 동안, 그리고 주말 내내 뉴욕에서 사람들을 방문하는 동안 그녀는 스스로의 가치를 잃어버렸다. 그녀는 비싼 값어치도 잃어버렸지만 파리로 다시 돌아가겠다는 결단력도 잃어버렸다. 미국 여행은 오류로 밝혀졌고, 유럽에서 가져온 돈은 다 써 버렸다. 2월에는 독일에서 건져 낸 물건들을 팔아 돈을 융통해 달라고 파리에 있는 친구에게 부탁해야만 했다. J는 이 몇 주간은 다시 그녀를 돌봤다. 그녀는 비록 '위대한 사랑'에는 못 미칠지라도 이것이 사랑이라고 이따금 믿었다. 그녀는 그를 위해 일을 하기 시작했다. 그러나 일찍 일어나는 것은 견딜 수가 없었다.

4

이해 여름에 그녀의 어린 딸이 일곱 살의 나이로 죽었다. 로마에 있는 끔찍한 호수에서 수영을 하고 난 후에 일어난 일이었다. 기티는 그 시기까지 뒷말이 많았던 여러 차례의 유산 후에 낳은 이 아이를 곧 미국으로 부를 작정이었다. 그러나 결단에까지 이르진 못했다. 로마에서 할머니가 맡고 있던 그 소녀는 어느 호수에서 수영을 하고 나서 ―그 호수는 사진으로 보기에 죽처럼 보였다―뇌막염에 걸렸고, 3일을 압루첸 호텔에서 보낸 뒤 죽고 말았다. 로마 할머니, 즉 기티의 어머니는 이미 계획한 편지 한 통을 뉴욕으로 보내지도 못한 채 한 달 후에 죽고 말았다. 그리고 기티의 남편에게 불행이 닥쳤다. 친지들은 그가 스페인에서 빠져나오지 못할 거라고 8월에 확인해 주었다. 그녀는 위기에 처해 울었다. 자신도 무엇을 탓하고 있는지 몰랐다. 그러나 파리에 있었더라면 이 모두가 일어나지 않았을 것만 같다는 느낌을 받았다. 인간은 단점들만으로는 살 수 없는 법이다. J가 그녀에게 불행을 가져다줬다는 사실 때문에 그를 용서할 수 없었다. 그녀에게 애정은 항상 장점과 관련된 특정한 관계라는 식으로 이루어졌기에 자신에게 불행한 사건들을 던져 준 이 남자가 미웠다. 또 친지들 대부분과 관계를 끊어 버렸다. 로마에 전화 연락을 하던 때 아무도 그녀를 도 와주지 못했다고 봤기 때문이다. 그녀 스스로가 더 이상 어떤 것 도—그것이 시간이든, 에너지든, 돈이든—달라진 상황에서는 도 움이 안 되는 이 관계들에 투자할 여건이 안 된다고 보았기 때문 에 이 관계들을 끊어 버렸다. 그녀는 아무것도 나눠 주고 싶지 않 았고 혼자 있고 싶었지만, J는 그녀에게 자신과 함께 (침대는 따로 쓰면서) 있어 달라고 했고, 그렇지 않으면 이 끔찍한 미국에서 둘 다 외로워질 거라고 했다. 그에게서 아무것도 받아들여선 안 되 고 자신이 주어서도 안 된다면, 이에 굴복하지 말아야 했다. 그러 나 아무 이유 없이 한번 같이 지내고 나니까 둘 다 이별을 할 힘 이 남아 있지 않았다.

그녀는 이 남자가 두려웠다. 그러나 다시 보았을 때는 아주 그렇 게 무섭게 보이진 않았다. 혐오감이 생기는 건 자신이 이 남자를 사랑하지 않기 때문이라고 원인을 돌렸다. 자신이 그를 사랑하지 않는다는 사실은 언제나 알고 있었다. 그녀는 화가 나서 그와 끝 없이 싸웠고 그가 떠나겠다고 했을 때 떠나라고 했다. 그러나 외 투 입는 것을 그가 도와주자마자, 그리고 이 때문에 그녀 옆에 다 가서자마자 몸이 닿았는데 그녀는 이에 충분히 저항하지 않았다.

흡족해하는 젖먹이처럼, 지난날 가졌던 히스테리를 이렇게 옆으 로 밀어 버렸다. 그러나 차츰차츰 이 호감은 다시 사라져 갔다. 그 를 집에서 내쫓고, 눈앞에서 더 이상 보지 않게 되자마자 혐오감 이 다시 돌아왔다. 자신이 이 남자 때문에 고생을 하고 있는 것인 지도 모른다는 생각에 그녀의 영혼은 팔 길이만큼 몸 밖으로 늘 어져 나와 걸려 있었다. 안 돼! 그녀는 이 남자를 떠나보내고 싶었 다. 다른 한편으론 아이들에 대해서도 마찬가지였다. 역시 다른 큰 선택의 여지가 없었다. "그는 내 심장에 구멍을 뚫으려고 했던 거야." 그녀가 이제까지 행복하게 지내 온 시간들에 스펀지처럼 구멍이 났다.

그러나 그 남자는 그녀가 충분히 예방하지 않았기 때문에 다시 돌아왔다. 쓴 약을 삼키듯 그녀는 그걸 받아들였다. 그러나 인간은 그조차도 익숙해지는 법이다.

5

가을에 그녀는 자동차 사고를 당한다. 그다음에는 무언가 조금 나아졌다. 그녀는 피를 많이 흘렸다. 이 출혈에는 원래 저항의 의미가 담겨 있었다. 이제는 그 흘린 피가 소위 '과오'를 내딛지 않도록 막는 궁궐 보초병이 되었다. 그녀는 세면대에 떨어지는 그 대단한 볼거리를 관찰했다. "그 시민도 궁궐 보초병을 화가 나서 바라보고 있었지. 발 옆에는 커다란 개가 누구를 언제 물어야 할지 묻는 듯 쳐다보고 있었어."

한겨울 중서부 대도시 어느 피아노 콘서트 장에서 그녀는 잘못에 잘못을 거듭했다. 연주를 하느니 차라리 날카롭게 삐걱거리고 싶었다. 손가락이 여러 번 매끄러운 건반에서 미끄러졌다. 친구들이 그녀에게 좋은 조언을 해 주었다. 그녀는 죽어야 할까, 적응해야 할까?

이러한 상태로 그녀는 32세를 넘겼다. 수욕요법은 전혀 효과가 없었다.

6

에른스트 고이티 박사 귀하,

빈 12구역

라이테렌가세 8번지

에른스트!

나 지난 몇 주간 침대에 누워 있을 수밖에 없었어. 그렇게 있으니 기분이 그다지 좋지 않았어. 모든 것이 회색일 땐 다 회색으로 보이는 법이잖아. 그렇지만 모두 이 일과 관련이 있어. 어떤 교수를 만났는데 다음 주에 거기에 또다시 가야만 해. 그러면 내가 수술을 받아야 할지 아니면 처음부터 모두 다시 해야 할지 그가 알게 되겠지. 정말 곧 지긋지긋해질 거야. 하필이면 내가 그렇게 고통받아야 한다는 게 정말 끔찍해. 그렇지만 거기에 대해 쓰진 말아 줘. 거기에 대해 더 이상 미리 아무것도 듣고 싶지 않아.

티롤에서 좋은 시간을 보냈겠어, 당신들 거기서 이 카드를 써서 보낸 거지? 우리 수술 전에 다시 만날 수 있을까? 즐거운 저녁을 위해? 내가 더 이상 해결할 수 없는 이 병이 무슨 병인지 당신에게 물어봐도 될까? 내가 도대체 무엇을 해야 하는 거야?

아쉽게도 병 이름이 머리에 떠오르질 않네. 그걸 써 놓은 종이도 찾을 수가 없고. 당신이 약을 알고 있는지 알고 싶어.

아, 에른스트, 최근 '플로리다 축제의 밤'을 생각하고 있었어. 당신과 시간을 보낸 이 저녁들이 정말 근사했었잖아.

"내 가장 사랑하는 이를 어디다 숨길까,

나 그에게 충실하지 못했고 그저 그에게

꽃이 되는 그곳."

당신 왜 그렇게 소심하게 있어? 왜 날 원하지 않았던 거야?

왜 나에게 사내답게 말해 주지 못한 거지? 당신을 절대로 떠나고 싶지 않았던 것 같은데, 이제는 더 이상 확인할 길이 없네. 어쩌면 내가 죽기 전에 당신을 여기서 한번 볼 수 있을까? 물론 지금 난 몰골이 말이 아니지만, 내가 좀 예쁘게 꾸미면 저녁 시간에 우리 한번 만날 수 있지 않을까?

언제나 당신의, 기티

기티는 J의 사무실에서 이 편지에 우표를 붙였다. J가 편지를 그녀 손에서 빼앗아 읽을 위험도 있었지만 편지를 봉해 우체통에 넣었다. 돌아오는 길에 맥이 빠져서 집 계단에 앉아 힘을 모았다.

7

낙관적인 전망이 담긴 의사의 서신을 더 이상 믿지 않게 되면서 그녀는 바뀌었다. 출혈이 있을 때면 침대에 누워서 소설을 읽었는데, 그녀를 아는 이들 모두가 이 사실에 놀랐다. 푸딩을 침대로 가져가서 먹어치웠고, 참을성 없이 사람들이 방문해 주길 기다리지도 않았다. 그녀는 출혈이 없던 긴 몇 주간 스스로에게 재갈을 물렸다. 선물들을 샀고, 뤼디아와 함께 쇼핑을 다녔는데 고르는 데 아예 참견하지 않고 지불만 했다. 예전의 그 비죽이는 웃음을 되찾았고, 어떤 날은 '소박한' 맥주를 가득 마시기도 했다. 예전에 에른스트와 함께 살던 그 좋은 시절에 그랬듯이. 그녀는 새벽 4시가 되어서야 들어왔다. 오는 길에 요의(尿意)를 참을 수가 없어서 어느 집 앞 작은 정원에 잠깐 앉았다. 다른 날엔 보통 늘 그렇듯

J와 함께 앉아 있었다. 그들은 신문을 읽었는데 가끔 전화가 오기도 했다. 개는 소파 위에 앉아 있었는데, 천을 덮어 털로 소파를 더럽히지 않게 했다. 거리를 지나는 누군가가 웃거나 눈에 띄게 행동하면 개는 뛰어올라서 짖으면서 복도로 달려 나갔다. 그녀는 사과를 깎으며 뤼디아에 대한 욕을 실타래처럼 늘어놓았는데, 뤼디아는 그 옆에 앉아 있었다. 그러나 뤼디아는 곧 무슨 일이 일어날지 알고 마음을 가다듬고, 뒤로 가서 기티가 그녀에게 선물한 옷을 집어 들었다. 이미 예상한 일이지만 적외선 요법과 간 주사도 죄다 소용이 없었다. 그러는 동안에 그녀는 예전과 별 다를 바 없이 보이는 때도 있었다. 그러나 그녀는 행진을 딱 한 번만 할 필요가 있었다.* 스스로도 차라리 보고 싶지 않은 창백하고 핏기 없는 얼굴이 되었다. 아침마다 그래도 운동을 했는데 더 이상 똑바로 걸으려고 노력하지도 않았다. 머리숱은 줄어 갔다. 이제는 똑바로 쳐다볼 용기도 없었다. 머리빗을 내던져 버렸다. 모자처럼 머리 위에 쓸 붉은빛이 도는 금발의 가발도 마련했는데, 누구나 그녀를 이 붉은빛이 도는 금발로 기억에 담게 하기 위해서였다. 비교적 젊은 사람들까지 초대한 작은 파티를 열었다. 진전된 분위기 속에서 사람들은 춤을 추었다. 그녀는 넘어졌다. 거나하게 취할 필요가 있었다. 그래서 그녀는 춤을 추다가 넘어졌다. J가 알아차리지 못하게 안간힘을 썼고 많이 웃어야 했다. 아주 잘될 수도 있었는데 J는 자신이 춤을 추고 싶지 않았기에 전축을 멈췄다.

그녀는 물건 대부분을 사람들에게 줘 버렸다. 이것이 J와 시끄러운 잡음을 불렀다. 시끄러운 잡음이라고는 하지만 아무도 큰 소리로 감히 떠들지는 못했고 그녀가 몸을 돌봐야 한다는 핑계로 며칠간이나 계속되는 싸움을 벌였다. 그녀는 날마다 오는 방문객들에게 호감을, 그리고 의사에게 호감을 사려고 노력했다. 숱 많은 붉은 가발을 쓰면 누구나 그것이 진짜인 줄 알았는데, 그녀는 특히 그걸 즐겼다. 얼마나 맥이 빠져서 누워 있든지 간에 그녀는 예쁘게 ─ 담녹색 신상품 이불을 덮고, 커다란 담녹색 푸딩 속에 든 것처럼 ─ 보였다. 비죽거리는 웃음을 다시 한 번 되찾았다. 스스로를 작게 만들었고 조심했다. 빨간 머리를 하고, 담녹색 이불 속에 숨어서, 몇 주 후에는 위기를 극복했다. 다시 한 번 일어날 수 있게 되자 그녀는 기뻤다. L은 그녀를 작업실로 데리고 가서 진짜 호랑이를 보여 주었다. 그녀는 매우 흥분해서 밤에 이 호랑이들에 대한 꿈을 꾸다가 잠결에 J의 얼굴을 쳤다. 하지만 이 정도에 머물지 않았다. 다시 저녁에 앉아 각자 신문을 읽고 낮에는 정신없이 돌아다니는 일을 시작했다. 이제 얼굴에 풋풋함을 되찾자 J의 뤼디아를 더 이상 참아줄 수 없었다. 이건 새로 깨어난 생기를 말해 주는 신호였다.

8

"치욕에서 나온 술.
먹이에서 나온 침대.
해도 되는 일, 의무적인 일.
독수리들이 펼쳐 놓은 사파이어 하늘,
청동 깃발."
다음 시구는 이랬다.
"강변 주위로 삼나무 숲이 우거졌다."
그녀는 다시 밑줄을 쳤다. 이것으로 그녀는 벌써 너무 많이 움직인 것이었다.

9

"눈물을 흘리며 음식을 거부했으나, 젤리에 담긴 게나 새콤한 과일과 같은 특별한 기호품은 좋아했습니다." 그녀는 새로운 **기반**을 찾고자 이 기간 동안 다양한 남자들과 연애를 했지만 기반을 찾지는 못했다. 주된 실패 원인은 비록 육체관계는 배제하고 있지만 J와 같이 있다는 사실에서 찾았다. 그녀는 그가 두려워서 그 때문에 자기 입장을 잃어버렸다. 나중에 그녀는 병원에 입원해서 왼쪽 신체 일부를 잘라 내야 했다. 6개월을 병원에 누워 있었고, 다시 퇴원할 때 돈을 약값으로 **뿌려 댔다.** 그녀의 재산 나머지는 J가 채소 선물 투기에 쏟아 부었다. 이 불행한 사건이 그녀의 결단력을 흐려 놓았다. 일자리를 찾았지만 바로 떠나지는 못했고 병원에서 나온 지 몇 주가 지나서야 비로소 J의 집을 떠났다. 그는 그녀가 못 가게 하려고 애썼다. 그녀는 완강하게 버텼다. J하고 담판을 짓느라 시간이 걸려 병으로 쇠약해진 기운까지 치명적으로 소모했다. 이제는 더 이상 숙녀처럼 그렇게 값비싼 존재가 아니었다. 이 값어치를 지켜 주던 친구들이 이제는 없었다. 그녀 몸 위로 지나간 찢어진 자국. 그녀는 자기 몸을 더 이상 바라보지 않았다. 쓸모도 없던 오랜 친지들과 이별했던 일도 성과를 내지 못했다. 관계들을 희생해서라도 이겨야 한다는 과거 경험에서 시작한 일이었다. 지금 사는 이 환경에서는 **희생자**들이 그녀를 더 빈곤하게 만들 뿐이라는 사실을 그녀는 달리 잘 배우거나 이해하지 못했다. "무언가를 주고 다시 돌려받아라. 그리고 신이 물었다. 무엇 때문이냐고? 너는 아마 모를 것이다, 하고 말했다."

> "나는 기억이 끔찍해,
> 우리는 기억을 너무 많이 갖고 있어.
> 기억을 조금 적게 갖고 있더라도
> 대화 소재로는 충분히 가득할 것 같은데."

그녀는 움직일 용기는 물론이고, 뻣뻣하게 굳어서 외출도 못 한 채, 마치 한 번도 R의 연인이거나 페터 B의 부인인 적이 없었던 것처럼 갇혀 버렸다.

너무 많은 일이 일어난 것 같고 모두가 감옥처럼 느껴져 가슴이 찢어지던 어느 토요일, 어떤 영화관의 이른 오후 상영에서 젊은 남자 하나가 그녀가 뿌린 향수에 이끌렸다. 그는 옆자리가 비었는지 물었다―영화관은 텅 비어 있었다. 그녀는 진정하면서 시간을 벌었다. 단순한 삶으로 돌아가고 싶다는 오래된 생각이 바로 다시 생겼다. '동화 같으면서도 동시에 연약한 돌발 사건과도 같은 사랑.'

이런 상상을 한 후에 그녀는 그의 자동차에 앉았는데, 다른 말로 하자면, 그녀가 자기 손을 그에게 건넸던 것이다. 그는 혹시 그녀가 너무 나이가 많다고 생각하지나 않을까? 나중에 그는 길가로 차를 돌려 숲길로 들어서서 거기에 주차했다. 그녀는 집요하게 대화를 하려고 했다. 그녀는 군기(軍旗)처럼 대화를 고수하려고 했지만 그는 이미 그녀의 옷을 벗겨 좁은 차 안에서 그녀를 안으려 했다. 흉터가 드러나자 그녀는 정신이 말짱해졌다. 어떻게 남자를 안아야 할지 모르겠다는 식으로 뻣뻣하게 굳었다. 그 낯선 남자는 그녀의 얼굴을 때리고 숲길로 나가서 나무에다 오줌을 누었다. 그녀는 이 낯선 종류의 몸을 바라보았는데 그 위로 비가 세차게 내렸다. 공황 상태. 그가 다시 차로 돌아오면 무어라고 대답해야 할지 몰랐기 때문이다. 그녀는 찢어진 옷을 다시 급히 걸치고, 거리로 달려 나갔다. 남자가 뒤에서 부르는 동안 화장이 희미하게 지워지고 얼굴엔 비가 퍼부었다.

완전히 자기 잘못으로 저질러 버려, 다른 불행한 운명 탓으로 돌릴 수 없고 깡그리 새로운 불행이 된 이 이야기에서 그녀는 회복하질 못했다. 특히나 감기에 걸려서 고생했다. 병이 난 동안 그녀는 유럽으로 다시 돌아가기로 마음먹었다. 병이 진정되고 다시 집 안에서 돌아다닐 수 있게 되자 빈으로 고이티 박사 — 그녀의 첫 유산을 집도했던 — 에게 편지를 보낸다. 빈으로 돌아갈 여행 채비를 했다. 그녀가 예전에 돈을 빌려 주었던 옛 친구들은 오스트리아로 떠나려는 계획을 취소하라고 급하게 설득했다. 그녀는 이 조언들을 거부하느라고 에너지를 소모했다. 선박표를 환불하고 돈을 빌려 주었던 사람들에게 다시 빌려 주었다. 그러나 그녀가 영위하는 삶을 '자살적인 오스트리아 여행'을 했더라면 벌어졌을 일보다 더 낫다고는 할 수 없었다. J가 다시 접근하는 것을 거부할 수 없었는데, 그는 실패한 사업 때문에 투자자들을 전전했기 때문이다. 그는 그녀를 충분히 잘 알고 있어서, 예전에 함께 하던 삶의 동반자적 관계(육체적 관계는 배제하는)를 그녀가 다시 받아들이게 할 수 있었다. 그녀에게 이 순간, 이것 말고는 삶에 남은 다른 어떤 가능성도 보이지 않았다.

이 책은 1945년이라는 붕괴의 순간이 삶에 각인된 사람들의 인생사들을 다루고 있습니다. 이 사람들은 무언가 잃어버리고 절망에 빠지고 거기서 빠져나오려고 애를 씁니다. 그래서 이들은 도피하거나, 환상에 빠지거나, 절망적으로 울분을 터뜨리거나, 엉뚱한 짓을 하거나, 탈출구를 찾거나, 틀어박혀 숨으려고 합니다.

책은 조용히 가만히 있는 법이 없습니다. 책은 절대로 '끝나지' 않습니다. 전반부에 놓인 이야기들은 1962년판 이력서들에 원래 있던 9편의 이야기입니다. 1962년에 쓴 서문에 담긴 작은 설명, 즉 이들이 모여 함께 슬픈 역사를 이룬다는 말은 이 이야기들에 대한 말입니다. 273페이지 이후에 담긴 9편의 추가된 이야기들은 이력서들과 같은 시기에 쓰였거나 조금 나중에 쓰인 이야기들입니다. 이들은 원래 있던 이야기들과 말하자면 함께 가는 이야기들입니다. 「학자의 사명 — 만도르프」는 47 그룹*에서 낭독하기 위해 쓰여졌습니다. 「장례식 참석자 명단」은 스웨덴의 시그투나에서 열린 47 그룹의 모임에서 낭독되었습니다.

1986년 알렉산더 클루게

11 **슈트라스부르크 제국대학** 슈트라스부르크 제국대학은 독일 제3제
국 당시 1941~1944년까지 존재했다. 아우구스트 히르트(August
Hirt) 교수는 이 당시 슈트라스부르크 대학의 교수로 인체 실험을
자행했던 실존인물이며 제시된 편지는 히르트 교수가 친위대(SS,
Schutzstaffel)에 보낸 실제 편지의 기록물을 바탕으로 하고 있다.
불랑제라는 인물도 몇몇 실존인물들을 배경으로 하고 있다. 그중
루돌프 불랑제와 이름이 비슷한 브루노 베거(Bruno Beger)라는
인물도 있다. 실제 사건에 대한 자세한 내용은 Hans-Joachim Lang
의 'Die Namen der Nummern'(Fischer, 2007)을 참조하라.

12 **플뢰어스하임(마인 강변)** 독일의 경우 다른 동명의 도시와 구분하기
위해 도시명 옆에 강의 이름을 붙이는 경우가 흔히 있다. 우리에게
잘 알려진 프랑크푸르트 시도 사실 프랑크푸르트 암 마인(마인 강
변의 프랑크푸르트)이다. 원서를 충분히 살린다는 의미에서 이후
에도 비슷한 경우 괄호 안의 강 이름을 도시명 옆에 병기했다.

13 **좋은 의지** 칸트의 개념인 선의지(선한 의지, guter Wille)를 암시하
는 것으로 보인다. 칸트에게서 선의지란 행위와 관계없이 절대적
으로 선한 것이다. 그러나 번역에서 드러나듯이 독일어에서 guter
Wille는 선한 의지라는 뜻뿐 아니라 적극적 의지라는 뜻도 있다.
이 뒤의 다른 이야기들에서도 이 개념은 반복적으로 나오는데 문

맥에 따라 뉘앙스의 차이가 있다. 본 번역에서는 개념의 혼동과 구분을 드러내기 위해 다소 어색하지만 좋은 의지라고 번역한다.

14　**연구 이론부**　역사상 실제로 존재하지 않았던 가상의 부서이다. 친위대가 아리아인의 우수성이라는 이데올로기를 정당화할 목적으로 고고학, 역사 연구, 인종 연구 등을 하기 위해 설립한 독일 고대 유산 연구회(Forschungsgemeinschaft Deutsches Ahnenerbe)를 모델로 하고 있다.

15　**독일령 동아프리카 담당부**　독일령 동아프리카는 훗날 부룬디, 르완다 및 탕가니카(탄자니아의 대륙부)의 세 지역을 포함한 독일 제국의 식민지를 말하는데 1885년에서 1918년까지 존재한 기관이며 1차 세계대전 이후 베르사유 조약에서 독일이 포기한 곳이기 때문에, 1942년을 배경으로 하는 이 이야기에서 연구 이론부와 마찬가지로 가상의 존재가 된다.

16　**동유럽의 정복은~ 의미했다**　1차 세계대전 이후 베르사유 조약으로 독일이 동쪽 영토를 상실했다가 되찾은 것을 의미한다.

17　**오렐 지방**　현재 러시아의 오룔(Orjol) 주. 모스크바와 우크라이나 사이에 있다. 독일이 1941년에서 1943년에 걸쳐 점령했다. 2차 세계대전 후에는 독일군 포로들을 수용한 포로수용소가 있었다.

　　정치위원　한국군 계급과 비교하면 정치위원은 정훈장교 정도에 해당한다. 초기에 장교를 두지 않았던 러시아군의 복잡한 직위 분류는 효율성을 위해 사실상 1940년경부터 사라지기 시작하며 정치위원 조직은 이미 1942년에 해체된다. 따라서 여기서 1942년 이후에 계속 진행된 불랑제의 계급 분류는 더욱 부조리하게 보일 수밖에 없다.

19　**1942년 여름과 겨울 ~ 축소되었다**　2차 세계대전의 판도를 바꾸어 놓으며 약 200만 명의 목숨을 앗아간 스탈린그라드 전투(1942년 8월~1943년 2월)에 대한 암시가 여기에서는 단 두 문장으로 제시된다. 동시에 이 전투를 개별적 '업무' 내에서만 간접적으로 경험하는 불랑제의 경험이 이 전투에서 벌어진 수많은 학살들과 독일군

의 패전을 가리면서 그로테스크하면서도 아이러니한 효과를 만들어 낸다. 남부 집단군은 1942년 집단군 A와 집단군 B로 나뉘며 스탈린그라드(현재의 볼고그라드)는 남부 집단군의 전선이었다.

21 **특정 문제들** 강제수용소들에서 벌어진 대량학살을 암시한다.

오스트마르크 Ostmark. 오스트마르크라는 이름은 1942년까지 독일 제3제국으로 편입된 구(舊)오스트리아 지역을 가리키기 위한 명칭이었다. 이 지역은 1942년 이후 1945년 전쟁 말까지 '도나우 운트 알펜라이히스가우(Donau-und Alpenreichsgau)'라는 이름으로 바뀌므로 시기에 맞지 않는 명칭이 된다.

1월 14일에는~매달았다 1944년 7월 20일 장교들의 히틀러 암살, 쿠데타 기도 사건이 실패하고 이후 대규모 숙청이 벌어져 수천 명의 인물이 처형당했다. 본문은 시기적으로나 내용적으로 정확한 사실은 아니나 실존 인물인 렌둘릭(Lothar Rendulic)은 이 비슷한 시기에 히틀러의 명으로 군사재판을 열었다고 한다.

로엔그린 리하르트 바그너 작곡의 비극 오페라. 이 오페라의 마지막 부분에 로엔그린이 왕에게 자신이 없어도 독일이 헝가리 정벌에 성공할 것이고 머나먼 미래에도 동쪽의 유목민들이 독일을 침략하지 못할 것이라고 예언을 하는 부분이 있다.

22 **불랑제는~받았다** 1961년은 한나 아렌트가 '악의 평범성'으로 일컬은 유명한 유태인 학살 전범 아돌프 아이히만의 전범 재판이 있던 해이기도 하다.

「뤼마니떼」지 L'Humanité. 프랑스의 좌익 성향 일간지.

27 **이후에 그는 사라져 버렸습니다** 실존 인물인 아우구스트 히르트는 전쟁 말기에 자살했다고 한다. 스위스 언론들이 50년대까지 그를 뒤쫓고 법원에서는 53년에 부재 중 사형 판결까지 선고되었지만 나중에 그가 이미 죽은 것으로 판명 났다고 한다.

31 **제국 중앙 형사성** 가상의 조직이다. 이 당시 있었던 형사 담당 조직의 원래 이름은 제국 중앙 보안성(Reichssicherheitshauptamt)이며 소위 게슈타포(Gestapo, 비밀 국가 경찰)의 상부 조직이었다.

검찰관 Kriminalrat. 대위, 소령급 국가 경찰 계급. 여기서는 한국군의 비슷한 계급인 검찰관으로 번역한다.

엘빙 지방 현재 폴란드 북부의 엘블라크(Elblag).

퓌르스텐-슈비부스 현재 독일 동부-폴란드 서부 지역.

32 **뢰첸** 현재 폴란드 동북부의 기쥐코(Giżycko).

외국인 노동자 제3제국 당시 강제 징용되었던 점령지의 전쟁 포로, 강제 노동자들을 일컫던 말이다.

33 **폴란드 총독부 관구** Generalgouvernement. 제3제국 당시 독일이 군사 점령하였으나 독일 본토로 편입시키지 않은 폴란드의 남쪽 영토 부분이다.

바익셀 전선 1945년 1월 12일~2월 23일의 오데르-바익셀 강 전투로 독일군은 사실상 빈사 상태에 빠지고 중부전선의 독일군 전력 대부분이 상실된다. 바익셀 강은 폴란드를 남에서 북으로 가로지르는 1,047킬로미터의 긴 강이다.

36 **기사(騎士) 범죄** 사내다운 행위 또는 가벼운 범죄라는 뜻. 기사들의 사적 결투처럼 법적으로는 허용되지 않으나 사회적으로는 용납되는 행위를 일컫는다.

크라카우 폴란드 명으로는 크라코프.

알렉산더 광장 시절 역사적으로 오랜 기간 동안 베를린 알렉산더 광장에 경찰 조직 본부가 있었고, 이 시기에는 비밀 경찰 게슈타포의 본부도 이곳에 있었다.

37 **슈밀라우, 클롭파우, 미엘칙** 셋 모두 가상의 지명인 것으로 보인다.

이 도주로를~여럿 지나쳤지만 이 시기에 강제 수용소를 비우며 수십만 명의 (주로 유태인) 포로들이 죽을 때까지 강제로 먼 거리를 걷게 했던 소위 죽음의 행진(Todesmarsch)을 떠올리게 한다.

39 **칸트 인용문** 두 개의 다른 칸트 인용문이 섞여 있다. 둘 다 '인류의 형이상학Die Metaphysik der Sitten'(1797)에 실려 있지만 마지막 두 문장은 다른 부분보다 원래 조금 더 앞에 실린 문장이다. 게다가 뒤에서 두 번째 문장, "한 사람이 죽는 것이 전체 민족이 타락하

는 것보다 낫다"라는 문장은 칸트가 형사 처벌에서 공리주의를 배격하며 위선적인 표어라고 경고하며 인용하는 문장인데, 여기서는 이를 칸트의 문장으로 그대로 섞고 있다.

40   **강연자는~불러야 한다** 아틸라와 돌만 모두 비슷하게 생긴 헝가리 기마병의 군복이지만 시대적인 차이가 있다. 여기 토론에서는 과거사와 관련하여 오스트리아–헝가리 제국에서 헝가리의 독립성, 정통성을 인정하느냐의 여부를 따지는 것으로 보인다.

41~42 **경험에~부르기 때문이다** 히틀러가 정권을 잡기 10년 전인 1923년 뮌헨에서 일으킨 폭동을 가리키는 말인 듯하다. 이 폭동이 실패하면서 히틀러는 반란죄로 5년의 금고형을 선고받았으나 1년도 되지 않아 석방되었다.

43   **살라자르** 포르투갈의 독재자. 1932년부터 1968년까지 재임했다.

50   **프세미스우** 현재 우크라이나 국경 근처에 있는 폴란드 남부 도시. 1차 세계대전 당시 큰 전투가 있었다. 프세미스우의 포위는 1차 세계대전 당시 최대 규모의 포위 작전으로 11만 명의 오스트리아군이 러시아군의 포로로 잡힌다.

      아랍계 프랑스 병사들 Turkos. 프랑스 식민지령의 북아프리카(주로 알제리와 튀니지) 출신의 프랑스군 병사들. 1842년부터 1964년까지 프랑스군으로 활동했고 프랑스가 참전한 전쟁에 참여했다.

52   **포자 가문** 포자(Posa)라는 이름은 프리드리히 실러의 작품 「돈 카를로스」에 등장하는 스페인 왕자 돈 카를로스의 충실한 친구이자 계몽가인 포자 후작을 연상시킨다. 극 중에 이 두 친구는 네덜란드를 스페인에서 독립시키고 개혁하려고 한다.

      윌리히–클레브 현재 독일 서부, 쾰른 근처 지역.

53   **1815년 파리 점령 후** 빈에서 메테르니히의 왕정복고 운동의 결과를 말한다.

      1848년 독일의 3월 혁명이 있던 해

      상트 프리밧 전투 1870년에 있었던 보불전쟁의 최대 전투.

54   **가족의 재산** 독일어 Gut에는 선이라는 뜻 외에 재물, 재산, 농지

등의 뜻이 있다.

56 게다가 ~ 파괴해 버렸다 2차 세계대전 중에 미국과 영국의 폭격기가 독일과 동유럽에서 목표와 다른 도시의 민간인 거주지를 폭격하는 일이 자주 일어났다. 클루게는 『1945년 4월 8일 할버슈타트의 공습』이라는 책에서 이에 관한 이야기를 쓰기도 했다.

플라텐 호수 헝가리의 호수, 부다페스트 남서쪽에 있다.

57 슈톨페 현재 폴란드-독일 북쪽 국경 지역.

독일인민당 Deutsche Volkspartei. 1918년부터 1933년까지 존재한 독일 바이마르 공화국의 보수 정당. 이 당의 정치인으로 구스타프 슈트레제만(Gustav Stresemann)과 율리우스 쿠르티우스(Julius Curtius)가 유명하다. 히틀러의 집권 후 해산된다.

58 이 구멍은 ~ 통로였다 뉘른베르크 구시가지 지하에는 중세부터 지어지기 시작한 미로 같은 통로가 있다. 술 저장고 등으로 쓰였는데 2차 세계대전 때는 방공호 역할을 했다고 한다.

59 리투아니아-동프로이센 현재 러시아의 월경지인 칼리닌그라드 주와 그 주변 폴란드, 리투아니아 지방이다. 2차 세계대전 이전에는 독일 영토였다.

60 그러나 그 후 ~ 총살당했다 1944년 7월 20일 실패로 끝난 히틀러 암살 기도 사건에 참여하고 뒤에 이어진 대규모 숙청으로 처형되었음을 암시한다.

61 그 유명한 ~ 닥쳤다 실존인물인 한스 폰 슈포넥(Hans von Sponeck) 장군은 1941년 12월 26, 27일에 러시아의 공격을 막아내지만 29일에 위험을 느끼고 상부의 지시 없이 케르취 반도에서 철수를 명령한다. 덕분에 제46보병부대는 목숨을 건졌다. 이 때문에 슈포넥은 사형 판결을 언도받았는데 훗날 구속형으로 감형된다. 그러나 1944년 7월, 히틀러에 대한 장교들의 쿠데타가 실패로 끝난 뒤, 이 일과는 전혀 관계가 없었음에도 장교들에 대한 경고의 의미로 살해된다.

65 『위험에 처한 독일 정신』 쿠르티우스(E. R. Curtius)가 1932년 괴테 서

거 100주기를 맞아 교양의 몰락을 비판한 저서이다.

국가당 독일 국가당은 중도 좌파와 온건 부르주아 정당이다. 1933년 히틀러의 집권 이후 해산되었다.

66 **갈색 셔츠를 입은 자** 국가사회주의당 돌격대(SA)의 유니폼 셔츠색이 갈색이었다. 그 후 갈색은 국가사회주의를 상징하는 색이 된다.

명가수 바그너의 오페라「뉘른베르크의 명가수」를 가리키는 듯하다.

67 **루스트장관** 베른하르트 루스트(Bernhard Rust, 1883~1945). 국가사회주의 정치인이자 소위 나치식 교육의 대표자. 히틀러가 집권한 1933~1934년에는 프로이센 문화장관을 맡았고, 1934년부터 2차 대전이 끝나는 1945년까지 제국학술교양국민교육부 장관을 맡으며 국가사회주의 이념으로 독일 교육 체제를 개편하였다.

카를 대제 카롤루스 또는 샤를마뉴 대제(747?~814). 신성로마제국 최초의 황제.

알쿠인 카를 대제의 스승, 고문.

테오둘프 카를 대제의 고문.

아른 카를 대제의 사제이자 피후견인.

69 **작업 요법** 치료를 목적으로 환자, 아동 등이 생산적인 일을 하며 사회 적응력을 키우는 방법이다.

『바이마르의 로테』 토마스 만의 소설로 제3제국 말기에 금서였다.

71 **기질이 유별나던** abartig veranlagt. 직역하면 변태적 재능이 있다는 뜻이다. 그의 활동이 나치에 의해 퇴폐 예술(entartete Kunst)로 낙인 찍혔다는 암시가 숨어 있다. 당시 표현주의, 다다이즘, 초현실주의 등의 예술가들이 많은 핍박을 받았다.

72 **소관구** Ortsgruppe. 국가사회주의당 당 조직이다.

72~73 **실직자로서 ~ 허락해 주지는 않았다** 독일에 공습이 끊이지 않았음을 암시한다.

73 **7월 20일 사건** 1944년 7월 20일 일어났던 장교들의 히틀러 암살, 쿠데타 기도 사건. 이 사건으로 대규모 숙청이 벌어져 수천 명의 인물이 처형당했다.

74 1806년 나폴레옹이 독일을 침략한 해를 말한다.

78 **데스데모나** 셰익스피어의 '오셀로'가 질투심으로 죽이는 아내 이름.

83 **장군이 ~ 쓰러졌지만** 괴테의 「에그몬트」에 나오는 네덜란드의 독립 영웅 에그몬트 장군의 용맹함에 대한 묘사. 노이만의 국가주의적 확신에 찬 수색 과정을 패러디를 통해 비꼬는 것이다.

84 **그들이 요새에 ~ 시인했다** 2차 세계대전 말기에 어린 학생들은 최후 전선으로 투입돼 방패막이로 이용되었다.

발렌슈타인 알브레히트 폰 발렌슈타인. 30년 전쟁 당시의 장군으로 프리드리히 실러가 그에 관한 희곡을 썼다.

루터가 죽은 ~ 폐지했다 종교개혁가 마틴 루터는 악마와 마녀의 존재를 믿었고 마녀사냥에 반대하지 않았다. 당시 악마 퇴치 의식을 치르다가 많은 사람이 다치거나 죽었다.

85 **민족의 폭풍** Volkssturm. 제2차 세계대전 말기 독일에서 16세에서 60세까지 민간인 징집으로 이루어진 부대.

나는 이 대화 때문에 ~ 돌아다녔다 노이만은 학생들을 소집하여 전쟁 말기에 인간 방패로 쓰려는 당국의 의도에 동참하고 있다. 그러나 슁케의 설득으로 슁케가 데리고 숨어 있는 학생들마저 소집해 가려는 마음을 접고 발길을 돌린다. 그러나 슁케의 이런 행위는 물론 반역 행위로 처벌당할 위험이 있기 때문에 불안해지는 것이다.

91 **우리의 화물을** 아이들을 가리키는 듯하다.

나는 꼭 ~ 같았다 히틀러는 1940년 프랑스의 방어선인 마지노선을 우회해서 매우 빠른 속도로 프랑스를 점령했다. 슁케가 영지의 저택에 뒷문을 통해 들어가는 점을 비유한 것 같다.

96 **말하자면 흑해로의 유배** 아우구스투스 황제에게 추방당한 시인 오비디우스에 스스로를 비교하고 있는 것으로 보인다.

101 **또한 날개 달린 ~ 있습니다** 볼프강 에델슈타인(Wolfgang Edelstein)이라는 전후 독일의 교육 정책가가 쓴 『교양과 지혜. 카롤링거 왕조 시대의 세계상과 교육. 알쿠인의 편지 연구(*eruditio und sapientia : Weltbild und Erziehung in der Karolingerzeit. Untersuchungen zu*

Alcuins Briefen)』(Rombach, 1965)라는 책 30페이지 이하 여러 곳에 소설의 이 부분과 거의 같은 라틴어 텍스트 및 독일어 주해가 담겨 있다. 라틴어 표기는 독일어 병기 없이 실려 있으나 독자의 편의를 위해 한국어로 괄호 안에 병기한다.

텍스트가 서로 같다고는 하지만 클루게의 라틴어 텍스트에는 에델슈타인의 텍스트에 없는 많은 오자, 탈자들이 발견되며 출처를 밝히는 숫자도 위치 등이 잘못 표시되어 있다. 이런 오류들은 의도적인 것으로 보인다. 원본으로 칭해야 할 것은 오히려 1962년에 출간된 『이력서들』보다 3년 후에 출간된 에델슈타인의 저서인 것 같다. 본 번역에서는 라틴어 본문과 출처기재 편집을 클루게의 오류 있는 텍스트 그대로 따른다.

에델슈타인은 5, 60년대에 역시 교육 정책가로 활동한 변호사 헬무트 베커(Hellmut Becker)의 사무실에서 알렉산더 클루게와 함께 일한 적이 있다. 이들은 50년대 말에 철학자 하버마스와 함께 독일 막스 플랑크 협회의 교양 연구 분과를 만드는 데 일조했다고 알려져 있다. 알렉산더 클루게와 헬무트 베커는 이 책이 출간되기 1년 전에 교육 정책에 대한 책을 함께 쓰기도 했다. (참고: H. Becker/A. Kluge, Kulturpolitik und Ausganbenkontrolle, Vittorio Klostermann, Frankfurt am Main, 1961.)

officium linguae(언어의 사명) 'officium'이라는 라틴어 단어에는 공직, 의무, 직무, 예의, 예법 등의 뜻이 포함되어 있다.

104　**8세기 상황과 조건하에서**　알쿠인은 프랑크 왕국의 왕인 카를 대제가 기독교를 전한다는 명목으로 행했던 작센(독일 지방) 포교 전쟁(772~804)에 반대하고 비판했다. 8세기의 상황과 조건하에서 이해한 '악'이란 이 전쟁을 가리키는 말인 것으로 보인다. 그렇게 이해할 때 알쿠인의 이야기들은 슁케가 처한 2차 세계대전 말기의 전쟁 상황과 연결이 되며 소위 슁케의 '악'에 대한 이해의 근간이 된다.

108　**「시편」 19장 8절**　한국어 성서로는 「시편」 20장 7절이다.

113 **테레지엔슈타트** 현재 독일 국경에 가까운 체코의 도시 테레진. 당시 유태인 강제수용소가 있었다.

라이프치히 구(舊)동독의 도시.

122 **검사장이나 자기가~ 보았기 때문이다** 2차 세계대전 말기에 7만 명이 넘는 장애인들과 정신 질환자들이 소위 T4 조치(Aktion T4)에 의해서 안락사(Euthanasie)의 이름으로 학살을 당했다. 실제로 유태인 변호사 프리츠 바우어(Fritz Bauer) 등은 2차 세계대전 후 이런 범죄들의 전범 재판들에서 큰 활약을 했다. 이 바우어 변호사는 전범 아이히만의 체포에도 관여한 바 있다. 그리고 훗날 이 「아니타 G」 이야기를 영화화한 알렉산더 클루게의 첫 장편영화 「어제와의 이별(Abschied von Gestern)」에서 직접 이 변호사 역할을 맡아 출연하기도 했다.

154 **헬무트 베커** 위의 인용문은 1957년 출간된 '계획과 자유 사이의 교육(Bildung zwischen Plan und Freiheit)' 24페이지에 실려 있다. 헬무트 베커라는 인물에 관한 설명은 101페이지, 197페이지에 대한 역주 참조.

베토벤-슈미트 "운명의 목구멍에 손을 집어넣다"라는 표현은 베토벤이 친구 베겔러(Franz Gerhard Wegeler)에게 보낸 편지의 한 구절로 운명에 맞서는 베토벤의 당당한 태도가 드러난 말인데 여기서 이 말을 뒤집은 슈미트가 주인공 만프레트 슈미트라고 한다면 만프레트 슈미트의 기회주의적인 태도를 잘 보여 주는 말이 된다.

155 **보덴제 호수** 독일과 스위스 국경에 있는 호수.

156 **베르됭** 1차 세계대전 당시 프랑스와 독일의 격전지.

스탈린그라드 2차 세계대전 당시 독일과 러시아의 격전지.

159 **레버케제** 잘게 간 고기, 간, 달걀, 향료 등으로 만든 소시지의 일종.

163 **머물 곳을 찾거나~ 찾을 수 없었다** '머물 곳 찾기(Herbergssuche)'는 예수의 부모인 요셉과 마리아가 예수를 낳을 당시 머물 곳이 없어 돌아다니다가 마구간 구유에 예수를 낳았다는 이야기에서 나온 단어이고, '인간에 대한 사랑(Menschenfreundlichkeit)'은 신이

인간에 대한 사랑으로 예수를 세상에 보냈다는 기독교의 이념을 가리킨 것이다. 크리스마스에 식당을 찾으러 돌아다니는 만프레트 슈미트의 이야기를 통해 제도화된 축제를 비꼬는 것으로 보인다.

167　**쥘트 섬**　독일 북부 북해의 섬.

168　**그는 소위~노동자였다**　전시 포로인 강제 노동자.

173　**노발긴－치닌**　감기약 이름이다.

174　**등장인물 소개**　영화의 앤딩 크레딧과 같은 효과를 준다. 영화감독이기도 한 클루게의 매체 간 실험의 한 예로 볼 수 있을 것 같다.

185　**정치 훈련 학교(NAPOLA)**　Nationapolitische Lehranstalt. 국가사회주의 지도자를 양성하기 위해 만들어진 엘리트 양성 학교. 조직상으로 일반적인 학교 행정과는 분리되어 있었다. 1941년 당시 독일에 30개의 정치 훈련 학교에 6000명의 학생들이 있었다고 한다.

186　**라이바흐**　현재 슬로베니아의 수도인 류블랴나.

190　**슈베브코프스키가~떠다니고 있다는 것이다**　'부유하다, 둥둥 떠다닌다'는 뜻의 동사 '슈베벤(Schweben)'을 사용하여 슈베브코프스키의 이름으로 언어 유희를 하고 있다.

192　**빌헬름 폰 훔볼트**　빌헬름 폰 훔볼트(Wilhelm von Humboldt, 1767~1835)는 독일의 작가, 학자, 정치가이며 베를린 훔볼트 대학의 설립자이기도 하다. 독일 문화사에 가장 영향력 있는 인물 중 하나이며 당대의 수많은 지식인들과 교류했다.

193　**브렌너**　오스트리아와 이탈리아를 잇는 산악 고속도로.

195　**1918년에~때문이다**　이 글이 실린 곳은 1962년 4월 13일 자 「차이트(Zeit)」 지의 '고등 교육은 얼마나 고등한가(Wie hoch ist die höhere Schule)?'의 일부이다. 안톤 마카렌코(Антон Семёнович Макаренко)는 구 소련의 교육가이며 작가이다.

196　**프리드리히 티어쉬**　프리드리히 티어쉬(Friedrich Thiersch)는 19세기 독일의 인문학자이다. 이 인용은 『독일의 서쪽 주들과 네덜란드, 프랑스, 벨기에의 공립학교 수업의 현 상황에 관하여(*Über den gegenwärtigen Zustand des öffentlichen Unterrichts in den* *westlichen Staaten von Deutschland, in Holland, Frankreich und Belgien)*』라는 1838년에 출간된 세 권의 책 중 제1권 460페이지에 실제로 담긴 내용이다. 다만 모든 자구대로의 정확한 인용은 아니며 중간에 생략된 부분이 있는데 생략된 부분은 교사 스스로의 자질이 전제가 될 때 그러하다는 내용을 담고 있다.

197 **헬무트 베커, 『양과 질』, 1962년 출간** 헬무트 베커(Hellmut Becker, 1913~1993)는 독일의 변호사이자 교육 연구가, 교육 정책가이다. 알렉산더 클루게는 그와 함께 1961년에 문화 정책에 대한 책을 쓴 바 있다(본 번역 101페이지에 대한 역주를 참조). 재미있는 점은 여기에 인용된 책『양과 질. 교육 정책의 근본 문제(*Quantität und Qualität. Grundfragen der Bildungspolitik)*』은 1962년이 아닌 1968년, 즉『이력서들』이 나오고 6년 후에 출간된 책이라는 점이다. 이 역시 정확한 인용은 아니며 문장들의 순서가 바뀌어 있다.

198 **알비 파(派)** 반(反)교황을 표방하던 12~13세기의 기독교 교파.

199 **알텐슈타인 장관** 칼 폼 슈타인 춤 알텐슈타인(Karl vom Stein zum Altenstein, 1770~1840). 프로이센의 정치가. 1817년부터 1838년까지 프로이센 문화부 장관 역임. 프로이센 교육을 개혁하고 오늘날까지 이어지는 국가 주도의 학교 시스템의 기반을 다졌다.

203 **군관구** 제3제국의 군사행정 구역.

209 **현대적인 경제 활동 관찰 방법** 유령회사 등 서류상 경제 활동을 찾아내고 실질 과세 등을 하기 위한 방법이다.

　　독일 형법 242조 독일 형법의 절도죄 규정이다.

210 **마치 디모클레스의~흔들리는 것처럼** 다모클레스는 기원전 4세기 시칠리아의 참주 디오니시오스 1세의 신하이자 친구이다. 어느 날 연회에서 디오니시오스는 그를 부러워하는 다모클레스에게 권력이란 항상 불안한 자리에 있는 것이라는 사실을 알려 주기 위해 실에 매달린 칼 아래 그를 앉혔다고 한다.

220 **헨더슨** 네빌 헨더슨 경(Sir Nevile Meyrick Henderson, 1882~1942). 헨더슨은 당시 영국 수상이던 네빌 체임벌린을 설득해 뮌헨 협정

을 이끌어 낸다. 뮌헨 협정(1938)은 뮌헨에서 열린 체코슬로바키아의 수데텐란트 영토 분쟁 협정인데 이 지역에는 독일인이 다수 거주하고 있었다. 2차 세계대전 직전 유럽 열강들이 히틀러 독일에 대한 유화책으로 체코슬로바키아의 동의 없이 독일의 수데텐란트 합병을 승인하였다. 이런 맥락에서 여기에 비교된 헨더슨과 코르티의 비장함은 여러 아이러니를 빚어 낸다.

222 **160페이지를 보라** 일부러 잘못된 위치를 가리키고 있다. 원서에서의 160페이지는 본 번역본으로 치자면 203페이지가 된다.

230 **작은 동전~없는 법이다** '작은 동전(kleine Münze)'이란 창의적인 작품을 구성하는, 법적으로 보호할 가치가 있는 최소 단위(예를 들면 음악의 몇 소절 등)를 가리키는 독일 법률 용어이다.

249 **튀링엔** 당시 구동독의 한 주.

258~259 **아르놀트 방앗간 사건** 아르놀트라는 방앗간 주인은 슈메타우라는 백작의 소작인이었다. 사법부에 직접 종사하는 귀족들이 귀족과의 소송에 얽힌 아르놀트에게 불리한 판결을 내놓고, 결국 방앗간을 부당하게 빼앗자, 아르놀트의 청원으로 프리드리히 2세는 재심을 명령한다. 그러나 재심에서도 패배하자 프리드리히 2세는 자신이 직접 판결하고 판사를 처벌한다. 누가 옳고 그른지의 문제보다는 단순히 왕의 귀족의 권력에 대한 개입을 막기 위한 수단으로 '사법부의 독립'이라는 개념이 등장한 것을 보여 주는 사례이다.

259 **막스 프리쉬** 막스 프리쉬(Max Frisch, 1911~1991)는 스위스의 작가이자 건축가로 2차 세계대전 이후 독일어권 문학에서 가장 영향력 있는 작가 중의 하나다.

263 **얼마나 아름답든~뒤따르지 않았다** 1961년 가을은 분단된 베를린에 장벽이 세워지며 유럽에 냉전이 돌이킬 수 없이 가속화되던 시절이었다는 점도 떠올려 볼 수 있다.

264 **1713년** 프로이센 왕 프리드리히 빌헬름 1세의 중앙 집권적 절대왕정을 위한 사법 개혁이 있던 해.

267 **특수 임무 부대 재판** 특수 임무 부대(Einsatzgruppe)는 1941년 동유

럽에서 5,500명 이상의 유태인을 전문적으로 학살한 부대였다. 이에 대한 재판이 1958년 4월에 울름에서 시작되었다.

268 「빌트」지 독일의 대표적인 타블로이드 신문.

271 요리 독일어 'Gericht'는 법원이라는 뜻과 요리라는 뜻을 가진 동음이의어이다. 그래서 "코르티가 가장 좋아하는 요리"는 '코르티라는 육체화 된 법정'이라는 비꼼으로 해석할 수 있다.

276 F. A. 볼프 프리드리히 아우구스트 볼프(Friedrich August Wolf, 1759~1824). 독일의 인문학자, 고전학 연구가. 호메로스 작품의 기원에 관한 연구가 대표적이다. 괴테, 실러, 훔볼트 등과 교류하며 공립 교육에서 인문학을 통한 전인교육을 주창한 인물이다.

프리드리히 륄 박사 문학박사였던 히틀러의 선전부 장관 요제프 괴벨스 역시 다리를 절어 병역 거부를 당했다는 점에서 이 가상의 인물인 륄 박사는 그를 연상시키는 부분이 있다.

277 그라우덴쯔 현재 폴란드의 그루지옹츠.

279 만도르프 영역판에는 '테오도르 아도르노의 60세 생일을 기념하여 (11. IX. 1963)'라는 주가 붙어 있다.

1974 1974는 1794의 의도적 오기인 듯하다. 이 오자 외에도 페이지와 권수 역시 의도적 조작으로 보인다.

280 만돌프 만돌프(Mandolf)는 만도르프(Mandorf)의 오기인 듯하다. 이러한 오기 역시 클루게의 글에 자주 등장한다.

뱀베르크 인조견사 뱀베르크 인조견사는 나일론 이전의 인조섬유로 독일 뱀베르크사 특허품이었다.

아카데미 교육~끝 부분 가상의 출처이다. 셸링의 두 번째 강의는 없으며, '아카데미 교육 방법에 대한 첫 번째 강의'는 1803년 출간되었다.

281 『제정문서고』~이하 『재정문서고』라는 잡지는 1936년에는 발간되지 않았고, 『국민경제 전망』은 1930년 이래 발간되지 않았다. 다른 잡지들은 존재 여부조차 불명확하다. 모두 가상의 잡지들이다.

282 진리 탐구에~5월 26일 프라이부르크 대학의 철학자 마르틴 하이데

거는 실제로 1933년 5월 1일 국가사회주의당에 입당하고 프라이부르크의 총장이 되며 같은 달 27일 총장 취임 연설을 한다. 원주에 실린 연설은 사실 취임 연설이 아니라 하이데거가 그 하루 전날인 슐라게터의 사망일인 5월 26일 추모식에서 행한 연설과 거의 똑같은 내용을 담고 있다. 클루게 소설의 특징 중 하나인 '신빙성 있는 거짓 인용'의 좋은 예이다. (참조: Victor Farías, Heidegger und der Nationalsozialismus, S.Fischer 1989, 144 페이지 이하.)

제그룹: (12세기~17세기) 각 학문들은 이 괄호 안에 서술된 시기들에 유럽에서 제도로서의 학문으로 자리 잡고 대학에서 전성기를 누렸다.

알베르트 레오 슐라게터 1차 세계대전 후 독일의 전쟁 배상금 불이행에 항의하여 벨기에-프랑스군이 1923년 1월 당시 독일의 루르 지역을 점령하였다. 알베르트 레오 슐라게터는 그 점령에 저항하다 사형당한 실존인물이다. 그는 제3제국 당시 독일 제일의 군인이자 순교자로 추앙받았다. 히틀러의 『나의 투쟁』 처음 부분에도 언급되는 인물이다.

286　**특별 지도자** 1937년부터 민간인 전문가를 군에 활용하기 위해 특별 지도자(Sonderführer)라는 제도가 생겼다.

　　클리디 고개와 카스토리아 호수 그리스 북부 지명들.

287　**1941년 6월에~ 투입된다** 1941년 5월 독일군은 낙하산 부대 수만 명을 투입해 크레타 섬을 점령한다. 이 크레타 전투에서 연합군과 독일군 양쪽 모두 피해가 막심했다. 크레타 섬은 발칸반도, 서아시아, 아프리카, 소련 사이에 놓인 독일군의 전략적 요충지였고 곧 이어진 독일의 소련 침공 기반이 된다.

　　영국군 전사자 10명 대 독일군 전사자 1명 실제 역사적 사실은 독일군 인명 피해가 더 컸다. 아이러니한 묘사이다.

288　**노발리스** 노발리스(Novalis, 1772~1801)의 본명은 게오르크 필립 프리드리히 프라이헤어 폰 하르덴베르크(Georg Philipp Friedrich Freiherr von Hardenberg)이다. 귀족 출신으로 독일 낭만주의의

대표적인 작가이다. 작품으로『하인리히 폰 오프터딩엔(푸른 꽃)』
이 유명하다.

뼈가 굵었다 großknochig. 거칠다(grobknochig)의 오기로 보인다.

289　**아벨라르**　라틴명은 페트루스 아벨라르두스(Petrus Abaelardus, 1079~1142). 중세 프랑스 초기 스콜라 철학자. 진보적인 이론과 제자 엘루아즈와의 사랑으로 고초를 당하고 수도원에서 죽는다.

　　　브루노　조르다노 브루노(Giordano Bruno, 1548~1600). 신학자, 철학자. 무한우주론을 주장하다가 화형당한다.

291　**철의 사나이**　공산주의 진영에 방송국이 점령당했음을 암시한다.

297　**님**　남부 프랑스 도시.

298　**당시에는～알지 못했다**　수에즈 운하는 전쟁, 정치적 문제 등으로 여러 번 폐쇄된 일이 있다.

303~304　**『Power(권력)』～해체해야 하는 것이다**　거짓 인용이다. 1947년에 취리히에서 출간된 버트런드 러셀의『Macht(권력)』는 1938년에 런던에서 출간된『Power』의 독일어 번역본이다. 이 번역본『Macht』(『Power』가 아닌)의 214페이지(제16장 권력에 관한 철학)에는 위의 인용과 전혀 다른 내용이 실려 있으나, 이 내용이 소설과 철학의 '진실'에 관한 것이라는 점에서 거짓 인용의 의도를 엿볼 수 있다. 위의 인용 전반부는 이 독일어 번역본 237페이지(제18장 권력 길들이기)에 실려 있다. 그러나 위의 인용 후반부, 즉 범죄자들의 범죄와 해체에 관한 두 이야기는 원본에 없는 픽션이다.

306　**땅딸막한 악당이～귀한 양가집 규수**　각각 아마추어 포주-창녀 커플인 디트리히 슈미츠와 하이케 메라에 대한 묘사이다.

321~322　**프로스타타～다다라다다다다**　프로스타타(전립선)라는 단어의 발음으로 말장난을 치고 있다.

325　**에르푸르트**　구동독의 도시 이름.

330　**2인의 돌격대**　기티의 이야기는 히틀러 집권(1933) 이후에 유태인들과 그 주변인물들이 겪은 망명사, 수난사를 일종의 실패한 연애 이야기로 빗대어 표현한 것으로 볼 수 있다. 이런 시각에서 보면

기타에게 붙어서 떨어지지 않는 남자 친구 J의 이름은 Jude(유태인)이라는 규정 또는 낙인을 암시한다고 볼 수 있다. 거대한 역사적 비극을 기타라는 한 개인이 겪고 그 비극들을 어떻게 감정적으로 부인하는지 살펴보는 것이 이야기의 이해에 도움이 된다.

337　**그러나 그녀는~필요가 있었다** 2차 세계대전 당시 수용소로 가는 유태인들의 죽음의 행진을 연상시킨다.

343　**47 그룹** 1947년에 독일어권 작가들이 모여 만든 비공식 문학 협회로 수많은 유명 작가들이 이 문학 동인에 속해 있었다. 1967년에 마지막 정기 총회가 있었다.

거대한 파국과 작은 희망의 출구 찾기[1]

이호성(베를린 자유대 박사 과정)

　알렉산더 클루게의 『이력서들』은 주로 2차 세계대전 전후(前後)의 수많은 개인들의 삶을 다루고 있다. 『이력서들』은 2차 세계대전을 배경으로 하면서 전쟁, 살인, 망명, 강제수용소의 실험, 실정법과 처벌 등 매우 무거운 소재들을 이야기한다. 너무나도 다양하고 복잡한 이 이야기들을 단순히 하나의 주제로 수렴시킬 수는 없겠지만, 몇 가지 반복, 변주되는 주된 테마를 통해 이야기들을 분류해 볼 수는 있을 것 같다. 여기에서는 크게 세 가지로 악과 정의의 문제, 현대 사회에서의 감정과 사랑의 문제, 추모와 희망으로 기능하는 이야기 과제로 나누어 살펴보겠다. 물론 이 관점들은 『이력서들』의 이야기들처럼 서로 관련이 있다.

1. 현대 사회에서 악이란 무엇인가? 정의란 무엇인가?

　중위 불랑제는 2차 세계대전 당시 슈트라스부르크 대학에서 행

---

[1] 부분적으로 서울대학교 석사논문 졸고 「알렉산더 클루게의 『이력서들』에 나타난 대안적 서사의 양상」을 보완해 옮겼음을 밝혀 둔다.

한 인종 연구를 위해 '유태계 공산주의 정치위원'의 두개골을 수집하도록 파견된 의사이다. 이 '사악한' 인종 연구소의 파견 조수는 얼핏 악마의 화신처럼 묘사되어야 할 것 같지만, 그도 역시 평범한 인간 중의 하나일 뿐이다. 성공을 하고 싶어서 안달이 난, 다소 기회주의적면서도 고지식한 인물이라는 사실은 보통 성격적인 흠은 될 수 있어도 '악'으로 간주되지는 않기 때문이다. 그렇다면 이 큰 범죄들은 도대체 어디에서 비롯된 것일까?

'악의 평범성(banality of evil)'으로 잘 알려진 한나 아렌트의 『예루살렘의 아이히만』(1963)은 바로 『이력서들』이 출간된 한 해 뒤에 출간된 책이다.[2] 아이히만은 수백만의 유태인을 강제수용소 가스실에서 학살하도록 지시를 내린 책임자 중 한 사람이다. 그는 2차 세계대전 후 아르헨티나에서 도피 중에 이스라엘의 첩보기관 모사드에 잡혀 이스라엘로 이송되는데 그곳에서 전범재판을 받게 된다. 이 재판이 있었던 해가 바로 클루게의 『이력서들』이 출간되기 한 해 전인 1961년이다. 이 일은 당연히 국제적인 관심거리였고, 한나 아렌트는 「뉴요커」의 특파원을 자청해 이 재판을 방청하고 연재 기고한다. 이 기고를 모아 재판 보고서로 1963년에 뉴욕에서 출간한 책이 바로 『예루살렘의 아이히만』이다. 이 책에서 아렌트는 아이히만이 그 크나큰 악을 저지르기에는 너무나 평범한 인간임을 알고 경악한다. 아이히만은 자신이 그저 임무를 처리했을 뿐이라고 주장했다.

---

2) 역주에서도 밝힌 바 있듯이 이 책의 이야기 중 하나인 「아니타 G」를 클루게가 영화화한 「어제와의 이별」(1966)에 '변호사' 역할로 출연했던 유태계 변호사 프리츠 바우어는 이 아이히만의 체포에 큰 역할을 했던 인물이다. 최근에 모사드가 공개한 이야기에 따르면 바우어는 아이히만을 수상히 여긴 아이히만의 아들의 여자 친구 ─ 아이러니하게도 그녀는 유태인이었다 ─ 의 편지를 받고 이스라엘에 이 사실을 알렸다고 한다. 아렌트의 『예루살렘의 아이히만』에는 당시 헤센 주 검찰총장이었던 바우어가 아이히만에 대한 이스라엘에서의 재판이 아닌 독일로의 이송(국제법상의 재판)을 주장했던 사실이 언급되어 있다.

클루게가 보여 주는 불랑제의 모습은 이런 면에서 아이히만의 거울상이라고 볼 수 있다. 아이히만이 서류상으로 위에서 명령을 내린 자라면 불랑제는 직접 가서 그 명령을 실행한 자인 것이다. 아렌트에 따르면 아이히만의 대량 학살에 대한 재판에서 의학적 연구 등은 대상에서 제외되어 있다. 바로 그 제외된 부분에 해당하는 이야기가 아마도 이 불랑제의 이야기일 것이다. 아렌트는 아이히만의 죄를 타자의 관점에서 사유하지 못하는 것에서 찾는데 이는 불랑제에게도 해당될 것이다. 불랑제는 "계속 의심이 쌓였지만" "임무 수행에 해가 되지 않는 선까지만 생각과 좋은 의지를 품고 있기로" 마음먹었던 것이다.

그러나 마치 소위 고대 그리스 비극의 요소인 '하마르티아'처럼 들리는, 이 전범들의 평범함과 무감각함, 개인적인 천박함, 사소한 욕망과 두려움 말고 다른 악의 근원은 없을까? 클루게의 이야기들은 항상 조금 더 꼼꼼히 읽어 볼 필요가 있다.

먼저 이 이야기에 등장하는 인종 연구 대상이 지닌 개념간의 기묘한 결합관계(Zusammenhang)에 주목해야 한다. '유태계 공산주의 정치위원'이라는 개념은 극단적인 관념적 결합의 산물이다. 두개골 연구는 생물학의 영역이고, 유태인은 문화종교사적인 개념이며, 공산주의는 정치경제적 신념의 문제이고, 정치위원은 군사적 계급 분류이기 때문에 이 모든 것을 뒤섞는 이 개념 자체가 어불성설이다(사실 유태인이라는 개념 자체도 이미 논란이 많은 개념이다). 그럼에도 규정된 모든 소위 '악'의 규정들이 하나로 합쳐지면서 하나의 '절대악'이 탄생한다. 그러나 사실은 이렇게 절대악을 '규정'함으로 인해서 중위 불랑제의 진짜 악한 업무가 생겨났을 뿐이다. 잘못 끼워진 첫 단추처럼 당연히 이 개념들이 서로 맞아떨어질 리가 없고 악은 오히려 이렇게 규정하는 자, 규정된 개념을 서로 묶는 자의 편에서 발생한다. 구분해야 할 것을 엄밀히 구분하지 못하는 것이 오히려 모든 악한 일의 시작이 되는 것이다. 그러나 이런 개념들의 빗장에 가려진 진실은 주인공이 "틈새로 파고드는 바람"처럼 간접적으로 느낄 수 있을 뿐이다.

그런데 클루게는 불량제의 범죄 이야기에 멈추지 않고 한 걸음 더 나아가고 있다. 사실 '유태계 공산주의 정치위원'이라는 규정 역시 원래 개인에 대한 일종의 악의 고정이었다. 그런데 아이러니하게도 뒤늦게 찾아온 불량제에 대한 단죄 요구는 이런 문제를 더욱 기괴한 것으로 만들어 버린다. 4, 50년대를 넘어 2차 세계 대전이 끝난 지 거의 20년이 지난 60년대에 나치 범죄자 처벌에 대한 사회적인 요구가 있었을 때에야 불량제는 비로소 어떤 기자에게 다시 발견된다. 이 끔찍한 업무를 실행한 불량제는 사실 전쟁이 끝나고 그 사이에 사업가가 되기도 하고 감옥에 갇히기도 했는데 이제는 공장 노동자가 되었다. 그는 이제 마르크스주의자가 되었지만 아무것도 해서는 안 된다고 한다. 그는 아무 힘도 없는 한 무기력한 인간이 된 것이다. 마지막 부분에서 좌파 일간지 출신의 특파원이 불량제와 인터뷰를 하며 가지게 되는 "인간적인 관계"는 '평범한' 인간과 그가 저지른 범죄의 무시무시함 사이에 생기는 아이러니함도 보여 주지만, 상종할 수 없을 것 같고, 해서도 안 될 것 같은 한 인간의 죄와 악을 규정하는 규정과, 무기력하고 소외된 한 인간 사이의 거대한 간극도 보여 주는 것이다.

바로 이 점에서 실정법과 악의 규정의 문제가 등장한다. 기자는 불량제에게 왜 (마르크스주의자이면서) 동독으로 가지 않느냐고 질문하는데, 불량제는 동독에서는 공소시효가 소멸되지 않기 때문이라고 대답한다. 계속해서 죄와 악, 그에 대한 처벌에 관한 복잡한 의문들이 꼬리에 꼬리를 물고 제기된다. 어떤 곳에서는 이런 엄청난 범죄가 처벌되고 어떤 곳에서는 처벌되지 않는 것이 옳은 가? 악인은 국경을 넘어가면 더 이상 악인이 되지 않는가? 그렇다 면 소위 '악의 화신'들은 언제 어디서든 바로 처형해서 지구상에 서 그저 없애 버려야 하는가? 마치 유태계 공산주의 정치위원들처 럼? 그들이 사라지면 악도 같이 사라지는가?

아이히만은 모사드에 의해서 1960년 아르헨티나에서 비밀리 에— 외교상, 법률상, 인권상의 문제에도 불구하고 — 체포되어 이 송되고, 1961년 이스라엘에서의 재판을 통해 1962년 사형에 처해 진다. 아렌트는 위의 책에서 아이히만의 체포와 재판, 처벌에 관한 이스라엘의 공식 입장에 대해 여러 면으로 조목조목 논박한 바 있다. 그 때문에 아렌트는 아이히만을 옹호한다고 유태인 사회로 부터 많은 비난을 받기도 했다.

이 불량제의 이야기에서 뤼마니떼의 기자는 인간이 평등하다 면 수많은 이들의 목숨을 스스로의 한 목숨으로 바꾸는 행위는 "불공평한 교환"이라고 말한다. 아렌트는 응보론적 논리로는 통하 지 않는 거대한 범죄를 올바르게 다룰 방법이 없는 막막함과 오히 려 바로 그 사실에서 비롯된 아이히만의 어처구니없는 비장함에 대해서 이야기한 바 있다. 아이히만은 스스로를 인류를 위해 악 의 본보기로 기꺼이 바치는 희생양으로 여기기도 했다고 한다. 아 렌트도 지적하지만 이 공개재판은 그 한 개인의 처벌보다는 오히 려 악에 대한 징벌이라는 공론장의 연극적 성격 자체와 관련이 있 었다. 물론 이런 연극이 공론장에서의 나름의 역할은 수행하겠지 만 이 연극 한 편으로 세상의 정의가 바로 세워지지는 않으며 악 은 다른 어디에선가 다시 등장한다.

그렇지만 또 '죄를 미워하되 사람을 미워하지 말라'는 논리를 현 실상 끝까지 관철시킬 수는 없을 것이다. 우리 개인은 전혀 행동할 여지가 없는가, 책임을 질 수 없는가라는 질문을 간과할 수 없기 때문이다. 이런 점에서 이 불량제의 이야기는 단순히 2차 세계대전 후 과거사 극복에 관한 이야기일 뿐 아니라 거대한 범죄와 악, 처벌에 대한 일반적인 문제이기도 하다.

클루게는 어느 쪽으로도 결정 내리기 어려운 이 문제에 대해서 이 이야기가 가지는 단편적인 형식을 통해 질문을 던지고 있다. 이 모든 연결점들은 독자의 머릿속에서 조직되는 것으로 작가는 여기서 논쟁을 촉발하는 역할만 담당할 뿐이다. 이다음에 이어지는 「어떤 태도의 소멸─검찰관 셸리하」는 죄와 악의 문제와 처벌의 문제에 관해서 독자의 더 적극적인 논쟁적 참여를 요구한다.

셸리하는 지방의 살인 사건 해결을 위해 중앙에서 스스로 파견 나온 검찰관이다. 그런데 용의자인 엘빙 지방의 영주 Z를 아무도 고소하지 않았으며, 그 주변 관청들은 오히려 그를 비호하려는 움직임을 보인다. 셸리하는 이 살인 사건을 집요하게 조사하고 Z라는 살인범을 뒤쫓다가 결국 변방 지역에서 러시아군의 포로가 되고 만다. 살인자를 추격하며 옆으로 수많은 살상들을 지나치는데도 단 한 명의 살인자를 계속 쫓는 이 검찰관의 태도가 정의롭다기보다는 기이하게 느껴질 수밖에 없다. 그러나 화자는 "형사 전문가라면 자신이 속해 있는 기관이 실패라고 느껴지는 순간일수록 더 엄밀하게 임무 수행을 위해 매진하며 가능한 더 강한 형사법 실효를 위해 항상 최선을 다하고 이미 손상된 법의 회복을 정말로 이끌어 내지 못하더라도 그런 방향을 추구하는 자세를 가져야 한다"고 말을 하고 있다. 그러나 여기서 '손상된 법의 회복'이란 정의를 위한 것일까 아니면 법 자체의 자기 목적을 위한 것일까? 정의를 위한 것이라면 왜 옆에서 벌어지는 전쟁의 정의에 대해서는 논하지 않는 것일까?

이 이야기를 읽으며 끝까지 미궁 속으로 빠져드는 느낌이 드는 것은 한편으로 범인을 쫓는 추격전 때문이기도 하지만, 피해자부터 확인하지 않고 서류로만 진행되는 이 살인 사건의 성격이 미심쩍기 때문이기도 하다. 이야기 내에는 피해자의 신분에 대해서는 한마디도 언급되어 있지 않다. 모두 가해자를 쫓는 이야기뿐이다.

아우슈비츠를 비롯한 강제수용소에서 죽은 자들이 정확히 몇 명인지 오늘날까지 대략 추정만 가능할 뿐 정확하게 파악되지 않고 있다고 한다. 아마 2차 세계대전 이후에 이런 범죄들을 쫓는 법률가들은 마치 보고서만 믿고 시체 없는 살인자를 쫓는 셀리하의 상황과 비슷했을 것이다. (그러나 그들 역시 피해자들에 주목하기보다 가해자들을 쫓는 데 바빴다.)

그러나 또 독자가 처음부터 다시 살펴보아야 할 것은 이 이야기의 화자가, 그리고 셀리하의 보고가 얼마나 신빙성이 있는가 하는 것이다. 도대체 저런 법의 원칙을 말하는 화자란 누구란 말인가? 도대체 적군이 밀려오는 그곳에 셀리하가 죽음을 무릅쓰고 간 이유는 무엇이었단 말인가? 도대체 Z가 죽인 자는 누구였는가? 혹시 셀리하는 "감옥을 비우며 반역자와 탈주자들을 즉결 처형"하라고 명령을 내리러 간 것은 아니었을까? Z는 혹시 이 학살들을 폭로할 위험이 높은 인물은 아니었을까? 이야기는 점점 더 아리송해질 뿐이고 독자에게는 빈 부분들이 점점 더 크게 느껴진다.

마지막에 로터리 클럽에서 벌어지는 토론은 여러 면에서 아이러니하다고밖에 할 수 없다. 그들은 정의에 대해 토론하지만 실상 누구도 정의가 무엇인지 악이 무엇인지 정확하게 정의 내리지 못하고 토론은 결국 흐지부지 '따뜻한 박수갈채'로 마무리 되어 버리고 만다. 아마 2차 세계대전 후 과거사의 문제를 놓고 갈팡질팡했던 당시 독일 상황을 그대로 보여 준다고 할 수 있을 것 같다.

게다가 이 토론과 강연의 배경이 아이히만 재판이 이루어지던 시기의 한 중간이라는 점도 시사하는 바가 크다. 다른 한편, 이 토론은 회의 기록문 형식을 그대로 차용하여 정의에 대한 여러 시각들을 압축적으로 보여 준다는 점에서 문학적 측면에서 새로운 시도로 볼 수 있을 것이다. 결국 다양한 관점을 보고 판단할 판관은 독자인 것이다.

「코르티」에 등장하는 여러 판사들의 이야기들은 다시 한 번 실정법의 문제, 법 체계의 문제를 다루고 있다. 코르티는 속물적인 인간의 전형처럼 비추어진다. 그에게서 새어 나오는 분위기는 사법부가 다루는 정의가 모든 정의를 다 포함하고 있지는 않다는 느낌을 충분히 전해 준다. 그렇다고 그가 실정법적으로 어떤 일을 잘못 처리하지는 않는다. 오히려 "코르티는 다른 어느 판사들보다 재빠르고, 강하며, 더 조심'스럽고' 대다수 동료들보다 더 민주적이고 더 현대적"인 것이다. 그는 다만 사법부의 옹호자로서 체계를 공고히 하고 그 체계와 더불어 본인의 생존을 더욱 확고히 보존하려는 것뿐이다.

이 이야기에서 다루어지는 나치 시대 부역 판사들의 문제는 이 실정법의 문제를 더욱 강하게 의문시하고 있다. 이전에 당시의 법에 따라 사형 선고를 내렸던 판사들은 이제 전쟁이 끝나고 시대가 바뀌자 곤경에 처하게 되었다. 이 이야기에서 사법부의 역사를 고찰하고 있는 부분은 실정법과 법 체계의 문제점들을 더욱 부각시킨다.

"사법부는 사법부라는 성벽 안에다 정의라는 이념을 가져다 놓고 정의롭지 못한 세상으로부터 지켰으나 정의는 이 성벽 안에 존재하지 않았다. 사법부는 정의 이념 때문에 자원을 공급받을 영역들로부터 절단된 채 도착(倒錯)적으로 변했다. 사법부가 많은 타

영역들에 대항해 스스로를 방어하듯이 정의에 대항해서도 스스로를 방어했다. 누가 사법부를 사랑하는가? 변화를 두려워해야 할 사람들 모두가 사법부를 사랑한다."

스스로도 변호사이자 법학박사인 클루게는 아주 날카롭게 사법부를 비판하고 있다. 정의란 원래 균형 잡기의 원리, 잘못된 것을 다시 원상태로 회복시키는 원리였다. 그러나 이 원리를 사법부가 홀로 독점하게 되면 더 이상 이러한 균형 잡기는 이루어질 수 없고 거대한 기계만 돌아갈 뿐이다. 그러나 이런 강한 비판이 스스로도 지나친 것으로 생각했던 것일까? 클루게는 조금 다른 이야기들을 말미에 덧붙이고 있다. 그래도 2차 세계대전 이후에는 상황이 달라졌고 사법부는 예전의 지위를 누리지 못한다는 집달관들의 증언이 바로 그것이다. 그러나 이 증언도 약간 부조리하게 들리는데 그것은 여전히 코르티가 전성기를 누리고 있기 때문이다.

"1800년경에는 신문 기사 하나면 코르티 같은 이를 제거하는 데 충분했을 것이다. 1900년경에 그러려면 개혁운동이 불가피했을 것이다. 1962년에는 설령 폭동이 일어나더라도 코르티를 제거하지 못할 수도 있다. 그리고 누가 도대체 코르티 때문에 폭동을 일으키겠는가? 그렇게 코르티의 종말은 아주 요원한 것이다. 그렇다, 코르티의 종말은 일단은 점점 요원한 일이 된다."

마지막 문장의 '일단은'이라는 말은 코르티의 종말에 대한 일시적인 유보이다. 여기에 진정한 클루게의 아이러니와 숨은 의도가 있다. 덧붙여, 2012년에 새로 출간된 『다섯 번째 책. 새로운 이력서들』에 다시 나오는 코르티의 이야기를 해 둘 필요가 있을 것 같다. 이 '새로운 이력서들'에 등장하는 코르티는 50년이 지난 현재 91세가 되었다. 이미 법조계는 떠난 지 오래고, "자기 방어를 할 기운은 떨어졌다". 왜냐하면 이제 자기가 공격받을 만큼 그렇게 중요하다고 생각하지 않기 때문이다. "이제 자신의 '체계'를 방어하는 것은 적에 대항하기 위해서라기보다는 기다리는 시간에 대항하기 위함이다." 그는 은퇴한 이후엔 삶의 리듬을 유지하기가 힘들어졌고 주변 친지들은 이미 다 죽었다. "그럴 개연성은 없지만 만약 다시 공격을 받게 된다 해도 아마 그는 더 이상 막을 수 없을 것이다. 그렇게 삶의 의미 전부가 자기 방어하는 데 있었건만!" 이 인물에 대한 클루게의 냉소는 50년이 지난 현재에도 그대로 남아 있는 것 같다.

2. 현대 사회에서 사랑과 감정이란 무엇인가?

앞에서 살펴본 사법부의 방어 체계는 '계몽의 변증법'에서 아도르노와 호르크하이머가 강력히 경고를 한 바 있는 소위 관리되고 통제되는 현대 사회의 전반적인 모습과도 밀접한 관계가 있다. 아도르노와 호르크하이머는 '계몽의 변증법'을 통해 굳어지고 자기 목적이 되어 가는 계몽을 다시 계몽하려는 시도를 하고 있는데, 클루게는 이 시도를 이어받으면서 여기에 덧붙여 감정의 변증법도 필요하다고 주장한다. 여러 다양한 감정들을 변증법적으로 대비시켜 이 변증법을 통해 감정을 계몽하면서 동시에 일종의 새로운 구별 능력을 키우는 것을 목표로 하는 것이다. 클루게에게는 이성이란 첨단화된 감정의 일부로 인간이 가진 구별 능력 중 하나에 불과한 것으로 보인다. 그는 감정이 우리가 가지는 방식대로 그대로 머물러 있고 그 감정들에서 새로 배우지 못하고 반복하는 것에서 바로 우리의 오류와 비극적 사건이 벌어진다고 본다.

「만프레트 슈미트」의 이야기에서는 이렇게 한 발 더 나아간 인식을 토대로 현대 사회에서 이성이 어떻게 자기 목적적으로 변화했는가만을 다루는 것이 아니라 이성과 마찬가지로 고정되어 관리당하고 있는 감정의 문제를 다루고 있다. 현대 사회에서는 감정의 문제가 소비하는 대중을 동원해 내기 위한 수단으로서 중요한 문제가 된다. 즉, '관리되는 세계'에서 소위 '문화 산업'은 체계를 공고히 하는 매우 중요한 수단이 되는 것이다. 클루게는 여기에 조금 더 일반적인, 소위 더 민중적이라고 불릴 수 있을 축제장을 바라보고 있다. 이 이야기의 초반에는 여러 공무원과 경찰관과의 인터뷰 및 축제장의 묘사를 통해 축제라는 행사가 인간의 흥분하기 쉬운 감정을 어떻게 효율적으로 조작하려고 하고 있는가 보여 준다. 사람들의 흥분이라는 감정까지도 제도화되어 있고, 회사는 그렇게 불러일으켜진 감정들을 정확히 계산하여 자신들에게 유리하게 이용한다. 그리고 그에서 벗어나는 돌출 행동은 회사와 합세한 경찰, 사법 권력에 의해 강하게 제어당한다. 여기서도 마찬가지로 독자는 여러 인물들의 인터뷰를 통해 보이지 않던 새로운 부분들을 보게 된다.

현대 사회에서 흔히 뉴스에서 보는 군중으로 인해 벌어지는 사고들은 사실 이 모든 감정의 관리 방식이 지닌 위험함이 빙산의 일각처럼 잠시 드러난 것일 뿐이다. 이런 이야기는 "항상 희망을 품는 자는 노래하며 죽는다"의 말미에 나오는 축구 경기장 사고 이야기와도 일맥상통한다.

"아마도 무슨 일이라도 생기면 사람들은 서로를 꼭 붙잡을 테고 그러면 (……) 아래쪽 계단 대리석 바닥으로 떨어져 확실히 죽을 것 같았다. 아마 이랬으면 축제 조직 위원회가 저지른 잘못을 확인할 수 있었을 텐데."

이야기는 제목을 '만프레트 슈미트'로 하고 있지만 정작 만프레트 슈미트라는 인물은 이야기의 한참 뒤에 등장하는데 그것은 그의 연애 이야기가 이런 과잉 감정의 사회라는 맥락 안에 들어 있음을 암시하기 위함이다. 그의 연애는 항상 빨리 시작되고 빨리 끝을 맺는다. 모든 것이 안전하게 재빨리 유통되고 교환돼야만 하는 사회, 그리고 그렇게 하기 위해서 다른 한편으로 일종의 도취 상태를 만들어 내야만 하는 사회에서는 사랑도 그 모습을 모방하려는 경향을 보인다. 그래서 만프레트 슈미트가 떠들썩한 축제장의 바보 왕자 역할을 맡는다는 설정은 상징적이다. 이 극도로 피상적인 인간은 이 사회에서 생존력이 강하다. 그는 스스로를 일종의 축제장으로 만들지만 그를 직접 경험하는 타자들은 결국 끝에 가선 극도의 추위를 경험한다. 그의 인물됨 자체가 축제장을 감시하는 날카로운 경비 요원들과 축제장 안의 도취된 사람들의 묘한 공존을 떠올리게 하는 것이다. 축제장에서 벌어진 여자 바텐더의 죽음은 낙태를 하고 만프레트와 이별하고 술집에서 홀로 술을 마시는 여자 친구 기타의 마지막 모습과 겹쳐진다. 실패한 사랑에 대한 은유인 이 낙태는 이런 사랑의 모습이 떠들썩함과 인간소외가 공존하는, '관리되는' 현대 사회의 일반적인 모습은 아닌지 여부를 묻고 있다. 이 바로 뒤에 이어지는 이야기가 「사랑에 대한 어떤 실험」인 것은 이런 점에서 의미심장하다. 아이의 생산이 사랑을 은유하는 것도 그렇고, 그것을 부정적 의미로 뒤집는 점에서도 그렇다.

「사랑에 대한 어떤 실험」은 클루게의 대표적인 문제작이다. 1943년 어느 강제수용소에서 뢴트겐선으로 포로들을 대량으로 불임 시술을 하고자 했는데, 그 효과를 미리 알아보기 위해 연인 사이였던 남녀 수용자를 방에 넣고 둘 사이에 성적인 접촉이 일어나게 하려고 했지만 실패한다는 내용이다. 국내에 이미 「어느 사랑의 실험」(임홍배 역, 창비)이라는 제목으로 이 단편이 소개된 바 있고 이 단편을 실은 동명의 책 뒤에는 작품에 대한 자세한 역사적 고찰도 같이 실려 있다. 이 사건은 실제로 2차 세계대전 중에 수용소에서 벌어진 거세 실험에 기반하고 있다고 한다. 위의 역자는 「아우슈비츠의 기억과 재현의 문제」라는 글(뷔히너와 현대문학 제31호)에서 이 이야기를 더 자세하게 다루면서 이 두 포로를 '무젤만'과 비교해서 설명하고 있다. 무젤만이란 강제수용소에서 극도의 무기력감으로 인해 의식이 사라져 버린 수감자들을 말하는데, 수감자들 사이에서는 "'걸어 다니는 시신(ein wandelnder Leichnahm)'이나 '미라 인간(Mumien-Menschen)' 혹은 '살아서 죽은 자(Lebendige Tote)' 등으로" 불렸다고 한다. 그들은 사실상 죽은 자나 다름없는 존재라고 묘사된다. 위 논문은 이 무젤만을 언어로 파악되거나 구성되지 않는 '절대적 타자'라고 지적하고 있고 이 이야기의 포로들도 그런 존재로 파악하고 있다. 이런 생체 실험의 비인간성과 잔인함은 여러 번 강조해도 지나치지 않을 것이다.

그런데 매우 개연성 높은 이 생체 실험 이야기의 다른 한편에는 이 이야기가 사실 기록과 꼭 맞아떨어지는 것은 아니며 일종의 픽션이라는 점도 존재한다. 설사 이 사건이 실제 사건이었다고 치더라도 — 그리고 아우슈비츠 역사의 재현 가능성에 대해 긍정하더라도 — 이미 벌어진 일에 대해서는 이 일이 아무리 끔찍한 일이 되었건, 절대로 벌어져선 안 되는 일이 되었건 더 이상 아무것도 바꿀 수 없다. 수잔 손택은 『타인의 고통(Regarding the Pain of Others)』에서 전쟁에서 희생된 자들의 사진과 같이 끔찍한 사진을 찍는 자들과 그것을 보는 자들의 윤리를 묻고 있다. 그녀는 결코 우리는 그 희생자들의 고통을 알 수 없다고 말한다. 그러므로 이 희생자들을 일종의 스펙타클한 즐길 거리로 전락시키지 않기 위해서는 스스로를 반성하는 매우 조심스러운 태도가 필요하다는 것이다. 그러니까 우리가 조심해야 할 부분은 이러한 (과거의) 재현이 단순한 경악과 연민을 위한 것이 아니어야 한다는 사실이다. 클루게는 '기록'과 같은 이 이야기의 서술에 있어서 나름대로 이 윤리를 지키려고 노력하고 있는 것 같다. 잔인한 이야기일지도 모르지만 그 덕분에 이야기의 의미를 이해하고 스스로 구성하는 독자는 수용소 감독의 시선을 그대로 좇으면서 — 다른 한편으로는 그에 대해 공포나 분노심, 역겨움을 느끼면서 — 의식적, 무의식적으로 이 실험을 그와 같이 수행하고 있다.

이런 측면에서 이 실험 이야기를 (짐짓 위악적으로) 사랑이 무엇인가를 묻는 사뭇 철학적이고도 보편적인 일종의 사고 실험(Gedankenexperiment)으로 간주할 수 있을 것 같다. 이 이야기의 말미에 묻는 냉정한 질문, "이 결말은 불행이 일정 수준을 넘으면 더 이상 사랑이 실행될 수 없다는 뜻일까?"는 물론 매우 폭력적인 질문이다. 보통은 각기 다른 것으로 분류되어 있을 '사랑'과 기계적 '실행(bewerkstelligen)'을 강제로 연결시키고 있기 때문이다. 그 질문에 긍정으로 대답하는 순간 우리는 정말 사랑도 조작 가능하다는 '나치의 생체 실험 논리'의 덫에 걸리는 것인지도 모른다. 그럼에도 불구하고 이 문장에는 어떤 한 조각 진실의 힘이 들어 있다. 그 힘은 이 문장을 대하는 우리의, 이렇게도 저렇게도 판단을 내리지 못하는 먹먹한 '이중 감정'에서 나온다. 우리는 이 이야기를 읽으며 어떤 검은 벽을 마주한다. 그것은 이 폭력적인 관찰자의 시선 외에는 아무것도 알 수 없고 관찰자들과 마찬가지로 그 인물들의 감정을 파악할 수도 없다는 사실이다. 이 모든 끔찍함을 마주하고도 여전히 이 '타자'들을 '관찰'하고 있는 우리의 시선은 자연스럽게 반대 방향을 향하게 된다. 이 글을 읽으며 질문을 던지는, 그래서 그 검은 거울에 비치는, 우리에게는 포기되지

않는 어떤 믿음 같은 것이 존재하고 있다는 사실로 말이다. '사랑이 (어디에) 있을까?'

사회 철학자 루만은 사랑을 감정이 아닌 의사소통이라고 정의한 바 있다. 그러나 우리는 사랑을 그렇게 정의할 때 이 규정이 이 이야기에서 어떤 모순과 한계에 부딪치게 되는지 알 수 있다. 아무런 "대화 같은 것은 하지 않"고 "각기 다른 구석에 앉아 있"는 이 수감자들은 '사랑'에서 사랑의 '행위'와 사랑의 '의사소통'마저도 배제시켜 놓는다. 이 경우에는 도대체 의사소통이라고 부를 수 있을 만한 것이 전혀 없다. 이런 부작위의 경우에는 당연히 사랑이 존재하지 않는 상황이라고 해야 하는 것일까?

어쩌면 이 이야기를 읽는 독자가 믿고 싶어 할 이 두 연인 사이의 사랑은 오히려 우리가 픽션에서 역사적, 실체적 사실을 보려는 시도와 비슷한 원리인지도 모른다. 물론 이런 우리의 '믿음'과 '고집' 없이는 이야기도 죽은 말이 될 뿐 살아서 '작동'하지 못한다. 그렇다면 이 '실험용 인간'들의 사랑의 여부도 독자의 믿음과 고집에 ─ 마치 실험 성공을 믿었던 수용소 의사들의 믿음처럼 ─ 달려 있는 것일까? 당연히 이런 해석은 또 나름의 위험성이 있다.

이런 관점에서 보면, 이 이야기 자체를 사랑 이야기로 읽는 독서에 대한 거부의 우화(Allegorie)로 읽을 수 있을 것 같다. 소위 '관리되는 세계'의 통속적인 사랑 담론들은 우리에게 "가장 값싼 방법"으로 사랑에 대한 욕구를 "대량으로 거세(Massensterilisation)"시키는 수단으로서 우리를 강요한다. 이런 사랑들은 재빨리 소비, 소모되는 방법으로 존재해야 한다. 만프레트 슈미트의 이야기에서 이미 이런 모습들은 예감할 수 있었다("사랑도 낙태시킬 수 있는가?"). 각종 매체와 현실에서 생산성을 암시하는 사랑이 강요되는 세상에서 진짜 사랑을 어떻게 찾을 수 있을까? 이 이야기는 이런 사회에서 혹시 사랑은 '부정성(Negativität)'으로밖에 존재할 수 없는 것은 아닐까 하는 의문을 극단적으로 체현하고 있다. 물론 클루게의 이야기에 나타나는 모든 이야기들이 다 이렇게 부정적이지만은 않다. 사랑을 비롯한 일반 감정에 대한 긍정적 묘사는 아이러니하게도 창녀와 포주 사이의 신뢰 관계를 그린 「협동을 통한 범죄의 해체」에 드러난다. 이에 관한 설명은 다음 장에서 살펴보겠다.

3. 추모와 희망으로 기능하는 이야기의 과제

『이력서들』에는 이렇게 역사적 파국으로 인해 희생된 자들에 대한 여러 추모와 기억의 방식들이 등장한다. 이 희생자들을 도발적으로 부각시키면서도 자칫 통속성에 빠지지 않도록 하기 위해서 여러 가지 수단을 통해서 이 사라진 자들에 자연스레 주목하게 하는 것이다. 이들은 「사랑에 대한 어떤 실험」에서 본 바와 같이 절대적인 타자 같은 존재로서 현시하기도 하고, 다른 인물이 애타게 찾는 사라진 이로 존재하기도 하며, 다른 이들이 그 시체를 차지하기 위해 서로 싸우는 죽은 자로 나오기도 한다. 역사에서 희생된 수많은 이들은 어떤 '부재'로서 독자들에게 모습을 드러내는 것이다.

예를 들어 「포자 양」의 이야기에는 어느 이름 모를 폴란드인이 등장하는데 그는 나치에게 붙잡혀 강제노역을 했던 것으로 추정된다. 포자 양은 도망친 이 폴란드인을 집에 숨겨 준다. 포자 양은 그에게 호감을 가지나 이런 마음을 감춘다. 그는 결국 포자 양의 동생인 글로리아와 연인 사이가 된다. 그러나 이야기에서는 그의 이름조차 제시되지 않으며, 그의 행동에 대해서도 거의 언급되지 않는다. 그는 단지 포자 양이 찾는 곳에 늘 '없는' 인물이다. 그는 종전 직전에 잡혀서 사라진다. 포자 양은 그에 관해 수소문해 보지만 그를 찾지는 못한다. 그녀는 시체를 찾으러 파괴된 도시를 샅샅이 돌아다니며, 대부분 숯덩이가 되어 버린 시체들을 찾는다. 그사이로 빠르게 제시되는 포자의 조상들의 이야기는 비뚤어진 폭력의 역사 그 자체이며 그 뒤로 암시되는 대규모의 희생자들을 드러내는 윤곽선이 된다.

「협동적 태도」에는 조금 독특한 협동이 드러난다. 이 짤막한 이야기에서 남편을 잃은 부인들이 서로 가지고자 다투는 것은 다름 아닌 어느 남자의 타고 남은 조각이다. 그들은 묘비를 세우기 위해 죽은 자를 나누어 가지려고 한다. 이 이야기에서 느껴지는 그로테스크함은 애틋한 감정과 더불어 허탈한 웃음을 부르고 독자는 다시 한 번 이렇게도 저렇게도 판단할 수 없는 '이중 감정'을 느낀다. 게다가 작가는 위의 "폐허"라는 단어에 대한 각주의 형태로 이 이야기의 아래에 이 시체를 둘러싼 다른 이야기를 밝혀 위의 인물들이 처한 상황을 아이러니하게 만든다.

『이력서들』의 1974년 판의 부제이기도 한 이야기 「장례식 참석자 명단」에 등장하는 장례식 참석자들은 「협동적 태도」의 부인들과 통하는 면이 있다. 이 이야기에 등장하는 여러 친척들은 마리 피어링어의 장례식에 참석하기 위해 왔는데, 그녀는 부모와 전쟁 그리고 냉정한 여동생에 억눌려 아주 불행한 인생을 살던 사람이었다. 이 장례식에 대해서 친척들이 가지는 생각은 아주 각양각색이다. 그들은 죽은 자가 죽은 이유에 대해 서로 책임을 따지기도 하지만 ― 사실 아무에게도 책임이 없는 것으로 밝혀지는데 ― 그들에게 장례식이란 하나의 행사였으며 전혀 죽은 자에는 관심이 없고, 자신들의 각자 할 일을 하러 온 것일 뿐임이 밝혀진다.

그런데 산 자들이 죽은 이를 다시 살려 더 이상 죽은 상태로 머물지 않게 하는 독특한 이야기가 하나 등장한다. 「협동을 통한 범죄의 해체」는 올바른 추모와 '협동'이 세심한 이해와 감각으로 이루어져서 죽은 자를 살리는 경우를 보여 주고 있다.

「알레비쉬의 다이아몬드」와 이어지는 이 이야기는, 다이아몬드를 마지막으로 소유하는 유고슬라비아인인 알레비쉬가 프랑크푸르트에 다이아몬드를 팔러 왔다가 범죄자들에 의해 머리에 쇠몽둥이를 맞고 쓰러져 어느 창녀의 숙소에서 죽은 채로 발견되는 것에서 시작한다. 그를 창녀 잉그리트와 포주 슐라이히가 "협동을 통해" 다시 살려내게 되는데 그 과정은 모호하며 동시에 구체적이고 사실적이면서도 환상적이다. '죽은 자를 살리는' 이 이야기에 대해 클루게가 어느 인터뷰에서 언급한 직접적인 해설을 그대로 인용해 보자.

"그것은 이쪽으로 날아오는 우연의 새들입니다. 그들은 창녀의 민감한 감각, 그녀의 섬세한 감각이 어느 죽은 자를 깨우도록 돌보지요. 그렇게 해서 모두는 도움을 받게 됩니다. 그런 점에서 협동을 기리는 이 축제는 이성적인 대응 방식을 기념하는 축제이며, 각자의 고유한 이익도 이성적으로 지키는 방법이지요. 죽은 자에 관한 일을 처리하는 것은 소위 신으로부터 보답받는 것입니다. 마치 필레몬과 바우키스처럼요. 이런 의미에서 저는 신을 믿습니다. 제 생각으로 인간의 행동들에는 예전부터 전해 내려온 보답들이 들어 있어요. 인간들의 저 아래 깊숙한 곳에 이성, 헌신, 신의 등의 예비품들이 있는 것처럼, 그렇게 가장 진보한 인간의 업적에는 이러한 감각들이 들어 있습니다.

그 감각들은 물론 자동적인 작용과는 정반대입니다. 그때그때의 감각이 어디에 놓여 있는지는 상관없습니다. 그것이 해방에, 인간의 자기 건실에 기여하는 것이라면, 저는 그것을 찾고 표시를 할 것입니다."

여기서 클루게는 죽은 자를 살리는 섬세한 감각(Fingerspitzen-gefühl)에 대해 이야기하고 있는데, 클루게에게 독일어 Gefühl은 상당히 넓은 의미를 가진다. 이 단어는 한국어로 번역하면 감각, 감정 그리고 때로는 직관까지도 모두 포함한다. 그것은 "자동적인 작용(Automatismus)과는 정반대"의 것이다. 자동적인 작용이란 감정마저 관리당하고 메마른 상태에서 도구적 이성만이 관성에 의해 계속 달려 나가는 작용이라고 할 수 있다. 그리고 그것은 『이력서들』 곳곳에 드러나는 비인간적이고 폭력적인 상황들이다. 이 이야기에서는 반대로 이해와 세심한 감각(감정)이 있기에 죽은 자를 살리게 되는 것이다. 이 이야기는 『이력서들』 전체에서 유일하게 희망적인 — 물론 이 주인공들이 사랑 없는 성매매 종사자라는 아이러니를 내포하면서 — 이야기라고 할 수 있다.

한 발 더 나아가 「협동을 통한 범죄의 해체」를 이야기를 읽는 독서의 과정에 대한 알레고리로 읽어 보도록 하자. 이 이야기에서 죽은 자를 되살리는 일은 어떻게 실행되는가? 당연히 이야기 읽기의(그리고 먼저 집필의) 과정을 통해서 일어난다. 클루게는 이 이야기에서 알레비쉬를 살리는 과정을 다른 부분과는 달리 독일어의 현재 시제로 썼다. 그는 이 부활의 과정을 독자의 머릿속에서 현재 진행 중인 과정으로 본 것이다.

역사의 파국은 인간을 죽음으로 몰아간다. 그러나 인간은 죽음이라는 이 극단적인 '부정성'을 묘사하고 파악할 방법이 없다. 다만 그 부재를 둘러싼 이야기들을 제시할 수 있을 뿐이다. 우리가 세심한 감각과 감정으로 이야기를 읽는다면 우리는 마치 「사랑에 대한 어떤 실험」에서 우리가 이런저런 방식으로 그들의 사랑을 끊임없이 찾고 싶어했던 것처럼 부재에서 어떤 존재를 읽어 낼 수 있을 것이다. 클루게에게 있어서 이야기의 과제는 바로 이렇게 파국의 희생자들을 다시 살려 내는 것에 있다. 그리고 아마도 이것이 올바른 추모의 방법일 것이다.

작가 하이너 뮐러와의 인터뷰에서 클루게는 (그리고 뮐러는) 이와는 반대로 소위 악을 없애는 방법은 그것을 단순히 죽이거나 없애 버리는 것이 아니라 자연스럽게 그에 대한 의식(Ritual)의 반복을 통해서 사라지게 만드는 것이라고 언급한 바 있다. 아마도 클루게가 끊임없이 반복해서 비슷한 이야기들을 서술하는 이유는 이 수많은 이야기의 충돌과 협력이 일종의 연극성을 통해 악을 제거하는 효과를 가지기 때문이다. 무대 위에 악을 올려놓고 그것을 없애는 연습을 거듭하고 (마지막에는 아무도 거기에 관심을 가지지 않을 때까지) 반복하는 것이다. 클루게는 항상 몇 페이지 내외의 짧은 글만 쓰고 그 글들을 모아 작품을 내기 때문에 장편소설이 없다. 그의 문학 작품들은 모두 수십에서 수백 편의 단편을 모은 이야기집이다. 이를 통해 클루게의 사유 방식을 짐작할 수 있을 것이다.

여기에서 한 가지 의문이 떠오른다. 그렇다면 현대 사회에서 반복해서 이야기를 직업적으로 다루는 자, 즉 학자들, 교육자들, 그중에서도 특히 인문학자들은 항상 소위 인류의 희망을 위해 봉사하는 자들일까? 여기에 바로 법학박사이자 작가인 클루게의 자기 아이러니가 나타난다. 『이력서들』은 사실 인문학자들이 현실에서 얼마나 무력한지, 학문이란 얼마나 왜곡되기 쉬운지를 계속해서 반복적으로 보여 준다. 「E. 쉥케」, 「직업 변경」, 「클롭파우의 교육가」, 「학자의 사명 — 만도르프」 등의 이야기들이 바로 그것이다. 이들의 무력감과 비뚤어짐에 대한 날카로운 비판은 동시에 이야기를 직업으로 삼는 이들에게 경고를 보내는 일종의 추모비이다. 그러나 오히려 이러한 자기 아이러니를 내포하면서도 이야기는 계속되며 우리는 이야기 자체를 포기할 수 없다.

「항상 희망을 품는 자는 노래하며 죽는다」라는 이야기의 아이러니한 제목은 바로 악과 그 제거 작업의 문학을 통한 반복성을 암시한다. 동양의 새옹지마(塞翁之馬) 이야기와 비슷한 이 이야기에서 주인공은 끊임없는 '악'의 반복적 상황들을 마주친다. 그러나 인간은 희망을 끝까지 포기할 수 없는 존재이다. 새로운 희망은 언제나 새로운 상황과 새로운 악을 부를지도 모른다. 그러나 동시에 그 악은 반복적으로 '이야기(노래)'되면서 우리 안에서 극복되며 우리는 다시 새로운 희망을 품을 수 있는 것이다. 그리고 개인의 이력서들은 바로 이 노래들이다.

본 번역은 Alexander Kluge, *Lebensläufe*(Frankfurt am Main: Suhrkamp, 1986)을 대본으로 선택하였다. 『이력서들』이 포함되어 있는 새로운 책 『감정의 연대기』(2000) 전부를 번역하는 것은 어떻겠느냐는 제안도 있었지만 작가가 40년간 쓴 2000페이지가 넘는 책 두 권을 한 번에 번역하는 것은 무리이기도 해서 선택한 타협점이었다. 그리고 『이력서들』은 클루게의 다른 작품들보다도 문학사적으로 지금까지 가장 검증받은 작품이기도 하다. 그러나 『감정의 연대기』와 그 이후에 나온 3권의 책들이야말로 클루게의 전면모를 보여 준다는 점에서 이 책들의 번역을 꼭 수행할 앞으로의 과제로 삼고 싶다. 클루게는 이 책들에서 '이력'을 인간에게서만 관찰하는 것이 아니라 자연, 사물, 산업, 생산물, 인간 사회, 국가, 도시 등에서도 관찰하고 있다. 클루게의 사고와 소재의 반복과 확장을 짐작할 수 있는 부분이다.

이 책이 번역되고 을유문화사 세계문학전집에 포함될 수 있도록 소개해 주신 서울대학교 최윤영 교수님과 클루게 연구를 지도해 주신 임홍배 교수님, 그리고 보이지 않게 도와주신 여러 선생님들께 감사를 드린다. 번역과 교정을 끈기 있게 기다려 주고 출간이 되기까지 많은 도움을 준 을유문화사에 고마운 마음을 전한다. 그러나 앞으로 발견되는 오역과 오류들은 전적으로 역자의 몫이다. 독자 제현의 질정을 바란다.

　『이력서들』은 문학 작가로서의 클루게의 처녀작으로 1962년에
출간되었다. 그는 『이력서들』에 실린 이야기들을 여러 번 새로 출
간했는데 그때마다 새로운 이야기들을 추가하거나 몇 개의 이야
기를 빼거나, 이야기들의 순서를 바꾸면서 새로운 판본을 만들었
다. 2000년에는 지난 40년간 쓴 이야기들을 모아 『감정의 연대기
(*Chronik der Gefühle*)』라는 제목으로 총 2000여 페이지에 이르
는 두 권의 책을 출간했는데, 이중 둘째 권의 제목 역시 '이력서
들'이다. 이 책에 또다시 '이력서들'이라는 장으로 1962년 판 9편
의 이야기들을 62년판과 같은 순서로 편집하여 싣고 있다. 클루게
가 2012년 초 출간한 이야기 모음집 『다섯 번째 책』도 '새로운 이력
서들'이라는 부제를 달고 있다. 이 새 책에는 50년이 지난 현재, 처
음 1962년의 『이력서들』의 인물들이 어떻게 변해 있는지 소개하
는 이야기들도 실려 있다. 제목 선정만 보아도 '이력서들'이라는 소
재 또는 형식이 클루게에게 얼마나 중요한 것인가 드러난다. 본 번
역은 Alexander Kluge, *Lebensläufe* (FrankfurtamMain:Suhrkam
p, 1986)을 대본으로 선택하였다. 이 1986년 판본은 다른 이야기
들과의 합본이 아닌 단행본으로서 『이력서들』이라는 제목을 지닌

책으로는 최종본이기 때문이다.

　이력서를 뜻하는 독일어 단어 'Lebenslauf'는 이력서 외에도 인생 역정, 여로, 인생사 등으로 번역 가능할 것이다. 본 번역에서 '이력서들'이라는 제목을 선택한 이유는 다소 통상의 의미와는 차이가 있을지라도 이 단어가 개인적 이야기의 주관성과 사실 기록의 객관성의 경계를 미묘하게 흐리면서도 드러내고, 개인의 인생 이야기 틈새로 드러나는 역사를 잘 보여 준다고 생각했기 때문이다. 알렉산더 클루게의 글들은 소위 객관적인 역사적 진실과 문학적 허구 사이의 경계를 자주 흐리면서 아이러니하게도 이 허구 속에 항상 고도의 역사적 개연성과 핍진성(Authentizität)을 담보한다. 이런 성격 때문에 그의 글들은 자주 기록문학(Dokumentarliteratur)으로 분류되었다. '이력서(履歷書)'라는(원래 불교 용어였지만 아마도 근대화 과정에서 일본 학자들에 의해 재창조되었을) 한자어의 뜻이 작품의 이런 측면을 잘 드러낸다고 보았다. 신발을 뜻하는 '이(履)'는 개인이 걸어간(laufen) 자리에 남은 흔적을 의미하고 '력(歷)'은 역사(Geschichte)를, '서(書)'는 기록(Dokument)을 의미한다고 해석하였다.

1932 할버슈타트에서 의사 에른스트 클루게와 그의 부인 알리체의 아들로 태어남.

1945 연합군의 폭격으로 인한 할버슈타트의 파괴와 2차 세계대전 종전. 부모의 이혼을 겪고 어머니를 따라 베를린으로 이주함.

1949 대학 입학 자격 시험를 치르고 법학, 역사학, 종교 음악을 프라이부르크와 마르부르크, 프랑크푸르트에서 공부함.

1953 1차 사법시험 후부터 헬무트 베커의 변호사 사무실과 프랑크푸르트 대학 행정부에서 시보로 일함.

1956 법학 박사 학위 취득.

1958 변호사 활동 시작. 박사논문 「대학의 자율자치」 출판.

1958~1961 철학자 테오도르 아도르노에게 영화감독 프리츠 랑을 소개받고 두 편의 영화 제작에 견습으로 참여함.

1961 첫 단편영화 「돌 속의 잔인함」을 페터 샤모니와 함께 연출.

1962 『이력서들』 출간. 오버하우젠 선언.

1963 카이로스 영화사 설립.

1964 『전투 묘사』 출판. 베를린의 예술상 '젊은 세대' 수상.

1966 장편영화 「어제와의 이별」로 베니스 영화제 '은사자' 상 수상. '바이에른 문학상' 수상.

1967 외할머니를 소재로 한 단편 영화 「1872년 1월 5일 생 블랙번 여사」, 단편영화 「소방수 E. A. 빈터슈타인」 연출.

1968 장편영화 「어쩔 줄 모르는 서커스단의 예술가들」로 베니스 영화제 '금사자' 상 수상

1969 단편영화 「길들이기 힘든 레니 파이케르트」 발표.

1970 B급 SF 장편영화 「대혼란」, 동독의 아버지를 소재로 한 단편영화 「할버슈타트의 의사」 연출.

1972 장편영화 「빌리 토블러와 제6함대의 몰락」 연출. 오스카 네크트와 의 공저 『공론장과 경험 — 부르주아와 프롤레타리아 공론장의 조직 분석』 출판.

1973 장편영화 「어느 여자 노예의 부업」 연출, 『치명적 종말로 가는 배움의 과정』 출판.

1974 장편영화 「위험과 궁지에서 중도를 택하면 죽는다」를 에드가 라이츠와 함께 연출.

1975 장편영화 「강한 남자 페르디난트」 연출, 『어느 여자 노예의 부업. 현실적인 방법론을 위하여』 출판.

1977 장편영화 「심각한 전투에서 나는 오늘 밤 살금살금 달아난다」 연출, 『시간의 으스스함. 새로운 이야기들. 1~18권』 출판.

1978 독일 적군파 테러에 관한 장편영화 「독일의 가을」을 폴커 슐뢴도르프, 라이너 파스빈더, 에드가 라이츠 등 많은 감독과 공동 연출.

1979 장편영화 「애국자」 연출, 『애국자. 글과 그림 1~6』 출판. '폰타네 상' 수상.

1980 기사련의 당수이자 헬무트 콜과 총리직 경쟁자였던 프란츠 요제프 슈트라우스에 관한 장편영화 「후보자」를 폴커 슐뢴도르프, 슈테판 아우스트, 알렉산더 폰 에쉬베게와 공동 연출.

1981 오스카 네크트와의 공저 『역사와 고집』 출판(전 3권, 1권 — 노동력의 역사적 조직. 2권 — 생산 공론장으로서의 독일. 3권 — 의미 연결의 폭력).

1982 이 당시의 핵미사일 위기에 관한 장편영화 「전쟁과 평화」(슈테판 아우스트, 악셀 엥스트펠트, 폴커 슐뢴도르프와 함께 연출) 제작. 다그마르 슈토이러와 결혼. 슬하에 83년생 딸과 85년생 아들을 둠. 베니스 영화제 '공로상' 수상. 영화감독 파스빈더의 죽음. 뉴 저먼 시네마의 침체기.

1983 작가 볼프 비어만에 관한 단편영화 「비어만-영화」를 에드가 라이츠와 함께 연출, 장편영화 「감정의 힘」 연출.

1984 『감정의 힘』 출판

1985 장편영화 「나머지 시간에 대한 현재의 공격」(블라인드 디렉터) 연출. '클라이스트 상' 수상.

1986 장편영화 「잡다한 뉴스」 연출. 텔레비전 방송 제작사 DCTP를 설립. 상업방송에서 쿼터를 얻어 냄. 이후 수천 편의 교양 방송을 제작.

1990 '레싱 상' 수상.

1995 하이너 뮐러와의 대담집 『나는 세계에 망자 하나를 빚졌다』 출판.

1996 체르노빌에 관한 보고서 『석관의 파수꾼. 체르노빌 10주년』 출판. 하이너 뮐러와의 대담집 『나는 토지측량사다』 출판.

1999 『비판 이론과 정치적 공격: 오스카 네크트의 65세를 기려』 출판. 『위험과 궁지에서 중도를 택하면 죽는다. 씨네마, 영화, 정치에 관한 글들』 출판.

2000 『감정의 연대기』 출판(전 2권, 1권—기본 이야기들, 2권—이력서들).

2001 오스카 네크트와의 공저 『과소평가된 인간. 2권에 담긴 공동의 철학』 출판(1권—검색 개념/공론장과 경험/정치 요소들의 질량비. 2권—역사와 고집). 『은폐된 수사』 출판. '쉴러 싱' 수상, '브레멘 문학상' 수상.

2002 '레싱 상' 수상.

2003 『예술, 구별 짓기』 출판. 『악마가 남긴 틈새. 새로운 세기를 맞아』 출판. 디르크 베커와의 공저 『풀리지 않는 문제들의 유용성』 출판. '뷔히너 상' 수상

2004 '폰타네 상', '클라이스트 상', '뷔히너 상' 수상 연설문 『폰타네–클라이스트–독일–뷔히너: 시간의 문법에 대하여』 출판.

2006 『문을 서로 마주 댄 다른 삶. 350편의 새로운 이야기들』 출판.

2007 영화의 역사에 관한 이야기들 『시네마 스토리』 출판. '독일 공로 훈장' 수상.

2008 아홉 시간여에 이르는 DVD 장편영화 「이념적 고향으로부터 온 소식들. 마르크스–에이젠슈테인–자본론」 발표.

2009 DVD 장편영화 「신뢰의 결실」 발표. '아도르노 상' 수상. 요제프 포글과의 대담집 『대차 관계. TV 인터뷰』 출판. 『부드러운 힘의 미로. 166편의 사랑 이야기들』 출판.

2011 『단단한 널빤지 뚫기. 133편의 정치 이야기들』 출판. 녹취집 CD 「자연이란 맹수의 앞발(그리고 우리 인간) — 세계를 흔든 일본의 지진, 그리고 체르노빌의 징후」 출간.

2012 『다섯 번째 책. 새로운 이력서들. 402편의 이야기들』 출판. 여러 수상 소감문을 포함한 『사람들과 말들』 출판.

새롭게 을유세계문학전집을 펴내며

을유문화사는 이미 지난 1959년부터 국내 최초로 세계문학전집을 출간한 바 있습니다. 이번에 을유세계문학전집을 완전히 새롭게 마련하게 된 것은 우리가 직면한 문화적 상황에 적극적으로 대응하기 위해서입니다. 새로운 을유세계문학전집은 세계문학의 역할이 그 어느 때보다 중요해졌다는 인식에서 출발했습니다. 오늘날 세계에서 타자에 대한 이해는 우리의 안전과 행복에 직결되고 있습니다. 세계문학은 지구상의 다양한 문화들이 평등하게 소통하고, 이질적인 구성원들이 평화롭게 공존할 수 있는 문화적인 힘을 길러 줍니다.

을유세계문학전집은 세계문학을 통해 우리가 이런 힘을 길러 나가야 한다는 믿음으로 만들어졌습니다. 지난 5년간 이를 준비하기 위해 많은 노력을 기울였습니다. 세계 각국의 다양한 삶의 방식과 문화적 성취가 살아 있는 작품들, 새로운 번역이 필요한 고전들과 새롭게 소개해야 할 우리 시대의 작품들을 선정했습니다. 우리나라 최고의 역자들이 이들 작품 속 한 문장 한 문장의 숨결을 생생히 전하기 위해 심혈을 기울였습니다. 또한 역자들은 단순히 번역만 한 것이 아니라 다른 작품의 번역을 꼼꼼히 검토해 주었습니다. 을유세계문학전집은 번역된 작품 하나하나가 정본(定本)으로 인정받고 대우받을 수 있도록 최선을 다했습니다. 세계문학이 여러 경계를 넘어 우리 사회 안에서 주어진 소임을 하게 되기를 바라며 을유세계문학전집을 내놓습니다.

을유세계문학전집 편집위원단
최윤영 (서울대 독문과 교수)
박종소 (서울대 노문과 교수)
김월회 (서울대 중문과 교수)
고(故) 신광현 (서울대 영문과 교수)
신정환 (한국외대 스페인어통번역학과 교수)

을유세계문학전집